なぜ書くか、何を書くか

沖縄文学は何を表現してきたか

編者　又吉栄喜　大城貞俊　崎浜慎

切り紙：新川美千代

目次

巻頭言

又吉栄喜

キャンプキンザーの西側に湾岸道路（と長いカーミージー橋）が数年前に完成し、私は生誕七十年目に浦添の海を見ました。戦後すぐ海辺の集落の人たちは山の方に移住させられ、キャンプキンザーが造られたのです。私の小説の原風景の海「カーミージー（亀岩）」（処女作の舞台）はこの海の北のはずれにあります。（ここは天の配慮かキャンプキンザーの金網には囲まれませんでした）

少年のころの夏はカーミージーの強い光や熱の中、帽子もかぶらず毎日何時間遊んでも平気の平左でした。

二〇二二年春に『又吉栄喜小説コレクション全4巻』が出版されました。44編の小説が入っています。いろいろな人から、「一番どの作品が好きですか」とか、「何が代表作ですか」と聞かれます。私にはどの作品も「あの時の自分」にしか書けなかった気がします。「すべての作品に愛着があります」「一つ一つが代表作のような気がします」と答えています。あらゆる作家の代表作は作者本人ではなく、ほかの人が決定するようにも思えます。

『コレクション』は自然、民俗、米軍、沖縄戦、慰霊、島などを題材にしています。沖縄文学は戦前から精力的に沖縄の政治、文化、芸能、神話、民族などをくっきりと浮き彫りにしてきました。

一方、状況、歴史、思想などの影響を受けやすい沖縄文学は、このような「重大事」に登場人物がなおざりにされる傾向もあります。「重大事」を人物に内在化する力技が必要かとも思われます。

作品は作者から独立すべきです。自作を作者がフォローするのはタブーです。さらに作品の中でも、例えば「この主人公が抱いているのはこういう思想だ」と作者が顔を出し、力説するのもタブーだと思われます。

このように常日頃考えているのですが、「笛吹けども踊らず」（踊っている人も多いのですが）の若い文学志望者にいささか暗示、刺激になりそうな論を述べたいと思います。

沖縄文学のキーワードの一つに「対立」があります。「カーニバル闘牛大会」（一九七六年）は次のような対立（葛藤）を取り入れています。①「米軍基地」の戦争というイメージと「闘牛」という平和なイメージ、②牛（原初、生命体）と車（近代、人工）、③牛（沖縄の土地の力）とカーニバル（外来のアメリカの力）、④黙ったまま取り巻いている沖縄の群衆と喚いている一人の米兵、⑤大柄な白人将校と小柄な南米系下級兵士、⑥牛は戦わず、人が戦う闘牛大会。

沖縄文学の中には現実を現実のままに書いている作品も見受けられます。

特にインターネット時代では世界中の悲惨な出来事があたかも家の周り、自分の中に生じているように錯覚します。

多くの現代人は悩み苦しんでいます。ヨーロッパ中世の暗黒の世界のように「現実」に人間が抑圧されています。

今の日本（沖縄）の文学に「偉大なる悪人」が登場しないのは、ある意味では精いっぱい過酷すぎる現実に順応（なぞる）しているからかもしれません。

現実をなぞると、人の数だけ小説ができる、と言えます。読者は何十万という人の数の小説を読まなければなりません。

何十万という人の現実を一つの「現実」に変え、一人の「現実」を書くと、いわゆる普遍性が発生すると思われます。

普遍性を形成するためには現実に裂け目を入れ、中をのぞく、或いは中のものを引っ張り出すという方法があります。

現実の裂け目から出てきたものは一見、悪人に見えたり、荒唐無稽な世界に見えます。私たちは現実生活では裂け目から出てきた人物に近づきたくありません。神経過敏な人や、現実と夢が混濁している人や、始終苛立っている人や、執念深い人とはあまり友人になりたくありません。彼ら彼女らは常識では悪人だと言えます。

しかし、なぜか彼ら彼女らが書物の中に入ると彼ら彼女らに共感し、没頭します。ページを伏せた後も何か重たいものや至福なものがなかなか消えません。現実にはないが小説の中にはある人間の普遍性に共鳴したからだと言えます。

現実の裂け目から引っ張り出したものは、人類共通の認識、生き方です。よくよく読んでみるとこれらの悪人の中に「真善美」があります。悪人も荒唐無稽さも間違いなく真実を包含しています。

毒を以て毒を制すと言うわけでもありませんが、巨大な悪が見え隠れしている現代、私たちも偉大な悪人を創造すべきかもしれません。

ただ悪人や荒唐無稽を創造する場合、徹底的に作者が煮詰めないといけないと思います。悪人が単なる唾棄すべき悪人になっては無意味です。

偉大な悪人がなぜ蘇ったのか、蘇った偉大な悪人にどのような意味があるのか、熟考に熟考を重ねる必要があると思います。

裂いた現実の中から出現した人物や世界は読者（国民）を目覚めさせます。独裁者（権力者）にとってはとても危険なものです。独裁者は必ず文学を焼きます。裏を返せば、文学が独裁者に徹底的なダメージを与えるのです。

私は少しでも何とか沖縄の役に立とうと（安楽な人生を過ごそうと甘くなりがちな）自分を奮い立たせています。

「偉大なる悪人」を文学にいそしんでおられる皆さんが沖縄文学に登場させる日を待ち望んでいます。

日本全体を目覚めさせる力が沖縄から生まれるよう強く願っています。

今回の執筆者は一人残らず「悪人」はともかく、「沖縄の険悪な状況をわしづかみにし、振り回す巨人」のような風貌をしています。

第Ⅰ部　「沖縄文学を考えるシンポジウム」から
――沖縄文学の過去・現在・未来

◇開催日　2022年10月22日
「沖縄大学土曜教養講座」としてオンライン開催

第一章　基調報告

言葉の力を求めて ―― 沖縄文学の特質と可能性

大城貞俊

はじめに

みなさん、こんにちは。本日はよろしくお願いします。
さて、長く文学に関心をもってきた者にとって、文学の世界や文学の持つ効用に思いを巡らすとき、そのすべてが愛おしくなることがあります。

私たちは、だれもが生きるに際して、拠り所とするものを持っています。それは、小さな思い出であることもあれば、大きな喪失から得た勇気であることもあります。他者から見れば取るに足りない記憶のかけらでも、当人にとっては宝石のように輝いているものです。そんな宝石に言葉を与える。想像力を駆使し、沈黙を経て普遍の域まで押し上げて思考した言葉です。もしくは、宝石自らが語り出す熟成の時がやって来るのを辛抱強く待って手に入れた言葉です。そんな言葉が感動を生み、共感を生む文学の世界を作っていくように思います。

文学の効用は様々です。文学の言葉は悲しみを癒やすと共に、他者と自らを励まし未来へ牽引する力にもなります。世界は言葉を待っているのです。私たちの内部に潜む得体のしれない他者も、また私たちの言葉を待っているような気がします。

ところで、「沖縄文学」という概念は成立するでしょうか。「東京文学」「長野文学」は成立するか。「日本文学」の中に包含される概念ではないか。このような問いを立てることができるように思います。

私は、他府県と違う特異な歴史を沖縄は歩み、特異な言語や文化を有しているがゆえに成立すると思っています。文学は人々の生活と離反するものではありません。人々の暮らし、その土地で体験する日々が文学を生む基盤になるように思うからです。

沖縄県の特異な歴史とは、万国津梁を掲げた琉球王国の時代から、琉球処分によって沖縄県となり、県民を巻き込んだ悲惨な沖縄戦を体験して、戦後日本国から切り離されて亡国の民となった二十七年間。さらに、現在もなお米軍が駐留し基地の島となり基地被害が続いている歴史です。このことは、確かに日本本土の他府県とは違う歴史を示しているように思います。

この特質ゆえに、私は沖縄文学は成立すると思っているのです。日本文学から逸脱し、日本文学の概念を揺さぶる文学です。言葉を代えて言えば、日本文学の内部を攪拌し周縁を浸食する文学です。それゆえに孤立することを余儀なくされ、自立することを求められる文学でもあるのです。

1　沖縄文学の有する五つの特質

さて、それでは、沖縄文学を成立させる要件や具体的な特質について考えてみたいと思います。ここでは、戦後七十七年間の沖縄文学を対象にしたいと思いますが、考えられることはいくつかあります。ここでは五点にまとめて述べたいと思います。

(1) 一つは倫理的であること。
(2) 二つ目は国際的であること。
(3) 三つ目は土地の記憶の継承が大きなテーマになっていること。
(4) 四つ目は沖縄文化・アイデンティティの模索がなされていること。
(5) 五つ目は言語実験（＝シマクトバによる文学作品の創造）がなされていることです。

この五つの特質が、「沖縄文学」を成立させているのです。もう少し詳しく述べたいと思います。

まず一つ目の倫理的であるとは、どういうことかといいますと、沖縄はいつの時代も困難な時代ですが、困難な時代に背を向けることなく、時代に対峙し、いかに生きるかを問うた文学作品を生みだしてきたということです。困難な時代そのものが表現者のテーマになっているということです。

二つ目の国際的であるということですが、沖縄には米軍基地があります。それゆえに米兵との交流や愛憎を描いた作品が数多く生み出されています。また歴史的にも沖縄は日本有数の移民県です。それゆえに国外の移民地を舞台にした作品もあります。例えば小説では、戦後文学の出発を記したと言われる太田良博《おおたよしひろ》の「黒ダイヤ」は、インドネシアが舞台の作品です。このことも象徴的なことであるような気がします。

三つ目の記憶の継承については、沖縄戦の記憶と、基地被害の記憶があります。どちらも他府県にはない沖縄の土地に刻まれた特異な記憶と言っていいでしょう。戦死者や基地被害者など、無念の死を強いられた弱者の言葉を拾い上げる。このことは、死者をおろそかにしない沖縄の精神風土を、文学もまた担ってきたといってもいいと思います。

四つ目は、沖縄の文化・アイデンティティの模索です。沖縄県民は、戦後は日本国から切り離され、亡国の民となり、米国支配下に置かれます。戦前からも差別や偏見に苦しみますが、大きな歴史の中で、沖縄のアイデンティティを模索し、沖縄の自立、自らの自立を問うた作品が数多く生まれています。

五つ目は、沖縄のシマクトゥバを、文学言語として、どう取り込んでいくかということへの挑戦です。日本文学は日本語で書くという自明な概念を揺さぶる作品の創出です。この課題は、近代期の沖縄の表現たちにも担われてきた課題ですが、今日までもなお引き継がれており、小説だけでなく、詩歌の分野でも数多くの試みがなされています。

2 沖縄文学を担う作家たち

(1) 四人の芥川賞受賞作家たち

ところで、沖縄文学が担うこれら五つの特質は、沖縄文学を成立させる要素としてあるだけでなく、同時にこの特質こそが沖縄文学の可能性をも秘めているように思います。沖縄で生まれ、沖縄文学を担う書き手の僥倖だと思うことも可能だと思います。

この五つの特質は、具体的な作品でどのように現れているのか。この顕著な例が、まさに沖縄が生んだ四人の芥川賞作家の受賞作品やその他の作品が具現しているといっても過言ではないように思います。

まず一人目は、大城立裕さんです。大城さんの芥川賞受賞作品「カクテル・パーティー」（一九六七年）は、米国統治下の一九五〇年代、六〇年代を舞台にして、基本的な人権を抑圧されている沖縄の人々の姿を描き、どう生きるかを問うた作品です。作品は、まさに困難な時代にウチナーンチュの生き方を問うた倫理的な作品です。また登場人物が、ウチナーンチュだけでなく、米国人、中国人、日本人を登場させたという意味でも国際的であります。さらに、戦争における加害、被害の問題を浮かび上がらせ沖縄戦の継承のあり方を問うた作品でもあるということができると思います。

大城立裕さんは、その他にも沖縄の戦後文学史に刻まれるインパクトの強い作品を残しました。その一つの「亀甲墓」は、沖縄戦のさなか、亀甲墓に逃げ込む民衆の姿を描いています。沖縄戦を描くと共に、亀甲墓に象徴される沖縄の文化・沖縄のアイデンティティが問われ、言語実験がなされた作品です。

また、「小説琉球処分」は、琉球王国の滅亡を描いていますが、当時の琉球の政治的状況を浮かび上がらせ、沖縄の歴史、文化、そして清国と明治政府との間で揺れ動く琉球王国の人々のアイデンティティが問われています。壮大な歴史ドラマですが、同時に登場人物の微細な心情を描いた人間ドラマにもなっています。

さらに大城立裕さんには南米移民の労苦を描いた「ノロエステ鉄道」など、南米の国々を舞台にした五つの作品があります。一九八〇年代の作品ですが、すでに国際的な視野を有した作品であるということができると思います。

二人目の東峰夫さんの作品「オキナワの少年」（一九七二年）は、沖縄の少年の目を通して沖縄の戦後を描いた作品です。作品は「つねー、常吉、うきれー、うきらんなあ」というウチナーグチで始まります。復帰前の米軍統治下にあった沖縄の悲惨な状況を、少年の目を通して描いています。純朴な少年が、カタカナで表記される「オキナワ」に変質した現実を知り、暴力に憧れる少年になり、「オキナワ」へ嫌悪感を抱いて脱出する物語です。ウチナーグチの作品への使用も大きな話題になりましたが、沖縄戦を問い、沖縄の戦後を問い、沖縄の文化や自立を問うた作品でもあるように思います。

又吉栄喜さんの受賞作「豚の報い」（一九九六年）は、マブイ（魂）を落とした女たちが真謝島にあるウタキにマブイグムイ（魂込め）に行くという物語です。カフェに勤めながら逞しく生きる女たちの姿が描かれます。ウタキを新しく作るという発想やマブイグムイ、また「豚」をキーワードにして、沖縄の文化、ウチナーンチュの姿を描いた作品であるということができるでしょう。

また、又吉栄喜さんには、基地の兵士たちの姿を描いた「ジョージが射殺した猪」というとても魅力的な作品があります。基地の中の強い米兵のイメージを覆して、仲間からも苛められている気の弱いジョージを登場させ、やがては人間を猪だと思わせて射殺するジョージの変貌を描いています。軍隊の狂気のシステムや陵辱される沖縄の人々の姿が描かれます。

さらに「ギンネム屋敷」という作品では、沖縄戦の記憶の継承がテーマの一つだと思われます。ギンネム屋敷に住む韓国人を登場させ、戦後も戦争の体験に翻弄される沖縄の人々を描いています。戦争で壊れた人間は、戦後もまた壊れたままに生きることしかできないのかという、深刻な課題が提示されているように思われます。

四人目は目取真俊さんです。「水滴」（一九九七年）が受賞作です。「水滴」は「沖縄戦」の記憶の継承がテーマの作品です。沖縄戦の語り部をしている老人が主人公です。ある日、その老人の足がシブイ（冬瓜）のように膨れあがり、指先から水滴がチョンチョンと垂れ始めます。原因は分かりません。そんな中、その水を飲み、喉の渇きを癒やすために、夜な夜な戦友たちの幽霊が現れます。老人はその中に戦場に置き去りにした戦友の姿を見いだします。このことを含め、老人は都合の悪い部分を隠して沖縄戦の体験を語ってきたことが明らかになります。また「水滴」を若返りの効果がある奇跡の水として商売する人物も登場します。私たちは沖縄戦を捏造して語ってはいないか。観光や商売の道具にしてはいないか。作品はシュールな手法を用いて、厳しく沖縄戦の継承のあり方を問うた作品だということができるでしょう。

(2) その他の作家たち

その他、注目されている沖縄の作家たちも数多くいますが、沖縄文学の特質を担って奮闘しています。例えば、直木賞候補の作品もある池上永一さんは、石垣島を舞台にした「パガージマヌパナス」で登場しました。ユタになる少女が主人公で、シマクトゥバも頻繁に使用されます。その後の活躍は琉球王国を舞台にした「テンペスト」などに代表されますが、エンターテインメント系の作品は沖縄文学の新しいシーンを切り開いたと言えるでしょう。

また、崎山多美さんは、豊かな言語実験を試行している作家の一人です。代表作に「ゆらてぃくゆりてぃく」や「うんじゅが、ナサキ」などがあります。また、長堂英吉さんには、米兵との交流を描いた「エンパイア・ステートビルの紙ヒコーキ」や、沖縄戦を描いた「海鳴り」などがあります。

その他、沖縄で活躍する作家たちの印象深い作品には、崎山麻夫さんの「ダバオ巡礼」、吉田スエ子さんの「嘉間良心中」、金城真悠さんの「千年蒼茫」などがあります。

「ダバオ巡礼」はフィリピン・ダバオが舞台で、戦争中に行方不明になった妹を探すという物語です。「嘉間良心中」は、米兵と老いた沖縄女性との心中物語です。家族を養うために街頭で米兵を相手に身体を売っていた女性が、それゆえに、やがて家族からも疎んじられていきます。老いた女性の絶望感や孤独感がひしひしと伝わってくる切ない作品ですが、若い米兵と心中することによって被害・加害の構図を逆転させた印象さえ与えます。「千年蒼茫」は老いを迎える沖縄女性の喜怒哀楽を、人間の普遍的な姿として描いた傑作のように思われます。

(3) 詩歌の分野で活躍する作家たち

詩歌の分野で活躍する沖縄の作家たちも数多くいます。むしろ、沖縄には琉球王国の時代から短詩型文学に優れた伝統があるように思われます。その一つが八・八・八・六の韻律をもつ「琉歌」であり、「組踊」や「おもろさうし」や、労働歌、神歌、祭り歌などに取り込まれてきた短詩型文学の韻律です。

また、短詩型文学が担う凝縮された言葉は、沖縄の戦後の厳しい状況が、さらに言葉を研ぎ澄まさせていったように思われます。そして、既に述べた沖縄文学の特質は、もちろん、戦後の短詩型文学をも貫く大きな特質でもあるように思います。他の特質を加えることも可能であるかもしれませんが、少なくとも大きく的を外れるような特質ではないように思われます。ここでは各ジャンルから一人の作家を紹介したいと思います。

詩の分野からは牧港篤三さんです。戦後の最初の詩集は牧港篤三さんの『心象風景』であったとも言われています。代表作と思われる詩画集『沖縄の悲哭』は従軍記者として沖縄戦の戦場を彷徨った体験から紡がれた言葉が胸を抉ります。戦争を生きることは「生命の曲芸だ」とした作者の沈痛なレクイエムともなっています。詩の言葉は、戦争が終わった喜びと、悲惨な戦争を二度と繰り返すまいと誓う祈りの言葉が、自らの戦争体験を披瀝しながら厳しく紡がれています。牧港さんの詩に見られる戦争体験の継承や基地被害の告発、シマクトゥバの言語実験は、多くの詩人たちを貫流する共通のテーマになっているのです。

短歌からは、言語学者であり教育者でもあった仲宗根政善さんの歌集『蚊帳のホタル』をあげたいと思います。『蚊帳のホタル』は「ひめゆりの学徒隊」を引率して戦場を彷徨った作者の鎮魂の思いを短歌に託したものです。体験者の悲しみは人間の根源的な悲しみに昇華され、生きることの意味と責任を問い続ける姿勢は、多くの読者の共感を得ました。

俳句からは、野ざらし延男さんです。野ざらしさんの『沖縄俳句総集』は画期的な著書です。戦前から戦後までの県内、県外、海外までの物故者をも含む俳人の作品を網羅しました。収載者数三〇八名、収載句数一万句を超えます。巻末には明治期からの「沖縄俳句年表」を添えています。すべて著者個人の営為ですが一人の俳人の俳句への愛情、情熱がほとばしった著書です。また自らも優れた表現者として多くの作品を発表しています。次の二句などは私にとって、強く記憶に残る作品です。「黒人街狂女が曳きずる半死の亀」「母は蟹ひらたく水に老いていく」。

なお沖縄の特殊な状況は、戯曲、随筆、戦記などにも優れた作品を数多く生みだしました。戯曲では知念正真さんの「人類館」、随筆は新川明さんの『新南島風土記』、戦記からは沖縄タイムス社編集の『鉄の暴風』を挙げたいと思います。いずれもインパクトの強い作品です。

「人類館」は、明治期の大阪万国博覧会でウチナーンチュを展示したという実際にあった事件を題材にしました。沖縄やウチナーンチュへの差別や偏見を強烈な風刺とユーモアで反転して表現した作品です。『新南島風土記』はスポットの当たることの少なかった離島を舞台にしたエッセイで、権力によって隠蔽される歴史や庶民の暮らしを庶民に寄り添って描き、強い共感を与えた作品です。また『鉄の暴風』は沖縄ならではの戦記物で生死の境を歩んだ人々の姿を描いた作品です。戦場を体験した人々の証言が中心になって展開される作品ですが、書かずにはおられない、平和を願わずにはおられない、編著者の思いから生みだされた作品は、長く私たちの心に届く言葉を生みだしています。

3　言葉の力を求めて

さて、翻って考えるに、沖縄はいつでも過渡期であるように思います。表現者にとって、常に言葉の力が試されています。言葉の力を求め続けてきた作家たちの模索と挑戦こそが、沖縄の戦後文学の軌跡を作ってきたと言っていいでしょう。

先の大戦からすでに七十七年が経過しましたが、沖縄においては平穏の日々は少なかったように思います。終戦直後の二十七年間は国家間の戦後処理によって亡国の民として米国の統治下に置かれます。

一九七二年の日本復帰後から今日までも、日米安保条約や国家戦略によって軍事基地の島としての役割を余儀なくされています。多くの県民の平和の島としての復帰の願いは実現されず、今なお新基地建設が強行されているのです。

平和を希求する県民の闘いは、沖縄の歴史が生みだした必然的な闘いでもあるように思います。沖縄戦では、県民の三分の一から四分の一の人々が犠牲になりました。多くの県民はこの拠点から死者たちの視線を有して現在の沖縄、そして未来の沖縄を問い続けてきたのです。人間や国家を相対化し、命の尊さが認識され、絶望から希望を模索する再生力が試されてきたのです。

かつて琉球王国の時代は「万国津梁」を標榜し隣国との交易をも積極的に行っていました。王国が解体され沖縄県となった近代以降も、王国の時代に培った精神風土は途切れることなく流れ続けてきたように思います。他者を受容し他国の文化を受容する沖縄文化の創生と再生の様相は、「チャンプルー文化」とも呼ばれ、さらに県民の精神風土を表す言葉として「イチャリバチョーデー」や「ナンクルナイサ」という言葉が使われています。国家からの構造的差別があるのではないかと厳しく指摘され続けている状況の中でも、希望を失わずに闘いは続けられているのです。

文学の営みもまた、この特異な歴史や文化と無縁ではないように思われます。いつの時代にも、厳しい政治的な状況から目を逸らさずに対峙し、現実を表現し政治に対峙する言葉の力を求めて、沖縄を生きる思想と文学の力が試されてきたのです。

4　沖縄文学の未来

(1)　沖縄文学の可能性

沖縄文学の特質をも担いながら、様々な試行がなされる表現者たちの挑戦や言葉の力の模索は、沖縄文学の可能性をも切り開いていくものだと思います。

相手に届く言葉は、どこにあるか。私はその言葉は、生活の中にあると思います。政治に対峙する言葉は、政治の言葉にのみあるのではなく、私たちの日常の中にこそある。文学の言葉もまた文学の中にのみあるのではなくて、生活者の言葉の中にこそある。振幅が広く射程の長い言葉は、ややもすると権力によって隠蔽され、排除される言葉のようにも思われます。これらの言葉を探して、スポットを当てる。このこともまた、表現者の重要な営為であるように思います。

(2)　二つの詩集『ワイドー沖縄』と『日毒』

このような言葉に出会った二つの詩集を紹介しましょう。一つは与那覇幹夫詩集『ワイドー沖縄』（二〇一二年）で、もう一つは、八重洋一郎詩集『日毒』（二〇一七年）です。

与那覇幹夫の『ワイドー沖縄』は終戦直後の宮古島で起きたという米兵の集団暴行事件を題材にした衝撃的な作品「叫び」が収載されています。本詩集で第46回小熊秀雄賞、並びに第15回小野十三郎賞を受賞しました。収載された「叫び」という詩は、愛する妻「加那」が目の前で米兵に犯される悲劇を次のような詩の言葉にしました。ちなみに「ワイドー」とは宮古島の土地の言葉で「頑張れ」とか「耐えろ」などという意を含む言葉のようです。

> 私は、何と詰《なじ》られようが／あの夫の〈絶叫《ぜっきょう》〉を差し置くほどの／美しい叫びを、知らない。／／それは戦後間もなく／降りそそぐ日差しに微睡《まどろ》むがごとき／宮古の村里の、とある村外れの農家に／十一人の米兵《アメリカー》が、ガムを噛みながら突然押し入り／羽交い締めに縛った夫の、その目の前で、その家の四十手前の主婦を、入れ代わり犯したが／十一人目の米兵が、主婦に圧《の》し掛かった瞬間／夫が「ワイドー加那、

あと一人！」と絶叫したというのだ／あゝ私は、一瞬、脳天さえ眩《くら》む、これほど美しい叫びを、知らない。／いや全く、人づてにも、ついぞ聞いたことがない。／そう私は、この世には言葉を越えた言葉があることを、初めて知った。／きっとその日は、世にも壮麗な稲妻が村内《むらうち》を突き抜けたであろう。（以下略。斜線は改行を示す）

与那覇幹夫は、宮古島で起こったこの悲劇を宮古島のみに限定することなく、「ワイドー沖縄」として拡大し、「犯され殺された数多《あまた》の主婦やみやらび、いたいけな幼女たちの鎮魂」の言葉としたのです。また、犯され襲われ続ける沖縄の人々を励ます祈りの言葉として、さらに状況に負けない詩の言葉として、定着させたのです。

八重洋一郎の詩集『日毒』は、表題にもなっている「日毒」という言葉が衝撃的です。「日毒」とは日常に毒されるということではありません。日本に毒される沖縄ということです。八重洋一郎は石垣島に生活の拠点を置く詩人ですが、先祖は石垣島に遣わされた琉球王国の役人であったようです。八重はこの言葉を、先祖の書簡から発見します。先祖は琉球処分の時代を「日毒」と称したのです。このために罰せられたようですが、八重は万感の思いを込めて、現在もなお「日毒」の時代は続いているとして過去の言葉を甦らせたのです。

二人の詩人の二つの詩集には土地の記憶を紡ぎだす共通の姿勢があります。土地に寄り添い、弱者に寄り添い、権力に隠蔽された言葉や物語を浮かび上がらせたのです。文学の言葉は生活の言葉によって命を吹き込まれ、生活の言葉は文学の言葉によって力強い武器となったのです。

(3)　沖縄文学の未来

沖縄文学は今、このような営為を続け、文学の可能性を担いながら、ダイナミックに創造されているのです。様々なジャンルにおける様々な試みの中で貫流する大きな課題は、相手に届く言葉の力を求めて試行している、ということが言えるように思うのです。

困難な時代に抗う言葉、自分にとって宝石のような珠玉の言葉、未来に希望を託する言葉はどこにあるか。そんな言葉の力を求めて、沖縄の過去、現在を表出し、未来への希望を志向する。この営為の中に沖縄文学は、今あるように思われるのです。

沖縄文学は何を表現してきたか。これから何を表現していくのか、興味は尽きることがありません。沖縄文学の担い手自らが、沖縄文学の枠組みを打ち破り、題材としての沖縄をディ・コンストラクト（脱構築）していく。このことこそが、さらに大きな可能性をも生みだしていくように思います。

長年、沖縄文学へ関心を寄せ続けた私にとっても、今なお文学の世界はいつも魅力的であるのです。後半のパネルディスカッションを楽しみにしたいと思います。ご静聴、有り難うございました。

第二章　パネルディスカッション

「沖縄で文学することの意味」を考える

コーディネーター　崎浜慎
パネリスト　富山陽子　トーマ・ヒロコ
安里琉太　屋良健一郎

崎浜慎　それでは第二部のパネルディスカッションを始めます。「沖縄で文学することの意味」をテーマに、まずは各パネリストにひとり五分程度でお話しいただきます。そこから共通する点を抜き出して、論点を三つほどにしぼり、それについて議論をしていきます。まずは富山陽子さんからお願いします。

富山陽子　みなさんこんにちは、富山陽子と申します。本日はどうぞよろしくお願いいたします。私は二年前に退職しましたが、県内の特別支援学校に勤務する傍らずっと小説を書いておりました。物語を書く、それを目指したのにはきっかけがあります。幼い頃から本が大好きでよく読んでいました。小学校三年生の時に、筋ジストロフィーという病にかかった少年について書いた本に出会いました。自分と同じ年の少年の限りある命、限られた人生を悔いなく精いっぱい生きたいという思いにとても心を打たれました。ちょうどその頃の私は、人は死んだらどうなるのだろうということにかなり関心があって、死ぬのが怖いとメソメソ泣く子でした。この少年のようにたとえこの世に自分の存在がなくなったとしても、自分が書いたもの、分身となるものが残れば死ぬことが少しは怖いことではなくなるのではと思うようになりました。これが物書きになろうと思ったきっかけです。

初めて小説らしきものを書いたのは二十代の頃でした。働きながらですので、たくさんの作品が書けたわけではありません。そのころ私の書く物語のどこにも沖縄は登場しませんでした。書く対象というのは、私の場合どちらかというと、あこがれているもの美しいものに限られています。沖縄はかっこ悪いから書けないという思いがとても強かったです。

なぜ沖縄をかっこ悪いと思ったのか、それは一九七二年の日本復帰という時代背景が大きく起因していたように思います。復帰当時、私は中学校一年生でした。当時の沖縄には本土並みになろう、本土と同化しようという動きがありました。きれいな標準語で話したい、東京や大阪のような都会で暮らしたい。多感な年頃であった私は、本土へのあこがれを募らせ、どうしてこんな南の果ての小さな島に生まれたんだろうというふうに、コンプレックスを抱いていました。でも小説を書くうちに、かっこ悪いから書けないとしていたはずなのに、いつのまにか私のベクトルは沖縄へ向かうようになりました。

小説は人間の生き様を描くものです。生まれ育った土地の歴史や文化、人々の暮らしなど、自ずと自分の根っこにあるものが表出するのは、自然なことなのだと思います。今は根っこにあるものに素直に向き合っています。作品のほとんどは島が舞台ですし、題材もテーマも沖縄に関するものです。このように沖縄を書くという行為が、私と沖縄とを近づけていったような気がします。

もしも小説を書いていなかったら、私は今でも沖縄に生まれたことにコンプレックスを抱いていたかもしれません。今は書けば書くほど、沖縄が好きになる自分がいます。愛おしいもの、守りたいものとして沖縄があります。

最後に、沖縄で文学することの意味について触れたいと思います。小説を書き進めていると、まだ完全に物語が出来上がっていない、だいたい全体の三分の二あたりぐらいになると、なぜかラストシーンの情景が目に浮かんできます。これはどの作品においても共通して言えることなのですが、そこで描かれているものが希望なんです。私にとって沖縄で文学することの意味は、希望を描くということにあると思います。

崎浜　富山さんありがとうございます。引き続きトーマさんお願いします。

トーマ・ヒロコ　詩人のトーマ・ヒロコです。本日はどうぞよろしくお願いします。沖縄で文学することの意味について大きく三つに分けて述べたいと思います。一つ目は沖縄という土地の背景ですね。私は他の同世代の方たちより親が年上と言いますか、遅く生まれた子どもなので、同世代の人たちより沖縄の歴史を聞かされて育って、ウチナーンチュのアイデンティティを強く持って大きくなった方だと思います。歴史だと琉球王国時代からの話、薩摩侵攻、沖縄戦、戦後のアメリカの支配、復帰までの歴史などがあります。また文化については、音楽がドレミファソラシドのレとラがない琉球音階だったり、三線だったりそういった特徴を持つ音楽を始め、舞踊・組踊、紅型や漆などの工芸を含めた独自の文化があります。そして最後に、シマクトゥバといった他の県とは違う、そもそも沖縄は琉球王国だったということを親から叩き込まれて、また小さい頃から聞いていた地元のラジオからも学ぶことが多かったです。

私は沖縄国際大学に入学したんですけれども、講義の中で眼差される沖縄という視点に出会ったり、ちょうど二〇〇一年に大学に入学したので、その時、朝ドラ「ちゅらさん」が放送されていましたので、この「ちゅらさん」を見ていて一度は沖縄を離れ、本土から沖縄を見るという経験が大事なのではないかと思い、大学卒業後は本土で暮らしていました。これまで家族から聞いたり学んだりしたことが、詩を書く上でそれに限らず生き方として土台や背景になっていると思います。

二つ目が沖縄の今を生きるということで、詩に書いている内容について述べます。背伸びせず等身大の生活を描くことを無意識に心がけています。沖縄の基地問題は政治というより、生活のことだと捉えているので、そのように詩を書いております。沖国大出身で在学時に起きたヘリ墜落事故のことは「黒いもくまおう」という詩で描いており、またオスプレイのことも「わたしたちの10年」という詩で書いています。不発弾のことは「戦の残骸の上で」という詩で、慰霊の日のことについても複数の詩で描いています。

本土化していく沖縄のことも学生の頃から気になっていました。学生のころ「ファミレスにて」という詩を書きました。本土のチェーン店、ファミレスのチェーン店がどんどん増えていくようなことを描いてるんですけれども、基地がいろいろ返還されていったその跡地が全国チェーンのお店がどんどん並んでいくというのも、雇用が生まれていい面もあるんだけれども、本当にそれでいいのかなとかいう思いもあります。

またシマクトゥバやウチナーヤマトグチについても自分のボキャブラリーにある言葉は積極的に使いたいし、そのボキャブラリーを増やしていきたいと思います。

三つ目が何で表現するかということで、この表現の手段、ジャンルですね。私は生活のことを書いていきたいので、詩やエッセイが合っていると思いました。そもそもはエッセイをやりたくて、沖国大の文芸部では周りの人たちがみんな詩を書いていたので、そこに感化された部分もあり、内容によってこの題材なら詩で書こうとか、この題材ならエッセイかというふうに振り分けて書いていて、今もそのようにしています。そうしているうちに詩でエッセイするというスタイルができてきました。もともとやりたかったエッセイよりも、詩を評価されることが多く、今に至るという感じです。

結論として、今の沖縄を生きる生活者として文学で発信していくというスタイルで沖縄で文学をしています。

崎浜 「詩でエッセイをする」という表現が面白いなと思います。やはり、大きな事柄というよりも、自分の身の回りのものを言葉で描き出すというのはとても大事なことなんじゃないのかなと思いますね。引き続き屋良さんお願いします。

屋良健一郎 屋良と申します。私は短歌をやっております。私は歴史が好きで今も歴史を専門の仕事としていますけれども、歴史を勉強していく中で、平安時代の貴族などが詠んでいた和歌に興味を持ちました。小学生の時に大河ドラマ「琉球の風」というのがございまして、ちょうど琉球王国の独自の歴史とか文化というものが非常に注目されていく時期でした。自分は日本人なのか、それとも沖縄の人っていうのは、やはり日本と違うのか。琉球王国というものの独自性が強調されていく中で、非常に自分の中で迷いみたいなものがあったのかなと思います。

その中で、歴史が好きということもあり、和歌に興味を持ってそれで短歌というものに惹かれていったということがございます。本格的に詠み始めたのは大学に入ってからですけれども、短歌を詠む中で、あまり沖縄というのは意識してないつもりだったんです。しかし気がつくと沖縄のことを詠んでいるということがございました。そういう意味で先ほど富山さんがお話しされていたことと近いのかなという気もいたします。

沖縄で、あるいは沖縄を題材に文学をしていく、短歌を選ぶということに、どういう意味があるのかと考えてみますと、一つはですね、過去の短歌を読むということを通して、自らが体験していない、たとえば戦争だとかあるいは復帰前の状況ですね、そういったことに触れることができる。それが他者の作品を読むことの意味かなと思います。そしてその歌の批評を通して、沖縄の過去を他者に伝えていくというふうな役割があるのかなと思っています。また、自分が短歌を詠む側としましては、短歌というのは長い歴史がございまして、過去に先人たちそれぞれが自らが生きる時代、それぞれの今を詠んできたわけですけれども、その積み重ねの上にまた自分が今見ているもの、今触れているものを詠む。先人たちの今の積み重ねの上に自分の今を足していく。そしてちょっと大げさな言い方をすると、それを未来に託すというか、未来の誰かに読んでもらって、私が見ている沖縄の今を伝えたいというところがございます。

沖縄という土地は非常に多様な人々がいると思います。たとえば沖縄と一括りにしましても、沖縄島以外にも様々な島がございます。沖縄島が辿ってきた歴史と宮古・八重山が辿ってきた歴史は違いもあるでしょうし、あるいは琉球文化圏ということで言えば今は県は違いますが、奄美の島々もあります。そういった様々な島の人たちの立場から、沖縄の歴史とか文化を見たときにはまた違った見え方がするのではないかと思います。また、たとえば米軍関係者や県外からの移住者など様々な人が沖縄にはいるわけですけれども、その人たちの立場や思いを想像してみる。あるいはその人たちになりきって創作してみる。それも文学だからこそできるのかなと思います。いろいろな人たちの立場に思いを致してみる。そうすることで、自分の考え方を見直したり、新しい発見ができるのかもしれない。そういう場が沖縄なのかなというふうに思っております。沖縄で文学することの意味として、自分が知らないことやいろいろな考えに出会えるということがあると思っています。

崎浜　屋良さんありがとうございました。沖縄への回帰ということをおっしゃっていて、なるほどと思いましたけれども、富山さんも一旦は外に目が向いて、最終的には沖縄だということをおっしゃっていまして、一つのキーワードになるのかなと思いました。なぜ最終的には沖縄に戻ってくるのか、沖縄に向かうのかというのは、また後ほど議論できたらなと思います。最後に安里さんお願いします。

安里琉太　俳句を普段書いております、安里琉太と申します。よろしくお願いします。沖縄で文学することの意義とか、また可能性ということを念頭に置きながら、話させていただけたらと思っております。

まず本題に入る前に、俳句を始めたきっかけについてなのですが、高校二年生の時に俳句甲子園という愛媛県で行われている俳句の全国大会に初めて参加し、そこから俳句にのめり込みました。ですので、沖縄における問題系の伝達手段として俳句を選び取ったというわけではなく、俳句との出会い方によれば、沖縄に生まれていなかったとしても、俳句に親しんだのかもしれないと思います。

沖縄で文学することの意義や意味というところに戻ります。たとえば日本文学という時、それは所与のものとして語られやすいと思います。しかし、沖縄や北海道において文学がなされる時、所与のこととして語られないことが出てくる。あるいは、沖縄や北海道で文学をする中で、日本文学という枠組みの中では所与のものとされていることが特別重要な問題としてむき出しになることがある。これまで所与の事とされてきた実はとても重要な問題があらためて問い直されることがある、そういうことが、沖縄で文学することの意義や意味として真っ先に思い浮かぶことです。

俳句においては、季語という例をまず挙げることができるかと思います。たとえば、季語の代表的なものである桜は美しいものとして、特別ラディカルに問い直される機会はそれほど多くないように思いますけれども、沖縄においてはまずその桜というものの「本意」ですね、季語の情趣として中心的な「桜」、そういう「本意」に適う「桜」そのものがないというところから始まっていく。では、沖縄独自の季語は、ということで言えば、沖縄の季語が歳時記という体系的な形をとって俳句を詠む際に広く周知されはじめたのは、実は戦後になってからのことです。季語があらためて作り出されるそういった瞬間があること。あるいは季語のイメージが変遷を遂げてゆくということ。季語のイメージ、「本意」が壊れてもまた回復されてくるということ。そういった季語の現象は日本文学という中心においては、あまり表面化しにくいと思うんです。けれども、そういうことが周縁においては露呈されることがある。

そういう本来中心においても大変重要な問題が沖縄で文学することによって現れて来る。沖縄で文学することの意義ということは、無論それ以外にもあると思うんですが、まず私が考えたのはそういうところです。手短ですけれど、この後、ディスカッションのうちで様々な話に触れられると良いかなと思っています。

崎浜 ありがとうございます。安里さんに指摘されるまで季語の問題についてなかなか考える機会がなかったんですが、あらためて指摘されると日本で当たり前のように考えられている季語というのが沖縄で通用しないこともあるのだなと思っています。たとえば季節自体が日本と沖縄では違いますよね。桜は日本だと四月ですが、沖縄だと一月か二月ですね。もうその時点で日本と沖縄の違いというのがあると思うんですけれども、安里さんは季語から日本文学と沖縄文学の違いを見ていこうとしているのかなと思いました。これはまた後ほど詳しくお話を聞かせてください。

さて四人の方にお話しいただき、それぞれ創作に対する強い思いを伺うことができました。それで論点を三つにまとめました。

【論点1】「アイデンティティ」の問題
【論点2】「言葉」の問題
【論点3】「文学と政治」の問題

今回はこの三つについて議論をしていきたいと思います。そこで私の方からみなさんにご質問なんですけれども、まず一つ目、お話を伺いまして、みなさんは沖縄と日本の間でアイデンティティというのが引き裂かれて形成されているような感じを受けました。ウチナーンチュなんだけれどもやはり日本人でもある。その狭間にみなさんいながら自己形成をしていってるのかなと思います。またみなさんの創作活動というのも、日本人と沖縄人の間を揺れながら、それをテーマに創作しているという印象も受けました。このアイデンティティの問題についてどうお考えでしょうか。富山さんから伺います。

富山　アイデンティティというのが、自分は何者であるかということを自覚することだとすれば、私は小説を書くことで自身のアイデンティティというものに気づかされたという気がします。また、沖縄文学のアイデンティティというふうに広げると、沖縄で生まれ育ったものとして、沖縄の文化や歴史、人々の暮らしなどそれらを尊重して表現するというところにあるのかなと思います。

トーマ　沖縄に生まれ育った者として、でも、シマクトゥバがペラペラ全部しゃべれるわけでもなくて、普段は日本語をしゃべって、時々ウチナーヤマトグチをしゃべってるみたいな感じではあるんですけれども。先ほど述べましたが、沖縄の基地とか、今も起きている他の県とは違う特徴とかそういった中で生きているので、やっぱりウチナーンチュとしてのアイデンティティというのは強くなってきてるんじゃないかなというふうに思っていて、そういったことを詩で表現しているのかなと思います。

崎浜　アイデンティティの問題というと大きな話になりがちというか、抽象的な話になりがちなので、それについて具体的に語るのは難しいのかなと思います。

いま手元にトーマさんの詩集がありますが、「翻訳」という素晴らしい詩がありまして、これは実際東京で暮らしているときの話ですかね、自分が使う言葉が東京で使う言葉と異なっている。具体的に「その腕時計上等だね」という言葉に怪訝な顔をされるという体験を詩にしてますけれども、その「上等」という言葉から東京と沖縄の差異を見ていってるんだなっていう。何気ない言葉なんですけれども、やはり詩人らしいというか、言葉に対するこだわりを感じました。

屋良　短歌を詠む時、最初のころはあまり意識してなかったんですけれども、やはり自然と沖縄のことを表現していて、それが他の人から、特に県外の方から評価されると、やはり嬉しいし、それによって逆に沖縄を意識するようになったというところがありますね。沖縄をどんどん表現していこうと。今は、沖縄の文化や歴史に愛着とか誇りがあるから沖縄を詠んでいるんですけれども、一方でやっぱり表現者としてはちょっと怖いところというか、沖縄を表現すればするほど、こだわればこだわるほど、短歌の表現者としては非常に視野が狭くなっていってるんじゃないか。それは沖縄を深く掘っているという事なのかもしれないですけれども、表現者としては本当にこれでいいのかどうかなっていう戸惑いは持ちながら、それでも沖縄のことを表現してしまうというそんな感じですかね。

崎浜　沖縄を表現しながらも、ちょっと危うさを感じるというのは、その通りなのかもしれません。言葉というのは外に向かって開いていくものだと思いますけれども、逆に沖縄にこだわることによって閉じてしまう部分があるかもしれない。そういう危うさは表現者として絶対持っていた方がいいなと思いました。言葉についてはまた次の論点で詳しくディスカッションできればと思います。

安里　私は幼い頃、両親が共働きだったので祖母の家に預けられることが多く、祖父母がしゃべる方言によく触れていました。祖父母同士は方言でしゃべっていましたが、自分に話しかけるときにはわかりやすいように、ウチナーヤマトグチっぽい感じでしゃべってくれる。だいたい夕方ぐらいに学校から帰ってくるとＮＨＫの番組とかを見ながら、向こうで祖父母の方言も聞こえる。そういう感じで言葉に触れていた気がします。ですので、聞くことはできるけれど、しゃべることはできない。大学までは琉球大学にいましたけれども、大学院からは法政大学に進学したので、向こうでも五年ぐらい暮らしていました。訛もあんまりないし、割と沖縄らしくないねって言われることの方が体験としては多かったように思います。

アイデンティティについて述べますと、僕としてはやはりアイデンティティというのが本質的に自らの根源としてあるというより、アイデンティファイというか、自己同一化を通してアイデンティティが形成されるというふうに考えています。ですので、沖縄の問題系や沖縄ということが自分の核にあるというよりは、ふとした時に向こうからやってくるみたいな感じというか、逃れられないものとして飛んでくる感じっていうのでしょうか。だから本質的な形でアイデンティティというものを自分の中に位置づけてはいないです。沖縄か沖縄ではないかっていうような尺度自体にあまり乗れないところがあり、何であるかみたいなものの線引きを通して友と敵を作るというか、そういったのはあまり僕が思い浮かべる連帯という形ではないのかなというふうに思っています。

崎浜　こちらの方でアイデンティティとは何かという質問を設定しているんですけれども、いまさらながらそれは何なんだろうなって思います。安里さんの指摘で私が思ったのは、たとえば沖縄人とか日本人という枠組みですね。民族とか人種のアイデンティティというのが私たちを本当に作っているのかっていうとクエスチョンマークなところもあって、なんかよくわからないものだなという気がします。それよりも自分は自分であると言い切れた方が一番望ましいのかなと思いながらも、どうしても沖縄人とか日本人とか、属性にとらわれてしまう傾向がある。しかし、民族などで自己規定してしまうアイデンティティはそもそも必要なのでしょうか。また、沖縄文学あるいは日本文学と線引きする必要があるのかなとか本当に考えてしまいますね。アイデンティティを問うということ自体があまり意味のないことのような気もします。

アイデンティティと密接に関わる問題ですが、二番目の論点に移ります。言葉の問題についてみなさんと一緒に考えていきたいと思います。沖縄において言葉といえばシマクトゥバですが、先ほどの講演で大城貞俊さんが、シマクトゥバによる言語実験というのが沖縄文学の特質なんだとおっしゃっていて、その通りだなと思いました。みなさんは年齢的に若いですので、なかなかシマクトゥバを使いこなすのは難しいのかなと思いますが、創作をする上で実際シマクトゥバにどのように向き合っているのかを簡単に聞かせてください。

富山　両親が宮古島出身なので、まったく沖縄の方言シマクトゥバは話せないし聞けないです。となると作品の中でも書くことができない。シマクトゥバが書けたらなと、とても残念に思います。ただ沖縄の作家の中には、シマクトゥバを使わなくても沖縄臭さが出ている優れた作品がたくさんあります。シマクトゥバがなくても、登場人物の表情やしぐさ、いでたち、場の空気感、その辺りのところから沖縄らしさを伝えることができるのだと思います。でもこれは沖縄で生まれ育ったものにしかできないことなのでは。たとえば本土の作家の方が、沖縄を題材にし作品の中でにわか仕込みのシマクトゥバを使ってもあるいは使わなくても、どちらにおいても違和感があります。シマクトゥバを使わずとも沖縄らしさを表現できるのは、沖縄で生まれ育ったものにしかできないと思いますし、私はそれを目指したいと思っています。

崎浜　本当におっしゃる通りですね。沖縄の小説を読んでいてニュアンスというのはたしかにあると思います。又吉栄喜さんの小説などはシマクトゥバとか一切使わないですけれども、こう言うと失礼かもしれませんが、変な日本語というか、奇妙な日本語の文法になっていて、これは明らかに沖縄の人が書いた日本語だというようなところがありますし、大城立裕さんの小説も初期のものなどは結構ギクシャクとした日本語を使っていて、面白いなと思いながら読んでいたんです。大城さんの小説の日本語はだんだん磨かれていかれまして、晩年の小説は本当に見事な日本語なんですけれども、初期の短編小説などはとても沖縄らしいニュアンスが漂っているのかなと思います。

トーマ　シマクトゥバの危機だという話を聞いて久しいんですけれども、私は単語単語でしかシマクトゥバが分からないんですけれども、分かるものは積極的に使いたいと思っています。最初の富山さんのお話にあったように、自分がいなくなってもこの自分が書いたものは残るという考え方でいくと、今よりもっとシマクトゥバが守られているのだったらいいんですけれど、もっと分かる言葉が少なくなっているんだったら、私が詩で書き残すことでこんなシマクトゥバもあるんだなっていうのが残ればいいなっていう気持ちでやっていて、できれば今まで知らなかったシマクトゥバも自分のものにして取り入れて記録して残していけたらいいなと思っています。

崎浜　「正しい」シマクトゥバというのは、もう習得するのが難しいのかもしれません。でも言葉というのは変化していきますし、どんどん新しい言葉が生まれてきます。新しい言葉を否定しないというか、それを表現者として一つ目指してもいいところなのかなと思います。未来のシマクトゥバを目指して今から言葉に取り組んでいくというのは、一つの覚悟というか態度なのかなと思います。

屋良　私もシマクトゥバはほとんど分からないので、作品に取り入れるということがそんなに多くはありません。ただ、トーマさんがおっしゃっていたような、自分が知っているものは使っていきたいという思いは私もあります。

ただ、沖縄の短歌を見ていてこのシマクトゥバ、沖縄の言葉の使い方で、どうなのかなと違和感を抱いていることもあります。ちゃんと調べたわけじゃないですが、沖縄の短歌に使われている沖縄の言葉というのは、たとえば「てぃだ」だったりとか「ちゅら」だったりとか、県外の方がわかるようなものが多く詠まれている気がするんですよね。読者が前提にあって、県外から求められている沖縄の言葉を使っているのかなというのがなんとなく沖縄の短歌のイメージとして私にはあります。もちろん実験的な作者もいて、県外に全然知られていない沖縄の言葉を入れていくという方もいるけれども。県外から求められる沖縄になっている、そんな歌が少なくないのではないか。そこが私は短歌というジャンルにおける沖縄の言葉の問題として、また私個人の問題としても気になっているところですね。

崎浜　視聴者の方からも質問が来ておりまして、これは屋良さんに直接お聞きしたいということなんですけれども、読み上げますね。「ウチナーグチの表記に関する質問をします。前近代から近代にかけて沖縄の言葉はどのように文字として表記されてきたのでしょうか。それは現在のウチナーグチとどの程度関連があるものなのでしょうか」

屋良　言語学が専門ではないのでちょっとお答えできない部分もありますが、たとえば琉歌とか見ますと、結構ひらがなで書かれている部分とかも多いと思います。ただ、文字の表記と発音はまた違ったりすると思います。私は専門外ですみません、正確にお答えできないので、ちょっと控えたいと思います。

崎浜　ありがとうございます。安里さん、言葉の問題についてお考えがありましたら、どうぞお願いします。

安里　沖縄の明治以降の俳句をざっと見ていった時に、「若夏」とか「うりずん」とかが季語の形で広く使われ始めるのは意外と新しいというか、戦後になってからという感じですね。シマクトゥバ自体を使っていくときに、トーマさんのお話でも出たんですが、俳句でも単語単語で出てくるというような印象があって、たとえば名詞単体で使われて、その横に読みのルビがあててあるような、そういう場合が多いように思います。

自作について言えば、僕は沖縄で詠んだ句も句集の中には入っています。ですが、シマクトゥバを用いては書かれてはいません。シマクトゥバについて自分の経験を振り返ってみるとすれば、幼い頃、たとえばキャベツを指さして、祖父母にこれって方言でなんて言うのと聞いたことがあります。すると祖父母は、「うちはこう呼んでいた」とか、「いや違う、うちはこうだった」、「いやそれは違う」みたいな感じで不思議な小競り合いを始めたりして。つまり、キャベツの呼び方を巡っても、地域差なのか分かりませんが、ただ呼び方に祖父と祖母との差があるのだなと思いました。どのようなシマクトゥバを書いていくかっていうことですね。様々なシマクトゥバがある。それを例えば教育のレベルで、一律に「うちなーぐち」として普及して教えていこうとなった時に、それを首里方言とするのかとか、どういう形で方言を書いていくのかとか。少し難しいところです。場合によっては、それが新たな「国語」みたいな感じになることもあるのだろうと思っています。また、シマクトゥバを用いて俳句を詠んでいこうとするとき、それは季語や定型、音数、韻律と形式とも関わる問題であると考えたりします。

崎浜　一口でシマクトゥバとかと言っても地域ごとに言葉が異なっていますので、それは富山さんも言われているとおり、宮古の言葉と沖縄島の言葉というのは確実に違いますし、その中でシマクトゥバと一括りにしてしまうことの危うさもありますよね。ですから今シマクトゥバ復興運動が盛んなんですけれども、もう少し慎重にというか、腑分けして考えていかなければいけないところもあるのかなと思いますね。

話が変わりますけれども、視聴者の方から三つの質問が来ています。一つ目が「作品の中で光と色をどのように意識しているか」ですね。二つ目が「海をテーマに歴史や文化、人との関わりをどのように表現しようと考えているか」。最後に「台湾・中国・韓国いわゆる東アジアにおける沖縄文学の役割をどう考えているか」ですね。最後の質問について、短歌や俳句というのは外国でも盛んなんですかね。沖縄の短歌や俳句というのは紹介されたりしているのでしょうか。

屋良　短歌につきましては、以前沖縄の歌人たちと台湾の方との交流を平山良明さんが中心になってされていたと思うんですけれども、最近はあまりそういった話を聞かないですね。最近の海外、東アジアと沖縄の短歌とのつながりというのは、ちょっと私はあまり浮かばないですね。

崎浜　東アジアで沖縄文学がどう考えられているのか、どう捉えられているのかというのを考えるときに、一つ「翻訳」の問題があるのかなと思っていて、たとえば短歌や俳句は翻訳というのが実は難しいんじゃないのかなと思ったんですね。なかなか日本語のニュアンスというのが伝わりづらい部分があるんじゃないのかなと思うんですが、安里さんはどうお考えですか。

安里　東アジアの話で言うと、台湾には俳句会があります。『台湾歳時記』も刊行されている。第二次世界大戦以前は、高浜虚子の弟子の山本孕江が「ホトトギス・ゆうかり」という結社を指導していました。その結社に所属していた数田雨條という人物が戦後の沖縄でいち早く刊行される俳句雑誌の創刊に関わっており、沖縄の戦後の俳句の動向にも繋がってくるところがあります。

この話題においても、やはり季語が問題として出て来ると思うんですね。周縁における季語のありようとして、たとえば実際の桜は当地にないけれども、しかし「桜」という季語の通り「桜」を詠みたいという人々も出てくる。このような時、季語は過分に美学的なものだと強く実感させられます。翻訳の話に移ると、たとえば「古池や蛙飛び込む水の音」という有名な芭蕉の句がありますが、あれをラフカディオ・ハーンが翻訳した時、飛び込む蛙を複数形で訳したんですね。普段僕は教員をやっていますが、授業で「水の音ってどう?」と問いかけたら「ポチャン」と単数の蛙で答える生徒が多いと思うんです。蛙自体がいっぱい居てたくさん飛び込む。蛙の卵を見ればたくさん生まれるわけだから、群生が自然と考えることには一定の正しさがあります。ポチャンポチャンという音に春の華やぎを感じる。単数と複数。これは非常に美学的なところが絡んできます。翻訳というテーマを通してですね、美学というものが場合によっては統一化されていったとか、そういったものが見えてくるんじゃないかなと考えたりします。

崎浜　安里さん、季語というのは俳句にとって実に制度的なものだと思いますが、季語はなくても構わないんですかね。どうお考えですか。やはり季語は必要なのか、それとも特に沖縄において季語は必要ないんじゃないのかとか。

安里　季語が必要ないっていう、無季俳句とかですね、そういう試みもたくさん蓄積があります。ただ、たとえば季語を使わないとなった時に、そこでまた何が別のものとして共有されるのかという問題があったりして。たとえば戦時期には、無季運動、俳句に季語はいらないんだ、その代わりに戦争をテーマにして戦争を通して我々の感情を詠もうみたいな主張もあったり。そういうふうに国民国家を強化する言説もありました。だから一概に季語から解放されれば、政治的ではないものとなるというわけではない。無季にすれば季語の問題が解決できるわけでもない。逆に不問の内に何かを留め置いてしまうような感じがして、そういうことについてはしっかり詰めておきたいなという気はしているところですね。

崎浜　季語の問題と「政治的」というお言葉が出ましたが、やはり政治的なものに対しては、文学をしている者として敏感に反応せざるを得ないような部分があると思いますけれども、それはまた最後、三番目の「政治と文学の問題」の時にお話できればなと思います。

富山　海をテーマに歴史や文化・人との関わりを書くとしたらという質問があったかと思いますが、もし海をテーマに小説に書くとしたら、と想定してみました。海となると島が出てきます。そうなるとやはり大陸ではなく島というのが舞台になるかと思います。そこでの人々の日々の暮らしや風習や祭祀、そういったところが題材として現れてくるのかなと思いました。

トーマ　海をテーマに歴史や文化、人のことなどを描くという件について、今、海シリーズの詩を四つぐらい書いているんですけれども、その中で最初に書いた「宝物」という詩が浦添の西海岸に橋やパルコができて通行できるようになって、今まで海の前に基地があるので容易に人が立ち入れなかった海に、今はたくさんの人が集って憩いの場となっているということを描いています。その海のことを考えた時に、基地ができる前、戦前というのはそこにまた人の暮らしがあって、その戦前の人たちもこの海を見て過ごしていたんだなっていう。で、今を生きる私たち、今いるんだけど、まだちっちゃい子どももっていうその三世代共にこの海を見ているんだという場所を書いたんですけれど、答えになってるんでしょうか。

崎浜　はい、ありがとうございます。海のお話に関連してですが、別の視聴者の方から質問が来ておりまして、これも読み上げます。「県内で文学活動をしているものです。ある時県外の方からもっと沖縄の雄大な自然を描いた作品を作ってほしいという感想が来ました。また逆に県内の方からもっと沖縄が抱えている問題に関した作品を作ってほしいという感想が来ることがありました。みなさんはこのような意見・感想が来たことがありましたか。またその際にどうお考えになりましたか」

富山　沖縄の抱えている問題をもっと書いてほしいというご意見は大変ありがたいと思います。私は逆のことを言われたことがあります。沖縄の作家といえば沖縄戦や米軍基地のことばかりで、もううんざりだと言われすごくショックを受けました。でも、沖縄をテーマにするとどうしてもその辺が出てくるわけです。戦争や基地のことは切っても切れないという感じです。多分、両方いらっしゃるのだと思います。戦争や基地問題など赤裸々に書いてほしいという人、もっともっと知りたいという人と、もうこういうのはうんざりだと言う人と。どちらの要求にも応えられるよう、戦争や基地問題を扱ってもそれを普遍的なものへと高めるような作品の質が求められるのだと思います。

屋良　私が直接言われたことがあるのは、あなたは沖縄のことをよく表現するけれども沖縄って特別なんですか、日本と違うんですかみたいな感じのことは言われましたね。私自身は、自然を詠んでほしいとか、沖縄の問題を扱ってほしいと言われたことはないですけれど、周りの人からは、沖縄の自然をもっと短歌で表現してほしいと県外の人に言われたと聞きます。ただその方がそういった県外からの言葉に対して言っていたのは、そう言われるけれども、でもやっぱりもっと表現しないといけない問題があるんだと。沖縄の問題、基地、沖縄戦を詠まないといけないんだというふうにその方はお答えになっていた。あとは、県内の人が、沖縄の問題をもっと詠むべきだということを沖縄の若い表現者に言うことも結構あります。若い人があまり沖縄を題材にしない、沖縄を題材にするとしてもそんなに基地や戦争を扱わないと。やはり沖縄の人だから戦争や基地を扱うべきだというふうなことを言う人もいたりします。ただ、これを題材に扱うべきだって言うと、ちょっともったいないような気がしますけどね。それで人を縛るというのは、個人的にはあまり好きではないですね。

崎浜　安里さんには別の質問をよろしいでしょうか。視聴者の方から質問が来ておりまして、ちょっと難しい内容ですが読み上げますね。「山之口貘には不意に方言を反映した、たどたどしい日本語が現れることが指摘されています。また斎藤茂吉には東北方言の活用が反映されているという指摘もあります。ところで明治期には鹿児島の桂園派歌人と沖縄の歌人の間で交流がありましたが、和歌を詠んだ沖縄の歌人の作品に方言の痕跡を見出すことはできるのでしょうか。そこから敷衍して自分自身の作品に不意に言語的なコンフリクトが生じてしまうことはあるのでしょうか」というご質問です。

安里　僕は普段俳句を作っていて、研究的にも俳句が中心なので、ご質問いただいた短歌の例というか、和歌ですかね、どういうふうに答えればいいか迷いますが、一応思い浮かんだ範囲でお応えします。それ（コンフリクト）は人それぞれである気もしておりますけれども、ただ、たどたどしさっていうことは一つ重要な観点かなというふうに思いますね。たとえばこれは話し言葉というよりも句会で出た例で、例えばさっきの翻訳にも少し関連する話かもしれませんが、大学生の時に通っていた県内の句会で、俳句なんか書いたことないんだけど、その日初めて書いてみるというおじいさんが来たことがあり、その人が俳句を書くときに五七五の下の五の部分で「海あるき」という言葉を用いていたんですね。「海あるき」が文脈的に名詞的に使われていて、これはどういうことだろうとみんな読み方に戸惑った。それであとあといろいろ聞いていると、なるほど「海あっちゃー」（注：シマクトゥバで漁師のこと）という言葉を翻訳する形で「海あるき」と言ったんだっていうことが分かりまして、なるほどそれは実に興味深いなと思ったことがありました。これをクレオール言語的とまで大きく言うつもりはありませんが、しかし、まったくそういうところがないわけでもない。先ほども述べたように、季語など名詞的、単語的にシマクトゥバが用いられることはよく見られますが、しかし、季語じゃない言葉を翻訳的に書きながら、そこからそういう〝たどたどしさ〟が生まれているというのはとても興味深いなあというところがありましたね。うまくまとまってないんですが、あらためてゆっくり考えて行きたいご質問と思いました。

崎浜　最後の論点について時間がそれほどないですけれども話し合っていきたいと思います。文学と政治の問題ですね。今の日本を見ていますと日常生活と政治が切り離されて考えられがちなのかなと思いますが、本来はこの政治と日常生活というのは深い密接なつながりがあるんじゃないのかなと思うんですね。特に沖縄で生活していると米軍基地の問題ですね、汚染された水道水の問題とか、ヘリからの落下物などの事件・事故など、政治社会の問題が直に私たちの生活に影響を及ぼしているのが分かります。そこで、文学にはこの切り離されているかに見える日常生活と政治を結びつける力というのはあるんでしょうかね。

屋良　沖縄の短歌の傾向として、しっかり基地について扱ってきたと思います。ただ基地の描き方はどちらかというと、政治的な主張を声高に表現する、基地反対っていうのをストレートに詠むということが多かったと思います。今でも、もちろんそういった作風も沖縄の短歌を見ていると強いんですが、ただ最近はやはりそれではなかなか読者に届かないということで、自分の答えを押し付けるという形ではない作品も出てきた。日常生活の中での基地の存在、たとえば基地の人たちとの交流だったりとか、あるいは基地の街に潜んでいる危険だったりとか。反対・賛成とか言うのではなくて、日常生活を具体的に描く中で基地の存在を見せて、基地の近くに生きている自分たちを表現するという短歌ですね。基地自体というより基地の街の生活を詠むような歌がちょっとずつ出てきているのかなという感じがします。日常生活を描くことで、基地の存在を静かに訴える作品。そういう歌に私は力を感じます。

安里　文学と政治という話で、俳句は短さからしても何かを伝達すると言った時に、季語も入ってくるし、制約的にいろいろあり、なかなか難しいところがあると思います。できないということではないと思うんです。ただ、難しいところはあると思います。冒頭からずっと季語、季語と同じトピックについてばかり言及していて申し訳ないんですが、ただやはり季語を用いて俳句を詠んでいるというところに、少なからず政治性はあるだろうと私は思っています。あるいは、いかに書くかの他方で、読まれる時にも非常に政治的なことはおきやすいと思っており、それはたとえば「憐れみ」みたいな抒情、抒情については俳句のみならず短歌においても重要な問題ではないかと思うんですが、沖縄を憐れむような形で抒情して消費するという読み方もある。ハンナ・アーレントは「憐れみ」というのは政治的に非常に危険な行為だと言っています。「憐れみ」の対象となる人々をそういう表象の中に押し込めて、彼らの政治的な営みをはく奪するようなところがある、と。場合によっては、そういう表象に押し込められてしまっている人々の「憐れみ」を代わって語り、彼らの代りに権利を得て、権力を行使しようとする輩さえ許してしまう結果だってある。これははじめに述べたアイデンティティの話とも関連しますが、その人が何を語るか以上にその人が何であるかみたいな点に注視して線引きをし、友と敵を作るということはそういう表象の暴力を生んでしまう。書き手こそが文学の行為者であるように見えやすいですが、読み手の読むという行為だって過分に政治的な性質を帯びることはあると思っている次第です。

トーマ　先ほど屋良さんからもありましたように、声高に何かに反対するとかというのではなく、自分たちが生きている中で、オスプレイが飛んでいるとか何か飛んでいるというような、夜なのに飛んでいてうるさいなとか、そういった気づきを描いていくこと。政治というよりも、基地問題は生活のことというのがまずあって、そういった意味で描いていくのは十分これからも可能性がありますし、自分も描いているところです。その他に、基地問題に限らなくても、やはり生活から滲み出てくるようなことはどんどん表現していけるのかなというふうに思います。

富山 小説の分野ではないのですが、上間陽子さんの書いた『海をあげる』というエッセイが「池田晶子記念 わたくし、つまりNobody賞」「本屋大賞ノンフィクション本大賞」という賞を取られました。この作品は、基地周辺で子育てをしている母親の基地被害への不安を中心に綴られています。子どもの無邪気な様子や家族や友人、地域の人々との温かな関りなど、日々の生活が丁寧に描かれています。やさしい言葉で書かれているのに、その一つ一つが叫んでいるようにも聞こえると評価する方もいます。沖縄戦や基地問題をテーマに書いても、どのくらいの本土の方に読んでもらえるのだろうという懸念がある中、上間さんの本が賞に輝いたことは、私にとっても喜ばしいことです。基地を抱えた沖縄の現状というものを、本土の方に知ってもらう、理解してもらう切っ掛けになればと思います。文学を通してこのような積み重ねが政治を動かす力にもなるのではないかと思います。そういう思いを抱いて沖縄の文学者たちはこれからも書いていく必要があるのだと思います。

崎浜 文学の言葉はまさに小さな言葉なのだろうと思いながらも、でも今おっしゃられたように、上間さんの本のように政治や社会を動かしていく力も持ち得るのだろうと思います。

パネリストのみなさん、どうもありがとうございました。いろいろご意見が出てきましたが、とても一つの意見に集約することはできませんし、逆に集約してしまうのもよろしくないのかなと思います。ただ、文学という営みの中で、日々出てくる問題を常に意識して言葉にする必要があると、みなさんのお話を伺ってその思いを新たにしました。もしこれが「沖縄文学」だと定義できる事柄があるなら、生活や政治、社会に関する問題を常にすくい上げて描いてきたのが「沖縄文学」だと言えるのかもしれません。大城貞俊さんが先ほどの講演で挙げられた、沖縄文学は「倫理的」だというのは、そのことを指しているのかと思います。

それでは本日のシンポジウムこれで終了いたします。ありがとうございました。

第五九〇回沖縄大学土曜教養講座
「沖縄で文学すること――沖縄文学の過去・現在・未来――」
日時　二〇二二年十月二二日（土）午後二時～四時
場所　沖縄大学

第Ⅱ部　なぜ書くか、何を書くか

——小説の現場から

竹本真雄

なぜ書くか、なにを書くか

何故《なぜ》と問われれば、書かずにはおれない心情的なものに突き動かされる。

創作にあたっての姿勢として、徹底して〝場〟にこだわり、説明的なものを排除する。優しい読者におもねる言葉なぞ、わたしには無縁だ。そんなふうに、石垣島を、八重山を、毒を胎ませながら、〝物語の持つ力を信じ〟魂を込め、編んでいく。作品の一つ一つを、普遍的なものへと心を砕く。このような姿勢のありようの、要約ともいえる展開を、読んで欲しい。

「あとがき」をめぐる冒険（抄）

『熾火《おきび》／鱗啾《りんしゅう》』あとがき

五時頃のことだった。

ピースとメビウス・ワンのタバコを交互に喫っているとき、NHKラジオから女子アナの声で、〈8月2日〉は語呂合わせで《ハブの日》になっていると話していた。

何ということだ。これまで小説エッセイと、ハブを誰よりも多く書いていたにしてはまったく知らなかった。

実は、ハブの登場する小説「鱗啾《りんしゅう》」を仕上げていた。

小学校、中学校、高校と、茅葺《かやぶ》きの家で生活したことがあったことから、茅葺き家《ガヤャー》を舞台にしたものをと考えた。

偶然にも、収録作品脱稿の日がハブの日と重なったことを喜び、たちまち良《い》い気分に。

少年の日の割に合わなかった青い風景が甦《よみがえ》ってくる。

今では信じる人もいるかどうか分からないが、子どものころ、ヘビの夢を見ると金運に恵まれるといわれた。そんなとき、家の中だけにいて幸運は訪れない。行動を起こす。市場の辺りの人混みや、中央通り、銀座通りを歩く。何もない。それでも、ここで諦《あきら》めてはなるものかと、映画館の前を目を皿にして歩いた結果、やっとのこと、くちゃくちゃの一ドル札を拾ったことが一度だけあった。

それに「鱗啾《りんしゅう》」はわたしにとって幼少から、ずっと負い目であったものをプラスに変えたという思いが。むしろこのことが大きいかも知れない。

これは茅葺きの家に住んだものでなければ分からないものだ。

小学五年生のときだった。

部屋の角っこ、小さな勉強机まえの、黒ずんだ板壁を何とかならないものかと考える。

数日後、学校裏門から西に在《あ》る赤瓦の、白壁が眩しい琉米文化会館へ向かう。

ていねいに剪定《せんてい》された卵形のモクマオウ。噴水のある丸い池。子どもたちがゲンゴロウやヤゴを捕るため池を掻《か》き回し、緑色に濁している。入り口から西はウォルト・ディズニーの「白雪姫」や青年会の演劇を何度も観たホール。通路を東へと歩く。図書室には大きなテーブルが北まで六つほどある。向かいの窓からは、デイゴの木陰で三本線セーラー服の姉さんたちのコーラス。左側の七つほどの書架列を通り過ぎると四角く仕切られた二つ目の閲覧《えつらん》室。書架の下から二段目に、平凡社の世界美術全集がある。前に何度も見ていたから分かる。白い台紙に貼《は》られた写真みたいに上手《うま》く描《か》かれているラファエロ、ミケランジェロ、レオナルド・ダビンチの絵を数枚剥《は》ぎ盗《と》って来て、壁板へご飯つぶで貼り付け満足していた。

ところがそれもつかの間のこと。

台風の日に、板壁の隙間から這入った風雨にやられ、見るも無惨に膨《ふく》れ上がってひらひらする。情けなくて、数週間後に、再び、美術全集を捲《めく》ったりするも気に入ったものがなく、ホール北側の、中国からイモを入れ島民の食料難救済に多大な貢献をもたらせたと父から聞かされている、波照間高康翁《はてるまこうこうおう》の頌徳《しょうとく》碑《ひ》を眺めたりしながら帰る。その後、友だちから貰った月遅れマンガ誌の巻頭を飾っていた小松崎茂のジェット戦闘機や宇宙船、近未来予想都市など、色刷り折りたたみ細密画に貼り替えたことがあった。

ほんとに茅葺き家《ガヤー》には悩まされ続けたものだ。

だから、茅葺《かやぶ》き家の体験が無かったならば「鱗啾《りんしゅう》」は生まれなかったといえる。

まさに〝禍福《かふく》は糾《あざな》える縄の如《ごと》し〟というべきか。

その、「鱗啾《りんしゅう》」が今回、新書サイズの手軽なタイムス文芸叢書に「燠火《おきび》」と一緒に編まれることとなった。

わたしにとっての記念すべき「燠火《おきび》」と併《あわ》せて読んでもらいたい。

どちらもハブが重要なモチーフとなるものである。

〈8月2日〉を縁起の良い日として、これからも忘れることはないだろう。

それに、日ごろ嫌われものの毒蛇、ハブさんにも感謝する。

二〇一五年七月一日記す

『猋風《ひょうふう》』あとがき

あるパーティーで、久し振りに同人誌のメンバーであった方と会ったとき、「あと十年は書くつもりです」と話すと、「君は九十まで書き続けねばならない！」という返事が。

意外だった。

一瞬、気が遠くなるのを感じた。

実は父が六十一歳で亡くなっているので、父の歳《とし》に近づいてくるのを何時《いつ》も意識していた。その間、五十代の終わりごろから、緑内障《りょくないしょう》治療のため那覇へ通っていたのだ。父も四十代から視力が衰えて五十三歳ではもう仕事をしていなかった。

だから、持てる力以上に集中してきたつもりだった。

六十二歳となった今、わたしの脳裏を様々なことが駆けめぐる。もしも母の血を多く受け継いでいるのなら、母とおなじ八十五歳まで生かせて欲しいと祈ることすら多くなってきた。これまで、私小説まがいな作品において、触れてはいけない母の秘密をあばきたて、愛憎《あいぞう》を露《あら》わにしてきたわたしがそのように考えるのはおかしいだろうか。

ところがその年齢《とし》にならなければ分からないこともある。書き始めるのも他人《ひと》より遅れた。書くことだけではない、小学生のころからずっと何事につけ晩生《おくて》であったわたしだからなおさらのことだ。

ここ数年来、〈作家はどこからやって来るのだろうか？　子供のころの読書と想像力がどのように混じり合い、幼くして味わった幸せと悲しみがどのように結びついて作家が生み出されるのか〉、というジョン・クルカ、ナタリー・ダンフォード二人の言葉が機会ある毎《ごと》に甦る。

わたしは何故《なぜ》それほどまで物語を編《あ》むことにこだわり続けたのだろう。子どものころに遡《さかのぼ》れば、表現者になるべくしてなってきた気がしないでもない。とはいっても職業作家みたいな大袈裟《おおげさ》なものではない。

本書に収められた、「燠火《おきび》」「犬撃《う》ち」「黒芙蓉《こくふよう》」「石、放《たま》つ」「猋風《ひょうふう》」は、五十一歳から五十五歳までの四年間に書き上げたものになる。

二十年ほど前の、失業中のときのこと。県紙に載《の》ったわたしの四十二歳の作品、「鳳仙花《ほうせんか》」を帰郷の機内で読んだといって丁重な手紙を下さり、その後もずっと感想やアドバイスを与えつづけてくれた詩人の八重洋一郎さんへ感謝を申し上げる。

これまで島で創作活動を続けてきた多くの先輩方のように四十代の半ばを境に創作意欲が衰退しなかったのは洋一郎さんのおかげである。

他にもたくさんの方にお世話になっているが、エッセイ集を含めて十冊余すべての推敲を終えたので、これから順次に触れていきたい。

絶えず、父のように、ある日、突然、目が見えなくなっていくかもしれない、という失明の恐怖と戦いながら書いてこれ、なおかつ手直しが出来たことは幸運だったといえる。

恥ずかしいことだが、小学、中学、高校と勉強らしい勉強をした記憶がほとんどない。学校から帰ると町なかをほっつき歩いた。映画館のポスターとか、小さな工場で働く人たちを視ているのが好きだった。当然のこと成績はふるわない。もっともわたし自身が学校でのことなど関心なかった。野山へ行って昆虫や小動物を見たり、夕焼け雲の彩《いろど》りの下に浮かぶ離島の島々や海を眺めながらぼんやりしているほうが性に合っていた。

そのようなわたしだったが、二十代の終わりごろから少しずつ本を読むようになった。おのずと友だちも変わっていく。

やがて書く喜びを覚える。

わたしに他の人よりいくらかましなところがあるとすれば、人一倍、感受性が強かったことだったと思う。気づかれないようコントロールしていたものが、あるとき逆転する。これこそがわたしの武器になる。そのわずかなものを大切に研《と》ぎ澄《す》ませつつ、自らの可能性を信じて一心不乱《いっしんふらん》に駆け抜けて来た気もする。

目を瞑《つむ》ると、わたしを二十歳まで育《はぐく》んだ、字《あざ》、大川《フーガー》、マフタネー（農村集落）のたくさんの人たちの顔が掠《かす》めていく。あなたたちからたくさん創作の力をもらい作品にすることが出来た。ありがとう。でも、ほとんどこの世にいないのが寂しい。

もっと早く作品集が出せていたならばと、こみ上げるものがある。

最後になったが、世渡り下手で、そのうえまるで家庭的ではなかったわたしを陰ながら見守り、書くことをいつも支えてくれた妻へ、この拙《つたな》い作品集を捧げる。

わたしは今、万感の思いを込め、本作品集『猋風《ひょうふう》』を改めて世に問う。

二〇一八年三月三日

『少年の橋』あとがき

本作品集は、わたしが三十三歳から四十二歳までの十年間に同人誌や県紙に発表された作品群である。その間の主な出来事に、一九八二年のホテルニュージャパン火災から、東京ディズニーランド開園、グリコ森永事件、ロス疑惑の三浦和義逮捕、五二四人乗りの日航機が群馬県で墜落、明石海峡大橋起工、関西新空港泉州沖に着工、国鉄分割民営化ＪＲスタート、一九八八年沖縄の卒業式で初めて全校日の丸掲揚（八五年までは一校もなし）、横綱千代の富士53連勝でストップ、一月七日天皇逝去、皇太子明仁親王《あきひとしんのう》即位「平成」と改元、中国天安門広場の学生を軍で制圧、歌謡界の女王美空ひばり死去、本島長崎市長銃撃される、ソ連初代大統領にゴルバチョフ、イラク軍がクエート侵攻、東西ドイツ統一、ということなどが一九九〇年までにあった。

収録の六作品は、すべて琉球新報社主催の「琉球新報短編小説賞」に応募したもので、四作品は最終候補となり、そのうち「少年よ、夏の向こうへ走れ」は佳作決定になったあと、取り消されるというハプニングがありはしたものの、一九九〇（平成二）年に「鳳仙花《ほうせんか》」が第18回琉球新報短編小説賞佳作となった。

わたしは賞につきものの様々な経験をして、勉強させてもらった。なかでもささやかな喜びは、第9回の応募から選考委員の永井龍男《ながいたつお》・霜多正次《しもたせいじ》・大城立裕《おおしろたつひろ》・安岡章太郎《やすおかしょうたろう》・立松和平《たてまつわへい》という面々に作品を読んでもらえたということであった。普通ならあり得ない。これらは勇気を持って応募してこそ得られるものである。受賞者のなかから芥川賞作家となった方も二人いる。新聞の見開きで挿絵《さしえ》が二つ入っての全文掲載なので、こつこつ書いてきた者にはこれほど充実感と自信を与えるものはない。反面、選考過程も載《の》るので取れなかったときは落胆をともなうものとなる。

そもそも本賞に応募する切っ掛けとなったのは、現在の仕事場から十五メートルと離れていない、ビッチンヤマという巨《おお》きな榎木《えのき》に庇護《ひご》された御嶽《オン》の向かいに在《あ》ったそば屋から始まる。ネギでも包んでいたのかしわくちゃの新聞紙が部屋の隅《すみ》にたたまれてあった。これに、富川貞良の「龕《がん》の家」、山川文太の「ワイド・

ショウ」、新崎恭太郎の「ネクタイ」が載《の》っている。

一九七四（昭和四九）年、「琉球新報短編小説賞」第2回の佳作三編だった。

注文したそばが運ばれてくるまで目を通しているうち、たちまち引き込まれてしまい、のびたそばを大急ぎで食べたあと、他の作品の載った新聞も貰った。車の中で、さきほど読んだ新崎恭太郎《あらさききょうたろう》さんの「ネクタイ」が繰り返し浮かび上がってきては消える。愚図《ぐず》る息子をあやしていると——それぐらいならばお前にも書けるのではないか？　むしろお前のほうが上手《うま》く書けるはずだよ。書けよ、書いてみろよ——どこからか囁《ささや》いてくる誘惑にわたしのなかで樹々がざわめく。

この、二十六歳のときから始まる。

数日後、原稿用紙に向かってみるが書けない。

書けるわけがなかった。

1回から3回までの応募規定枚数は二十枚で、4回から四十枚になる。

調べると、第2回3回は受賞作なし。第1回の受賞者は「骨」の嶋津与志（大城将保《まさやす》）、佳作に「トタン屋根の煙」宮里尚安、「予感」中里友豪であった。

集中して文芸書を読むようになる。

編集人が砂川哲雄《すながわてつお》さんから迎里勝弘《むかいさとかつひろ》に変わった同人誌『薔薇薔薇《ばらばら》』の仲間になる。一作目は「ただ過ぎ去る風のなかで」、二作目は「溺」、三作目は「鳥どもをにぎり潰す日」という習作で、四作目は「少年の夏」だった。

そのころ書店に働いていたこともあって、ときおり学校の図書館を訪問する。司書がいないので、書架に並べられた児童図書の背文字を追っていると、或《あ》るタイトルに釘付けになる。「神隠しの八月」だった。たちまち〝秘祭〟とされている仮面祭祀における仮面を少年に盗ませるという、明日にでも起こりうるドラマチックな事件のストーリーが頭の中で出来上がる。一分とかからなかった。翌日から書き始め、数ヵ月後に仕上げると、同人誌に発表した。

これを改題改稿し、「少年よ、夏の向こうへ走れ」として応募。これまでのものよりまとまっている気がする。でも、たった四作目なのでまだまだだとも考えていた。

しかし、応募総数四十編の中の六編に残り決まる。だが、未発表という応募規定に反するということで受賞は叶《かな》わなかった。それでも芥川賞の選考委員であった永井龍男に誉められたことは嬉しかった。そのようなこともあって翌年の第10回では、何が何でも取るつもりで、満を持し、「少年の橋」で応募。ふたたび問題が起きる。大城立裕は、技法、構成からみて、わたしの作品を第一に推《お》したが、宮古出身の父子に対する表現の全体のなかでの位置づけが議論され、これを新聞に載《の》せるのは難しい、不買運動さえ誘発するやも知れぬ、ということで選から外されたのだった。

自信をもって望んだだけに気落ちしながら、いったい文学というものは何なのだろうという素朴な疑問をしばらく抱え込むこととなった。

その後も、候補になったが取れずじまい。

先輩方からは〝厄払いしなさい〟といわれたりする。

そうこうしているうちに、四十で失業してしまい、四年間も生活の苦労を強いられることとなり応募どころではなくなった。書きづらい環境になってしまったというべきなのだろうか。その間アルバイト的な書く仕事をしていたが、精神的な充足感がまるで得られない。諦めきれずに再び挑戦。これが受賞した。佳作だったので、諸手《もろて》を挙《あ》げるというまでには至らなかったが、妻や三人の子どもたちも喜んでくれた。新城剛《あらしろつよし》さんの描《か》いた挿絵《さしえ》の作品を、妻が子どもたちへ読み聞かせているのを見て胸が熱くなった。

授賞式には妻も出席させる。

演壇からのスピーチに感動したと言った。

琉球新報支局長だった中村喬次《なかむらきょうじ》さんの奥さん、清原つる代さんが大きな花束をくれる。『薔薇薔薇』の初代編集人の砂川哲雄さんも出席してくれた。

わたしは「少年よ、夏の向こうへ走れ」「少年の橋」「黒い森から」「さようなら、夏の匂い」「中国服《チャイナ》の少年」までの作品を、書き上げるとそのつど喫茶店で砂川さんに読んでもらっていた。息を吸い込み、珈琲《コーヒー》カップに唇をあて、胸のうちで「今年もどうにか書けました……」とつぶやく。

これはわたしにとってちょっとした儀式となっていた。

ところが失業中のときはそれが叶わなかった。

でも、そのころから書くということに対して、腹が据《す》わり、ある程度の覚悟もそなわっていたように思う。

その作品が最後に収録した「沖縄、ホウセンカ」（「鳳仙花《ほうせんか》」）である。

本土でなく、朝鮮のものでもなく、石垣島の鳳仙花なので、「沖縄、ホウセンカ」と改題した。

以来、「琉球新報短編小説賞」には応募していない。

本来ならば、本書が、初めの、作品集となるべきであったものの、わたしは一つ一つに磨きを掛けずにはおれなかった。多くの犠牲をともなった愛着ある作品を、急がず、自らの気持のまま、大切に扱いたかった。慈《いつく》しみたかった。そんなことで、『燠火《おきび》／鱗啾《りんしゅう》』や『猋風《ひょうふう》』より、後になった。時間が掛かってしまった。

だからといって作品が良くなる保証はない。けれど、初期の作品群においては、時間を掛けた分だけそれは確実に比例する。小説を書きたいと考える方はぜひ読んでもらいたい。期待を裏切らないはずだ。

二〇一九年四月一日記す

エッセイ集『鵯《ひよ》が啼《な》く』あとがき

職業作家の場合、小説を書きながら、注文があって文芸誌や雑誌、新聞などに三、四枚、または五、六枚のエッセイを書く。石垣島などでは物語を紡《つむ》ぐ人は余りいないから、初心者がいきなり新聞に投稿というのが普通のようだ。

読んでいて危なっかしい文章もないではないが、それでも初々しい感性に接し、好感を持つ場合が多い。

むろん未熟である。これは致し方ない。よく言われているように、エッセイが上手《うま》く書けるようになれば一人前だよ、とはほんとのことだ。

まず、載《の》る喜びでスタートする。

これでいい。

そうせざるをえない。

成長して散文を書くようになって欲しいと願うのだが、惜しいことに引き延ばすだけで満足している方が多い。

何故《なぜ》そのようなことを言うのかといえば、本書に収めてある「八重山カーブヤー」は、わたしが二十七歳のとき、沖縄タイムスの「茶のみ話」に初めて投稿したものだからだ。採用されれば嬉しくて、翌月「シャクシメー」を（「八重山シャクシメー」を改題）投稿、それから「原始凧」（「八重山の原始ダコ」を改題）、「ハイビスカスと仏桑花《ぶっそうげ》」、と待ちきれずに書いていった。月に一度の割合で活字になる喜び。それだけで充分だったのに、「ホタル」（「若夏を待つ幼虫」を改題）が、「読者から」といういわゆる「声」の欄にまわされ、腐って投稿を止《や》めたという経緯《いきさつ》がある。

担当者の話だと、これはこのほうが良いと判断しました、ということだった。

たった二枚くらいのものを、テープレコーダに録音して、客観的に聞いて手直しをした情熱は今はない。ところがどういう訳か、琉球新報の謝花敦支《じゃはなあつし》局長から、「茶のみ話で書いていたなら、コラムに向いているということだよなぁ」ということで、琉球新報の「落ち穂」を執筆することになり、多少背伸びした文章を書いていた。二十八歳で、今から考えると冷や汗ものになる。

そうこうしているうちに、八重山毎日新聞社で新たに「日曜随筆」をスタートさせるということもあって推薦され、「星空」（「金のフルートに誘われて」を改題）という、甘ったるい叙情的なものからはじまった。

これまでと違い、だいたい四枚で一年間つづく。このときも大して蓄積もないのに何とかこなした。三十歳のときで、同人誌の仲間になり小説らしきものを書き始めていて、書ける人で知れわたる。街で出会うと、「読んでいるよ!」と声を掛けられる。穴が在《あ》ったら入りたいとはこんなことをいうのであろう。

自覚して書いた沖縄タイムス「唐獅子《からじし》」の、「怒りの孤島」というエッセイからは、自分自身の節目の、「鳳仙花《ほうせんか》」(「沖縄、ホウセンカ」に改題)という小説の後だったこともあって、周りも驚くほど対象を突き放して書けた。

四十三歳になっていた。

このときから六年を遡《さかのぼ》るころ、『座標』同人のメンバーである新垣義昭《あらかきよしあき》さんや石盛利男《いしもりとしお》さんが那覇から引き上げて来ていて、四号五号と立て続けに発行して、注目を浴びていた。わたしより六歳ほど年上で大人の面々だった。彼らはわたしが高校一年の東京オリンピックのころ、創刊号を出している。

三号の「編集室から」には次のように書かれている。

〈十数年前二十そこそこの私達は田舎の片隅で、この『座標』という文芸誌を作った。出来上がった二百冊余のものを自転車に乗せて印刷屋から町へ繰り出した。空には夕焼け雲が一面に広がっていた。小さな町を私達は全く乗っ取った感情でいっぱいだった。人々は私達を英雄にするはずであった――が、しかし、そうではなかった〉と、いかにも若者らしい石盛さんの文章を、誰からか貰った三号で読んでいたのだった。

会おうと思えばすぐにでも会えたはずなのに躊躇《ためら》っていた。しかし、四号に載った石盛さんの「湿地帯より」という私小説と思われる胸打つものを読んだあと、即刻電話を入れる。

石盛さんと新垣さんがみえる。

それからというもの、わたしたちは機会あるごとに安い酒場で飲んだ。

でも、二人とも酒に強かったのでだいたい途中から逃げていた。

二人には暗い影があった。

飲み方にしても過去を引きずっているのが分かるのだった。

こんなことも、わたしの失業で途絶えたものの、今度は三人とも人生に傷ついたもの同士で、互いをいたわり、その後も何とか交流を続けさせてもらっている。もしも、二人が居なかったならどのような生き方をしていたのだろうかと考えるときがある。だから彼らに特別の感情を持っている。その頃のことは本書収録の「八重山文学活動（小説）の軌跡――『座標』同人を中心に――」や「石盛さんとのこと――句集『逆光』に寄せて――」を読んでもらえれば分かると思う。

エッセイの発表はだいたい八重山毎日新聞社であったが、沖縄タイムスの「眠れる夢を焼く」を境《さかい》に八重山日報へ書くようになった。

それには訳がある。

エッセイは一冊で収まると考えていたが、どだい無理だった。それで、まずは「鵯《ひよ》が啼《な》く」からとし、「卍《まんじ》の終わり」「青いヤシガニ」「アンガマ奇譚」「サシバの眼」の順にする。

それで再度『鵯《ひよ》が啼《な》く』の編集をやり直すも、何かが足りない気がするので、新たに「牧野清さんの自分史」「静かな樹」「詩人たちの酒場」（「貘賞のころ」を改題）「三十三歳の火影《ほかげ》」「氷の家」「夢への階段」「甘い果実」「リスボンまで」を書き加えることとした。

これらはみな長めのエッセイで八重山日報社へ集中して載せたものになる。

後半を盛り上げるように力を込めて書いた粒ぞろいのつもりだ。

そういうこともあって、二十七歳のときから六十六歳まで、三十九年間分のものが収録されることとなったが、充分に楽しんで読んでもらえるものと確信する。


二〇一九年四月一日記す。

国梓としひで

「評伝小説に接して」

齢六〇でカルチャースクールの脚本講座（中江素子講師）と小説作法教室（長堂英吉講師）に半年通った後、小説を書き始め今年で一〇年余りが経ちました。

その間、幸いにも新聞の連載で評伝小説を四年間で二本（「風土建築家清村勉伝・風に立つ石塔」、「首里城を蘇らせた職人たちの物語・太陽を染める城」）書き上げることができました。

これまで私小説的な枠の中でしかテーマを見出せないでいた私にとって、いわゆる毛色のちがう評伝小説を書いたことで小説の奥深さを知ることができ、そのことは貴重な体験であったと思っています。

当時、私は某食肉会社の役員をしており、仕事の傍ら短編小説を月に一編のペースで書いていました。

そのような折、沖縄建設新聞社から一年間の連載小説の話が舞い込んできました。私が数年前に出した初刊本（農業小説集「とぅばらーま哀歌」）を見た編集者が、業界専門紙の枠に囚われず自由なテーマで小説を書いてほしいと電話をしてきたのです。

何分初めてのことで、一瞬信じられませんでしたが、

（ラッキー、天使が舞い降りてきた！）

これ幸いと後先考えずに、二つ返事で引き受けてしまいました。

内心では、連載の開始までに原稿用紙換算で三〇〇枚程度の分量を書き上げ、その都度追加していけば、何とか週一回で年五〇回分のノルマは達成できると踏んでいました。

ところが、ある人物を主人公にした評伝小説を書こうと決め、新聞社と打ち合わせを重ねるうちに、資料集めはうまくいくだろうか、物語の素材は書くに値するものだろうか、他方、会社勤めとの二足の草鞋でう

まくやっていけるだろうかなど、そう考えると次第に不安になってきました。

評伝小説は、時代の流れに沿って丹念に主人公を焙り出していく作業だと、頭では分かっていたつもりでしたが、取材や史実調査に膨大な時間が費やされることが予想され、それがとてつもなく大変な作業だということが分かってきたのです。

自分の作品が一年間、新聞に連載されるという昂揚感から未知への挑戦などと息巻いていた状況から一転、凍えるような恐怖心に苛まれてしまいました。

後悔先に立たず後戻りはできず、パソコンに向かうも悩む日々が続きました。

そのような時、私は記録小説というジャンルを確立した巨匠吉村昭の「史実を追う旅（文春文庫）」の一節を思い出しました。


――小説を書くために、さまざまな地に旅をする。人に会い、資料をいただき、話をきいたりする……（略）胸の中に、これらの旅でえたものが蓄積され、それが充満したのを感じた時に、小説の筆をとる。

吉村昭

吉村の文章に触発され、私は小説の主人公――既に亡くなった人物――の足跡を訪ねる旅に出かけました。熊本、宮崎、鹿児島へ。主人公が生まれ育ち青春を謳歌した土地に出向き、そこの風土や文化などに触れ、そして彼を知る人たちに直に会うことで物語の全体像をイメージしたかったのです。ただし、この旅が快々《おうおう》として意欲をかき立てるものでなければ、書くことを諦め連載をお断りしようかとも思っていました。

そして、約一週間の旅を終え資料を整理するころには、私は宝物を探し当てたようなワクワクした気分になっていました。数週間前の不安が嘘のよう、色とりどりの絵巻物を見るような感覚で物語のイメージが大きく膨らんでいました。初めて物語の主人公に辿りついたという喜びと、彼の足跡を今書き残しておかねばといった使命感とに突き動かされ、私は何の迷いもなくパソコンに向かっていました。

会社勤めを終えた夜に執筆、週末は取材と資料収集に没頭。そして、ようやく一年間の連載を終えることができました。

こうして書き上げた「風に立つ石塔」は、大正期、沖縄で初めて鉄筋コンクリート建築を手がけた人物――清村勉の半生を描いた評伝小説です。

――本書の帯から

琉球処分から半世紀、那覇の港に肥後（熊本）で生まれ育った青年が若い妻と共に降り立った。名を清村勉という。当時、本土でも普及していなかった鉄筋コンクリート建築を沖縄で初めて手がけた人物である。

沖縄建設業界の基礎を築いた国場幸太郎、大城鎌吉、金城賢勇、大城龍太郎らとの交流の中で数多くの仕事を成し遂げた。

その業績は、栄達の大きさでは語られることはないが、千鈞の重みを持つことには変わりはないのだ。

（「風に立つ石塔」発行者沖縄建設新聞より）

――作者のあとがき

「人生は偶然の巡り合わせに満ちている」と言われています。

私にとって旧大宜味村役場庁舎との出会いは四〇年前のほんの偶然の出来事でありました。

公務員なりたての私が仕事の関係で大宜味村大兼久にある法務局登記所に行った時のことです。お昼の弁当を食べようと裏山に向かったところ、ガジュマルの梢から白いコンクリート造りの洋風の建物が目に飛び込んできました。

「このような山原（ヤンバル）の片田舎に……」

私は唖然としてしまいました。立ちすくむこと数分。気が付けば、食事時間も忘れ周りをぐるぐる、ぐるぐる歩きまわっていました。

「誰が、いつ、どのようにして建てたのか？」

同僚の仲間に聞いても、村の人たちに聞いても昔の村役場庁舎とだけで詳しい事は分からずじまいでした。

一昨年の暮れ、縁あって沖縄建設新聞社から連載の話がありました。現代の名工、建築・建設界の重鎮、名士などいろいろ考えたのですが、その中でふと、私の脳裏を掠めたのがありました。

若いころに山原の地で見た洋風の建物とそれを造った人物に思いを馳せるうちに、再び私の心に当時の感動が蘇ってきました。

直ぐに、大宜味村役場にお邪魔したところ、二年前に建物の「米寿祝い」を行ったとのこと、設計者は熊本出身の故清村勉と分かりました。

関係者から話を聞くうちに、彼の業績はその建築物に限らず、沖縄の各地に存在していることを知り、驚愕してしまいました。明治、大正、昭和の激動期の時代、これほどまでの足跡を残し、敢えて自らを呼号することなく天寿を全うした、その生き様を知れば知るほど彼の半生を書いてみたくなりました。

意気衝天、俄然、創作意欲が湧き上がってきました。

しかし、いざペンを持つと人物のイメージはおぼろげ、エピソードも皆無で、海図のないまま大海原を彷徨うのに等しいものでした。

その様な中、思い立って清村勉の故郷である熊本を訪ね歩くことにしました。親戚の皆さんや関係者に取材を続けるうちに、彼が私の中で身近な存在となり、その横顔が少しずつ描けるまでになりました。と同時に、交流関係なども知ることができました。朝武士干城、金城平三、金城賢勇、国場幸太郎、国場幸吉、大城鎌吉、大城龍太郎などなど、その時代を一気に駆け抜けた存在感のある人物たちが清村勉を支えるように取り囲んでいるのです。

私は作中で、「彼は決して時代が生んだ巨星でもなく、ましてや一世の雄でもない。自分に課せられた仕事を粛々と成し遂げた――いわば仕事人であった」と書きました。しかし、書き続けるうちに、それは私の一方的な見方であり、実は、建築の王道や大局を歩んだ沖縄の建築史に名を残すほどの人物だったのではないか、と思うようになりました。

残念ながら、私は生前の清村勉を知りません。お会いしていたら、作品の組み立てやディテールも変わっていたのかも知れませんし、厚みも増していたのかも知れません。今更ながら一度でもいいからお目にかかっておきたかったと悔やまれてなりません。

（「風に立つ石塔」発行者沖縄建設新聞より）

一年間の新聞連載「風に立つ石塔」が終わり、出版に向けての作業の途中で、再び第二弾の話が持ち上がって来ました。

前回の成功体験から私には自信がありました。トントン拍子にことが進み、次の連載は、ドキュメンタリーの要素を織り込んだ平成の首里城建設の物語「太陽《てぃだ》を染める城」に決めました。

――本書の帯から

灼熱の赤土の中に埋もれた沖縄の心を取り戻す作業に誰もが興奮し、使命感を燃やし、そして思いを共有した。歴史から抹殺されていた実相を再び蘇らせるため、そこには多くの人々の絆があった。

本書は今から三〇年前、首里城を蘇らせるために人生をかけ、後世に残る仕事をやり遂げた職人たちの物語である。

（「太陽に染める城」発行者沖縄建設新聞より）

――作者のあとがき

「残念ながら、首里城正殿の復元に沖縄の大工さんは参加していなかった」

首里城復元事業に多大な貢献をされたある有名な代議士先生の公の場での発言である。新聞に連載を頼まれ、その題材を探している時にその口舌を知り、はてな？　と気になった。私の近所に偶然にも首里城正殿に関わった大工さんが住んでおられ、そのことを確かめに自宅を訪ねた。

予想通り、代議士先生のそれは大きな誤りで当時、正殿で木工事をやっていたウチナーンチュはこれまで文化財に携わっていた大工さんをはじめ、その道では名の通った人たちが一〇数名おり、本土からの宮大工さんと一緒に切磋琢磨しながら仕事をやり遂げたということを聞き、安堵したと同時に何故そのような誤解が生まれたのか不思議に思った。

首里城復元の意義の一つは、沖縄の伝統文化、技術を後代に伝えていくことであったと聞いていた。与太話とはいえ、それを言いなすうちに真実に置き換えられていく。そのようなことになってしまうと、有名無名を問わず骨身を削り一心不乱に仕事をやり遂げた人たちに申し訳ない、その真実の姿を虚心になって伝えることが必要ではないかと強く思った。

思い立って、連載小説のテーマを「首里城を蘇らせた職人たち」に絞り、評伝小説として書くことにした。取材中は、自分の目で確かめる必要から時には納得するまで幾度も通い続け、ある職人さんからは門前払いを言い渡されることもあったが、多くの方々は毛嫌いもせずに私の鈍感さに付合ってくれた。

そのような方々に接する中で特に印象深かったのは、どの顔も生き生きと誇らしげで、見据えるような眼差しで私に語りかけてくれたことであった。

執筆にあたっては、事実を踏まえ部分的に話を膨らませる格好に成らざるをえなかったが、それは読み物として体裁を整えたかったからで、いずれにしても、職人たち関係者の生の姿をありのままに読者に伝えることに注意を払ったつもりである。

私のたどたどしい筆力にも拘らず、本書がこれまで数多く発刊された首里城に関する諸本の一冊に加わることができたことに自分自身、千鈞の重みを感じており、これ以上の喜びはない。

（「太陽を染める城」発行者沖縄建設新聞より）

二〇一九年一〇月三一日未明。悲しい出来事が起こってしまいました。平成の首里城が正殿から発生した火災により炎上、焼失してしまったのです。黒い粉塵とともに跡形もなく消えてしまった現実に、私は大切な肉親を亡くしたような喪失感に見舞われてしまいました。

私が本書を出版したまさにその年の末のことでした。

直ぐに私は、その時の心境を投稿文に認《したた》めました。

――「首里城炎上について」

モノレール儀保駅からの首里城は、こんもりとした丘の石壁に龍がへばり付いているように見えた。夜間の龍譚池からはサーチライトに照らされた雲海の中から浮き上がって見えた。南側の崎山公園からは波立つ赤瓦が空に突き上がって見えた。北側の円覚寺からは朱色の壁が陽に染まって見えた。御庭(うなー)に立つと、唐破風屋根に鎮座した龍頭が今にも迫ってくるように見えた。

四方八方から見える首里城の姿は私たち沖縄の人々の心の拠りどころであった。

その姿がある日、忽然と消えてしまった。多くの学者、職人さんたちが心血を注いで復元された証は僅か三〇年で灰燼と化してしまった。

幻となった平成の首里城……

この事実をどのように受け止めていいのか、その喪失感をどう言葉にしていいのか、わからない。

私は縁あって沖縄建設新聞で一年間「首里城を蘇らせた職人たちの物語・太陽を染める城」を連載し、今年一月上梓し出版させて頂いた。取材を続ける中で職人さんたちは「自分の人生を賭けてこの大仕事をやり遂げた」と誇りを口にした。既に現役を退いた人も、あの世に旅立った人もいる。その人たちの一人一人の顔を思い出すたびに胸が掻きむしられ居た堪れない気持ちになる。

「青春の欠片が燃え尽きてしまいました。悲しい」

正殿が焼け落ちる様をテレビニュースで見たという本土の職人さんからその日にメールが届いた。どのように返信していいのか、辛い。

戦（いくさ）から立ち上がった先人たちにならい、私たちは前を向かなければいけないのだろうが、ここ数日、私自身、立ち直れないでいる。

千載の恨事（こんじ）というべきである。

（「沖縄建設新聞・二〇一九年一一月六日」掲載）


遡って二つの評伝小説を書いて思ったことは、取材を通していい素材をいかに数多く見付け出すかが、作品の質を高める鍵になると、つくづく気付かされました。

「風に立つ石塔」では、明治・大正期の沖縄の風景、風土、文化など時代考証を勉強させられました。理解していたつもりの沖縄の姿が実態のない薄っぺらな知識でしかないことに気付かされ、先入観を排除し生身の姿を描きあげる筆力が必要だと反省させられました。

「太陽を染める城」では、福島県から東京、茨城、京都、奈良、高知、福岡、鹿児島各県に出向き、延べ五〇数名の職人さんや関係者に、本人の生い立ちや家族事情、首里城への思い入れ、関わった仕事の内容など広範囲に聞き取りを行いました。首里城の建設とは直接関係のない質問だと取材を拒否されましたが、そのような話題の中にキラリと光る一挿話が紛れ込んでいることもあり、思わず身を乗り出すこともしばしばでした。

取材期間中、事実関係を確認する中で一番迷ったのは、既に報道されたマスコミ記事や雑誌などの記事と私の調査との整合性でした。事実とは異なる出来事（事実誤認）がいかに多く流布されているかを知り、報道のあり方を改めて考えさせられました。

終わってみれば、取材メモ（人物写真含む）は大学ノートで二〇数冊、関連資料（成果）はダンボール箱の七箱にもなっていました。

評伝小説は、私に物語を書く面白さを教えてくれました。人物を通してそこに漂う時代の空気に触れることができました。それは虚構ではなく現実感と浪漫に満ち溢れており、これこそが時代を跨く評伝小説の醍醐味だと強く感じたしだいです。

玉木一兵
モノローグ「日本復帰51年目の決意」

その1　今、「南西シフト」に正対するとき

お手紙の趣旨　しかと受けとめました
極端に申せば　愚かな人間のなす戦闘行為　即ち戦争は
地球上の190余の大小の国々を　二分割三分割する

覇権欲をかざした東西南北の　少数の大国の
一首脳の　もって生まれた資質欲得と器量の
大小深浅の度合いによって　将に偶発的に
惹起するかと思うと　戦慄する
プウチンもバイデンも習近平も　ひとりの人間です
地球という名の　どでかい生命体の箱舟に乗って居て
その操縦をゆだねられているとの　自覚が
十全であるとは　とても思えません　未だに
自国の生業利権にまつわる生存権を
周辺の利害関係国と　徒党を組んで死守することを
第一義に
無限大の破壊力を内臓した核兵器による
「抑止力なる思惑」を盾に
権謀術数を　めぐらしている気がするのです

第三次世界大戦を惹き起こす恐れのある　身近な核大国の
偶発的な決断を阻止するために　各国はどのように
在ればいいのか　特に　安全保障のジレンマの
まっただ中にあって呻吟している　我々沖縄人は
沖縄諸島が　東シナ海に歿し　壊滅してしまわないためにも
日米軍事同盟下の「南西シフト」と正対し　強靭な意志をも

って「復帰50年の節目」を　戦争放棄の　日本国憲法「九条の精神」を貫く覚悟が　不可欠必至ではないか
そう在らねば
沖縄諸島に住む　我々沖縄人に
平和な未来が　訪れることはないだろう

更に思う　地政学的に俯瞰した現在の沖縄諸島の布置は
成りゆきに委ねるならば　47分の1の地方自治体でしかなく　明らかに　日本ヤマト国家に包摂された
「植民地的領土」に堕する他はないと思う
一旦緩急あれば　140万余の沖縄人は
1億2300万余の日本ヤマト国民の　平和的生存のための
99パーセント対1パーセントの確率の
恰好の「供物」と見做され　再び甚大な犠牲を　強いられることになるのだ
アジア極東における　先進民主主義大国日本は　その事態を
傍観しつつ　民主主義の「原理原則」と
人格化した「象徴天皇」の威厳に基づき
沖縄諸島を　当然の如く「国防の盾」にするに違いない
その巧緻な手段として　日米同盟下で　太平洋と東シナ海を
画する軍事体制「南西シフト」は　すでに着々と　決行され

ているではないか
例え沖縄が　東シナ海から消滅したとしても
日本ヤマト国家・国民は
「象徴天皇」を温存しつつ　東アジアにおける民主主義大国
として　厳然と　在りつづけるに違いないのだ

その2　「世界平和の礎」建立の企て

貴方（平良良昭・平和運動家）から先だって頂いた　手紙の
示唆する洞察　すなわち
〈人類は、諸民族は、諸文化は、大きなトレンドとしてみるならば「多様なままに統一する」「融合」のプロセスにある。〉
との進言は　人類と丸い地球の時空を　生命現象の原点から
俯瞰する眼力と見識に　裏打ちされていて　私も大いに共感
し賛同するものです
その視線の先に　貴方が唱道する　インターネット上の
「世界平和の礎」の建立計画があることが
明確に理解出来ました

私の胸中に浮沈する　若干の気づきを記すと

以下の通りです
ひとつ目は　森羅万象の生命体をのせて育みつつ
銀河系の天体を運行する　地球星に住む「人類の生存環境」
が　領土・領海・領空をめぐる 大小の主権国家の
終わりのない対立抗争の渦中で
いつまで　持続可能かということ
ふたつ目は　国家の覇権を差配駆使する地位にある
中枢の人間が　その「生来の我欲我執」を
終始一貫「自己制御」できるものなのかという疑心
その窮極の疑惑を　払拭し得ないことだ　換言すれば
覇権を掌握した国のトップの指導者が「慈悲に満ちた仏陀」
の「透徹した境地」で　いられるかということ
みっつ目は　そんな訳で　銀河系宇宙の他の星で
人類類似の生命体が誕生していて　地球に襲来してくること
がない限り　あるいは又　地球上の独立した国々が
各々の所有する国土を　固有の領土と観念し
覇権を剝き出しにして　その領土・領海・領空を統べている
と思い込んでいる限り　地球上で
戦争が終焉することはあり得ない　ことなどです
それ故に　貴方の唱導する
インターネット上の「世界平和の礎」建立の企ては

人類生存のための「祈り」と「会議」の「場」の
創造に向けた　希有な計らいと言えます

その3　人類生存の「祈りと会議の場」オキナワ

歌文集「蔓茱萸」に集う友人たちは　現今の
沖縄の政情を憂えて　静かに　歌っている
　戦雲の世界の地図を覆いゆく
試練に耐える九条の魂　　　　（久場勝治）
五十年の長き歳月踏みしめて
辿りつきたる祖国つれなさ　　（運天政徳）
あかときの海に向かいて酒を汲む
無限の時空の滴るさみしさ　　（當間實光）
もはや我が沖縄諸島は　日本ヤマト国家の1県を離脱し
五百有余年続いた琉球王国の治世と根生いの文化と
そのコスモロジーを軸に据えて
21世紀に適合した「自治小国」を建国して
丸い地球に棲みついた人類の　生命体の本質を穿ちつつ
覇権大国の傲慢な私意に屈することなく
小国故の細やかで　緊密なコモンズの優位性を
前面にうち出し　人類共存の範となるよう　近隣小国を

リードしていかねばならないのではないか

インターネット上に「世界平和の礎」の建設の提案をしている平良は　上述のことを　以下のように語っている

註1

〈多様性を包含する共生の道を、進化した地球的規模の政治システムを合意によって創造する道しかないのである。沖縄は微力であるがゆえに、世界大の矛盾の重圧に呻吟する立場ゆえに、その理想の提唱者として、大きな役割を果たしうるのではないか。〉

〈平和的生存権の確立という目的に向かう、もう一つの道がある。国連の進化型、または「世界連邦」という道である。「世界連邦」の本質は「すべての主権国家を包含する共同主権体」である。「すべての国家の安全を、その共同主権によって保証することを、核心的眼目とする」ことである。（省略）それは世界をまるごと変革する道であり、戦争と核兵器の廃絶を実現する道である。それは世界のピープルと、心ある政治家の共通の悲願であり、その実現に向けて共同する道である。〉

〈それは、戦争の根本原因である主権国家の「無制限の

主権行使」を制限するとともに、新世界創造の「共同主権獲得」を保証する唯一の道である。〉

我ら沖縄系日本人は
島尾敏雄さんの命名した「ヤポネシア」の一角
鹿児島県の南西の時空に　東西約1000キロ
南北約400キロの海域を抱く島々を　悠久の棲家とし
世界中に生い立つ　沖縄系外国人
42万余の人々の故郷として　「平和の砦」を築きあげ
人類生存のための「祈りと会議の場」に呼応する
イチャリバチョウデー（行き逢えば同胞）の友愛精神で
世界中の人々を　分け隔てなくもてなす身となり
器となり　「万国の津梁」となって
世界に平和をもたらす　類稀なる
虹色の「自治小国」を　建国するのだ

幸いなことに　沖縄の現知事玉城デニーさんは
第七回「世界のウチナーンチュ大会」の文化イベント
「美ら島おきなわ文化祭2022」の開催を宣言
その公式ガイドブックの挨拶で　次のように述べ
上述の自治小国建国の　風土と歴史と文化について

そのイメージを簡潔に纏めている

註2
〈沖縄は、広大な海域に大小160の島々が点在する全国でも有数の島嶼県であり、亜熱帯の海に囲まれた美しい島々は、その自然環境と風土、地域に根差した個性豊かで多様な文化の魅力に溢れています。さらに、沖縄は、古来、諸外国等との交流を通じて多様な文化と触れあい、沖縄の精神的、文化的風土と融合させることで独特の文化を育み、伝統文化の多くは琉球王国時代に大きく花開きました。
　その後、琉球王国から沖縄県となり、沖縄戦を経たのち27年間のアメリカ統治を経験し、1972年に日本に復帰するなど、沖縄の文化は様々な世替わりを経験する中で、困難な状況におかれても多様な彩を加えながら形成されてきました。加えて、移民県である沖縄の文化は、今日、世界中で花開いています。〉

そんな訳で「復帰51年目の今」が　その時　即ち
「自治小国」沖縄の「建国」の模索の時　ではないかと夢想した

結び　足元を掘る

その模索の懐刀（ふところがたな）として
文学表現の場においても
自立自存のために　コトバの切っ先を鋭く研ぐ
内なる覚悟が問われなければならないと　考えている
或る作家（渡辺京二　近代史家）は「僕は、エゴイスティック な自分自身の生命活動として文章を書いているだけです。」
と　謙遜しつつ　次のように綴っている

註3
〈文章を書くのはしんどいことです。本を読んでいる方がずっと楽だし、面白い。では何で文章を書いているかと言えば、やはりこれは自分に対する医療行為だと思う。医療というのは、少しおかしい表現ですが、自分が生きていくことを成り立たせるべく、生命を更新していくという働きを、「書く」という行為は持っていると思う。それ以上のことは考えていません。〉

そう　慈愛を籠めて呟いている
「書く行為」の迷宮の入り口で
しばしば頓挫している我が身には　大いに

共感するものがあり　安堵を得た　しかし
政治経済的視点から見た　沖縄の次世代の人々の
生存権を擁護する立場からだけではなく
現今の日米軍事同盟下の
宿命的な地政学的見地から俯瞰した
沖縄諸島に生い立ち　暮らしてきた全ての沖縄人の
今日明日の生存のゆくえに　思いを馳せると
ふたたび　震撼となった

そんな訳で　今まさに「書くという行為」によって
自分の「生命を更新していく」という
のっぴきならない課題に直面している
沖縄文学はこれまで　何を表現してきたか　境地にある
これから　何を　どのように　表現していくべきかを
皆で忍耐強くわが身に問い
そこから湧き出てくるコトバに　どう向き合い
如何に表現するかが　問われているのだ

新たな沖縄文学が生まれる土壌は　すでに
足元に投げられて　厳然と在るのだから

註1　平良良昭「自己決定権と共同決定権―その相補性」
季刊詩誌『あすら』68号（2022年）掲載
註2　県公式ガイドブック（2022年9月）掲載
註3　渡辺京二著「幻影の明治」平凡社2014年刊

富山陽子
なつかしむ力

ある作家が自身の作品の中で次のようなことを語っていた。

人間には三つの力がある。

一つは記憶する力。

二つは忘れる力。

三つはなつかしむ力。

そして、なつかしいというものは案外と深い感情なのだと添えていた。

人間は様々な能力を持っている。記憶することも力であり、記憶したことを忘れることも力である。記憶することと忘れることとを同一線上に並べると矛盾するようにも思えるのだが、確かにどちらも人が生きる上で必要な力である。

記憶することで人生は豊かになる。一方で、忘れることで救われることもたくさんある。年を取れば記憶することが忘れることに追いつかなくなるということもあるのだろう。しかし、なつかしいという思いは、たとえその対象を忘れようとも、べとりと糊のようにいつまでも心の淵にこびりついているものなのではないか。拭おうとしても、濃い霧のように己の人生の周辺をまとわり続けるものなのではないか。

作家にとって最も大切な力とは、と尋ねられたら私は即座に「想像力」と答えるだろう。それなのに、なぜだかこの「なつかしむ力」というものに引っ掛かりを覚える。そして、ふと、文学でも音楽でも美術でも、人が何かを生み出す創り上げる過程で、この「なつかしむ力」というものが大きく影響しているのではないかと思うのである。

拙作のひとつに米軍基地を題材にしたものがある。以下は主人公の少女が登場する冒頭シーンである。


「蝉の声に混じって遠くからうなり声が聞こえてくる。西側の海から吹いていたはずの風がぱたりと止んだ。

ブーン……。

うなり声は徐々に近づき辺りを切り裂くような凶暴な音へと変わった。

激しい振動に襲われ、果南は耳を塞いで座り込んだ。足元の草がザワワと揺れ一瞬真っ黒な闇に包まれる。恐る恐る顔を上げると、ちょうど真上で銀色の胴体が翻り尾翼からナイフを突き刺すように光が放たれた。果南は思わず目を閉じた。しばらくうずくまったままでいたが、やがて目を開けそろそろと体を起こし両手を耳から離した。ゴムぞうりの赤い鼻緒が真っ白に濁るほど、足の指の隙間までびっしりと細かな砂が入り込んでいる。
ジ、ジ、ジ……。
再び蝉が鳴き始めた。果南は器用に片方ずつ足を上げ、ぞうりの底をペタペタ鳴らして砂をはらった。サトウキビ畑の向こうに青い空が広がり風が吹き渡る。のどかな時が再び戻った。果南は目をパチパチさせた。チクリとした目の痛みも米軍機の残像も消えて、目の前に広がる光あふれる一帯をにらみつけるようにして歩き始めた」

——『金網難民』より

私は那覇で生まれ那覇で育ったのだが、幼少の一時期、宜野湾市に住んでいたことがあった。先の冒頭のシーンは、自分自身の体験がベースとなっているように思う。今でも当時を振り返ると深い記憶の底から浮かぶものがある。舗装されていない石ころだらけの白い道。ゴムぞうりを履いた足が砂まみれになったこと。道の両側にあったサトウキビの葉が風に波打っていたこと。畑の横に小さな小屋があったこと。その傍らに名も知らぬ雑草の花がびっしりと咲いていたこと。公民館のつやつやした板の間に大きな太鼓が置かれていたこと。

初めから米軍基地のことを書こうとしたわけではない。何の構想もないときに、なぜか冒頭のシーンが頭に浮かんだのである。

見えないものに焦点を当てる。聞こえない音にひたすら耳を傾ける。そういう作業を根気強く続けて作品は生まれる。

その孤独な作業に手を貸してくれるのが、「なつかしむ力」なのではないか。住む人や建物や風景が変わっても、そこに生まれあるいは育ったものしか嗅ぎ分けることができないもの、体内の細胞レベルにまで染み込んだものがある。それを土地の記憶と呼ぶとしたら、それをふつふつとよみがえらせてくれるものが、「なつかしむ力」なのではないか。

書くことの対象はあこがれているもの。沖縄はかっこ悪くて書けない。なんて突っぱねて私が、いつの間にか書く対象が沖縄となり、書けば書くほど「沖縄」が愛しいもの、守りたいものになってしまった。それは、「なつかしむ力」によって導かれた結果だと受け止めている。

長嶺幸子
文学への思い

私の「書く」ことの源泉は、幼少の頃、父が夕食後に語ってくれた数々の物語である。家族みんなが縁側に集い、夜風を肌に感じながら、父が語るさまざまな物語に耳を傾けた。あの日々が、小さな胸に文学の種を植えつけてくれたのだと思う。

片田舎の村であったし、戦後の荒廃から未だ脱していない書籍の少ない時代であった。にもかかわらず、「牛若丸」や「若草物語」「ピノキオ」「ロビンソンクルーソーの冒険」などの子ども向けの物語から、「羅生門」「南総里見八犬伝」「宮本武蔵」「真田幸村」「毛利元就」などの時代物、シェークスピアの「ベニスの商人」、「リア王」などのシリアスな長編まで私たちは数多の物語を、父が紙芝居のように語ることばを通して楽しむことができた。父のことばは明瞭で、登場人物によって口調も変わる。一人ひとりの眼を見つめながら語るので、私たちはいろいろと想像をふくらませて、物語の世界に入りこんでいったものである。

奥深い森の中を、母の常盤御前に手を引かれて逃げる牛若丸。京の五条の橋の上でひらりひらりと飛び退いて、弁慶を翻弄する牛若丸。幼いながらも牛若丸に思いを馳せ、純真な心で牛若丸の未来を思ったものだ。かと思えば、「ベニスの商人」の高利貸しシャイロックが、証文に物を言わせてナイフを片手に、若者の胸の肉を切り取ろうとする場面では、私たちはおそろしさのあまり固唾をのみ、やがて裁判官の声色で父が、「ただし、一滴の血も流してはならない」というと、みんなほっとして、歓声をあげたものである。それらの場面場面のいくつかは、六十年以上経た今なお、物語を聞いた当時に思い描いたままに、ありありと思い起こせるのである。

前のめりに聴きいっているうち、必ずと言っていいほどいい場面で、「はい、続きは明日、眠る時間だ」と言われ、翌日の夜が待ち遠しくてたまらなかったことも覚えている。

父からの有難い贈り物であったといまさらのように感謝している。父がどのようにして、それらの物語を仕入れていたのかは知らない。当時の小学校に図書館があったような記憶はない。どこかの図書館にそれらの書籍が所蔵されていたのか、あるいは戦時中、十六歳で大阪の軍需工場に召集された父は、かの地でこれらの作品に出会ったのだろうか。父は若くして他界したから、もはや尋ねようがなく知るべくもないのが残念である。

ともかく私たちは、数多くの物語を楽しみつつ、正義や善悪や、どのようにして生きるべきか、助け合うことの大切さ、きょうだいの愛、弱者への慈しみなどを、子どもながらごく自然に学んだように思う。

その影響か、高校のころは学校図書館で文学全集などの読書が楽しみの一つだった。

ところが、就職、結婚、出産と多忙になるにつれ、仕事と家庭の両立に苦心し、毎日が慌ただしく、読書と言えば業務に関するものばかり。とうとう文学とはほど遠い四十年間を過ごすこととなった。

当時は読みたい本を読む時間を捻出することができず、文学に親しむ暮らしとはならなかった。

そんな時代ながら、思い起こすと妙な体験もある。日々の暮らしのなかで、眼に写る光景や、回りで起こった出来事を、頭の中で自然と文章に仕立て上げている自分がいたのだ。

悲しい出来事や嬉しいこと、悔しいこと、人間関係で起こったさまざまな心理、あるいは空想で作り出した架空のできごと、それらは着々と、頭の中で文章に変換され、映像としてできあがっていく。歩きながら、食事の支度をしながら、子どもを負ぶってあやしながら、運転をしながら、さまざまなことが、文章に組み立てられた。

当時、その習性はごく自然で当然のことだと思い込んでいた。自分自身が「書きたい」と思っていることさえ気づかずにいた。それだから、ストーリーを仕上げて、作品化するには至らず、種々の断片的な場面を、単に文章に変換するだけの無意識の作業をしていただけである。

「書く」ことを始めたのは、人生の折り返しをとっくに過ぎてからだ。

まもなく定年を迎えるという段になって私は、ようやく自らの胸の奥深くで静かに冬眠を続けていた文学の小さな芽に気づき、育ててみようと思い立ったのである。

おりしも、琉球新報社のカルチャースクールで、「小説作法」の募集があり、長堂英吉氏が講師をしておられた講座に申し込んだことが、書くことの発端となった。

長堂氏の「小説作法」を受講させていただき、「南涛文学会」に入会させていただいたことで、それまで断片的な文章でしかなかったものを小説に仕上げていく喜びに出会えたことは、幸運だったと思う。

長堂氏は常々、「文学に壁はない。小説、エッセイ、脚本、児童文学など、なんでも書きなさい」と言われた。そのおかげで、課題作品としての童話、児童文学、掌編小説などを何編か書くことができた。漠然とではあるがいつの日か、纏めることができればと考えている。

現在《いま》、「書く」ことは、私自身にとって生きることに繋がっている。日々発生する優先事項の合間に、「書く」という時間を捻出することによって真の自分に立ち戻れるように感じている。書くことは、自分自身をあるべき位置に引き戻してくれ、高めることに繋がり、自己実現への階段を一歩進めることができるという充実感も得ている。

書きたいこともある。

ひとつは「女の一生」である。

若いときに観た邦画「女の一生」は、ギ・ド・モーパッサンの同名小説を、野村芳太郎、山田洋次、森崎東の三人が、共同で脚色し、野村芳太郎監督が撮った作品である。主人公の岩下志麻が演じたのは、古い時代の女性の生きざまだ。様々な悲哀が描かれている映画は、当時の私の胸をえぐった。

その映画を観たとき、私はまだ十代だったように記憶しているが、母の苦労を間近でみてきたこともあり、映画の世界の哀しみをより理解できたように思う。

農家に生まれた母は、早くから働き手の一人として数えられていたようだ。学問の道を授けられた弟たちと違い、女に学問は要らないという明治生まれの父親に歯向かうことができなかった。青春時代は戦争に見舞われ、戦後は父親の薦める結婚をするが、その夫は（私たちの父）六人の子を残して若くして病死。

戦前から戦後にかけての波乱万丈の母の人生には、旧い慣習が色濃く残っていた農村の女性の尊厳の問題も隠れている。当時は当たり前であったであろう、さまざまな制約やしがらみのなかで生きる女たち。

それでも母は朗らかに生き抜いた。母に限らず、当時の多くの女性たちは、さまざまな苦難を嘆くのではなくしなやかに受容し、助け合いつつ、たまには笑い飛ばし逞しく乗り越えていたように思う。私の周りにはそういう女性たちが多くいた。その姿は哀しくも魅力的で、書き記したいとの思いを強くさせる。古い時代の沖縄の風俗（文化と呼んでもいいかも知れない）の中で暮らす家族の問題や女性の姿を書きこみたい。さまざまな慣習や風習がもたらす問題（たとえばトートーメーの問題など）もクローズアップしたい。

もうひとつ。

沖縄には、本土とは違う沖縄戦という歴史の記憶がある。

県内の著名な作家の方々が、そのことをテーマに書いておられ、それらは、県外の他のベストセラー作品と比べて優るとも劣らず、読み応えのある作品群である。

戦争の悲惨さだけでなく、現代までも続く、戦後に派生したさまざまな苦難や不条理。そのことを忘れてはいけないと思うし、なんらかの形でそれを書き残すことはとても意義があると思う。戦争（戦後の問題も）を縦軸において、横軸には、名もないひとりの人間の人生や愛を重ね合わせた人間ドラマが書けたらと願っている。


さらにもうひとつ。

四十年余、組織の中で働いたものとして組織の中での人間関係も、魅力的な題材だと感じている。構想は持っている。書いてみたい。


「リア王」を読み返して思うことは、シェイクスピアの卓越した観察眼である。人間心理を深く洞察して、登場人物たちに正義と悪を割り振って見事に顕在化させている。人は善も悪も、幸も不幸も併せ持ち迷い苦しみながら生きている。それを描写して普遍化していくこと、それが私の「書く」ことの目標の一つである。


二〇一五年に発表した拙作、『美乃利の季節』（児童文学）では、いじめられっ子の美乃利が、得意の水泳を通して、自信を持ち、前に向いていく姿を書いた。

『父の手作りの小箱』（短編小説）では、両親の諍いによって、ばらばらになった家族と、父と母の深い愛情を、両親の死後になって知る兄妹のものがたりを書いた。

私の作品の登場人物はもちろん普通の人々だ。

テーマは「人間」であり、「愛」なのである。

か弱き人の深奥に潜む「差別」や「妬み」「憎しみ」なども描き、迷い悩みながらも、ひたすら小さな希望を見出して生きる人々の姿を描こうと思う。筆力はいささか頼りないが、私自身の奥で発する思いを言葉として紡いでいきたい。

〈人は存在する価値を持っている〉ということをテーマの根底におき、ストーリーには、人間の普遍性が見え隠れし、最終章で希望の光が見えるような物語を書いていきたい。

文学に疎遠だった長い時間を取り戻したい思いで、退職後、沖縄国際大学の公開講座で、大城貞俊教授の「日本近代文学史Ⅱ」と黒澤亜里子教授の「日本文学を読む」を受講させていただいた。沖縄文学に造詣の深い大城教授から沖縄文学史を学び、沖縄の文学に触れ、沖縄の作家たちの層の厚さに驚いた。黒澤教授の巧みなレクチャーによって夏目漱石や田山花袋、田村俊子などを読み、日本文学の奥深さに触れた。

短期間ながら聴講生として受講できたことは、有難く大きな収穫だったと感じている。その成果として、本の魅力を再発見できたことがある。今、多くの書籍に埋もれ、読書に没頭する日々のなかで、本の持つ力を実感している。

一冊、読むたびに、面白さ楽しさだけでなく、琴線に触れるものがあり、迷い悩んでいることへの示唆やひらめきを与えられる。本にはそういう力がある。もしも、自分の著す本が、たった一人でも誰かの力になれるとしたらなんと幸せなことだろう。

残された時間は多くはない。時を大事に大切にしこれからも書き続けたい。大切なことは書き続けることだ。

世界で尊敬される美術家の篠田桃紅女史（故人）は、著書の中で、次のように語っておられる。

〈百歳を過ぎると、人は次第に「無」に近づいていると感じます。
（中略）筆が勝手に描いているという感覚で、何かを表現したい、想像したい、造形をつくりたい、といった私の意識はどこにもありません。描いているという意識すらもありません。無意識のうちに、自然にできあがっていた。しかも、これまで見たことのない、まったく新しい境地の作品です。〉

ひたすら書き続けて、このような境地に至ることができれば、なんと素晴らしいことであろう。いや、それは叶うことはないだろうが、ともかく書き続けていくことが大きな目標なのである。

沖縄文学を巡る十の断想

野原誠喜

沖縄文学は何を表現してきたか。この問いに対する真正面からの回答を求める人には、勉誠出版の『沖縄文学選』と大城貞俊氏の評論集『多様性と再生力』を薦める。

前者には、沖縄近現代文学の重要作品や研究者による解説が収められている。戦後の混乱期や個人的な窮地の中でも創作を諦めなかった作家たちの、文学的格闘の歴史に触れることができる。

後者には、沖縄の主な作家の作品分析に加えて、近年の芥川賞受賞作品やノーベル文学賞受賞作品の分析が簡潔にまとめられている。含蓄のある引用も豊富で、沖縄文学はもちろん、文学全般に関心のある人にとっても有意義な一冊となっている。

＊

私は久志富佐子の『滅びゆく琉球女の手記』、大城立裕の『カクテル・パーティ』、知念正真の『人類館』、又吉栄喜の『ギンネム屋敷』、目取真俊の『水滴』を沖縄文学（小説）の傑作だと考えている。この五作品に共通するのは、文学という枠組みを超えた普遍的な訴求力を持ち、読者に真摯な問いを投げ掛けているという点だ。無自覚的に現実を追認している読者に不意打ちを食らわせ、人間の弱さや社会の矛盾に対する再考を促してくれる。

＊

沖縄文学の根底には、権力に対する懐疑の視点がある。正しいとされていること、常識とされていることに対して、「本当にそうなのか?」、「違うのではないか?」と切り込む鋭い問いが含まれている。それは、沖縄が辿ってきた歴史によって培われてきた感覚と知恵なのだと思う。

土地を奪われ、言葉を奪われ、絶対だった天皇制にヒビが入るという経験。この経験から、沖縄の文学者たちは権力(人間)の曖昧さ、移ろいやすい性質に気づき、人間存在に対する厳しさと優しさの眼差しを獲得したのではないか。この視点は、日本という国を客観的に眺めることを可能にする。

＊

国家権力は、自然の法則さえも捻じ曲げようとする。国家・社会・組織は、個人を化け物へと変貌させる暴力性を孕んでいる。文学は、そのような暴力性に対する解毒剤としての役割を持っている。

＊

文学の役割の一つに〈死者の声を聞く〉ことがある。歴史の闇に葬られた人々がどのように生き、どのように考え、どのように死んでいったのか。このようなことに思いを馳せることで、勝者の記録である歴史から零れ落ちた人生への想像力を取り戻すことができる。

今、衣食住が満足にある環境にあって、私は複雑な感情を抱かずにはいられない。戦争で亡くなった人の中には、素晴らしい人格者たちが何名もいたのだと思うと、やりきれない気持ちになる。自分の人生を生きるしかないことはわかっているのだが、ふとした瞬間に世界の不条理を思ってたまらなくなる。

死者の視点に立つと、人間とこの社会の残酷さが強調されて目に映る。人間は歴史に何も学んでおらず、同じ過ちをくり返しているようにしか見えない。時代は進み、生活の利便性は格段に向上したが、人間が地球で生きることの根源的な在り方を見失っている気がする。

*

私は怒っているのだろう。自分と、社会と、世界に対して、ずっと怒っていたような気がする。その怒りの中身は、沖縄の置かれている状況と重なる部分もあるが、その根底には、人間存在の抱える矛盾に対する怒りがある。この怒りは、人間が人間である限り解決しない種類のものなのかもしれない。

この、解決されない怒りや情念を昇華するために、私は詩や小説を書いているのだ。テクノロジーの発達に身を任せれば、人間は今以上にものを考えない暴力的な獣になってしまうだろう。そのような未来に対する抵抗運動として、私は自分の文学を深めていきたい。

*

人間とは何か？　それをくり返し問うこと。その自問自答の反復の中で、文学は熟成していくのではないか。人間は忘れやすい生き物で、心の底から感動したことも、大事な人と交わした約束も、胸に誓った切実な思いも、時間の流れの中で見失うことがある。

記憶は儚く、頼りない。盤石だと思っていた倫理観でさえも、環境や状況によって揺らいでしまう。極端なことを言えば、条件が揃えば誰もが人を殺してしまう可能性を持っているということだ。その弱さや悲しさを自覚しながらも、人間としてどう生きるべきなのかを問い続けることが、私の文学なのだと思っている。

*

文学に答えはない。ただ、思いやドラマがあり、そこから発せられる問いがあるだけだ。読者は常に、あなたはどう生きますか？　どう考えますか？　読んで終わりですか？　と、耳元で囁かれている。小説家(詩人)は、本を閉じた後に見える景色を変える力を持っている。

＊

私が書こうとしているもの。それは、歴史の表舞台には登場しない人間の生や思いだ。瑣末で、微妙な、しかし、切実な人間の物語。

常識の中で生きること、時代や環境の中で生きることに慣れて、忘れてしまった大切な思い、感覚。社会によって殺された想像力について。沖縄のエッセンスを詰め込んだ、知的で、冒険的な、霊的遊戯。

＊

沖縄は文学的なテーマで溢れている。歴史を掘り起こし、地域の路地を少し歩けば、目も眩むような物語が待っている。詩人が、小説家が、想像力の壁をどんどん打ち破って、これらの光景や声を感受しなければならない。

私たちは、もっと文学の力を信じてもいいのではないか。文学は、言葉を持った人間が培ってきた知恵であり、希望でもあるのだ。どれだけ劣勢を強いられようとも、権力や不運に踏みにじられようとも、逞しい雑草のように何度も蘇ってきたのが沖縄であり、文学であったはずだ。

万巻の書物を読んでも、命を生み出すことはできない。しかし、一冊の本を読んで、命を尊び、人生を輝かせることはできる。そのような作品を私は書きたいし、これからの沖縄文学には、そのような花を咲かせてほしいと願っている。

森田たもつ

島の今を書くこと

小説は、十代の終わり頃から、いつかは書いてみたいと思っていた。だが、実際に始めたのは、四十を過ぎてからであった。

書きたいものを書きたいように書く。沖縄や島（宮古）にとくにこだわらない。そんな軽い気持ちでパソコンに向かった。

高校時代の恩師の指導を仰ぎながらなんとか書き上げた「メリー・クリスマスEverybody」で、幸いにも、第三十六回琉球新報短編小説賞を受賞した。振り込め詐欺を題材にした、エンターテーメント色の強い作品である。

東北から東京に出て来た貧乏な三平青年が、ある誘いにのって、「劇団」と称する振り込め詐欺グループの一員になる。三平は泣きながら電話を掛ける芝居を演じさせられるのだが、すべてが茶番劇に終わる。暗く悲惨な社会問題が喜劇的に書かれているが『詐欺グループがドジで面白い話になっている。文学はまず通俗常識をくつがえすことではじめたい』『善良な振り込め詐欺師の話はほんとうにどうなのか』選評をいくども読み返した。文学、そして、文学の社会的使命について深く思考するきっかけとなった。

物語の最後に、三平は故郷の母親のもとに帰る決心をし、騙される側の老夫婦にも、長年行方のわからなかった息子が戻って来る。どちらも、失いかけていた家族の絆を取り戻す。「再生」、とくに家族の再生は、その後の作品においても重要なファクターとなっている。

台湾に関する作品がふたつある。第三十四回沖縄文学賞を受賞した「蓬萊の彼方」と第二回宮古島文学賞の「みなさん先生」である。

「蓬萊の彼方」は終戦直後、与那国島を中心に行われていた、台湾との「闇交易」を題材にした小説である。その頃、宮古の闇交易者が海岸で取り締まりをしていた、米軍の将校に拳銃で撃たれて重傷を負う事件があった。そこから物語の着想を得た。

与那国生まれの山本富之助は、宮古の有力者に雇われて闇交易をしている。「山本」は母方の姓であったが、戦後本人も知らないうちに父方の台湾籍になっていた。富之助は台湾人として、その後の人生を生きる。そのようなことが実際にもあった。

富之助と島の女性、大城カナの波瀾にみちた人生が物語の中心である。国籍も国境も定かでない瞬間に出会った男女が、急激な時代の変化に翻弄される様を描きたいと思った。

富之助は、闇交易の利権をめぐる殺人事件に巻き込まれ命を狙われて台湾に逃亡する。カナは息子の久夫と富之助を待ち続けるが、彼女の願いはかなわず失意のうちにこの世を去る。つかの間の闇交易の時代も終わりをつげていた。国境が厳しく閉ざされたのである。

今まさに欧州で、この人の定めた壁をめぐる争いが繰り広げられている。かつては「兄弟国」と呼ばれた、ロシアとウクライナの争いの中で、親しい者どうしが悲劇的に引き裂かれているであろうことは想像に難くない。国家間の争いで深い悲しみを被るのはいつも、小さな人たちである。

台湾で生まれた富之助の子、呉萬永と久夫は、宮古の漲水港で出会う。人の行動の自由を制限する壁を越えた、異母兄弟の運命的な出会いを最後にどうしても書きたかった。

終戦の年の十一月一日。台湾から宮古への引き揚げ者を乗せた木造船が、悪天候のために基隆港の沖で座礁沈没した。正式な引き揚げ船ではなかったから名簿も残っておらず、出港の直前に船を降りたり、飛び乗ったりした人などがいて犠牲者の名前や人数(百人余りと言われている)もいまだに正確にはわかっていない。

「みなさん先生」は、この「栄丸の遭難事件」をもとに書かれている。

仲村正治は、かつて宮古の離島、那古島の小学校で教師をしていた。正治は生徒たちに「みなさん」と語りかけることからみなさん先生と呼ばれていた。戦時中、台湾に疎開させた教え子を引き揚げ船の遭難事故で亡くした正治は、そのことを悔い、逃げるようにブラジルに渡ったが、人生の最後に、どうしても遺族に詫びたいという思いで島に戻ってきた。正治は亡くなった従兄弟の家を訪ね、その息子や孫の純平に自分の戦争体験を語る。純平少年は、島に戦争があったことや自分とおなじ小学生が船の遭難事故の犠牲になったことなどを知り、強い衝撃を受ける。

宮古島文学賞は「島」をテーマにしている。

宮古を中心に、台湾、本土、ブラジルにベクトルを向けて、できるだけグローバルな視点で書きたいと思った。台湾をめぐっては近年、とみに緊張が高まっている。有事に備えて防衛ラインが設定され、宮古島には自衛隊のミサイルが配備された。弾薬庫の建設が今なお進められている。本島と宮古の間を中国の軍艦が頻繁に通過している中、有事における島民の避難方法が検討されるまでになった。台湾有事は、現実のものとなるのか、非常に不安である。

「みなさん先生」では、正治おじいの平和への思いを引き継いで、成長した純平少年が第二のみなさん先生となる。悲惨な戦争の記憶は、語り継がれなければならない。その上で、愚直に平和を訴え続けることが文学の使命であろう。

近年、島に大きな変化をもたらしているのは、台湾問題だけではない。伊良部架橋によって、かつてないほど多くの観光客が島を訪れるようになり、島外からの移住者も急増している。移住者の増加が島の伝統や文化、それを象徴する言葉に影響を及ぼすことは十分に考えられる。今後さらに、若い世代を中心に「シマコトバ」との距離が遠くなっていくだろう。

島の書き手としては、ミャークフツや島に伝わることわざなどを物語に生かし、ともすれば忘れ去られていく身近な歴史、あるいは日常の出来事から新たなものを掬いあげて言葉にできたらと思う。また、島社会の急激な変化を肌で感じながら、島の今を書くことの大切さをもあらためて痛感している。

宮古は「文学不毛の地」と言われる。その理由について、亡くなった島の作家、砂川玄徳氏は、つぎのような私見を述べている。

「宮古人は性格が荒っぽく、歌舞音曲に無縁な人種。これが、宮古人に対する評価である。その延長線上に『文学不毛の地』という不本意な定説が生じた」

氏の作品には、宮古島を舞台にした小説や風土記などがある。一九五八年創刊の同人誌「あざみ」の発行人のひとりである。

同誌について「初めて活字になった作品の評価がどうしても気になって、大きなスイカを抱えて、のちの芥川賞作家大城立裕の新居を突撃訪問した」と著書の中で語っている。不意の来訪者を大城は酒でもてなした。「あざみ」を気が引けるほど丁寧に読み通した上で、遠来の後輩を励ました。

「まず、短編をたくさん書いて勉強するといいですね。そうすれば芥川賞も夢ではないでしょう」

大城の言葉は単なるお世辞ではなく、真に後輩を思い遣る心のこもった響きを持って伝わってきた。島の文学青年は、雲の上を歩いているような快い気持ちで首里の大城宅を辞したという。大変興味深く、心温まるエピソードである。

文学不毛の地に、ひとつの文学賞が誕生した。「宮古島文学賞」である。草葉の陰で玄徳氏も喜んでおられることだろう。

今年で第六回となる、「島」をテーマにした文学賞には、毎年県内外から多数の作品が寄せられる。前回に続いて今回も、地元の高校生が一次選考を通過した。

近い将来、文学不毛の地で生まれた文学が、中央の文壇で花を咲かせることを私は夢見ている。それはまた、不毛の地に種を蒔いていった、先人の切なる祈りでもあろう。

伊礼英貴
基礎疾患と沖縄文学

二〇二一年の五月の半ば過ぎ、私は体調を崩して地元の病院へ行った。前日から舌がもつれて思うように言葉が出なくなったのだ。私が病院の受付で何度も言葉に詰まりながら症状を話すと、それを聞いた受付の係りはあたふたし、どこかへ内線電話をかけた。それから一分もしないうちに、白衣姿の年配の女性がやってきた。

「ここでは対処できないので、すぐに大きな病院へ行ってください。できたら家族と一緒に行ってください」

病院スタッフの慌てぶりからして、どうやら自分の症状が急を要するものであることが分かった。

それから一時間後、私は隣の市の総合病院のベッドで横になっていた。診察前に血圧を計ったところ、最高血圧が二〇〇を軽く超えていたのだ。何度計っても、その数値が下がることはなかった。

その後、私は診察室の裏にある処置室のベッドに案内された。そして採血されたあと、血液をサラサラにする薬を処方された。そのときに与えられた薬は二錠で、看護師からは「効き目を早くするため、薬を歯で砕いてから飲んで下さい」と説明を受けた。そのとおりに薬を服用して、ベッドで横たわっているうちに、だんだん気が遠くなった。

検査の結果、私は脳梗塞と診断が下され、その日のうちに入院することになった。

当時、新型コロナの三回目の緊急事態宣言が発令中で、沖縄県内でも感染者が拡大していた。一日の感染者が初めて二百人を超え、県内の医療はひっ迫していたのだ。

この有事に入院することには、何か意味があるのだろう。もしかしたら、これは神託かも、と私は考えた。「この現場をしっかり見とけよ。そして、今後の創作にそれを活かせよ」と小説の神様が言っているのかも、と想像した。

こんなふうに自分の身に起きた不幸な出来事ですら、何か小説の材料になるのではと考えるのが物書きなのだろう。しかし神託うんぬんの話は、この原稿を書くにあたって、私が適当に思いついたことだ。実際の私が病院のベッドで考えたことは、ここから生きて帰れるのかということだった。よしんば生きて帰れても、五体満足だろうか。何か障害が出て、まともに生活や創作もできないのではないかと不安だった。

入院先の総合病院は、私が母を看取《みと》った場所でもある。医療スタッフの中には知っている顔もあった。入院期間中には亡母の主治医との思わぬかたちでの邂逅《かいこう》や、これは母が入院していた時の、あの出来事の伏線回収かと思う瞬間や、医療ドラマよろしく涙腺の緩む場面もあったが、それをここには書かない。今後、どういうものになるかは分からないが、創作に活かすつもりでいる。

入院期間は八日間に渡った。入院中の検査で複数の基礎疾患も見つかった。退院後、それほど重い障害は残らなかった。とりあえず、自分の足で歩くこともできるし、入浴や排せつも人の手を借りずにできる。多少の後遺症はあるものの、今の私は何とか元気にやっている。

さてこそ、沖縄文学である。

今から四〇年以上も前の一九八〇年、高校生だった私は、東峰夫の『オキナワの少年』の文庫本を近所の書店で見かけて手に取った。それが私と沖縄文学との出会いだ。当時、私が同作品について知っていることと言えば、芥川賞受賞作品ということくらいだった。『オキナワの少年』を初めて読んだとき、沖縄の方言が使われていることに驚いた。こういう小説もありなのか、と魂消《たまげ》たものだ。そしてそれまで、自分とは遠い距離にあった文学を身近に感じたものだった。それと共に作中で使われている沖縄の方言には違和感があった。自分が使っている方言とは少し違うように感じた。沖縄は集落ごとに方言が異なることも多いので、その違和感も当然のことだったのだろう。

振り返ると、最初に読んだ沖縄文学は衝撃的で、その影響は大きかった。私は小説を本格的に書き始めた四〇代前半のころ、この『オキナワの少年』の冒頭の部分をまねて作品を書いたことがある。つまり、朝に母親が息子を起こす場面から物語を始めるのだ。この書き方だと、主要登場人物の紹介や物語の設定を読者に早く伝えることができるのだった。

当時の私は、この書き出しを自ら生み出したものと思っていたが、それは勘違いで、『オキナワの少年』の冒頭の場面を踏襲していただけだった。そのことに気づいたのは、四〇代も半ばになって同作品を読み直してからのことだ。

高校生のころ、購入した『オキナワの少年』の文庫本は今でも自宅の本棚の隅にある。久しぶりに、その本を手にすると、ページは黄ばみ、カバーの端の部分には紙魚《しみ》に食われたあとがあった。昔は裸眼で読めた文庫本の小さな文字も、今では老眼鏡がなければ読むことができない。月日の流れる早さとは無常なものである。

そして『オキナワの少年』を読んでから数十年後に、まさか自分が沖縄文学の実作者になるとは、想像もしなかったことだ。

そんな私が沖縄を舞台にした小説を書くときに、頭を悩ませるのは方言の取り扱いだ――方言は基本的に地の文で使うことは少ないので、その悩みは主に会話文でのことになる。特にその表記法には苦労している。どう表記すればいいのか、いまだに正解が見つからず、迷ってばかりいる。

方言の表記の仕方にはいろいろある。私はこれまでに方言をひらがなで書いたり、カタカナで書いたりしてきた。その際、登場人物のキャラクターに合わせて書き分けてきたつもりだ。最近書いた作品では、流ちょうな方言を話す人物の場合はひらがなで表記し、また方言をあまり使い慣れてない人物の場合は外来語のようにカタカナを使用してきた。

それと、これは好みの問題だが、方言をひらがなで書く場合、長音を「——」の符号で書くのが、私はあまり好きではない。ひらがなの文字に「——」が交じっていると、間が抜けた字面に見えてしまうのだ。だが、世にあふれているひらがな表記の沖縄口には、「——」が多用されている。その現象から察するに、書き手や読者の大半は、ひらがなの長音が「——」で表記されても気にならないようだ。たぶん、私の好みが変わっているのだろう。きっと、私は異例なのだ。

また以前に書いた作品の中には方言を漢字で書き、それに方言読みのルビを振ったこともある。

例　「頭《ちぶる》が痛い」

そして方言の後に、（　）を追加し、そこへ日本語訳の意味を書いたこともある。

例　「ちぶる（頭）が痛い」

数年前に執筆した作品では、方言での会話文を表記した直後に前出の方言の訳した文を書いたこともある。

例　「ちぶるが、うすまさやむん」

　　頭が、とても痛い。

自分でこの書き方を発見したときは、原稿の前で小躍りしたものだった。自分の記憶に間違いがなければ、このような書き方をした沖縄文学の作品はないはずだった。

けれど先日、何気なくラジオ沖縄の『方言ニュース』を聞いていたら、その担当者が沖縄口でニュース原稿を数行読んだあと、それを訳した日本語を続けて読んでいた。何のことはない。私は知らないあいだに『方言ニュース』の影響を受けていたらしい。

このように、私は何かと影響を受けやすいたちらしい。きっと、今後も色んなものから影響を受け、創作を続けてゆくだろう。かてて加えて、このコロナ禍で基礎疾患を得て、私は病人の心情がより深く理解できるようになった。このことが自分の書く作品に、どのような影響をあたえるのか、今からとても楽しみである。

上地隆裕

「言葉と音の旅を続けて——私の文学史を辿る」

〈何故書くか、何を書くかへの自問と自答を繰り返し、終結部は何時も霧の中の予感〉

「言葉の限界が人間の限界だ」と述べたのは確か、ウィーン生まれの破天荒な人物、「ルートヴィヒ・ヴィトゲンシュタイン」だ(と思う)。彼は8人兄姉の末子として生まれ(そのうち4人は自殺)、偶然にも狂人アドルフ・ヒトラーと同じ学校へ通い(ただし在籍した学年は異なるし、その間の交流の有無も不明)、長じて大学へ進学し、卒業後は小学校教師から中学教師、そして最終的には大学教授へと職業を変えている。つまるところ彼の専門は「哲学」だが、そこへ至るまでの間に彼が受けた教育環境、周囲の社会情勢、彼自身の趣味と意欲の変遷はまさしく、僕のような人生を歩んできた人間には、あまりにも圧倒的かつ異能異質的過ぎるものだ。

にもかかわらず、敢えて言うが、僕の人生はいつも彼のLife Styleに影響されてきた部分が多いのである。そう強調するのは、僕が密かに彼の頭抜けた天才性と並列されるのを狙うからでは絶対にない。あるいは、僕の愚かさ加減が、彼の天才性に匹敵するほどのレヴェルに達していることをアピールするための、策略でもないのだ。

あくまでも、僕の中にある「創作への意志、意欲」が、彼の天与の才にヒケを取らぬほど、愚直さの到達点に接近している、と言いたいだけである。

本稿を依頼された後、頭の中を今一度整理しながら過去を振り返ると、まず思い浮かんだのはそんな考えであった。

いつもの僕ならそこで思考を停止させ、原稿依頼者の指示どおり、極めて単純に「苦労と手柄話を織り交ぜながら、僻地での創作話を開陳して幕」と、したかもしれない。

しかし、その僻地にいる、という事実こそが、僕の精神形成史にはとんでもない重量感を与え、容易く迂回することの出来ないものとなって常にのしかかっていることを、あらためて知らされたのである。

そして気が付くと、僕はいつの間にか正姿勢になり、さらに精神的助平根性（換言すればそれは「生来の厚かましさ」という側面であった）も加勢して、それに「音という単語」をくっつけ、「言葉と音の限界が人間の限界だ」にしたいと思うようになっていた。

その理由を沈思そして黙考すると、僕の文学修業、否「創作活動」の根幹を成すものが常に「音と言葉」だったし、それはこれからも不変だからである。

出だしがかなり回りくどい、自らも思うほど難解なものになった。なので、このあたりでズバリ編者のリクエストに沿う形の論調に砕いて行きたい。それには「文学へ繋がる自分史、端的に言えば変遷の模様」を語ることが一番の近道であろう。

ということで、まず幼少期から始めたい。

僕は宮古島の（旧城辺町）に生まれた。島の最も特徴的な点を幾つか上げると、一つはハブが生息していないこと、二つ目は一家の男主が大抵大酒呑みで酒乱、かつ家庭騒動の引き金を引く役回りを演じること、三つ目は子沢山で貧しい家庭は家族全員が労働力、教育の現場に於いては（特に僕の住む田舎では）図書館に読める本（せいぜい偉人の伝記又はその類で、冊数にして数十冊）と稀少なこと、（同様に）音楽室では楽器と呼べる物体がなく、あっても大抵「OUT OF TUNE」（音外れ）のオルガンだったこと＝そのかわりに教室の壁一面には、「渋面の中に睨みつけるような目線を嵌め込んで、児童を緊張させる古今の大作曲家のポートレートが十数枚も展示されていた」こと、中学校の最終学年になり、「このように受験あるいは進学という言葉があることを生まれて初めて真剣に認識するまで」、ほぼ百％「野生丸出し」人生を何の疑念もなく送ること、授業中はほぼ間違いなく、その日その日の草刈り場を頭の中に巡らし、どのあたりに最上のヤギや牛馬など家畜の餌となる草木が生えているかを想い描くこと、であった。

更に付け加えると、発育途上ゆえ、性の目覚めらしき瞬間（股間の周辺に黒い発毛を発見するなど）が訪れる迄、異性への関心が意識されずにいたほどの超の付く晩熟でいたこと、等である。

僕はそのような環境の中で、大学へ受かって進学のために島を出る18歳の日が来るまで、「上下水道施設の設置もなければ、電気も通っていない、毎晩石油ランプに灯をともし、常にリヤカーを引いて共同井戸のある場所へ赴き、飲み水や生活用水を汲み上げて運ぶ用を欠かさずにやる」ことに従事し、見上げれば「飛行体はおろか、その飛行音など皆無の世界のみが広がるばかりの空の下」で過ごす傍ら、更に以下のような役割分担を必死になって必至し続けていた。

まず、「一日二回（朝夕）の家畜の飼料となる草刈り」、三日に一度のサツマイモの収穫作業、休日にはバイド（唯一の換金作物サトウキビの下草除去作業）である。

そして待ちかねたMY Timeがやって来るのは、その「Routine」（日課）の合間だった。

その僕だけの時間には、思いつく限りの遊具を自作して近所の仲間と遊びまくるか、喧嘩にあけくれるか、仲間がいない時は安全な野原に寝転がって青空を飽くまで眺めるか、という作業に費やした。

極言すればその頃の僕は、それから半世紀以上も経った今とは比較にならぬ「何もない場所」に、ただ存在していた、としか思えない。

そんな僕にも、刺激と呼べる出来事は幾つか訪れる。最初の刺激は小学生になる直前にやってきた。

父親と同業者（小学校の教員）だった母親は、新学期を数日前に控えたある日、誇らしさと申し訳なさの色を半々混ぜた顔で言った。

「来る四月、お前が小学一年生に進級したら、小学一年生という雑誌の購読を始めるよ。町の業者には、もう頼んだ。毎月母ちゃんの職場に届けるようにって」

町の業者とは、学校に出入りする「文教図書」という名の、当時島の教職員が利用していた総合文具店のことだった。

「だからお前は、来月から確実に、お前だけの読み物が手に入るんだよ。ちゃんと全部読むんだよ、最後の一ページまで」

と母親は続け、言い終わると、ひどくホッとしたような顔になった。

母親が述べた名の雑誌は、半世紀以上も経った今でも発行されている。全国的に名の通った雑誌だ。それが毎月僕の下へやって来る、と言うのだから、僕は俄然嬉しくなり、自分がまるで金満家の子息になったような感情に打たれた。

が、同時に、母の窮状が脳裡を過った瞬間、これから母を苦しめることになる自分を責める気持ちも湧いた。というのも、当時の僕の幼い頭にさえ、十分に理解できる理由があったからだ。

具体的に言うと、当時の僕の家庭は、「月刊誌の購読など贅沢の極み」としか思えないほどの貧しさにあえいでいたのだ。

稼ぎ手は僕の両親である。が、酒飲で社交家の父親は生活費を入れることは一切なく、結局母親一人の収入で一切がまかなわれていた。具体的には、計12人の生活が、たった一人の収入で支えられていたのだ。

当時の家族の内訳は、僕の両親、そして祖母、それから僕の弟妹が計4人、それに父の嫁入り前の妹たちが5人（僕の母にとっては義妹にあたるその面々は、高校を卒業し、就職すると同時に家を出て独立して行くが、それでも末の義妹が家を離れたのは、僕が小3の時であった）。

当然と言えば当然のことだろうが、家を離れて後も彼女たちは暫くの間、僕の母からの経済援助が必要だった。

盆や正月など祝い事があろうとなかろうと、彼女たちが僕の母を頼っている間には、母親が自分の子供たちに、菓子代にするよう小遣いを与えたり、雑誌の類を買い与えたりする余裕など皆無である。

というわけで僕の家は見かけとは違い、周囲の家庭とは比較にならぬほどの困窮に陥っていたのだ。

ここで父親の人柄をもう少し具体的に記しておく。彼はいわゆる家庭の事情など我関せずの自己中心型の見本ともいえる存在、言ってみればボヘミアン、それもスーパーのつく自由気ままな人物。加えて、怒声と力で家族を支配する織田信長のような男でもあった。

その反面、学問への傾倒ぶりは並外れて深く、かつ専門性の強さは抜群である。僕が発する「言葉」についての問いや、家の酒座に招いた同僚や友人知人、あるいは近所の人々などの発する言葉に「誤用」の匂いを嗅ぐと、本気で怒りをぶつけ、「そんな言葉遣いがあるか！君たちはもう帰れ！」だの、「君たちは死ぬまで生きておれ！この馬鹿者！」等と吠えまくり、酒座を一気に白けさせるのはしょっちゅうであった。

その一方で、一人の教師としては、驚異的な勉強家、かつ努力家だったというしかない。というのも、僕の記憶に残っている光景が、彼がシラフの時いつも長方形の小さな「ふみ机」の前に座り、背中を丸めて一心不乱に書類か何かと首っ引きしている姿だからである。

ところがそのような父親も、酒席に出ると人格がガラリと変わった。酒量が上がると、いつの間にか並外れた愛酒家および即興で自作の歌を作り、酒座を爆笑の渦に引き込むという魔法使いもかくや、と思わせる社交家に激変という、いわば忍者並みの秘術を発揮するのだ。

かくのごとく僕にとって父親は、早世（60歳）するまで、実にやりにくく、面倒臭く、かつとっつきにくい人物だった。それでも僕が父の機嫌のいい時を狙い、彼の気に入りそうな国語関連の質問をしたり、人づてに聞いた戦時体験等について尋ねたりすると、そうする機会が少なかっただけに、狙ったとおり上機嫌で答えてくれた。しかもそれは大半が僕の記憶庫の底に納まっている。

ただ厳密に言うと父と交わしたそのような会話は、会話というより、「父親から一方的に聞かされた話」と言う方が正しいのかもしれない。

その会話の内容の大半は、父親が息子を諭すような金言の類を含むようなものでは決してなく、ズバリ彼が先次大戦時に従軍中体験した話の断片だけ、という有様だ。

父は幹部候補生として帯剣を許された身分だった。彼はそのことを殊更自慢したり、軍務を終え帰宅途中、しばしば敵機の機銃掃射を受けたことなどを得意げに添えた。

「近くのキビ畑に飛び込んで難を逃れたよ。逃げながら、足元にある小石を掴んで、操縦士に何度も投げた。機の速度には叶わなかったけど」

という具合に話し、武勇伝の一部を飽きもせずに開陳したのである。

が、いずれの話も僕には現実味を伴って耳を欹てる、とまでは行かなかった。（にもかかわらず、話の概要が脳裡に刻印されているのだから、父と息子の関係とは実に不思議なものである！）

父が話す間、ひたすら黙したまま語らずにいたこの息子の態度に、父が不満を抱いたのか否かは知らねど。

一方母親も、戦時中は小中学生、更には村の青年会等を率いて絶えず軍事動員され、塹壕や飛行場の整備に従事したところ、その作業を終えて帰宅途中、父と同様米軍機の機銃狙撃に何度もあったという。ところがその話もまた、父親から聞かされたものと同様、僕の心情を揺すぶることはまるでなかった。

（だが後年、とは言っても数十年経ってから、僕はある事実と向き合うことで、二人の体験談が重要な証言の例であることを学ぶのだ。それは、沖縄戦の態様が「沖縄本島でのものと宮古島のそれとでは大きな違いがあった」という事実である。それは僕にとって、貴重な学習の機会となった）

そんな機会が訪れる迄、両親から聞かされていた「二人の戦時体験」は、極言すれば、僕にとって単なる「親の思い出話」に過ぎず、何の切迫感もなく僕の脳裏に止まっていたが、それが「恐怖感を伴って僕の中に噴き出した」のは、つい今から二十年ほど前、現住所の宜野湾市嘉数在の高台公園近くに移住した直後であった。（それについては後述する）

さてすっかり脱線してしまったが、話を再度もう少し父の人格について書き加え、それから本論に移りたい。

父は有体に言えばいわゆる「ええ格好しい」の要素をタップリ備えており、よく言えば「清水の次郎長」にもヒケをとらぬ面倒見のいい人物でもあった。

酒座では暴言方言を自由に操り、周囲をハラハラさせるが「後に残ることはなく」、逆に「尊敬の念を抱かせるという」」、家族にとっては理解不能な主で、しかも卓抜なユーモアの持ち主だった。

普段は、自らの給料は全て自分で消費し尽くすことを旨とし、母の苦労など意に介さぬ手前勝手な生き方を必死で必至し、教壇の前ではスーパー・ティーチャー、BIG TEACHを演じまくり、必殺の宮古式ユーモアをタップリ交えて、担当した学年に関係なく、生徒を「爆笑」の渦に易々と惹き込む男である。

（その父は又、教育現場では、超の付くほど徹底した弱い者の味方だったという。特に生活の貧しい人々（生徒）や、虚弱な体の持ち主、学習能力の劣る生徒たちを真剣な態度で応援、援助していたらしい。大人になった今、僕は島へ帰る度に、様々な場面で耳にする話がある。例えば、今はタクシーの乗務員となった人物は、「恵隆（父）先生は大酒のみで、学校では悪ガキたちを容赦なく叱り飛ばし、特に弱い者イジメをしている子を見つけると、鬼のように怒って、畑で仕事しているその親のいる所へ出かけ、注意するのはしょっちゅうだったよ。怖い先生だったけど、一番記憶に残っているさあ」と言いつつ、僕自身に値踏みをするような目を投げて来たのだった）

父の死後、そのような類の話を何度も聞かされる機会があった。が、家族一同、生前の父から、そのような出来事についての話を聞かされたことは一度もなかった。

そんな豪傑の息子だった僕は、教壇の前の父の顔と、家庭の頑固一徹自己中の父の顔との、あまりにの乖離ぶりになす術もなく、ストレスを溜める一方の幼少期を過ごしていた。（数年後、それが爆発し、父親との大喧嘩の舞台の幕が上がる日が来るなど、想像すら出来なかった。が、父との確執期が始まったことで、少なくとも生まれて初めて「怒り」を思う存分表現できる言葉を学ぶまたとない経験を積むことが出来、その後の自己育成面での幅を広げたと思う）

以上が僕の幼少年期の親子関係を含めた家庭生活、及び社会環境の概要だが、なおもしつこく、恥の上塗りになる覚悟で当時の我が家の状況を描くと、「世間の目に僕の家は、夫婦共働きゆえ、暮し向きは他に比べ少しはマシな方に違いない」と映っていただろう。

ところが周知のとおり、事実はさにあらず、であった。

更に輪をかけて言えば、当時の教員の給料が今とは比較にならぬほどの薄給の見本だったことである。何と並の百姓の稼ぎより遥かに低いものだったのだ。（当時、宮古島の人々は教職員のことを、「ンーガー（芋の皮）キョウイン（教員）」（すなわち、ンーガー＝芋の皮（当時は家畜の飼料に混ぜて与える程度の、廃棄物同様のもの、として扱われていた）の値段より安い給料を支払われる仕事、あるいは＝芋の皮＝さえ捨てずに食料としなければ貧しいほど低額の給料を支払われる人々）＝と呼んで蔑んでいたのである。

当時の教員を支えていたものは、教育者としてのプライド、情熱、国家再生の一助となっているといった自負以外になかった。（そのいわば教員特有のエリート意識、あるいは尊大さに対する一般人の反感が、裏返しになって生まれたのが「ンーガーキョウイン」という言葉だったのかもしれない、というのが僕自身の考えである）

ともかくそのような貧しい家庭で僕の母親はそれこそ孤立無援。教育者としての責任を果たしながら、その一方では、家庭の主婦として、職場の友人、知人、あるいは親類縁者から生活費の補填をするべくカネを借り、期日には返しまくるという日常を生きていたのだ。

僕の母は、「女に学問は必要ない。我が家は町内はおろか、全島内でも一、二位を争うほどの土地持ちで、サトウキビの製糖工場さえ持っているのだから、将来は早く嫁に行き、子を産み夫を助けて裕福な家庭を築け」という家訓を押し付ける家の次女として生まれ、それに反発し、学問やりたさに家出同然で夜逃げを敢行。尋常小学校の先輩を頼って「当時首里にあった女子工芸学校の現地試験を受けるため」、驚くような大冒険（単身、宮古島から首里へ船で渡航）に打って出た女である。そういう仕業からも負けん気が強く、その流れで我が子に上級学校への進学を強く願うところがあった。

が、そのような女傑を有無を言わさず従わせるのであるから、僕の父も相当な男であったと思う。（しかし大人になった今の僕は、それは母が、父を心底愛していたからに違いないと確信するに至っているのだが）

そしてそんな母の雑誌購読というプレゼントの中に、僕は生まれて初めてあるものを手に入れる。それは毎月付録としてついてくる物の一つで、「鉱石ラジオ」キットだった。

僕はその付録が一番気に入り、「組み立て用の説明書」を見ながら、念入りにラジオを完成した。そして部品を全て装着し終え、スイッチを捻った瞬間、自分だけのラジオの音声が耳を撃った時の感激を一生忘れることはない。

僕はその音の出る缶詰、否、物体を、肌身離さず持ち歩き、音楽室以外の場所で、次々とメロディ、人声を耳にした。メロディの中では、特にある曲が僕の心を捉えることになった。

母親の与えてくれたそのような最初の刺激に次ぐ二つ目の刺激が訪れたのは、小学校の五年生になったばかりの、たしか週の始めの日である。（その刺激の正体を具体的に述べると、それはある種の「人工音」だった）

その日の昼休み、僕は担任教師のTに職員室に来るよう呼ばれ、言われたとおりにすると、Tは単刀直入に言った。

「おい隆裕、明日の放課後、お前に頼みたいことがあるので、今日家へ帰ったらお父か母ちゃんにそう言っとけ。夕方の草刈りの時間には間に合うよう、済む用事だから心配しないでいいよ」

Tは正面から少し硬くなった僕を見つめ、張りのある声でそう言った。呼ばれた理由が予想外の話だったので、僕は微かに安堵しながらハイと首肯した。

Tはその時、勤務年数が四、五年目に入っていた頃だと思う。教職員の中では古株の一人で、そろそろ他校への転勤の噂も立ち始めていた。

勤務年数が長いだけに、その教育スタイルは生徒の間ではよく知られ、「生徒同士の喧嘩の場面には必ず

Tの姿がある。下級生でも容赦なくぶちかます迫力満点の仲裁名人」というその腕っぷしの強さが、男子生徒の間では評判だった。

その反面、見てくれもよく、女子にもTの男前は評判で、総じて精力のカタマリみたいな教師だった。お陰でいくら当時の僕がワイルドでも、抗う気力など湧く筈はない。結局僕は翌日、Tの言うなりに動く。

さてその翌日、Tは僕を校舎裏の松林へ連れて行った。僕の通っていた当時の小学校には、校舎群の裏に縦横五、六十メートルの広さの長方形のなだらかな丘陵が広がり、その一帯には、前後左右に、七、八メートルの間隔で松が植えられていた。

その植栽は学校の創立年に合わせて行われるもので、いわば校舎を守る防風林を兼ねた地域住民の誇りにもなっていた。

「ほら見事な松林だろ。お前が生まれてない頃、といっても今から約七、八十年ほど前の出来事だが、この学校の校区に住むお爺やおばあたちが、お互いに畑仕事を交替しながら一年がかりで植えた結果がこれだ」

Tは松の天井へ目を投げながら、誇らしそうに言った。

「だが、お前に頼みたいのは、松を眺めて感心させることじゃない。松と松を結んでいる電線に電気を通す、つまりその電線の元がある発動機小屋の世話係だ。誰とはなしに出来る仕事じゃないぞ。先生が一番信用している生徒だけが出来る仕事だ。その生徒が、つまりお前だ」

発動機小屋ならそれまで何度か、その近くを通ったことがあった。中の様子はまるで分からなかったが、見る度に入り口が施錠されている光景が記憶に残っていた。

(こんな小汚い小屋の入り口の扉に鍵がかかっている)と、ふと心にひっかかったものだった。というのも、僕の住む村では、たとえ一般の民家でも、玄関を始め、どんな入り口にさえ「施錠する」という思想は皆無だったからだ。

そんな僕の想念の動きをよそに、Tは電線の配列、台風で被害を受けた時の修理法、発動機の動かし方、止め方、油の指し方、発動機小屋の清掃、修理器具の種類、調達法などをテキパキと伝授したあと、次のように言った。

「よし、次はいよいよ最後の仕事だ。ついてこい」

行った先は、「音楽室の横にあった小部屋」である。そこで僕が見せられたものは、数枚のレコードと、それの再生装置、つまり今で言う「プレイヤー」だった。

「いいか、お前が発動機を動かして作った電気は松林の中を結んだ電線を通り、このプレイヤーに繋いだ線に伝わって、そして最後にはこのレコードを回転させる力に変わるんだ。面白いだろ」

僕が目を白黒させていると、Tは満面に笑顔を浮かべて、

「ほら、お前が送った電気の力が作ったものがこれだ」

と言うなり、プレイヤーの回転盤に乗せた円盤に針を落とした。

途端に僕の中で万雷が鳴った。

針が僕の耳の中に運んできたのは、当時の全国の小学校に為政者が送り込んだ名曲のエキスを詰め込んだ「レコード音」という、摩訶不思議な人工のサウンドだったのである。僕は生まれて初めてその音に出会い、電気の持つ「魔力」に打ちのめされた。

が、僕の耳に入ってきた音の正体（つまり作品名）についての関心は、Tが与えた役目を果たす間中（つまり小学校卒業の日まで）露ほども湧かなかった。それもまた奇蹟的な事実ではあるが、その奇蹟が奇蹟でなくなる日が来るまでは、それから大分長い年月がかかることになる。

Tが与えた仕事の中のハイライトは、何といっても運動会を頂点にしたその関連行事（つまりその予行演習）であった。

僕は電線を運動場を囲む松やガジュマルの木々の枝迄伸ばし、その間に適当な数十メートル程の距離を置きながら、拡声器を五つほど設置した。運動会の本部に設けた放送設備のプレイヤーの音を、運動場全体と、

その外周に設けられた観客席（僕の校区は七つの部落で構成されており、それぞれが応援席を配分されていた。言うまでもなく、そこは運動会当日になると、夜明け前から陣取り合戦が始まるのが慣わしだった。そして大会当日になると、立錐の余地なく、人混みで溢れる。というのも、応援には島中の親戚友人知人その他が集合するからだ。目的は勿論応援ということになっているが、大半は豪華な昼食にありつくこと、あるいはガールそしてボーイハントと多彩である）の隅々にまでスピーカーの音を届けるためだった。

かくのごとく僕はたった一人で、発動機からその周辺の松林につないだ電線の具合、それから本部の放送設備とレコードの状態、更には場内各所の電線と各スピーカーの状態などをチェックするため、それこそコマネズミのように動き回ったのである。

予行演習で入退場行進の際にかけるべきレコード、各種競技の合間にかけるBGMとして用意すべきレコード、牛の涎より時間のかかる校長やPTA会長の挨拶時に音を低くして流すレコード等等、僕の頭にはそれらの全てが予行演習に試され、本番に備えられていたのだ。そして驚異的にも、僕はそれらのメロディを全て記憶していたにもかかわらず、曲名など一つも覚えていなかったし、そうしようともしていなかった。

（ああ、あの曲は、あのレコードの何番目の奴だ）

と頭の中で叫び、Tが用意した大きな画用紙大の白紙に、レコードの種類と使用先（目的）を大書して放送室の壁に貼り付け、あとはプログラムの進行に従って、その都度当該レコードを引っ張り出し、その番号にあたる部分に針を落とすだけ、という単純な作業である。

その時の僕にとって大事なのは、目の前で展開される大会のプログラムと、針を落とすべきレコードの番号が一致しているか否かであり、曲名など気を配る必要はなかったのだ。

結果を先に言うと、僕はTの期待に立派に応え、拡声器から流れ出る音を見事に征服し、卒業式の日、めでたく電気が増幅する人工音に別れを告げたのだった。

僕はそのような歳月を高校を卒業するまで繰り返し、沖縄本島の首里にある琉球大学へ入学する。僕は下宿探し、またはうまく行けば大学付設の学生寮へ入寮し、そしてついでに地理的状況を把握する目的で、入学式のほぼひと月前に宮古島を離れた。

那覇では数日そこに住んでいた叔母夫婦の家に滞在、それから下宿探しと、うまく行けば入寮の手続きを、と目論んで、首里へ出かけた。

幸いなことに学生寮（四人部屋）には空きがあり、僕は入寮出来た。寮は、学年、専攻分野、および出身地が異なる面々で入居者を編成するという形で運営されていた。僕が入ったのは、体育科、社会学科、生物学科そして僕（英文科）をメンバーとする部屋であった。僕はそこで、入室から数日後には人生初の飲酒を経験し、同じく10日も経たないうちに寮内で知り合い現在も親友となった人物（彼は北部の離島の出で、のちに高教組の委員長などを歴任することとなる）および、多数の先輩、同輩たちの知己を得る。（その頃知り合った面々は、今日までの友人ネットワークを形成しており、僕にとっては永遠の宝物的存在となった）

さらに政治に無知だった僕は、まるでVirginityを容易く失う少女の様に、先輩諸氏から思う存分「政治思想」や「哲学」などを吹き込まれて「Socialize」され、「Social Personality」（社会的人間）としての「人格」をぶち込まれたのだった。

その結果、僕は入学式などという「体制側」の準備したセレモニーへの出席を拒むほど戦闘的な学生となり、K・MARXやLennin等には無知でありながら、ヘルメットを頭にして嘉手納基地のフェンスを乗り越え、USCARに襲撃をかけて内部を破壊するという集団の一味に加担するほどに成長（?）する。

サトウキビ畑やサツマイモ掘りを日課としていた少年が、18になった途端、機動隊へ鍬やカマならぬ、竹竿や木材を向け始めたのだ。幼少年期に培った感性は、理論よりまず行動ありきで、社会の悪と対峙する方へ向かったのである。

更に大学の卒業式前日に人生初の渡米を敢行した僕は、その感性を約五年の間、同地での生活をする中で、同じく幼少期に出会った「西洋音楽文化」の発露の一つ＝演奏芸術＝の最前線と邂逅し、その虜ともなって行く。

　それから帰国後、教育職に就いてあとも、年三回の短中長期の休暇をフルに活用し、計十回以上に渡り北南米大陸を始め、英連邦諸国、欧州全域、ロシア、アジア全域を、七十の歳を数えるまでの間、リサーチに出かけた。

　その行動を支えたものは、父母譲りの知識欲、向上心、周囲に感化されて自然に身に付いた権力への憎悪、先進あるいは異文化への憧れ、そしてそのエキスを摂取するという願望などであった。

　リサーチと併行して僕は、それこそ恥も外聞も気にせず、まさしく体を張って次々と名を為した人々（僕にとってはMENTORと呼ぶしかない存在だが）と会見し、彼（彼女）の経験談から多くを学び、「今を生きる人間」を取り巻く状況や思想を吸収したつもりである。

　その模様（成果と呼ぶべきか）を僕は、「友人や知人に疑念を抱かせるのを阻止するための工夫」と称し、写真に納め、テープに録音し、全てを保管してある。

　例えばベルリンやウィーンの両フィルハーモニカーをはじめ、アムステルダムのコンセルトヘボウ管弦楽団、ロンドン交響楽団、パリ管弦楽団、サンクトペテルブルク交響楽団、等の欧州及びロシアのアンサンブルの大半、更に北米の二百余のメジャー楽団など、全てを現地に尋ね、事務局員、音楽監督（世界最高の指揮者と評されたカルロス・クライバーや才人アンドレ・プレヴィンら約二百人）の全てを取材するといった調子である。

　更に独奏者（ナルシソ・イエペス、マルタ・アルゲリッチ、マウリツィオ・ポリーニ、ルチアーノ・パヴァロッティら約百人）の大半とも会見を行い、その都度東京の雑誌社に取材時の原稿を送って、写真付きで数ページの記事にしてもらう機会を設けてきた。（1972年に拙稿が初めて採用されて以来、掲載された記事の数は、本年2023年1月号までで約1、000本に上る）

（本土で発行され、当地を含めた全国で販売される専門誌で記事が採用されるのは喜ばしい。が、当地の

マスコミから僕の原稿は無価値とみえ、たまに地元の新聞等に投稿しても採用されることは皆無に等しい、のは寂しい限りだ）

更に、上記の月刊誌に加え、来日公演を行なう、いわゆる外来楽団やオペラ団などのパンフレットからも依頼原稿が多数あり、これまでに「ニューヨークのメトロポリタン・オペラ」や北米の10大メジャー楽団、ロンドン響、モスクワ放送響等、約60団体のプログラム冊子に拙稿は掲載されている。

またもう一つ付け加えると、これまでに現地を訪問したり、来日時に取材を重ねて蓄積した世界中の楽団に関してだが、「世界のオーケストラ」というタイトルで4種の単行本を上梓した。その目的は、オーケストラは勿論、何もなかった時代の宮古島で生まれ育った僕が、小学生の頃、上述した二つのキッカケでアンサンブルの作り出す音の妙に衝撃を受け、気が付くと本惑星最高級のアンサンブルの現場を渡り歩くようになり、ひとかどの知識を得ていたという経験を刻印することである。

音楽関連で書いておきたかったことが一つある。それは僕にとって終生の大ファン、指揮者の代名詞ともいえる存在、ヘルベルト・フォン・カラヤン、とTWO SHOTが実現しなかったことだ。

彼のバトンで手兵のベルリン・フィル公演を十回以上は聴いたが、写真撮影は断られた。演奏家との取材で撮影を断られた例は、唯一彼だけである。（ただ彼はそのこと以外の面では、非常に親切かつ丁寧な人物で、サインを求めると、嫌な顔一つせず、数枚のポートレート、およびプログラムに、例の「心電図」のようなオートグラフを書いてくれたのだった）

かくのごとく僕が音楽を追走する傍ら、それに費やすのと同様のエネルギーを向けたのは、世界を旅して見聞し検分した「人種差別」、「紛争の跡」である。

北米での生活の中でそのことをいやというほど経験したし、二百余の人種の集合体（いわゆる「人種のサラダボウル」と呼ばれる国）が、実際に見ると聞くとでは天地の差があることを身を以て知った。

その経験を通して、現在の僕なりの「普天間基地闘争」「反米思想」は形成されているが、その内容は既に、琉大学生時代ヘルメット姿で嘉手納基地のフェンスを飛び越えたり、USCARの内部を襲撃した頃のそれとは激変している。

つまり「敵を知り、そこで得たものを最大限に生かして」戦いの場に生かすという、「地に足を付けた日常を構築する地平に辿りついたわけである。（俗っぽく言えば、内的成長を遂げ、人としてどう生きるかをより真摯に深化させた、ということかもしれない）

思えば、長い道のりである。が、（何度もしつこく繰り返すけれど）、父からは「勉学への圧倒的な信頼を持ち、かつ言葉の力に信頼を置くこと」を、そして母からは「行動力と粘り強さおよび広い世界で学び、その精華を生まれ島に還元すること」を、それぞれ学んだ結果が今の僕だと思う。

結局僕の文学修業を支えるものは、二人から授かった有形無形の教示であり、端的に言えばそれは、言葉と音楽、に集約されるものだ。

最後に、印象的な思い出話を一つ書いておきたい。はっきりした年月日は分からぬが、NYのリンカーン・センター内での出来事である。

フィルハーモニックの控室の廊下に立っていた作曲家の武満徹と立ち話を交えたことがあった。僅か20分ほどの短い立ち話だった。その帰り道、ロックフェラー・センター内にあった「紀伊国屋書店ニューヨーク支店」に立ち寄った。そこで僕は幸運に出会う。壁面の本の陳列棚に、武満の手になる書物を偶然みつけたのである。

ページをめくっているうちに、僕の目は次のような下りで止まった。

「言葉は想像の貯水池である。言葉は、発音されることで、たえず新鮮な水を我々に供給する。言葉は、発音されることなしに、それ自身では決して規格化された容量を越えるものではない」

今から約30年以上も前の出来事だが、我が国の生んだ偉大な音楽家の発したその言葉は、今も僕の中で瑞々しく響き続けている。

そういう力を持つ言葉を駆使して僕は、「分かり易く（あるいは逆に分かりにくく）言えば、当地の社会情勢と文化の諸相を、「自らの実体験で身につけた力量をリトマス紙にして「可能な限り細部にわたって分析」し、その結果、（1）沖縄に存在して欲しいもの、（2）沖縄から無くしたいもの、（3）沖縄に導き入れて育成していきたいもの、の三点を書き残そうと務めてきたし、それはこれから先も変わらないと思う。

そしてそのことを、敢えて本稿の編者のリクエストに対する答え、としたい。（完）

二〇二二年十二月十八日記す

石垣貴子
「南国のマトリョーシカ」

新石垣空港から市街地へ向かうとき、眼前に広がる地平線にいつも心が躍る。東西に腕を広げて私を迎え入れる緑の懐。行ったこともないトスカーナやプロヴァンスの丘陵のようだと勝手に思っている。

「イタリアみたいよね」「南仏みたいよね」

帰省の度に同じことを言っているので迎えに来る家族も呆れていることだろう。

中学生の頃は、教室から見える地平線に、アメリカの大平原を見ていた。当時放送されていた海外ドラマ「大草原の小さな家」の影響だったのだろう。草原を行く幌馬車や丸太の家など、牧歌的なアーリーアメリカンの風景を地平線の空の向こうに夢想していた。

清掃の時間のBGMはロシア民謡だった。運動場で草刈りをしているときに「ステンカラージン」が流れてくると、運動場とその塀の向こうの地平線はシベリアの平原に姿を変えた。

このシベリアに雪は降らない。だが冬になると辺り一面銀世界になる。サトウキビが銀色の穂をつける。日の当たり具合翳り具合で微妙に色調を変え、神秘的な獣の毛並みのようにうねる様は眺めていて飽きなかった。

中学を卒業するとき、この風景ともお別れかと寂しくなったのだが、高校では校舎の屋上からさらに雄大な景観を見ることができた。

於茂登山の裾野から東へすーっと伸びていく緑の腕は私にとっての「グリーンスリーブス」で、頭の中ではよくこのイングランド民謡が流れていた。

高一の暮れに、NHKFMの放送が始まった。ノイズのないクリアな音で朝から晩まで音楽を流してくれる。クラシックから洋楽、歌謡曲、ジャズ、イージーリスニング、様々なジャンルの曲が流れてくる。なんという贅沢。天国が降ってきたと思った。

アルバム全曲紹介などというのもあって、ケイト・ブッシュの「嵐が丘」を聴きながら、荒涼たるヒースの丘を思い浮かべていた。私のヒースの丘はもちろん、あの地平線のどこかにある。

勉強部屋は西向きで、夕暮れには窓の外の金色の雲に、はるかな砂漠を旅するキャラバンのラクダの群れを見ていた。

夏の真っ盛りの真昼の庭で、魂が吸い込まれそうな青い空を見上げては、アンダルシアの空もきっとこんな色、と思っていた。

幼少の頃に住んでいた家からは海が見え、東側の海岸線は、アメリカのウエストコーストやハワイのワイキキビーチに続いていた。

「世界」はいろんなものに乗ってやってきた。音楽に乗って、映画に乗って。ファッションや美術、文学、様々なものに乗って。

雲に乗ってもやってきた。風に乗ってもやってきた。

南の端っこの小さな島で、私は「世界」に囲まれて暮らしていた。「世界」は私の体と、地続きならぬ空続き海続きで繋がっていた。

海の向こうにはまた「オキナワ」もあった。

八重山の人々は沖縄本島を「オキナワ」と呼んでいた。本島に旅行するときは「オキナワに行ってこようね」と言った。

１９７０年代に「美わしの琉球」という歌が流行ったが、この歌の、観光ポスターのような異国情緒こそが私の「オキナワ」であった。

その「オキナワ」に住んで四十年以上になるが、「美わしの琉球」にイメージしていたエキゾチック琉球の住人になれたのかどうか、私にはわからない。実際の「オキナワ」は実に多様な顔を持っていて猥雑で、私はいまだに自分の住む土地をうまく語る言葉を持たない。今でも時々口ずさむあの歌に感じるのは、行ったこともないのに懐かしいと感じる異国のような、ノスタルジック琉球である。

私という人間は、国籍で言えば日本人だが、その中にウチナーンチュの自分がいて、さらにその中に八重山んちゅの自分がいて、さらにその中には石垣島の人間としての自分がいて、そしてさらにその中には、という具合にいくつにも重なった入れ子構造である。そんなマトリョーシカの自分の外側を一つ一つ取り除いて最後に出てくる最も内側の最も小さな自分、私に小説を書かせているのは、この一番小さな自分なのだと思う。

人種や性別や年齢などといった属性をすべて取り除いた、私を遡ってたどり着く始まりの自分。

この一番小さな、自分の種とでもいうべき存在は、日々、言葉を使ってどんな花を咲かせようかと考えている。うまく咲かないことの方が多い。けれど、種は生きている限り花を咲かせたい。どんな花になるか咲いてみなければわからないこともある。それが面白い。面白くてたまらないので、種は、一番小さなマトリョーシカは、日本の端っこの小さな島嶼県で、「世界」に囲まれながら、細々と創り続けているのである。

加勢俊夫
旅はずっと続いている・Part 2

沖縄が日本本土に復帰した一九七二年、私は高校二年生だった。沖縄の本土復帰が少年の無垢な精神に多大な影響を与えたと推測される向きもあろうが、そんなことはまったくなかった。テレビの画面で、米軍ドルから日本円への切り替えの混乱や、沖縄の人たちの期待と不安の入り混じった姿を見た記憶が淡く残っている程度だ。「南端の小さな島々が日本なのか他国なのかよくわからないけれど、日本に戻って来るんだって！　でもさ、戻って来るってどういうことなの？」くらいの認識しかなかった。

あのとき私は、「おきなわ」どころではなかった。新潟高校は新潟県随一の進学校で、将来有用な人材を育てる学び舎である。教師の多くが卒業生で、どの先生も面白かった。これは冗談でなくて、英語の志賀先生は志賀直哉の大ファンで、「直哉を読め」と下手な英語発音の授業のたびに語った。あのころの私は、「この世から早くおさらばしたい」と、人生に退屈していた。わが家の出自を呪い、冬の厳寒と新潟人の閉鎖性にほとほと愛想が尽きていて、ひたすら新潟脱出を夢見る日々だった。高校の先輩・坂口安吾はすでに幼稚園に通っていたときから、人生に退屈していたという。後年安吾の小説や評論を詳しく読む必要があって、そのことを知って、私は安吾に脱帽した。安吾が自分の言いたいことをすでに表現しているとわかって、嬉しくもあり落胆もした。

沖縄本土復帰の数か月後、私たちは京都・奈良の一週間の修学旅行に連れて行かれた。沖縄が日本本土から切り離された一九五二年から三年後に誕生した私にとって、沖縄はすぐ上の兄貴のような存在だったことが最近ようやくわかってきた。例えば佐渡ヶ島に島流しにされていた不肖の兄貴が、私が高校二年のとき、突然わがボロ屋に帰還したような感覚、それが私にとっての「沖縄本土復帰」だったのかもしれない。

北陸地域、越前・越中・越後の文化形成は京文化であることを、やはり高校時代に学んだ。中世末から始まった北国廻船・北前船が京都・大阪の洗練された商品をどんどん北陸地方にもたらした。自分の未来像が一向に見いだせないでいた私に、その年の秋訪れた京都・奈良の風景は、私の干乾びた身体と精神に燦燦と光を降り注いでくれた。日本史の教科書でしか知らなかった石舞台、法隆寺、東大寺、金閣寺、銀閣寺、千手観音像、阿修羅像、等々が毎日目の前に現れる。日本史で斜めに知っていた史実の痕跡の空間の中に自分が存在している。その喜びは私の精神を激しく震わせた。日本文化の源泉は奈良・京都から端を発している、その末端にいた自分の疲弊した魂の源泉にたどり着いた喜びを感じた。それは極めて個人的な「日本原点文化復帰」だったにちがいない。

私はそれ以後、京都大学で建築を学んで、将来京都・奈良で見たような国家建設に少しでも関わることができる仕事がしたいと望むようになった。幸い二年次と三年次の担任が、新潟高校から京都大学に進学した関根先生だった。ラグビーは新潟高校の基軸スポーツで、体育授業の多くをラグビーに割いていた。関根先生はラグビー部のOBでもあり、京都大学でもラガーの猛者として鳴らして来た。世界史の教師なのに、関根先生がなぜかラグビーの体育を指導した。

痩せてはいたが誰よりも大柄な私は、フォワードのスクラム要員だった。ある試合で機転を利かせて、相手チームのゴールライン近くでスクラム中のボールをグラウンドから拾い上げ、だれも予期せぬ方向に走り出して、ラインを越えてボールを地面に付けた。トライだった。あのときは自分でもどうしてそんな機転が利いたのか、よくわからなかったが、私はその咄嗟のプレイを自分で「よくやった」と認めることができた。それはそのことを帰りのホームルームで関根先生が私のプレイを話題にして、同級生の前で誉めてくれた。それは私のまったく予期せぬことだった。私が何をどう表現しようが、新潟ではすべて無視されるか否定されるとすっかり諦めていた私に、関根先生の賞賛はまさに福音となった。私は京都大学に進学したいと、ますます考えるようになった。しかし三年生になり周りのクラスメイトたちの目付きが途端に険しくなってくると、その願いがただの淡い憧れでしかないことがわかってきた。あのころは「不登校」というおよそ的外れの用語すらない時代で、私は「登校拒否」の魁となった。

両親はそれぞれ働いていて、越後線の最寄り駅まで親父と私はいっしょに二十分近く歩く。私は朝食を終えると、「もう少し後で行くから」とウソを言って親父を先に行かせ、ほとぼりが冷めたと思われる頃、布団をまた引っ張り出して二度寝するようになった。昼は母親の作った弁当を、テレビを見ながらひとりで食べた。当時は新築の家の二階に、近くに新しいキャンパスを作った新潟大学の学生を数名下宿させて生活費の足しにしていたから、一階の部屋にいる私はできるだけ息を潜めて過ごさざるを得なかった。夜両親が帰ってくる。何食わぬ顔をして、夕飯を共にして歓談しテレビを見て、深夜まで勉強する。深夜寝るとき、明日こそは絶対に高校に行こう、と堅い決意をする。けれども朝を迎えると、また「父ちゃん、先に行って」となり、息を潜めて不貞寝の仕儀となる。

この窮地を救ってくれたのも関根先生だった。無断欠席を一か月近く続けていたある夜、関根先生から家に電話が来た。親父がその電話に出て、万事休す。親父は禿げ頭を茹で蛸にして、「おめ、学校行ってねかったんか！」と赤く腫らした眼で私を睨みつけた。関根先生が「俊夫君、風邪、治りましたかあ？」と気の抜けたビールのような呑気な口調で言ったという。そのことを聞いて一回も欠席の連絡を高校に入れていないのに、関根先生は私の心の八方塞がりと親との関係をすべて把握しているように、私には思えた。

翌日親父は私を連れて高校に行き、関根先生と三人で面談した。そのときの関根先生はやはり気の抜けたビール顔で、一切正論を説かなかった。二学期になっても学校に行ったり行かなかったりを繰り返していて、京大建築科進学なんて、もはやただの夢物語でしかなくなっていた。秋になり進学面談が催され、ふたたび私は親父と関根先生と話す機会を得た。私は性懲りもなく、「京大に行って、建築の勉強がしたいです」と告げた。すると即座に親父が、「そんげことばっか言ってんじゃねえて。いい加減、目醒ませて。もっと現実ってモンをちゃんと見つめねで、この先どうするんかて!」と一喝した。親父のまた茹で蛸になり始めた禿げ頭を関根先生は苦笑いで見ていたが、すこし落ち着いた親父はまた言葉を継いだ。

「この大事なときに高校すら行けね奴が、京大なんて、そんげ大それたとこ入れるわけねえろ。いまのおめには、新大(新潟大学)でも無理らて。そうですよね、関根先生?」

突然の問いに、関根先生は気の抜けたビール顔のまま言った。

「志を高く持つことは大事なことです。お父さん、俊夫君の気の済むようにやらせてみたら、どうですか?この世界で起こることすべて、一寸先は闇ですから。加勢君のラクビーのあのときの意表を突いたトライとか、学校になかなか出てこないことだって、自分の課題に向かって精一杯タックルしてる加勢君らしい姿勢だと思いますよ」

もう半世紀前のこのやりとりを、ほんの数分前の進学面談のように私が覚えているのは、関根先生の高潔さゆえに他ならない。あのときこんな不可解な世の中から消えてしまいたい、とばかり思っていたひ弱な少年が、こんな高潔な人物にちゃんと見守られていたことを、いまこうして書いていて改めて思い知った。私はあのとき確実に関根先生に魂を救われていた。救われていたのは、両親からもだった。勝算なしと承知しながら、京大工学部を二回も受験させてくれた親父と母に、私はもっと感謝しないと、本当に地獄で苦しみ続けることになる。

「沖縄でなぜ書くか、何を書くか」のお題をいただいて、沖縄とはまったく関係のないことをここに書いたのは、私にとってはどうしても触れなければいけないことだったからである。中学校まで東京中心主義一辺倒だった私の意識は、時の日本政府から「おまえは〈裏日本〉の人間なんだ」とレッテルを付けられ、壊滅的ショックを受けて、そのときからこの世界の色が新潟の冬の風景と同じ灰色一色になった。「裏日本」と言うからには、実は「表日本」の発展と繁栄の青写真が、「裏日本」の裏に優先して明確に準備、企画されている。その構図はボクシングで言えば、〈裏日本国民〉が〈表日本国民〉の咬ませ犬の役割を担ってるよ、という内容のレッテル貼りなのだ。それだけでも日本社会は手加減しようとしない。私の予定された咬ませ犬人生すらあざ笑うかのように、「表日本」、いや「東京」、いや「永田町」は繁栄の一途を駆け上り、現在に至っている。

だから、沖縄で生まれ育った女性（現在の妻）と出会ってから始まった沖縄での私の不器用な文学修業は、新潟で悶々と十代を過ごした必然の道と言えば言えるのかも知れない。差別される側の苦渋と憤りは、程度の差こそあれいつでもどこでも何でも同じである。私は沖縄という小さな島々に包まれて今日まで生きて来て、沖縄の苦闘という清泉にどっぷり浸かることができて幸せだと感じている。しかしこの清泉浴を維持するためには、この稿の最後に少しだけ触れる韓国映画と同じで、とびきり崇高な精神が求められる。それは厳し過ぎて、しんどいことはしんどい。

○

一九九七年八月二五日発行の『文芸批評・敍説XV（第十五号）』（花書院刊）の誌面に、私に寄稿のチャンスが与えられたのは、当時『沖縄・反核・反戦アンソロジー・島空間から』（「沖縄・文学を通して反核反戦を考えるつどい」刊）の編集事務局をしていた関係からにちがいない。特集として「検証・戦後沖縄文学」を編んでいる。当時私は沖縄に腰を据えて十八年が経ち、さらに小説創作に励もうと意気込んでいたときだった。「トポス（ギリシャ語の〈場所〉の意）としての〈沖縄〉」の項で、「自分が沖縄に来てどうして小説を書いているのか」について、三十枚の分量で詳細に書き出している。そのタイトルが「旅はずっと続いている」である。それで今回のタイトルはその続編として、「旅はずっと続いている・part 2」にすることにした。

私は何をしていてもすぐに脇道にそれる質で、敬愛するフランツ・カフカの断片、「生きることは、たえずわき道にそれていくことだ。本当はどこに向かうはずだったのか、振り返ってみることさえ許されない。」に励まされて、ここでも脇道に分け入ってみる。このところ注目している「人間と音・声」について触れたい。私は八年前の正月から勇気を出してワンカラ（ひとりカラオケ）を始めた。英語を教えていることが私を後押ししてくれたからだ。英語をマスターするには、上手い下手ではなくともかく洋楽を自ら楽しんで歌いこなすことだと自らも感じたし、多くの英語講師も同じ主張をしている。

なぜ今日まで連綿と英語を学び、英語教授をささやかな生活の糧にしているかというと、これも果たして日本文化からの脱出願望であろう。高校時代私は、国語でも古典でも英語でもひたすら音読に励んだ。高一高二高三の三冊の国語の教科書を、私はいまでもときどき開いて読んでいる。その三冊は私の入れた黒・赤・青の記号と線引きの印に溢れ、褐色に変色してボロボロになっているが、国語であろうが英語であろうがどうしてあんなに音読したのか？

ワンカラ修業のお蔭だろう、私はようやく「人間と音・声」との関係が、最近すこしわかりかけてきた気がしている。自分の中にない新しい概念を摂取するには、その概念の音声化がいちばん最初のプロセスとして脳に立ち現れる。それは文字ではない。他者とのコミュニケーションの根本は気配・動きとその結果の音であり、蓄積された人類の知的営みの一等最初に立ち現れる技術は、音・声の意味の解読であるということ。高校の三年間、鈍臭い私は、その解読・共感作業をやみくもにこなしていたにちがいない。

小説創作会・「四の五の」会の例会でも、沖縄の言葉と日本語との関わりがときとして議論になった。その際私は、この問題に対して自分は発言権がないと感じて口を噤んでしまう。日本語のベースに、ウチナーグチをどうシンクロさせるかということはウチナーグチを担っている人たちの仕事だと思うからである。それは私が新潟のことを小説で描こうとするとき、新潟弁を思い出しながら小説世界のアクチュアリティを求める態度と何も変わらない。こんな言い方だったよな、とひとり何回も口にしながら、新潟弁の本を紐解いて確かめて、新潟弁を小説の文章に変換しているとき、この源は京ことばだな、といつも痛感した。新潟弁とウチナーグチがちがう点は、一般的日本語に対する新潟弁とウチナーグチの現れの違いの程度に、ものすごい距離、相違がある点だろう。そもそも物語の英語は「narrative」で、聴衆（audience）にまさしく「語ること」を意味している。「audience」の「audi」は「音」を現わしている。

『敍説XV』に「旅はずっと続いている」を書いたころは日本民主主義文学同盟に所属し、「新沖縄文学賞」と「琉球新報短編小説賞」二賞を苦労して取った時期で、自分の小説に向かう姿勢も上り調子だった。私には文学修業の途上で出会った、勝手に文学上の両親と認めているふたりの作家がいる。文学父親は日本民主主義文学同盟で知り合った右遠俊郎で、文学母親は「新沖縄文学賞」の審査員を務めていた三枝和子である。

右遠さんは青春を中国の大連・旅順高校で過ごし、一九四五年八月十五日以後、遼陽の捕虜収容所から脱走した経歴を持つ。こう書くと物凄い猛者のように思われる向きもあろうが、身体は小さく頭はチリチリの髪で、ともかく話が面白く茶目っ気があって、若い文学修業者たちから人気があった。ほぼ独学で東大文学部に進学している。同世代で同じ東大OBの文学者に三島由紀夫がいる。右遠さん自身、三島について少しく評論している。右遠さんには、月刊誌『民主文学』に小説を何作かと沖縄の緊迫した現状を伝えるレポートなど、様々な発表の機会を与えていただいた。

三島由紀夫と言えば、早稲田大学・合気道会のN先輩が楯の会の末席に所属していた。楯の会のある日の酒席で、N先輩は三島の書いた短編『剣』への不満を直接三島にぶつけたという。たいへんな度胸である。三島の描く文学世界は私には読んでいてどうにも息苦しくてなじめないが、三島の沖縄問題に対する態度には共感できる。

三枝さんからは私の小説のテーマのひとつになっているジェンダー問題を中心に、いつも励ましていただいた。私が一人暮らしをしている母の様子を年に何度か見に新潟に帰省するたびに、三枝さんの住む東京の池上線沿線のマンションにうかがっていろんな文学談義を拝聴した。文芸評論家のご主人の森川達也は寺の住職であり、酒癖の悪い車谷長吉を寺によく泊めたこと、『アポロンの島』の小川国男は財政的に恵まれていたこと、笙野頼子の苦節時代などを聴いて、三枝さんのマンションを訪問するたびに京都・奈良の修学旅行のときと同じ感銘を受けた。

二十五年前「旅はずっと続いている」に書いたあらすじは、以下のとおりである。

――一九九五年九月に、米兵三名による小学六年生少女暴行事件が発生した。当時の大田昌秀沖縄県知事はこの事件を掬い上げ、十月県民総決起大会が宜野湾海浜公園で開催された。当時沖縄県は、強制使用軍用地の代理署名を拒否していた。この事件を機に、沖縄の米軍基地過重負担が、再び全国的規模で取り上げられた。しかし沖縄県はやがて署名承認に転じ、米軍用地特別措置法が成立した。この動向の短いレポートを、私は『民主文学』(一九九五年十二月号)に、「不快感、ふたつ」と題して提出する機会を得た。

私は早稲田に進み合気道会に所属し、合気道と関係の深い日本精神の支柱である神道について合気道仲間と日々議論して、その骨格を考え続けた。大学最終学年で宮古島出身の現在の妻と出会った。大学卒業後、太平洋ベルト地帯と呼ばれた地域を半年かけて働きながら移り住み、沖縄本島、宮古島に船で渡った。日本精神がどんな様相で〈表日本〉で展開されて来たのかを、観念でなく実際に体験してみた。

宮古島から沖縄本島に移り住んだとき、伊江島の阿波根昌鴻の岩波新書『米軍と農民――沖縄県伊江島』を読んで、天啓に出会った。それで阿波根さんたちの学んだ東京文科アカデミーで自分も学びたいと、東京に戻る。そこで出会ったのが、右遠俊郎だった。――

阿波根さんたちの米軍との闘いの方法に、私は希望を感じた。

〈(私が)何よりも驚いたのは、(伊江島の)土地を強奪し農民を傷つけた米軍に対して憎しみを抱くのではなく、彼らの所業がいかに人道に反する横暴であるかを、阿波根氏たちが粘り強く訴えかけていることだった。〉

この記述の前に、次のようにも述べている。

〈日本人の精神性は、ヒエラルキーの階層に関係なく「絶えず見られている」意識によって支えられている、と言えるのではないか。いったい何に見られているのか。「何やら絶対的なるもの」にである。それが日本人の「祀る神」だったのだ。日本人は「横からの視線」の背後にいる「神」をいつも意識している。その「神」に対して、自分が恥ずかしい生き方をしていないかどうか、この検証こそが日本人の最大の価値基準であるらしい。〉

最後は日本の「横からの視線」と沖縄の「横からの視線」のちがいについて考察している。ちょっと長いがこの箇所も引用する。

〈もちろん沖縄には、大和社会以上に前近代的なしきたり、風習、家督制度などがある。しかし沖縄の精神の在り方が大和のそれと根本的に違う点は、ヒエラルキーへの集中が弱いのか、それともヒエラルキーそのものが存在しないのかもしれないということと、「横からの視線」意識がまったく逆のところから発想されているということである。大和の「横からの視線」は個の行動を抑止しヒエラルキーを守るための走査線であるのに対し、沖縄の場合は、個の行動に率直に共感あるいは反感を表明する紐帯になっている。この沖縄の構造は同時に弱点を抱えている。沖縄の先達たちが海の向こうからやって来た外敵に対して徒手空拳で立ち向かったように、大和社会の強固なヒエラルキー、世界の憲兵隊を自任するアメリカのヒエラルキーに、沖縄はその沖縄らしさを押さえ込まれている。私はしかし、沖縄独自のヒエラルキーを早急に作り上げるべきだ、とは思わない。むしろ沖縄独自の「横からの視線」をより深め発展させることこそが、この島の採るべき道なのではなかろうか。〉――

○

私が「小説家として世に出よう」と三人の創作者に呼びかけ、「創作会（文芸同人・四の五の会）」が発足したのは、二〇〇九年四月のことだった。あれから早くも十四年が経過している。いわゆる公の活字になった私の短編は、二〇〇四年の短編「ガンジスのほとり」(『沖縄文芸年鑑二〇〇四年』)が最後で、あれからもう二十年近く経っている。

これより先、三枝さんのマンションに通い始めてから、講談社の月刊文芸誌『群像』に自作掲載をめざしていると三枝さんに告げたら、編集者のTさんを紹介していただいた。そうやって一歩一歩「上り坂をしっかり登っていた」感覚が一転下り坂を下り始めたのは、Tさんに見限られたときだった。それまで数作私にしては長い「力作」を読んでもらっていたが、音羽の講談社でTさんから直接、「加勢さんの原稿を私が拝読するのは、これが一応今回で停止ということにしましょうか」と言われたとき、私は思ったほどショックを受けなかった。

(そりゃあ、そうでしょう。こっちが端から自分の小説なんて、天下の『群像』に載るはずがないと思ってるのに、そちらが載せようなんて決定するはずがないよ。)

しかしそんな弱音あるいは本音は曖にも出さず、「Tさん、私はこれから小説を書き続けて行けるんでしょうか?」と私お得意の他人事的質問をした。それでもTさんは私のお門違いな質問に丁寧に答えてくれた。

「私は加勢さんの友達ではないんで慰めることはできません。でも加勢さんの場合は、小説というより哲学論考の方に筆を向けられた方がいいかもしれませんね」

この日の帰り、低い天井の地下鉄・護国寺駅通路を歩きながら、私は口の中で異様なものを触っているような感慨に浸っていた。

ついさっき、私の人生における最大の夢が絶たれたのはまちがいなかった。その一方で、そりゃあそうだよな、と図太く納得している自分が不思議でならなかった。自分はTさんから「あなたは小説家として世に立てない」というサジェスションをムリヤリ引き出して、ことごとく納得している。この絶望と開き直りのような納得との隔たりは、いったい何なんだろう。それをぼんやり考えながら、護国寺駅通路の低い天井にぶつかりはしないかと大柄な身体を丸めるようにして歩いた。

護国寺駅の自動販売機で切符を買い、やって来た電車の長椅子に腰かけて前方の乗客を眺めたとき、Tさんに何回か会いに来たときとそれが終了したいまとで、この世界は一寸も変わっていないな、変わったのは私の希望が私の中からすっかり消えてしまったことだけだ、と初めて感じた。そのとき、Tさんとのやり取りが始まってからずっと心に引っかかっていたフランツ・カフカの断片「掟の門で」が、少しだけわかった気がした。私は右遠さんに出会って小説書きになろうと決意したころから、その目標はフランツ・カフカと決めていた。「掟の門で」は、翻訳文で千五百字くらいしかない断片である。

——ある田舎の男が掟の門の中に入りたくて、門の前にやって来る。そこには屈強な門番が見張っていて、「いまは入れない」と男に告げる。「いまは」と言われて男は門前で待つことにする。門番は男を威嚇する。中に入れたとしても、先の広間に行くほど番人は屈強になるぞ。しかし男は手を替え品を替え、門番に通してもらおうと奮闘する。それでも入れない。門番をずっと観察しているうちに、男の頭の中はその門番のことでいっぱいになった。そうしてその場所で長いときが過ぎ、男はもう死ぬだけになり、門番に「他の人はなぜ誰もこの門に来ないのか」と訊ねる。すると門番は男の耳はもう聞こえないのに、「この入口はおまえ専用だったからだ」と怒鳴って、やはり門を閉じる。——

これだけの話である。いまでも、なんのこっちゃ、という感じだが、Tさん詣でが終了したとき、私は死ぬ直前の田舎男の気持ち、それは私に言わせれば、オレはオレの生きたかった人生をしっかり生きたんだろうかという疑念と失望、その状態になっていたにちがいない。

それなのにそれから数年経って、私は「小説家として世に出よう」と親交のある創作者たちに呼び掛けて「文芸同人・四の五の会」を立ち上げたのだから、懲りないあんぽんたん、成長の欠片もないあほうであるのはまちがいない。

それだけではない、昨今新型コロナ・ウイルスが世界を覆う前から、私塾の若い卒業生ふたりと日米地位協定について、政治音痴の三名がテーブル・トークをする本を出そうという企画もしている。それでここ数年日米地位協定に関する文献を三名で読み漁ってきたが、そのどれもが自分の無知を思い知らせてくれるものばかりだった。その中から一冊だけ、『朝鮮戦争は、なぜ終わらないのか』（五味洋治著・「戦後再発見」双書7・創元社）とその周辺のことに触れてみたい。

私が十九年住んだ新潟市に、朝鮮人家族は多かった。一九七七年に起こった朝鮮民主主義人民共和国による中学一年生・横田めぐみ拉致事件は、私が中学、高校と泳ぎに行っていた海岸近くで起こったようだ。彼女の通っていた中学から新潟高校までは、二キロ弱の距離である。事件が発生したのは、私が東京で合気道と神道探求に明け暮れていたときだった。それでこの問題でモヤモヤした気持ちがずっと心の中にあったのだが、この本に出会ってそのモヤモヤがかなり軽くなった。

日本人は北・南に関係なく朝鮮という地域をもっと真摯に学習すべきだし、そうすることで朝鮮地域と日本がどう付き合うべきなのかが自然に見えて来ると、私はいま考えている。これは親米・反米、親日・反日、親韓・反韓、親中・反中などといったちゃちな括りの話ではないのだ。これら対立構造を包括する一回りも二回りも大きな視座から、東アジア一帯の関係理想図を、日本人ひとりひとりが思い描けるようになる必要があると思う。敗戦後の連合国最高司令官・ダグラス・マッカーサー元帥による日本統治への考察も、東アジアを俯瞰した視座からあるべき未来を模索しなければならないことを、同じ「戦後再発見」双書の『戦後史の正体』（孫崎亨著）から学んだ。

朝鮮戦争は終わったのではなく、一九五三年七月以降休戦している。七十年にもなるこの休戦状態維持が隣国のわれわれにとってどれだけ危険な状態維持なのか、そこに心を致している日本人はどれだけいるのだろうか？　板門店の緊迫は多々ある在日米軍基地のプレゼンスの緊迫と、寸分も違っていない。違っているのは、日本と韓国という国の違いだけで、それとて日米地位協定、韓米地位協定の魔術にかかってしまえば、あっという間に蒸発してしまう。

北と南が休戦に合意したのは不肖な兄貴・沖縄が日本から捨て子にされた翌年だから、北朝鮮と南朝鮮は私の生きた時間より長く神経を尖らせ続けている。沖縄の本土復帰から数か月後、わが新潟の田中角栄首相が中国との国交正常化を果たしたが、この進展と沖縄返還はやはり深層で影響しあっている。今後休戦終了、「おい、朝鮮戦争、また始めるよ!」となれば、在韓、在日米軍の支援発動はもちろんのこと、自衛隊の戦闘参加と北朝鮮側の日本本土攻撃は必至である。日米安全保障条約、その具体的運用法の日米地位協定は、そういう縛りなのである。

朝鮮問題でさらに言うなら、二年前の正月、映画『パラサイト・半地下の家族』を見て、私は韓国の映画製作の水準の高さに驚愕した。その後韓国映画を現在まで見漁ってきて、驚愕は納得と賞賛に変わっている。一点だけ韓国映画の美質を言えというなら、「人間にとって復讐とは何なのか?」の難題に、きわめて真摯に向き合っている点だろう。これは「日本の他の地域に住む人たちや日本政府が課している所業に、沖縄がどう返答していくか」という沖縄最大の課題と何ひとつ変わらない。この課題に実に気高く応えている韓国映画『ソウォン・願い』に今年の六月出会えたので、ここに紹介してこの稿を閉じたい。

韓国映画は実話から発想されたものが多いが、これも実際起こった幼女の暴行事件から発想されている。ソウォンは主人公の名前で、「願い」を意味するようだ。ソウォンとその家族への周囲の対応が暖かく、映画のテーマは罪を欠片も感じない被告人への、ソウォンの父親の復讐心に収斂されている。ソウォンも隣室で参加している裁判で、被告人は懲役十二年の軽い刑と被害者の賠償請求棄却を言い渡される。判決を終えて退廷しようとする被告人に、父親は検察官席の木札を手にして殴りかかろうとする。そのときソウォンが父親の脚にしがみついて阻止する、「パパ、うちに帰ろう、うちに帰ろうよ」と言って。娘、父親、母親は全身を震わせて泣く。父は自分がまちがったことをしようとしていたことに気付き、父親は泣きじゃくるソウォンを抱いて退廷する。このあとソウォンに弟が誕生し、家族の一員になるところで映画は終了する。

私はソウォンが父を必死で止めるシーンを見たとき、あの難を逃れた被告人に代わって、思いっきり頭を殴られた気がした。おまえは何を求めて今日まで生きて来たんだ、ソウォンの気高い行動の百分の一でさえ、おまえにはできないだろう――そう白旗を上げるしかなかった。

この衝撃は、私が二十五年前に取り上げた阿波根さんたちの米軍との闘い方と、〈沖縄独自の「横からの視線」をより深め発展させることこそが、この島の採るべき道なのではなかろうか〉とぴったり重なっているのではないか。瀬長亀次郎のように「不撓不屈」、どんなに非道残虐な仕打ちを受けようが、「パパ、うちに帰ろう、うちに帰ろうよ」の崇高な態度を貫くこと、自分たちの生をより高潔にする方向に邁進すること、そうすることが沖縄に苦難を強い続けている日本の他の地域の人々や日本政府に対する気高い対応、この態度こそが加害者に対しての至上の「復讐」であるということが、ここに来てようやくにして理解できた気がしている。

不肖の兄貴・沖縄の苦難はこれからも続く。不肖の弟・私の苦難もこの兄貴には負けない自負がある。しかしソウォンの「パパ、うちに帰ろう、うちに帰ろうよ」の精神がわが兄貴にも私にも宿っているかぎり、兄貴が兄貴の「横からの視線」に徹するかぎり、何とかやっていける。それは勝つとか負けるとか、「何をどうあがいたところで、ウチナーなんて何も変わらんさー」と嘆いたふりをし続けるとか、そんな小賢しい次元の話ではない。

平田健太郎
小なる説をめぐって（沖縄文学の座標）
かってながら沖縄文学＝小説として述べることとする。

○小説を書きたい

いつのころから小説を書こうと思ったのか、記憶を辿らなければはっきりとは思い出せない歳になってしまった。

私は理系人間だったので、小説はほとんど読んだことがなかった。高校の時に読んだのはゲーテの『若きウェルテルの悩み』やジッドの『狭き門』、それから当時人気のあった庄司薫の『赤ずきんちゃん気をつけて』くらいだったと思う。大学生になってからも小説に心惹かれることはほとんどなかった。もともと読書には縁のない青年だったが、高校生のころに出会ったΣや∫、∞などの数学の記号や $E=mc^2$ の数式の美しさに魅了され、数学や物理学に関する本を手にする機会の方が多かった。それでもそれらの本は最後まで読み通せずに本棚で埃をかぶっているのが常だったが。

そんな私が突然小説を読み出したのは、二十五歳のとき大病（脊髄の疾患）を患い、一年近くも東京で入院生活を余儀なくされたことがきっかけだった。それでも初めから小説を読んだわけでもなかった。私はもの心ついたころから手塚治虫のファンで、まずは手塚作品から読み始めた。不朽の名作『火の鳥』は何度読んでも面白く、手塚の天才ぶりに感嘆するばかりだった。そして何冊もの手塚の漫画本がベッド脇に積まれていった。

入院といっても術後の一月くらいはそれこそ阿鼻地獄をのたうち回るのだけれど、後は日々のリハビリをまるでアスリートみたいに療法士の指示に従ってこなしていくだけである。それも相当きついけれど。時間はうんざりするほどたっぷりあった。リハビリ以外にやることは音楽を聴いたりテレビを観たり、読書をするか、あるいは同室の患者同士で将棋や花札をしたり、駄弁ったりするくらいしかやることはない。整形病棟には命にかかわる患者はほとんどいなかったこともあって、結構平和で平穏な時間が流れていた。

どういう経緯だったかは忘れたけれど、私が最初に手にした小説はソルジェニーツィンの『煉獄のなかで』の上下巻の文庫本だった。お見舞いに持ってきてくれた高校時代の友人の意図を測りかねたが、私にはとても読破できる類の小説ではなかった。それから次に舞い込んできたのが『嵐が丘』『ジェーン・エア』『女の一生』などの外国文学の巨匠たちの作品だった。とりあえず時間はたっぷりあったので読み終えたのだが、それらの名作は私の心を揺さぶることはなかった。

その次に私が手にしたのが太宰治の『人間失格』だった。読みながら何度も妙な衝撃が私を突き上げ、共感や不安や諦観に浸された。それから貪るように太宰の作品を読んだ。太宰は「あなたにだけに、ほんとのことを言おうか」と畳みかけるように私に囁いてきた。病人の病んだ心は太宰の絶望と重なった。読めば読むほど私の中に潜む醜い自分が引きずり出され、「生まれて、すみません」と私は心底思った。まさに文学青年が一度は罹ると言われる「太宰病」に私はいとも簡単に罹患したのである。

私は小説を書きたいと思った。分不相応にも太宰の小説の魔力にまんまと嵌ってしまって、もう引き返すことはできなかった。一周も二周も遅れて私は下手な文章を綴っては、沖縄の新聞社の主催する小説の賞に応募を繰り返した。

小説の評価は佳作止まりであったが、三〇代半ばになって「好きな作家は？」と訊かれても素直に太宰治と言えない自分がいた。太宰の名前を出すのが何故か恥ずかしかった。太宰が入水自殺をした三八歳の年齢に近づいている自分が、小説を書きたいと思いながら、それは手の届かない願望でしかないことがただ恥ずかしかった。

一九九八年―太宰没五〇年の年に私は秘めた積年の想いを胸に、何度も読んだ『津軽』をポケットに忍ばせ、青森県金木町の「斜陽館」に向かった。ＪＲ青森駅から五能線で五所川原、金木へと、まるで『津軽』に出てくる場所を追体験している想いだった。線路沿いには窓から手を伸ばせば届くところに林檎がたわわになって、銀杏の葉をさかさに立てたような津軽富士―岩木山が、『津軽』の描写のとおりに遠景に映っていた。

威風堂々と聳え立つ臙脂色の斜陽館に入るなり、私は来館者のために置かれている記帳ノートに「やっと来ました」と、意味不明なことを書いた。それ以来、今日まで私は太宰の作品はほとんど読んでいない。ずっと憧れていた桜桃忌に赴く気もなくなった。その代わりもっと小説を書きたい、という想いだけが強くなっていった。

○「沖縄文学は何を表現してきたか」

改めてそう問われると、正直すんなりと返答ができない。文学の研究者や評論家なら沖縄の歴史や文化を体系的に整理し、近代、現代における時代の変遷とともに、多くの作品群を論理的に整理して、「沖縄文学(小説)」の特徴やその流れを如実に説明すると思う。

しかし、幾度となく語られてきたはずの「沖縄文学」そのものについて、私はうまく説明することすらできない。勉強不足だと言われればそのとおりで、甘んじて批難を受けるしかないが、私が書き手として「○○文学」という概念に、どうもしっくりこない違和感を持っていることも、少なからずとも「沖縄文学」への認識がなかなかつかめない要因のような気もする。

「○○文学」は、基本的にはその国(地域)の言語で書かれ、その国の歴史・風土・文化、生活様式のなかで生まれた人間の営みや心象を描いた作品が、一つの群をなして分類されるものと思っている。それはあくまで表層的で、形式的な分類であって、歴史や文化や風土、生活様式といっても、そんな簡単に応えられるものではないけれど。ただ作品の側から見ていくと明らかに「沖縄」という場は、日本という国の枠外にあって、その中に生きた人間像が特異な流れを作っていることも事実である。

沖縄の戦後文学を見ても、米軍統治下、日本復帰という政治的状況は、生活者を描く文学(小説)に大きな影響を与えずにいられなかったし、表現者たちは国家という巨大な権力による差別や抑圧や貧困、そして死や生への理不尽さと向き合うことで、文学としての領分を発揮してきたのである。

沖縄の戦後文学は、沖縄の歴史的・文化的な特異性やマイノリティとしての視座から常に日本文学を刺激し、ある意味では日本文学に揺さぶりをかけてきた存在といえなくもない。

しかしながら、それらは日本文学の範疇でのことであり、沖縄の特異な歴史、風土、言語、あるいは地上戦や異民族支配、そして、米軍基地と人権などは、沖縄の表現者たちに深い洞察力と日本（本土）との差異を認識させたものの、ある種の閉塞感ももたらしたと思う。

政治的な閉塞感はそのまま生活の場に投影され、政治体制は人々の心象にも大きな影響を与えてきた。それゆえに小なる説（小説）は、時として大説と対峙しながらある種の宿命というべき無力感のなかで、新たな世界を創造していくことを余儀なくされる。

そんな一般論はさて置き、「沖縄文学は何を表現してきたか」と問われれば、私は必ずしも「無力感」とは思わない。特に戦後の沖縄の文学は躍動的であり、抑圧や差別への抵抗の文学は内なる人間の感情を掬い上げることで、小説ならではの文学の持つ力を、日常に還元し続けてきたのではないだろうか。

もちろん国家の抑圧や差別や人権への蹂躙は、フィクションの世界をとおして、よりリアリティを持ち、また沖縄が被害者としてのみの視点から同時に加害者でもあることへの人間のなかに巣くう複層的な闇も浮かび上がらせた。そして、生活の中で日常化された沖縄の文化にアイデンティティとしての深みと懐疑と理屈では推し量られないエネルギーが時を越えて流れていることに表現者たちは大きな力を発揮してきたと思う。

そしてもう一つは、「日本文学」という枠組みから出て、アジアの国々と「文学」の土壌を共有することで、「日本文学」をも豊かにしていく「沖縄文学」の可能性である。そこにはどうしても戦前の日本のアジアへの侵略やその後のアメリカの支配への歴史的な共通性のみならず、アジアの文化としての共感が基礎にあるということを認識させられる。

しかし、現在の世界情勢はもはや「〇〇文学」の範疇を遥かに越えて、果たして小なる説は今後どうなっていくかという不安も私にはある。ロシアのウクライナ侵攻はこれからの人類の存亡を左右する極めて深刻な状況であり、また、アジア、中東、アフリカにおける戦争と抑圧、人権蹂躙、貧困、飢餓、疫病等々は、あらゆる文化を破壊し、壊滅状態に追いやるのではないかと危惧する。

おそらくウクライナ戦争後の世界の風景は私たちが経験したことのないほどの殺伐としたものになり、世界は武力こそが安定と安心をもたらすという虚妄によって、これまで人類がおかしてきた過ちをまた繰り返そうとしている。日本もその流れのなかでさらに軍備を強化する方向に向かいつつあり、東アジアにおける文化の土壌さえも砂上の楼閣となってしまうことが懸念される。

そうなると、文学のポテンシャルも役割も大きく変化していくかもしれない。「沖縄文学」を語ることさえ虚無感が漂い、文学そのものの意義がどれほどの価値を持つか、表現者たちの苦悩はさらに大きくなっていくことだろう。

小説を大説の視点からみると、たぶんに絶望的な局面が浮かび上がってくるであろうが、小なる説が人間の生活に根差し、一人ひとりの心の内にある生への渇仰に迫ることだとするのなら、人間が存在する限り、あるいは言葉が人間が生きる上で不可欠なものである限り、逆に小説は生き続けると信じている。

○沖縄で表現活動をするものとして「なぜ書くか、何を書くか」

この極めて個人的な問いにうまく応える自信は私には全くない。ただ、私が小説の実作者として多くの沖縄の作品から影響を受けてきたことは事実である。『カクテル・パーティー』は、沖縄の置かれている現実をパーティーという小空間に凝縮させ、多彩な登場人物たちが論理と感情の相克を生々しく見せながら小説は新たな次元を描く。そして、沖縄人の内部に被害者・加害者が共存し、現実が幾層にも重ねられながら今を生きている人間の苦悩を浮かび上がらせる。

また、『オキナワの少年』はまさに私が生きた時代を抉りだすような迫力があり、その生々しい現実と少年のときの私が感じた怒りのような閉塞感と共に、言語の持つ力に打ちのめされた。『ジョージが射殺した猪』はそれまでの既成概念を打ち破り、軍隊というシステムの中で追い詰められていく青年兵士を描くことで、小説世界の深さを見せてくれた。

私にとってはいずれも小説の持つ力や表現媒体としての企みの妙を見せてくれた作品であり、そのほかにも沖縄の作者たちの作品は、私が小説を書くことへの扉を開き、源泉になったことは確かである。それはとりもなおさず、沖縄という土壌を深く認識させられたことと同時に小説の世界を共有したからであり、言葉の力と小説の企みに「生きる」エネルギーを見せつけられたのだと思う。

「なぜ書くか、何を書くか」ということについて、私がいつも考えることは前述した「沖縄文学」の力を認めながらも、「小説の自由」についてである（「自由とは何か」とか「自由は存在するのか」という哲学的な考察はひとまず置いておく）。それは私たち個人の思考が自由であるように、小説はある意味何を描いても構わない。だから「なぜ書くか、何を書くか」と問われれば、それはカラスの勝手でしょうと茶化したくもなる。「沖縄で表現するものとして」と前提がつくと、なおさら小説の自由が気になって仕方がない。

表現者たちにはそれぞれ書きたいことがあり、「沖縄で表現する」という認識は、作品のテーマやモチーフによっても変わってくる。もちろん一貫して、「沖縄」を意識する書き手がいても、それはその人の姿勢として十分理解できる。と、同時にまったく「沖縄」を意識しない表現者がいてもいいはずである。ただ表現者の姿勢にかかわらず小説には読者がいるという大前提がある。読者の共感や評価なくして小説は成り立たないという過酷な試練が小説にはある。しかし、それさえも気にせず、我が道を歩み続ける表現者がいるのなら、それも否定はできない。

「沖縄文学」と「小説の自由」がまるで相反するように受け止められては困るのだが、小説は人間の心象に宿る感情を掬い上げて他者との関係を含めて、人間そのものに迫ろうとするものだと私は考える。「小説の自由」とはすべての外的、内的抑圧や自制、自縛から解放され、作者の内に潜む思考や感情を表現することであり、それは小説の小説たるゆえんだと思う。

小説は時代背景や政治的、文化的状況及び人間の生活そのものから生まれるのであって、そのなかで表現者たちは人間のなかに宿る愛憎や欺瞞や信念や狡猾さ優しさなど、人間ゆえの心象を掬い上げ、言葉を紡いで文章として表現することに全力で挑むのである。

表現者は登場人物たちをとおして、自分のなかに存在する感情や潜在的な想念との邂逅によって、小説の世界を創造するのだが、それゆえに表現者には「沖縄で表現活動をするもの」というより、自己の内部に対峙しながら、そこに横たわる世界をどう表現するかということが根底にはあると思う。

いや、それは場合によっては逆だってかまわない。つまり、沖縄が自己の内部をも呑み込んで、自分の内面が沖縄に培われたことを承知して小説に向かうことだってある。しかし、たぶん今や多くの小説の若い書き手たちは、そんな理屈などどうでもよくて己の感性を信じて「楽しくて」「面白い」そして「新しい」作品を書こうとしている。

「沖縄で表現活動するもの」という言葉には、沖縄の歴史・文化・風土を知り、そして、差別や抑圧、人権蹂躙への憤りや抵抗を内包していることを前提にしているようにも受け取られかねないが（そう思うのは私一人だろうか）、表現者たちは常に既成の枠組みに抗い、新たなものを創造するパイオニアでありたいと思っているはずである。

小説の武器は無知であること、と言った人がいるが、それはどこか「小説の自由」と相通ずるものを感じる。浅学菲才の私にとっては、頼もしい言葉だけれど、それを額面通りとっては身もふたもない話になってしまう。実際優れた作家はすこぶる博学であり、広くて深い知識に裏打ちされた知見を持っている。読書量も半端ではないし、文学のみならず、歴史、政治、経済、文化、哲学、芸術全般への知識は相当高いレベルの人が多い。

おそらく小説はそれを承知の上で、知識を度外視しして闇を彷徨いながら、常識では考えられないものを掴んで見せることかもしれない。それが事実ではなくても真実に近いと信じるからだ。

小説の面白さは知識とは別のところにあり、小説の企みは知識に絡め取られないところで、小説の世界を広げ、深くしてくれる。どんなに沖縄の歴史や文化から学んで小説を書いても、時として読者は作者も予期せぬ「おばぁ」の一言に魅せられてしまうのが小説である。（しかし、おばぁさえも今は常套化し、ステロタイプになったきらいはあるのだが）

やはり小説は言葉との葛藤だと思う。言葉で小説世界を描き出す表現者は、言葉の意味のみならず言葉の持つ身体性や言葉が生まれる感情の揺らぎに敏感にならざるを得ない。

そして、同時に言葉の美しさや残酷さとともに言葉にならない言葉（想念）の虚しさをも含めて、文章として編み上げ、それを披歴するのが小なる説のめざすところだと思う。そして、その言葉の力は、私たちが今立っている場所や生活からしか立ち上がってこない気がする。記号論的には言葉は常に変化し、新たな言葉が生まれ、それに伴い新たな概念が創られていくのだけれど、人は誰しもが「死すべき定めのもの」であり、「メメント・モリ」を意識する存在だとしたら、言葉こそが生きることへの意味を深めていくものであり、それによって小説は、現在を生きるというリアリティを醸す力を得るのではないのだろうか。

改めて「なぜ書くのか、何を書くのか」を考えると、私は沖縄から抜けられないことを十分自覚しながら、必ずしも沖縄に拘らない書き手でいたいと思っている。

○小説をめぐる愉しみ（苦しみ）

拙劣ながら私がこれまで小説と向き合ってこられたのは、やっぱり小説が好きだということに尽きるけれど、その底には言葉に対する好奇心と信頼があって、そして言葉が文章として紡がれ生まれていく行為に、自分の内なる世界が広がっていくような期待があるからだと思っている。

小説を創造する方法は表現者一人ひとり違うと思うが、私のなかで小説は常に萌芽を渇望して蠢いている。しかし、その多くは日常のなかで消え、あるいは意味を見いだせないまま朽ちていく。それは小説に向かう私の弱さや甘さから出た、大方現状への妥協に起因するものであるが、実際に小説が生まれるには構成やモチーフや登場人物などという現実的な小説作法の前に、内なる自分との葛藤は避けることができない。

そして小説が生まれていく過程で、自分の感性の鈍重さや稚拙な言葉へのもどかしさに打ちのめされながら、一方では書くことでこれまで埋もれ、形にもならなかった世界が突如として、自分を引っ張り上げて予期せぬ感情の沢に浸してくれたりする。

それらは小説の愉しみでもある。たぶんに苦悩や苦悶の方が愉しみよりはるかに多いはずなのに、小説を書くことはそれらを凌駕して、何かまだ見ぬ世界を引き寄せてくれそうな気がしてならない。

小説を書くことは孤独な作業であり、自分という人間をうんざりするほど見詰めなければいけないのだろうが、小説に対して他の表現者たちとの議論や作品への評がなければ、ここまで私は小説を続けることはできなかったと思う。

長いこと小説に向き合ってきても今もって小説が何たるかはよくわからないし、納得のいく作品には遠く及ばない。たぶんこれからも小説を書くことでしかその答えには近づけないと思う。だから「なぜ書くか、何を書くか」という問いにはおそらく答えは永久に出ないと思う。

正直言ってこの歳になって、これからも作品を書き続けられるかどうかはわからない。何を書くかもわからない。ただ言えることは、自分の拙作が複数の人たちに読まれ、作品をとおして他者とコミットすることが密かな喜びであることは間違いない。

芳賀郁

ここにある何か

夏の暗闇のなかに、一頭の豚が運ばれてきました。当時私は八歳で、夏休みを、母の実家がある沖縄、名護市で過ごしていました。明日、当時暮らしていた京都へ帰るということで、親戚や両親の友人たちが集い、私たちのために送別会を開いてくれました。

その日は早くから、今夜のメインディッシュは豚の丸焼きだと聞かされていました。私は朝から心落ち着かず、ずっとソワソワしていました。

今夜、生まれて初めて目にする豚の丸焼き。食べ物がやってくるというより、死の形がやってくるという感覚が強かったように思います。

山の中腹にある、伯父が育てていたレインボー畑の一角で宴は開かれました。夕日が沈み、少しずつ夜の色が濃くなるなか、人々が集い、飲み食いするその場所にだけ煌々とライトが点き、明るくなっていきました。私は少し離れた場所にあった山小屋で、隠れるようにして妹と遊んでいました。そう見せかけて、本当は豚の丸焼きがくるのをじっと待っていたように思います。やがて、一台の車が入って来る音が聞こえ、大人たちの声は大きくなり、それは、豚の丸焼きの到着を意味するものだと理解しました。

何度促されても、私はなかなか外へ出て行くことが出来ませんでした。外から私を呼ぶ声が聞こえ、「何で来ないのか」という男の人の声も届き、それでも一歩、足を踏み出すことが出来ませんでした。だけど私は考え直しました。この宴は、明日帰る私たちのためにしてくれていること。その場へ行かないのは失礼なことになるのでは。何より豚は、命をおとした。今日の日の私たちのために。それでも、臆病者の私は、皆が食べ進めた後からしかそこへ向かうことが出来ませんでした。

その場へ辿り着いたとき、すぐには豚の丸焼きを直視することができませんでした。暗闇のなか、そこだけ煌々と明かりが照らされ、それはまるで、豚の丸焼きを浮かび上がらせるために点いた明かりのようにも思えました。

闇に浮かび上がった豚は、向かって右半分だけ身がえぐられており、それでもまだまだ原型はとどめており、鉄板の上に、生きているように、じっとしているように見えました。誰かが身を取り、ほぐし、皿に容れ手渡してくれました。恐る恐る口に運ぶと、それはそれは美味しかった！　こんなにも美味しいのかと、驚きを隠せませんでした。身はしっかりしまっているのに柔らかく、噛めば噛むほど豚の持つ旨味のようなものが溢れてくる。


豚の丸焼きは、豚の美味しさが一番感じられる料理なのかもしれないな、豚は凄いな、その豚をこんなふうに食べる沖縄の人たちは凄いな。食べ進めながら、私はそんなことを考えていました。こんなに美味しいのなら、怖がることなく、最初から食べておけばよかったとさえ思いました。そして、豚と沖縄の人は、何かが「近い」のだろうかとも思いました。


大人たちは酒を飲み、カラオケ大会まで始まりました。私はもう小屋へ戻ることなく、その場で飲み食いすることができ、楽しそうに過ごす大人たちを見ながら、明日にはもうこの土地にはいないのだな、最後の沖縄の夜をめいいっぱい感じようとしていたことを思い出します。

そんななかふと、この宴は何なのだろうと思ったのです。

豚の丸焼きは原型をとどめないほど食べつくされ、酒を片手に大人たちは大きな声で話し、歌い、そうやって沖縄の夏の夜が更けていく。

いつか誰かが豚になり、私も、豚になる番がまわってくる。

豚の丸焼きの残骸を見ていたら、そんな思いが巡ってきました。豚の残骸から発せられている思いのようにも見えてきました。

そのとき、どうしてか、そのことをそばで一緒に感じてくれているような、誰かの、何かの存在を感じました。

沖縄にいるから感じるのだろうか。

その日のことは、夏休みの宿題の絵日記にも描いており、今も手元に残っています。


沖縄から帰り、私は友人たちに豚の丸焼きを食べたことを自慢しました。そういうものを自然に食べることが出来る沖縄は凄いだろうと、誇らしげに自慢している自分がいました。あんなに怖がっていた自分はどこへいったのだろうと、心のどこかで自分を不審に思い、臆病な自分はどこかへ隠しているのだと感じ、何か、後ろめたさや卑怯という言葉が込み上げてきたことを覚えています。


「沖縄文学は何を表現してきたか。沖縄からの問い。なぜ書くか、何を書くか」

執筆者に選んでいただき、私はそこに何を書こうかと思いを巡らせたとき、なぜだかふと、暗闇に浮かぶ豚の丸焼きが、豚のことが、強く立ち昇ってきました。

そのことを、初めに書こうと決めました。

※

それから二年後の春、私たち家族は父の仕事の関係で、母の生まれ故郷である沖縄、名護市へと移住してきました。

関西圏で育った私の訛りを聞いて、笑ったり、マネをして遊ぶクラスメイトもいました。特別、怒りや悲しみはなく、そういうものだろうと感じていました。逆に、クラスメイトの話す言葉に目を見張ることが多く、自分の話す言葉が笑われていることを忘れるくらいでした。例えば、「意味がわからない」ということを、『いみくじぴーまん』と言ったり、「格好をつけるな」ということを、『ないぷーさんけー』と、クラスメイトたちは面白い、耳慣れない言葉を他にもたくさん使っていました。方言ともおそらく違うであろう、不思議な響きを残す言葉の数々。これは何語だろうと思いました。私は方言を話せない。それでも、この不思議な言葉ならば使うことが、話していくことが出来るのだろうか。私はこれからこの言葉を、使っていくのだろうか。何かを掴もうと、どこかで必死だったのだろうと思います。いつも、何にも、不安はつきものでした。

一人、クラスに同じ名前の女の子がいました。苗字は母の旧姓と同じでした。「はがかおる」ではなく、「そちらのかおる」ならば良かったのだろうか。何度も考えたことがあります。黒板に小さく、そちらの方の名前を自分の名前のように書いたことを覚えています。そちらのかおるの何が良かったのか。ここにすんなりと、何の違和感もなく、ただ当たり前に自然にいられた良さだったのでしょうか。

しばらくは、二つの名前を思い比べ過ごしていました。心のなかで交互に呼んでは、何かを比べていました。もう一人のかおるではなかったことは、私にとって何か大きな意味があるのかもしれないと、どこかで自覚していました。

そして、沖縄での生活にも少しずつ慣れ始めたと感じたころから、なぜか、鼻血がよく出るようになりました。家でも学校でも、何の前触れもなく出るときもあれば、出そうだとわかるときもあり、わからないことはただ一つ、なぜ鼻血ばかり出すのだろうかということでした。年齢的なものなのか、時季的なものなのか。周囲の大人たちはそう言って心配していました。何か悪い病気なのかもしれないと、洗面器にどんどん溜まっていく血を見つめながら考えたこともありましたが、じっと見ていると、自分の血ではないように見えてきたのです。

そんななか、私はある日、伯母が暮らすアパートへ泊まりにいき、そこで夜中目を覚ますと、台所の方で、石のようなものを拾っている子供たちの姿を見ました。うっすらと目を開けているからそう見えるだけなのだろうか、夢を見ているのだろうかと思いましたが、確かに、そのような形が目の前の少し離れた場所にあり、動きをもって見えたのです。

少しも、怖くはありませんでした。何をしているのだろう、邪魔をしてはいけない、ちゃんとあそこにいるのだ。そんなことを思いました。こういうことは、沖縄に移住してくる前にもありました。

これから京都へ帰ろうと、那覇空港に到着した私は、車酔いをしたのか、車から降りた途端に道に倒れ込みました。倒れ、どんどん意識が遠のいていくなか、どうしてか国歌の君が代が流れてきました。そして「天皇陛下のために死んではいけない、生きなければ」という思いが込み上げてきました。意識を取り戻したときには、伯母の温かい背中におぶられ、空港の中へと向かって揺られているところではっきりと目が覚めました。

そういうことが、移住し、沖縄で暮らすようになってからも時々起こったので、見かねた親戚からは、「霊媒体質だからだ。そういうことを思うな、考えるな、呼ぶな」と、注意するように言われました。霊媒体質で片づけたくないと、率直に、強く思ったことを覚えています。

私が見たり感じたりした向こう側になった存在が確かにあり、感じるのに、それを無視することは出来ないと思いました。なぜ、石を拾う姿にならなければいけなかったのか。君が代が流れるなか、死んではいけない、生きなければと、なぜ去来したのか。

相変わらず鼻血を出し続ける私に、別の親戚から、

「沖縄が合わないんだはずね」

と、言われたことがありました。気候的なことを言っているような言い方ではありましたが、何かから弾かれたような思いが残りました。

この悲しみのようなものは何なのだろう。どこからくる悲しみなのか。

学校でも、授業中にも鼻血は出て、何とか血を止めようと、必死に鼻をすする自分の音が耳障りで、惨めな思いをしたのを覚えています。鼻血を笑われ、話す言葉を笑われ、初めのころは、笑われてばかりいるような気がしました。

そうやってここ沖縄で、自分を見つけていくしかないのだなという気もしていました。


六月二十三日は学校が休校になりました。慰霊の日だからです。それも私には初めての体験でした。そしてその日は、私の誕生日でもあります。テレビをつけると、喪服を着た参列者たちが戦没者追悼式典に出席し、神妙な面持ちで着席し、手を合わせ、涙を流している人々もいました。昼の十二時には、唸るような、叫び声のような大きなサイレンが空から響き渡ってきました。テレビの中から「黙祷」という声が聞こえ、慌てて目を閉じました。誕生日は黙祷をする日、祈りを捧げる日になりました。当時よく思っていたことは、戦没者のなかにもきっと、同じく、六月二十三日が誕生日だった人はいるはずで、その誕生日が慰霊の日になっているということを、どう思うのだろうかということでした。


月日は流れ、やはり時季的な、年齢的なものだったのか、鼻血もほとんど出なくなり、「いみくじぴーまん」や「ないぷーさんけー」の言葉が飛び交うなかに居ても、立ち止ることもなくなりました。

米軍車両がいつもの道を通り、手を振ると、笑顔で手を振り返してくれるアメリカ人を見て、興奮に似た

喜びを感じ、小さく飛び跳ねたこともあった子供時代。日本にいながら、海外にいるように感じることが出来る小さな島に、外国人も生きて生活をしているそんな沖縄は、平和で豊かな島だと思いました。しばらくは、そう思っていました。

清明祭では墓で食事をとります。毎年勃発する親戚同士のいざこざは、年中行事の寸劇のように見えることがあり、ご先祖様の目にはどう映っているのだろうと心配することもありました。あるとき、重箱のなかの食べ物を狙って、大量の蟻が列をつくって現れたのを、伯父が殺虫剤をかけようとし、重箱のものが食べられなくなるだろうと、女性たちが重箱に覆いかぶさるようにしながら伯父を攻撃しました。ふと、伯父の手元の殺虫剤を見ると、テレビコマーシャルでよく観る殺虫剤でした。沖縄の老女と、アメリカ人の科学者のような白衣を着た男性、二人が隣り合って、「上等」と勧める殺虫剤でした。私はそのコマーシャルが子供のころから何か、怖かったのです。殺虫剤ではなく、体にいいお菓子やジュースだったら良かったのにと、そう思いました。

立て付けの悪くなった襖がガタガタと、上空を飛ぶ米軍機がやってくるたび揺れ、力を込めて手で襖を押さえながら、音を消すようにしました。ふと、この動作は何なのだろう、何に値するのだろうと考えたことを思い出します。この音を消すことに努めてもいいのだろうか。この動作の無い人たちも、地域も、確かにあるのだと、揺れなくなっても、襖を押さえながら考えていたことを思い出します。

沖縄と、向きを変えながら、見つめ合っているのか、見つめ合っていると願っているのか、信じたいのか。背中を追っているのか、平手打ちをされたのか、頬を撫でられたのか。そうやって過ごしてきた歳月は容赦なく流れていきましたが、ここに書いてきた月日のことを時々元にし、今も、物語を書き、書こうとしています。

「沖縄文学は何を表現してきたか。沖縄からの問い。なぜ書くか。何を書くか」

ここ沖縄で確かに感じる「ここにある何か」。それを表出させたい。それはおそらく、初めに書いた豚の丸焼きから見えたものに、近いものが眠っているのではないかと考えます。

あの豚に、いつかは誰かがなる。私にもそれが回ってくる。まわりまわって、巡り巡って、私がただそういう人間になっただけかもしれない。潰した蚊に血があったか、血はなかったか。私はただ今そういう場所を歩いていて、ここにある何かを表出させたい。そう思うとき、誰かの愛しい時間と重なったような、確かに感じた温もりを手渡されているような、最期に聞いた呼び名を思い出すような、もう一度だけ呼びたかった名前を思い出すような。願いにも似た、祈りにも似た、微かな確かな声が聞こえたならば、一緒に生きたい。

書くことは、たとえ伝わらなくても、届かなくても、私からの願いを返事にして出すこと。

今はそれだけです。

※

最後にどうしても、ここに、「月」のことを書きたいと思います。

お盆のたびに、なぜあんなにもあの月は、深い光を放っているのだろう。そう不思議に思い続けてきました。ウークイを終え、海沿いを、父の運転する車で帰宅します。走りながら窓に顔を近づけ、いつも、お盆の日の満月を見上げてきました。毎年毎年、夜空を見上げては、海に、光りの道をつくる満月を見上げては、なぜあんなにも深く強い光を放ち、こちらを見つめるように、いつまでも眩しく光って見えるのだろう。そして自分はなぜあの月からこんなにも目が離せないのだろう。不思議に思い続けてきました。

私の祖先の名は、谷川ウタといいます。一九四五年、八月二十日。久米島で命をおとしました。終戦後、日本兵により一家虐殺された事件の被害者です。そう、沖縄県史にも、久米島町史にも、過去の新聞や雑誌の記事にも、テレビ番組のなかにも記され、報道されています。

私はずっと、そうではないウタさんを見つけたかった。


物心ついたときから、誰にどこで聞いたのか、もう思い出すことも出来ないのですが、「久米島のおばさん」に、強く惹かれ続けてきました。母の生家の仏壇、トートーメーの札にその名前はありませんが、いつもそのなかに、ウタさんのことを探すように見つめ続けてきました。

どんな人だったのか。何でもいいから手がかりが、言葉が欲しいと、祖母や一番詳しかった伯母から何度も訊くことをしていました。しかし、皆、あまり多くを語ろうとはしませんでした。


お盆の日ではなくても、月が綺麗な夜には、子供のころから私は外に一人出て、月の光を一心に浴び、見つめ、ウタさんたちのことを考えました。そして、自分たちのこともよく考えました。

朝鮮人一家虐殺事件。お盆の日の、月光が煌々と照るなか、夫が朝鮮人ということでスパイの疑いをかけられ、無惨なかたちで一家全員、命を奪われた。

私の父は東北出身、北関東育ちの人間です。私は沖縄で暮らすようになってから、半分ナイチャー、半分ウチナーンチュ、そういう言葉の意識の元に生活をしてきたところもあり、虐殺されたウタさんたちの子供は半分朝鮮人、半分沖縄人、そう言うのならば、時代が時代ならば、「ナイチャー」が「朝鮮人」に変わり、私も、その道を歩いたのだろうか。子供のころからそう考えることが度々ありました。

お盆の満月の日に、突如命を奪われた祖先。月だけが、最後まで、私の祖先の、ウタさんの愛する家族の流れゆく血に、光りを当て続けてくれていたのだろうか。月の光には何が見えていたのか。そして私は今、何を見ているのか。何を見ればいいのか。

どれほどの無念さや怒り、悲しみが今も生き残っているのか。愛する子供たちを守れなかった、その子供までも虐殺されてしまった、どんな言葉をもってしても言い表せない、言い尽くせない祖先の聞こえない声。


もう、事実も歴史も変えることは出来ません。子孫の一人である私が、言葉にしたいことも、できないことも無数にあるなか、なぜか見えてきたのは、ウタさんの母親にあたる、今は亡き曾祖母の背中です。実際に見たのは私の母です。夜更けに目を覚ますと、一人、キセルの煙草を吸う曾祖母の背中が記憶に深く残っていると母は私に話してくれました。月の光を浴びていたのかもしれない。煙草の細い煙まで見えるようなその後姿。

ウタさんは、夫である谷川昇さんとの結婚を親族に認められなかったそうです。半ば勘当されたかたちで久米島へと渡っていったそうです。理由は、相手が朝鮮人だから。そして、同じ、朝鮮人という理由で、その言葉がもととなり、スパイという汚名をきせられ虐殺されてしまった。

「朝鮮人」という言葉の果てに、ウタさんたちの命は散ったのだろうか。言葉にも、殺されてしまったのだろうか。ウタさんは何と言って、結婚を親族に伝えたのだろう。親族に、本当は何を伝えたかったのだろう。反対され、勘当された先に何が見えたのだろう。


曾祖母の背中を、遠くから見つめるように想うと、次々と疑問や思いが溢れ、そして、何も言えなくなるような気持ちにもなります。

そんななか、ある、対話するような二人の横顔が見えてきたのです。

「あのときもし、自分が反対をしなければ」

「あのときもし、母のいうことをきく自分であれば」

ただの一度も会ったことも触れたこともない二人の祖先の、決して交わることのなかった言葉。見えない、対話するかのような二人の横顔を心にしたとき、私はそれを書きたいと思いました。

しかし、小説という形にどうやって書くことができるのか。そもそも、本当に書くことなどできるのか。許されるのか。

今、手元にウタさんたちの写真や、今は亡き祖父や他の親族が現地久米島におもむき、遺骨を収集し、那覇で納骨し、最終的に韓国の地に埋葬された写真があります。この文章を書く前にもう一度手にし、許しを乞うように見つめる時間を設けました。

韓国の地に建つ墓石の最後に、「虐殺」「無惨」という言葉を見つけました。墓石になっても刻まれ、ついてくる言葉なのだと、悲しくてたまらなくなりました。そこにもし、新しい言葉を追加し、刻むことが出来るのならば、「愛」と書き記したい。それは一子孫の、私の、ただの希望と願いです。ただの希望と願いだけで終わらせないためにも、一行からでも書き始めようか。

数年前のある日の朝、職場の裏庭を箒で掃いていました。朝日が眩しく、風のある日でした。足元から小さな音が聞こえてきました。カタツムリの抜け殻と抜け殻が風に吹かれ、小さくぶつかり合い、音がたっていました。私は箒を置いてしゃがみこみ、その小さな音に耳をすませ、あることを想いました。ウタさんの小さな子供たちも、もしかすると、この音に耳をすませたのかもしれない。すっかり空になったその抜け殻を使って、遊んだのかもしれない。指で弾き、ぶつけ合い、その音を聞いて、笑い合ったのかもしれない。

ここから書き始めようかと、私は大切に、その音に耳をすませました。

崎浜慎

ラジオ体操と御願――「沖縄文学」を考える手立てとして

一つの声が闇のなかの誰かにとどく。想像すること。
――サミュエル・ベケット『伴侶』(宇野邦一訳)

おそらく、独り言だけで小説は成り立たないだろう。きっかけは独り言でもいいが、それに導かれるようにして他の声が「私」の世界に入ってきて、自明だと思っていた自己像を揺るがさんばかりに攪乱する。異なる声との衝突が「私」にひびを入れ、場合によっては解体の危機すらもたらす。紆余曲折のすえに親和することもままあるだろう。それらの過程を克明にたどることによって物語は進んでいくのではないか。古今東西、すぐれた小説には外界からの音、他者の声が鳴り響いて、ひとつの大きな世界をかたちづくっているように見える。

たとえば、ドストエフスキーの小説群を特徴づけているのは、作中人物たちの延々とつづく長広舌。声高な各自の主張がぶつかり合い、罵り、称賛し、不協和音のなかで不意に調和する。このまったく異なった声の衝突がなければ、ドストエフスキーの小説はあの異様な熱気を持ちえなかっただろう。

他者の声は、沖縄で書かれた小説の中でどのように響くのだろうか。「音」や「声」がどのように扱われているのかを見ていくことにより、沖縄文学ならではの際立つ特徴が浮かび上がってはこないだろうか。この試みがそれほど差異化に成功しないとしても(そもそも差異化する必要があるのか、という疑問もまた湧き起こってくる）、少なくとも沖縄文学について考えるうえで何らかの手立てにはなるのかもしれない。

新たな共同体への道筋

一つは目取真俊の「魂込め」である。

公民館の方からラジオ体操の音楽が流れてくるのを鼻で笑い、ウタは開けはなした座敷の濡れ縁に座ると、朝露に濡れた庭の緑が陽の光を受けてあざやかさを増していくのを眺めながら黒砂糖をひとかけ口にふくみ、熱い茶をすすった。

この冒頭の部分で、ウタはなぜラジオ体操の音楽が流れてくるのを鼻で笑ったのだろうか。ラジオ体操が公民館で始まった最初のころ、「朝の静けさの中で耳障り」だったので、ウタは怒鳴り込んだのだった。しかし底流にあるのは「やれお年寄りと子供たちの交流だの、やれ早寝早起き運動への協力だのと」いう名目をつけて、ウタたちを駆り立てようとする共同体の善意の営みに対する反発であろう。ウタのこの反発についてさらに掘り下げていくために、少し遠回りになるが「魂込め」はどういう物語なのかを見ていきたい。

そもそも事件が起きたのは、ラジオ体操の音楽が流れている途中で近所に住んでいるフミが突然やって来たことからだった。フミにせかされて彼女の家を訪ねたウタは、フミの夫・幸太郎の体にアーマン（オオヤドカリ）が棲み着いていることを知る。幸太郎が魂を落としたからアーマンに入られたのだと考えたウタは「魂込め」をしようと奮闘する。この小説は、ウタの奮闘と結果として魂を込めることに失敗する過程を描いたものだとひとまずは言える。

幸太郎の魂が毎日砂浜に座り海を見つめていることにウタはとまどうが、ある日、幸太郎は海亀を待っていたのだと気づいて、そこから一気に沖縄戦の記憶がよみがえる。

幸太郎が座っていた砂浜は、彼の母オミトが機銃に撃たれて死んだ夜、海亀が卵を産んでいた場所だったのだ。

戦時中、艦砲射撃から避難するために壕にひそんでいたオミトやウタの家族は、食べ物に飢えていた。オミトは日本兵がいるにもかかわらず、闇夜にまぎれて海亀の卵を掘り出そうとした矢先に、日本軍兵士に撃たれたのだった。ウタは一部始終をあだんの茂みから見ているしかなかった。

戦後、両親をなくした幸太郎を彼の祖母とともに育てたのはウタだった。

しかし、子供同様にかわいがっていた幸太郎の魂込めに失敗し、死なせてしまう事態を招来し、意気阻喪したウタは「どんなに自分が愛情を注いでもオミトの代わりになれないのは分かっていた」という苦い認識をあらためてかみしめるしかない。

オミトたちが生きていれば、幸太郎は両親のもとで不自由なく育っていただろうし、ウタも親の代理として育児に悩むこともなかっただろう。将来ありえたであろう完璧な家族の構図を壊したのは戦争である。

そのウタの過去の体験を踏まえた上で、冒頭に流れるラジオ体操の音楽にもどる。日本で生まれ育った私たちにはなじみ深く、ほとんど意識することもないほど日常生活に溶け込んでいるが、そもそもラジオ体操とは何か？

権学俊は一九二八年に誕生したラジオ体操が当時の国民におよぼした効果について考察している。権は、明治期から戦時期において国家によって「民衆の身体」が「国家の身体」へと包摂されていく過程とラジオ体操には関連があったと指摘する。ラジオ体操という規律・訓練をとおして日本人の「連帯感」を養い、自らの身体は国家や集団の一構成要素であることを認識させる。それは結果として、戦争への総動員を容易にした［注1］。

国民精神総動員運動とあいまって、（筆者注：ラジオ体操の）実行地域は植民地朝鮮、台湾、満州、ニューギニアなどにまで広がりをみせ、その会場数は総計16、200か所にのぼり、三週間の延べ参加人員は約1億2、210万に達し驚異的な実績をあげるに至った。［注2］

ラジオ体操が日本本土だけではなく、周辺国までとめどなく広がっていくこと。同じ目的のもとに同時刻に、それぞれの場所に無数の人が集合する場を想像すると、たかがラジオ体操と侮ることはできない。底の知れない無尽蔵のエネルギーが暴発したのが、日中戦争に始まる日本の侵略戦争であった。その流れに乗りつつ欲動を増幅させていった民衆の動きは、このような記述からその一端をうかがい知ることができる。

ウタがラジオ体操をかたくなに拒むのは、老人と子供との触れ合いの場に流れる、共同体の醸し出す一体感、その中にいることの居心地の良さであろう。年齢差を越えて、老人と子供たちがひとつの場に集い、ともに体を動かして汗を流すことで生まれる連帯感——それを演出する手段としてラジオ体操が背景にあるのをウタは言葉にしないながらも違和感をおぼえていたのだろう。

それにしても、老人と子供がラジオ体操のために集まる場というのは、はたして、触れ合いの場と言えるのだろうか。触れ合いとは、異なる価値観を持つ他者を受け入れたうえで自己をさらけ出すことであると考えるなら、他者同士が集う場所に生起するはずの多様性を一つの目的のもとに強制的にかき消した空間がラジオ体操の場ということになる。

情緒的な雰囲気を醸し出し居心地のよい空間を演出する音楽は、軍国主義を助長する手段にも容易に変貌する。それをまざまざと体験してきたウタが、ラジオ体操に拒否を示すのは当然のことである。

ウタが公民館に集まる老人たちを鼻で笑ったのは、その経緯を忘却して、新たに嬉々として共同体を再編成しようとする無意識の営みに対する抵抗なのかもしれない。

共同体を精神的にたばねるはずの神女《かみんちゅ》であるウタが、共同体への同一化を拒絶するのは興味深い。ウタはそんな形での共同体の強化を望んではいないのだ。

ところで、外からの圧倒的な他者の音（声）に対抗する手段として、どのようなものが考えられるのか。ラジオ体操の情操教育に加担しないためには、そもそも参加しない、参加しながらも音楽のリズムを乱すような所作を行う、異質の音（声）を新たに導き入れる――などは効果的ではないかと思う。

ウタはラジオ体操に参加することを拒んでいることから、強制的に作用する共同体の磁場からは自由であるように見える。もう一つ付け加えるなら、この小説内には、ラジオ体操の音楽以外にも、異質の声を聞き取ることができる。それはウタの「御願《うがん》」である。低くつぶやかれる唱えは、圧倒的な他者の音（声）に対置できるほどの強度を持っていたはずである。

如何《ちゃんねーる》なる理由の有《あ》りしかは分からぬしが、幸太郎の魂《まぶい》の落ちて家人衆《やーにんじゅ》の心配《しわ》して居《お》る事《くと》、村の神々んかい対する敬《うやめー》い、御先祖《うぐわんす》に対する扱《あちけー》いで粗相《すそー》の有り侍《あいび》らば、すぐに直《のー》す事《くと》、だてぃん、幸太郎の魂を戻してきみ候《そー》れ……。

先祖を中心とした村の神々への祈りには、家族ひいては村の住民を守ってほしいという願いが込められている。神女として魂込めを日常的に行うウタが考える共同体の在り方とは、歴史と伝統に支えられた村人主体の場を指すのであろう。型にはまった宗教的な祈りは一歩間違えれば、国家＝集団的なイデオロギーを醸成する危険があるが、ウタがその手前でとどまっているのは、先祖や村の神々に語りかける祈りが、外部の強権的なイデオロギーに抗して「自分たち」の家族＝村という領域を確保しているからであろう。そこには、自分と血のつながる先祖や同胞しかいない。もちろん、この同質空間が村八分に見られるように異物の排除につながることは十分に考えられるが、敵性とみなしうる外部があることによって、村落共同体内の同質空間はかろうじて均衡を保っている。

結局、ウタの魂込めは失敗に終わったのだから、ウタの願う共同体の構築はかなわず、ウタの声はラジオ体操の音楽に代表される共同体の声に屈したとさえいえるのだが、すべてが終わったあとに、砂浜にたたずむ場面は象徴的である。もはや御願が通じる伝統的な共同体は成り立たず、かといって、ラジオ体操が表象する共同体の場に加わるわけにもいかない。ウタは海でも陸でもない砂浜という「間」に身を置くしかないのだ。生と死のはざまにもある浜から老女は海に向かって手を合わせる。「祈りはどこにも届かなかった」という結末が示しているようにそこに救いはないのかもしれないが、その祈りはどのような「言葉」でつぶやかれたのだろうかと考えることから、新たな共同体のための道筋を感知することもできるのではないか？

「私」の韻律を見つけること

圧倒的な他者の音（声）をめぐる葛藤は、崎山多美「ガジマル樹の下に」にも見られる。作中の「わたし」は得体の知れない女や中年男と遭遇し、街を彷徨したすえ、崖の上にいたる。わたしは、「チルー」と呼ばれる「ミヤラビ（少女）」たちに囲まれる。海に向かって儀式をはじめようとするミヤラビたち。わたしは強制的にその儀式に参加させられようとしている。舞台は着々と準備される。悪夢を予感させる場面だが、奇妙な明るさも漂っているのは、まるで舞台の劇でも見ているように事態が決められたとおりに進行しているからだろうか。男たちの演奏する三線と太鼓の演奏がはじまるなど、お膳立ては整っている。読者は固唾を呑んで、そこで行われる劇を見ているしかない。断崖絶壁に向かって進むミヤラビたちは、作中でそれと明確に説明されるわけではないが、敗戦が濃厚である沖縄戦末期に崖から飛び降りて自害した若い少女たちの姿が重ねられていることが想像できる。

儀式はいやおうなしに進んでいく。音楽に導かれるようにミヤラビたちは服を脱ぎ捨て上半身裸になる。そして「海行かば」をうたいながら、彼女たちは断崖に向けて足を進めていく。

うーみ、ゆかばぁ……かばねー……
やーま、ゆかばぁー……かばねぇー……
……かえりみはー、せーじ……。

「海行かば」は、一九三七年に初めて放送された、「国民歌謡」と呼ばれる歌であり、アジア太平洋戦争中は、国民や兵士たちを鼓舞する歌であった。歌詞は『万葉集』からとられたことを考えるなら、和歌の韻律は容易に「日本人」の心を馴致したであろうと想像するのはむずかしくない。

本来であれば、一人ひとりの「個」であったはずの少女たちが、「チルー」の名のもとに集団化されてしまうというおそろしさ。集団として死に向かう少女たちがうたう「海行かば」こそ、人心を感性的に統治する道具であろう。

うーみ、ゆかばぁ……の韻律にのってスローダンスの歩みをするミヤラビたちをまねてわたしも、そうする。つられて、というより、ミヤラビたちのうたう歌の韻律がわたしにそうすることを強要するのだ。

わたしの理性は麻痺し、ミヤラビたちとともに崖に向かって歩いていく。

ラジオ体操の学校放送が正式に開始されたのは一九三五年であることから、「海行かば」とラジオ体操は同時代的な楽曲であることがわかる。戦時下の国民の日常生活に、ラジオ体操と「海行かば」が常時流れていたことを想像することは大切であるように思う。

海行かば 水漬く屍
山行かば 草生す屍

大君の辺にこそ死なめ
かへりみはせじ

死ぬことによって大きなものへの一体化が陶酔的に語られるこの歌には、「私」はどこまでも希薄にならざるをえない。「私」性をなくした集団が、どのような行為に走るのかは歴史が十分に教えてくれる。では、このような状況におかれたときに、人はどうすればよいのであろうか。この小説はギリギリのところで、集団化に抗う手立てを示す。

一元化した息苦しい作中世界の中で、救いは唐突にやって来る。わたしの喉をついて琉歌が洩れ出てくるのだ。

うらむ、此《ク》ぬ世界《シケ》やぁ……
情け無《ナサキネ》ーん海《ンミ》ぬう、
我《ワ》ン渡さと思《ウム》てぃ、手《ティ》舞いすさぁ

恨みにまつわる沖縄民謡は多いが、恋人に会うのを阻む海を、ひいてはこの世界を恨む恋歌には、「あなた」と「私」しかいない。共死を高らかに謳う前の歌とは対照的である。天皇を賛歌する前者の言葉は詩的であるだけに実のところ抽象的にならざるをえないのにくらべて、後者の限定された世界において、言葉が確実な手ごたえをもって息づいているのは、それが生活の実感に根差している言葉だからであろう。

ひょっとするとその歌は、若い女性たちもふだんから馴染みのものだったのかもしれない。上から押し付けられて自分たちのもののように思わされる歌（うたいながら涙ぐむぐらいの感興を引き起こす力をもつ）とちがい、それこそが彼女たちの「歌」だったのは、ミヤラビたちがこの歌を聴いて顔をほころばせたことからも伺える。

おそらく、国家的なイデオロギーにあらがうためには、徹底して「私」にこだわるしかないのではないか。村上陽子は、屋嘉比収が「集団自決」について共同体の中の「他者の声」こそが死から免れる要因であったという分析を参照しつつ、この小説中の軍歌は共同体の声、琉歌は他者の声として当てはまると指摘し［注3］、次のように述べている。


「わたし」の喉を通った琉歌の韻律には、たしかに集団全体を引き留め、方向を展開させるほどの力はなかった。しかし、「チルー」たちの方に手を伸ばし、結果として断崖絶壁から転げ落ちるかもしれなかった「わたし」の腕を、「何者かの手」が押し返す。（中略）「わたし」がたどったのは、琉歌の韻律がその場の空気を震わせることなくしてはあらわれえなかった、極めて細い道筋であろう。［注4］

この小説の結末は、自分たちの歌が強力な国家の歌の前に屈してしまうということなのだろうか。一抹の希望をほのめかしながらも、個人の歌は敗北していくほかないように見える。しかし、他者の声を聞き取ることによって、生存への道は確実に開かれた。他者とは圧倒的な暴力になりうるものでもあるが、私の生をよりよき方へ導くものでもあろう。この小説の中で肝心なことは、作中人物が自分の歌のリズムを発見したということではないか。それだけが生を損なうものへの抗いの手段として残されているように思う。村上の言う「極めて細い道筋」。「私」の韻律を見つけること——。

暴力的な音に抗う

大城立裕「普天間よ」で、有無を言わせない暴力的な音は空から降ってくる。

普天間基地の近くに住む家族の物語を語る「私」は二十代。新聞社の社長秘書として働きながら、母が師匠をつとめる道場で琉球舞踊を習っている。今では米軍基地に接収されてしまった土地に埋まっている鼈甲の櫛を探し求める祖母や、基地返還促進運動の事務所で働く父のエピソードをからめながら、物語は最後の琉球舞踊の場面へと収斂していく。

　米軍基地の周辺に住む者であれば実感するとおり、軍用機の爆音は日常生活に影響をあたえるほどのもので、この小説の中でも「音」が隠れた主題であるかのように最初から最後まで鳴り響いている。

　戦後生まれの父は「あたかも右の耳でアメリカの飛行機の爆音を聞き、左の耳で復帰運動のシュプレヒコールを聞く、という生活」であった。アメリカの統治とそれへの抵抗を対置的な音として表象するのが大城の卓越した点であるが、米軍基地の存在が沖縄に住む人間たちを分断している状況は本作でも描かれ、語り手の私はそのことに十分意識的である。基地に断固反対する者、しかたないと諦めとともに受け入れる者、冷静に状況を分析する者、さまざまな立場の人間がいることを私は認めている。そのなかでも、戦中戦後をとおして、権力に唯々諾々と従っているように見えながらも、したたかに自分の筋をとおしてきた祖母の生き方に共感しているように見えるが、私はあくまでも観察者であり報告者にとどまっている。

だからこそ、私の意志的な行動を描く最後の場面は印象に残るのかもしれない。

　舞踊のコンクールに向けて練習している私の上をヘリコプターが飛ぶ。爆音はテープレコーダーから流れている「伊野波節」の音楽をかき消してしまう。しかし私は頭の中で流れている調べをたよりに、踊りつづける。爆音がやんだあとに聞こえてくる音曲と手振りが合っていることを私は誇らしく思い、「〈あなたに勝ったよ……〉」と上空に向かって心の中でつぶやく。

　ヘリの音に対する琉球舞踊の勝利とは、政治に対する沖縄文化の優位をあらわしているのかもしれないが、ここで大切なのは、支配的な音に対して、別の音階・リズム・抑揚を対置的に持ってくるという意匠だろう。

　　逢わぬ夜の辛さ　よそに思《うみ》いなちゃめ《み》　恨みても忍ぶ　恋の習《なれ》いや

ヘリの爆音は独自のリズムを生み出してはいるが、それは他のリズムを壊す野蛮な音としか言いようがない。他者の声を蹂躙し、双方向の伝達可能性の芽を摘むという意味において、暴力的な音としか形容できないその爆音を他者の声（音）と呼ぶにはまったくふさわしくない。それだからこそ、お互いを理解する回路が閉ざされている状況で、音の強弱、高低、速度にこだわり、独自の韻律を打ち立てることが肝要なのだ。独特の韻律は、別の時間を招き寄せ、新たな空間を現出させていく。それを私たちは「文化」と呼ぶのだろうが、それほど大げさに名指さずとも、言葉の布置による権力関係に敏感な小説家であれば、声や音に対する目配りは当然の振る舞いなのだと大城ならば言うかもしれない。

飛行機の爆音に対置されるべき音はシュプレヒコールではない。シュプレヒコールは抵抗の手段とはいえ、爆音と同じ強度をもつ暴力的な側面もあわせ持っていると考えるなら、ベクトルは違っていても、両者ともに権力性を内にはらんでいる音だといえる。さらにいえば、同じ次元で対峙している分だけ、はからずも相手を承認する部分もあるのではないか。私たちが向かうべきは、権力に回収されてしまう抵抗を展開する方向ではなく、あくまでも、位相の異なる別の音階・リズムを示すことだと思う。政治に背を向けるということでなく、徹底して政治に意識的である姿勢が求められる、言葉や音の組み合わせ。「普天間よ」は、その抵抗の仕方の一例を示している。

さて、「沖縄文学」である。沖縄の人間（とは誰か？）が書いたものが沖縄文学だろうか、沖縄の言語（とは何か？）で書かれたものがそうなのだろうか。自明のようでいて、よく考えると「沖縄文学」とは何かというのは難しい設問ではある。

ところが、ここで取り上げた目取真・崎山・大城作品を見るかぎり、私たちが「沖縄文学」であると定義するところのものを無効にするというのか、軽々と越えていくようなところがある。それは三者とも意図的ではないにせよ、他者の声に徹底してこだわっているところから来ているのではないか。「魂込め」では、ラジオ体操と御願の言葉、「ガジマル樹の下に」では、「海行かば」と琉歌、「普天間よ」では、ヘリの爆音と琉球舞踊を対比させて描くことにより、言葉や音の権力関係を浮き彫りにしていく。それはまさに小説家の流儀ともいえよう。

私たちが他者と共に行う営みには権力関係の場が必ず生まれる。「沖縄」という共同体もまた権力関係の場から逃れることはできない。琉球王国・民族という神話に誘惑的に陥ろうとする手前で踏みとどまり、つねに大きな物と小さな物との間の隘路を進んで行くことが沖縄の書き手に求められてきたのではなかったか。いずれの作品も女性が語り手・主人公として描かれていることは興味深い。これまで「沖縄」を形づくってきた男性至上主義や、民族主義という抽象的な言葉とはそろそろ決別しよう。

【注記】

［注1］権学俊「近代日本における身体の国民化と規律化」『立命館産業社会論集』第五三巻第四号、二〇一八年三月。
［注2］同上三九頁。
［注3］村上陽子「イクサの記憶を生きる身体―崎山多美「うんじゅが、ナサキ」論―」『沖縄国際大学日本語日本文学研究』第二五巻第一号、二〇二一年二月。
［注4］同上三八頁。

【使用テクスト】

目取真俊『魂込め』朝日新聞社、一九九九年
崎山多美『うんじゅが、ナサキ』花書院、二〇一六年
大城立裕『普天間よ』新潮社、二〇一一年

赤星十四三
「私にとってのマスターピース」

1．1988年の『わたるがぴゅん！』

「沖縄文学は何を表現してきたか」というお題をいただき、色々考えた。そもそも、沖縄文学とは何か。ウチナーンチュが創作した小説、詩、短歌、俳句などがその範囲だと思うが、もう少し広げて考えてみたい。子供時代に影響をうけたものは、児童文学や漫画だった。東京を中心として描かれたそれは、標準語が当然のように話されて、地方の方言を使う者はまれだった。読書をするときは、標準語モードに切り替えていた。

沖縄らしさを初めて意識した作品は『わたるがぴゅん！』だった。なかいま強の野球漫画で、沖縄出身の与那覇わたるとガッパイ宮城が東京の中学校に転校し、野球部に入って大活躍するというストーリーだ。本格的に読み始めたのは1988年で、私は中学生だった。一読して驚いた。彼らは「フラー」やら「死なす」やら「たっ殺《くる》す」やら、思いっきり方言を使っていた。子供心に衝撃を受けた。このようなものを全国の皆さんにお見せしてよいのか。秘密がバレたときのような恥ずかしさ。書籍化された作品は標準語が使われるべきで、ジャンクな言葉は使ってはいけない。そんなことを考えていた。

差別された経験はないけれど、沖縄に生まれたことはコンプレックスだった。私が『わたるがぴゅん！』を読み始めた頃、我々が誇れるものは何もなかった。全国一の貧乏県で、内地との格差が凄まじかった。民放は二局しかなかったから、年末に『大みそかだよ！ ドラえもん』も観れやしない。人気アーティストがライブに来ることもなく、旬を過ぎた歌手がたまにやってくる（全盛期に沖縄に来たのはチェッカーズぐらい）。県出身の芸能人は売れずに終わるし、甲子園に出ても早いうちに負けてしまう。「フィンガー5」も「興南ベスト4」も遠い過去に過ぎず、目の当たりにするウチナーンチュの負け犬ぶりに、劣等感を抱いていた。

特に言葉だ。平坦なイントネーションで紡ぎ出される標準語こそ至高で、方言はダサくて恥ずかしいものだった。

なかいま強はコンプレックスを逆手に取った。「沖縄の方言面白いでしょう？　笑っちゃうでしょう？」といったノリで、毎回強烈な方言を繰り出してくる。主人公のわたるは小柄だがスポーツ万能で、「ハブボール」や「シーサーボール」を駆使し、都大会を勝ち抜いていく。ガッパイ宮城も負けじと、読者の爆笑をかっさらう。宮城はギャグ担当なのだ。面白いけれど、切なかった。沖縄が笑われている気がした。笑われて平気なのは自信がある者だけだ。当時の我々は世界の片隅で怯えて暮らしていたから、内地の人に笑われるなんて耐えがたかった。それをわたるがひっくり返す。どんな強敵にも負けずに立ち向かい、準決勝で優勝候補を倒すのだ（後に都大会を制し、全国大会も優勝した）。強いウチナーンチュを初めて見た。我々のコンプレックスを吹き飛ばし、希望をくれた。それが漫画の世界であっても。

当時のジャンプコミックスは巻末に読者コーナーがあって、『わたるがぴゅん！』に多くのファンがいることを知った。沖縄と縁もゆかりもない人たちが、方言を面白がってくれる。嘲笑ではなく、純粋にエールを送っている感じ。私はそれが嬉しかった。恥ずかしいと思っていることをぶちまけると、応援してくれる人が現れる（アンチもいるだろうけど）。人と人はつながれるのではないか。そういう気持ちになった。

漫画の連載が続くにつれ、沖縄の状況も変わっていった。まずこの年、沖縄水産高校が夏の甲子園でベスト4に進出した。それから二年後、沖水ナインは決勝戦へ進み、天理高校をあと一歩まで追いつめた。こえられないと思っていた「興南ベスト4」をとうとうこえた。そして1999年の春、沖縄尚学高校が紫紺の優勝旗を島に持ち帰った。ひょっとして、『わたるがぴゅん！』の影響があるのでは？　沖尚ナインが『わたるがぴゅん！』を読んで野球を始めたなんてエピソードとかあってもおかしくない。偉業はまずフィクションの世界で起こり、その後現実に反映する。人々の無意識の願いを、フィクションが掬い取るのだろう。

2.『パイナップル・ツアーズ』ショック

90年代初頭、静かな沖縄ブームが起きた。日陰の存在だった沖縄があちこちで話題になった。沖縄を題材にした映画が公開されたり、内地の小説家が沖縄に言及したり、沖縄音楽がニュースのエンディングで流れたり、これまでにない現象が起こった。『パイナップル・ツアーズ』もその文脈で生まれたのだと思う。

『パイナップル・ツアーズ』は真喜屋力、當間早志、中江裕司の3人の監督によるオムニバス映画で、ベルリン国際映画祭にも出品した作品だ。当時愛読していた『月刊おきなわJOHO』でこの映画を知った。希望ヶ丘公園がヤバい雰囲気を残していた時代の桜坂で上映しており、友人を誘って観に行った。

架空の離島を舞台に、個性的な人たちが大騒動に巻き込まれるみたいな話で、沖縄のスターが総出演していた。当時は入替制ではなかったから、シアター内に入ると前の回の上映が続いていた。パイナップルのハリボテが海に浮かんでいるエンディングをいきなり観てしまった。しばし時間をつぶして、映画を観た。スクリーンから演者のパワーが伝わってきた。津波信一と仲宗根あいのが輝いていたし、大御所のてるりんも楽しそうだった。ポップな沖縄をうまく表現していた。もはや戦後ではなく、いつまでも呪詛を吐き続けていては発展がない。これからは明るい沖縄で行くと、舵を切った宣言のように思えた。前述の『わたるがぴゅん!』もそうだが、80年代後半から90年代初頭は、やたらテンションの高い作品が多かった。

私が好きだったのは第三話の「爆弾小僧」だ。主人公の二人はバンドを組んでいる。彼らはロンドンを目指した。ロックの聖地だからだ。いったん東京を経由するとか、そういった発想はない。どうせ行くなら世界のトップへ。自分たち《ワッター》は世界に通用する。根拠もなく、そう思えるのが若者の特権だ。かくゆうこの映画も数多くの海外の映画祭に正式招待されている。辺境の島にいながら、世界に通用する作品を生み出した。兄さん《ニーニー》たちがやってのけた。最初から世界へ飛び出す戦略があったわけではないだろう。勇気を振り絞って行動した。それが運良く結果につながった。中江裕司さんが今の地位を築くなんて、あの頃誰が想像しただろうか。できるかできないかより、やってみる。蛮勇が人生を変えるのだ。

3．てふてふPという奇才

大学を卒業したあと、川崎でフリーターをしていた。彼女に振られたので、そろそろ島に帰ろうと思っていた。あるとき、バイトから帰るとポストに分厚い封筒が入っていた。中身は新聞のコピーと友人からの手紙だった。友人はてふてふPで、彼が「戦い、闘う、蝿」で琉球新報短編小説賞を受賞したことを知った。新聞をそのままコピーしたから、真っ黒になったA3用紙。黒ずんだ紙に書かれた小説を読んだ。気づいたら部屋が暗くなっていた。彼は斬新な作品を生み出した。私は小躍りした。仲間内から小説家が誕生したのだ。「選考委員絶賛。ただし、大城立裕さんを除く」という状況も興味深かった。『沖縄短編小説集　第2集』の大城さんの選考評を読むと、「私はまだ説得された気がしない」と書かれている。後輩が描く世界観に納得がいかなかったのか。昔、村上龍が芥川賞を受賞したとき、賛否両論だったというエピソードを思い出した。小説と長い手紙を読み終えると、いても立ってもいられず、部屋をうろうろした。なんだか落ち着かなかった。そのうち、悔しい気持ちがわいてきた。高校時代、一緒に遊んでいた友人が遠くへ行ってしまった。その日暮らしをしている自分が情けなかった。

「戦い、闘う、蝿」はそれまでの沖縄のオバア像を覆した。沖縄のオバア像とは何か。愛嬌があり、どっしり構えているけれど、時々奇天烈な発言をする。いわゆる「ボケる」というやつだ。のどかな沖縄をイメージさせる、万人受けしそうなオバア像。てふてふPが描いたオバアは厳しく、理不尽だった。孫につらく当たり、体罰を振るう。誰もが見たくなかったオバアの真実。だけど、そんなものでしょう？　身内からすると、オバアはそれほど好ましい存在じゃない。昔の風習を押しつけ、嫁をいびり、やたら頑固だ。中には汚物を部屋にまき散らすオバアもいる。畳にこびりついた黒いしみ。ちっとも笑えない。てふはそれを正直に書いたのだ。

てふてふPの文章は優れていた。発想も並外れていて、純文学の分野に進んでいたら、プロになれたかもしれない。しかし彼はエンターテインメントを目指した。てふの想像力は一般の読者向けではなかったように思うが、それでもエンターテインメントを書き続けた。芝居の脚本を書き、新聞小説を連載し、小説教室の講師を務めるなど、様々な分野で才能を発揮した。友人の活躍を見ているうちに、私も小説が書きたくなった。なぜか根拠のない自信がわいてきた。芸人の世界は同期が売れると、その期は売れっ子が続くと聞く。あいつが行けるなら、俺もという気持ちが生まれるのだろう。きっと私も同じだ。てふてふPができたなら、私も創作の道に進めるのではないか。何の勝算もなかった。ただ、やってみたかった。

4. そして赤星は

川崎に住んでいた頃、バイト先の友人に「戦い、闘う、蝿」を読んでもらった。彼は大の本好きで、多くの文学作品を愛読していた。内地の人にてふの小説がどう映るか聞いてみたかった。黒ずんだコピー用紙を渡して、数日後に感想を聞いた。意外なことに、彼は「読めなかった」と答えた。高齢者が使うような方言を多用した作品だから、それがネックで内容が入ってこなかったらしい。作品の出来云々ではなく、方言で引っかかってしまう。なんてことだろう。『わたるがぴゅん!』で開いた扉が再び閉じてしまった。

そもそも、沖縄の書き手は誰に作品を届けたいのだろうか。ウチナーンチュだけなら、方言を多用しても許される。沖縄好きの内地の人も大丈夫。言葉の壁を軽々乗り越えてくれる。問題は沖縄に興味のない人だ。彼らに届けるには、読みやすい文章を書く必要がある。昔、吉本ばななが言っていた。彼女は子どもからお年寄りにまでわかる言葉で書くそうだ。村上春樹も似たようなことを述べていた。間口は広くあらねばならない。もし、私が小説を書くなら方言は使わない。ひらがな多めで、誰が読んでも理解できる文章を書く。そのとき、そう思った(現在は考えが変わって、方言を使うようになった)。

数年後、島に帰った私は小説を書き始めた。沖縄っぽさを強調した作品は避けたかった。たとえば、いつも三線を弾いているおじさんとか、二言目に出てくる「なんくるないさ」とか、「エキゾチック」ですべてを片づける風潮とか。ステレオタイプ化された沖縄は苦手だった。

漫画や映画はエンターテインメントだ（芸術作品もあるが、一応）。客を惹きつけるため、デフォルメされた沖縄を描くのは仕方がない。小説はもっと自由でいいのではないか。ウチナーンチュは友好的だというけれど、そもそも、私は友達が少ない。暗いウチナーンチュだって存在する。そういうリアルな沖縄が書きたかった。ふつうに学校へ行って、部活もしないで家に直行し、特に何もするわけでもない人々。うじうじ悩むウチナーンチュだっているかもしれない。ていうか、小説の読者なんてそういうタイプが多いと思う。リアルな今を描いて、読者の心をひっかきたい。私が好きな作品はそういう類のものだった。それから『アイスバー・ガール』を書き、「今度、チェリオもってくる」を書いた。

近年、在りし日の沖縄を描いた作品が話題になった。題材は戦後の沖縄だ。当時の人々に思いをはせ、ストーリーにわくわくする。歴史も学べるし、いいことづくめだ。だけども、作品にすると昔は良かったというノスタルジーに陥る危険性がある。過去を題材にした作品に触れると、閉塞感に苛まれた今より、昔のほうが希望に満ち溢れていたような気がしてくる。今を生きるための指針をつかめないまま、少し虚しくなって終了する。駄菓子を食べたときのような、あとに何も残らない感じ。おいしいが、ちと物足りない。純文学であれ、エンターテインメントであれ、優れた作品は棘がある。それは胸に刺さっていつまでも抜けないのだ。別に過去を描いたっていいのだけれど、それは今につながるものであってほしい。昔の人はのんきに暮らしていたわけじゃない。苦しい日々をどうにか生きてきた。それは今の我々も同じだ。希望のない時代をどう生きるか。私はそれを書きたいと思う。

5．沖縄文学は何を表現してきたか。

沖縄のクリエイターが表現してきたものは様々だ。『わたるがぴゅん！』からコンプレックスは武器になることを学んだ。『パイナップル・ツアーズ』はうちなーむんが世界に通用すると証明してみせた。「戦い、闘う、蝿」はステレオタイプ化された沖縄のイメージを覆した。先人の教えを汲んだ私は、現在の沖縄を書こうと思っている。書いたからと言って、発表する媒体があるわけじゃないし、誰が読むわけでもないけれど、とりあえず書く。勝算があるからではなく、やりたいからやる。それは、かつて先人が教えてくれたことだ。

あずさゆみ
『セトウチからウチナーへ』

僕は内地の生まれだ。


故郷は瀬戸内海の沿岸の街。ベランダに出ると道路ひとつを挟んで海があった。そこいら一帯は埋め立て地で、アスファルトとコンクリートと申しわけ程度の植物から成る歴史のない街だった。

海も空も脱色したようにぼんやりとかすんでいた。

終日、海原は鏡のように凪ぎ、磯の香りがうすく漂っていた。

眠りとうつつの狭間のような風景は僕の内側までもを侵食した。学生のころは常に眠気に悩まされ、だるく重い体を引きずるようにして毎日を過ごしていた。

そんなある日、夢枕にご先祖さま（らしきもの）が立った。

沖縄に行け。

そう、ご先祖さまもどきはおっしゃった。

そして僕は沖縄にやってきたのだった。

沖縄はセトウチとは対照的だった。

目を開けていられないほどの強い太陽光が降り注ぐ島。日差しには手で触れられるものなのだと初めて知った。一方で、影は暗渠のように暗く底知れず、時には穴となって飲み込む。

湿度が高いせいで雲は低空を流れ、石を投げれば雲が千切れ飛んだ。

沖縄の風もユニークだった。まるでけだものの毛並みのような触感で、肌をサッと撫でて通り過ぎてゆくのだ。

海には色があふれ、絶えず歌っていた。

真っ白で空っぽだった自分の中に、光や風がどんどん入ってくるのがわかった。いつしか、これらを形に残せたらいいなあと考えるようになった。

沖縄を題材に書き始めたきっかけは、僕を魅了してやまないそうした風景や気候にあった。

また、先人たちの知恵と祈りと習慣から生み出された有形無形の数々にも驚かされた。

たとえば、屋根に鎮座するシーサー。魔除けの石敢當。アカバナーの垣。ギラギラとまぶしい給水タンク。季節ごとの行事。うちなーぐち。御嶽とニライカナイの思想。

僕の生まれた街には、地方からの転居者が集まっており、古くから土地に根付いたものは少なかった。僕自身も根無し草のように感じていた。

うちなんちゅは僕には欠けているものを先人から受け継いでおり、率直にうらやましく思った。

それから、沖縄戦についても述べねばならない。

恥ずかしながら沖縄に来るまで、僕は沖縄戦についてほとんど知らなかった。遅ればせながらも、様々な媒体から学んでいった。

沖縄戦は亀裂だ。それ以前とそれ以後の沖縄には断絶がある。あの戦争で島はとほうもないほど多くのものを失った。

沖縄戦について書くのは困難である。それでも避けては通れないし、書かねばならないのだと感じている。

僕は沖縄で生活しているのだから、観光ガイドに載っているたぐいのキラキラした沖縄以外にも目を向ける義務がある。

十日ほど前のことだ。昼間、椅子に座って仕事をしていると、ふいに突き上げるような揺れに襲われた。すわ地震かと慌てふためいたが、その後は何事もなかったかのように静まった。後に、那覇新港の沖で不発弾処理が行われたことが原因だと知った。

なかったことにも忘れたことにもできない過去があり、現在に未来に暗い影を落としている。風土（風景や気候、文化）と沖縄戦。これらを取り入れて作品を作り上げたいと願いながらも至らずに、四苦八苦しているのが僕の現状だ。

私の小説

崎山麻夫

戦後間もない一九五〇年代の私が小学生だった頃のヤンバルの小集落には少年少女向けの読み物は皆無だったように思う。学校にも図書室らしきものはなかった。活字が載っているものといえば、教科書と『冒険王』、『漫画王』、『少年』、『少年画報』といった少年漫画雑誌だけであった。それも誰かがたまに学校に持ち込んできた月遅れのもので、定期的に購読しているものではなかった。所有者は回し読みを許さず、気に入った者にだけ特別に見せると言った特権的な差配を楽しみ、私などの眼に触れることはなかった。人気のあった「赤胴鈴之助」や「イガグリくん」「鉄人28号」、「鉄腕アトム」の内容は活字ではなく、読んだ同級生が興奮して話す言葉が耳から入ってきた。私にとってお話（物語）は耳から入るもので、その始まりは近所のお話し好きの小母さんが子供たちを集めて語ってくれた怪奇談だったり、幼稚園で先生から聞かされた妖怪物のお話だった。先生は集落の丘に園児を連れて行って、よく化け猫のお話をした。おかげで私の頭は妖怪のお話で占められるようになり、今でも夜の暗さが怖い。小学校三、四年生の頃から母が「小学○年生」という月刊の学習雑誌を買ってくれるようになった。漫画は載っていなかったが、日本の田舎の夏祭りや田植えなどの挿絵は興味深く何度見ても飽きなかった。

初めて小説を目にしたのは、小学六年生の頃、母が隣町の書店で買って来る月遅れの『主婦の友』という婦人雑誌に載っていた平林たい子の「砂漠の花」と井上靖の「白い風赤い雲」であった。定期購読ではなかったので、通読はできなかったが、「砂漠の花」は訳が分からなかったが「白い風赤い雲」は東京の下町で私と同じ年頃の少年が母の再婚話で振り回されるお話に胸を躍らせた。出てくる漢字は勘で読んだ。これら小説は表面をなでるだけで理解できたとは思えない。しかしたまに小間切れで読む小説（と言うよりも読み物）は炎天下に乾いた喉に水を流し込む一瞬の快感であったが、すぐまた渇仰状態を招く蟻地獄だった。とにかく漫画や小説を読みたい欲求は空腹よりも強い飢えだった。

中学生になって、ある日近所の上級生の家の居間に放り出してあった受験雑誌『高校コース』が目に留まり、許しを得て上がり框に腰を下ろし、捲っているうちに松本清張の連載小説「高校生殺人事件」を見つけ、読み出したら面白くて体が震えた。続きを読みたいと思ったが、残念ながらそれもその一冊しか読む機会がなかった。バスに乗って隣町の書店に行けばその雑誌があることは分かっていた。しかし私にはそれが可能になる環境ではなかった。

高校に通うようになって、自覚なしの異変が起きた。あれほど物語（小説）に飢えていたのに、学校には図書室があって単行本や文庫本がいっぱいあったが手に取ることはなかった。代りに放課後に琉米文化会館の自習室で受験勉強をするようになっていた。

首里の丘にあった大学に入り、受験勉強から解放されると、授業の他は図書館に籠るようになった。広場では米軍による土地の強制接収やベトナム戦争反対の集会が連日行われていた。流行りのサルトルを齧った友人たちからアンガージュマンを説かれ、行動の重要性を認識しながら気無精から同調できない自身の小市民性に疚しさや後ろめたさを感じながら、身近にあった第三の新人と言われていた安岡章太郎や吉行淳之介の小説をぼつぼつ読んでいた。

ある日、ふと思い立って大学ノートに短い小説を書いた。それを同郷の先輩に読んでもらった。彼は一読すると「これはあらすじだよ」と言った。小説は村の大人たちが話していた終戦直後に盛んだった密貿易について書いたものだった。密貿易の船長とその娘、さらに娘の夫である水上警察の巡査の三人の葛藤を書いた物語だった。私は想を練り直し、書き換えを繰り返した。しかし、いくら書き換えても彼を納得させることができなかった。それともっと難解だったのは説明と描写の違いだった。私に分かったのは、もっと会話文を多くしろということだけであった。

「今は書くのを止めて日本文学全集でも読むことに集中したらどうだ」と彼はとうとう匙を投げた。彼は文学の専攻ではなく、音楽の専攻である。講義には出ず、昼間は間借部屋に籠って極東放送から流れるクラシック音楽を聴きながら寝てばかりいた。夕方背広に着替えるとバスに乗って紅灯の巷に下りて行く。私より遥かに大人だった。

私は彼の忠告を受け入れ、講義の合間を縫って図書館の書棚から日本文学名作選の第一巻森鷗外を取り出して読み始めた。難解で面白みが感じられない。私はそれを放り出すと夏目漱石を手に取った。「坊っちゃん」は面白く読めたが「吾輩は猫である」はタイトルとは裏腹に面白さが理解できない。私は読解力のなさを悟った。小学校から中学までの漫画や学習雑誌、婦人雑誌の読書体験で培った素養では太刀打ちできないのだ。

私は文学全集から早々に撤退し、別の書架から目に付いた年鑑代表シナリオ集の一九六二年版を抜き出し、パラパラ捲っていると黒澤明の「用心棒」に行き遇った。映画を観て面白いと思っていたから、ページを開くと映画に劣らぬ面白さを発見した。特に冒頭シーンで浪人が二股に分かれる道に差しかかって右に行くか左に行くか迷って木の枝を放り投げて行く先を決める場面が出てくる。私はその四五行のト書きに痺れた。地の文の殆どない会話だけで成り立つシナリオを発見し、興味が移行した。私は書架に並ぶ年鑑代表シナリオ集を読み、シナリオの勉強を始めた。そのかいあって二年次に上がる頃には何とかシナリオを書けるようになったが同郷の先輩は怠学が祟って休学していた。

　大学を卒業すると琉球政府に採用され、復帰三年前あたりから職場は復帰関連業務で慌ただしくなり、復帰後に沖縄県庁に身分が移されると、新たな制度に揉まれ疲労困憊し、私の頭からシナリオは消えていた。以後数年創作とは疎遠になって、休みの日は無為に過ごしていた。私は散歩がてら歩いて数十分の距離がある公園に出かけ中高年のグループが木陰で興じている囲碁や将棋を日が暮れるまで覗き込んで時間を過ごした。近くに県立図書館や市立図書館があったが足を踏み入れたことがなかった。ある日、市民会館寄りの公園入口で車を停め焼き芋を売っている小母さんから焼き芋を買いベンチに座り焼き芋を食べていると、包み紙の新聞紙の端にその新聞社が公募した短編小説の受賞作冒頭部分の一ページが載っているのに気付いた。数行目を通しているうちに私はかつて憧れていた彼女に遇ったような懐かしい気持ちで胸がときめいた。また小説を書いてみようと思った。それで小説を書き出したかと言えばそうではない。私が小説を書いたのは年に一度だけ公園で見た新聞社の短編小説公募の時だけで、それから締め切りまでの何か月間、夜寝る前の一時間程度寝床で腹這いになって大学ノートに小説とも雑文ともつかぬ文章をつっかえひっかえしながら書き連ねた。締め切りの前夜に大学ノートから原稿用紙に書き写し、翌日投稿した。反応は全くなく、翌年また同じことをした。それが数年続いた。私は自分が書いたものが小説になっているか、あるいは雑文でしかないのか知りたいと思っていたが教えを乞う友人知人もなく暗中模索が続いた。ある時、顔見知りの記者が一言「もっと小説を読んだらどうですか」と顔を曇らせて助言してくれた。私は学生時代に先輩から「日本の名作を読め」と言われたことを思いだした。私は瞬時に理解した。私の書いている物は小説になっていないのだと。引導を渡された思いだった。これ以上ジタバタするには、私は薹が立った中年になっていた。ここら辺が小説をやめる潮時だった。しかし翌年公募の記事が出ると私は性懲りもなくまたそろりそろりと書き出していた。通勤バスで想を練って、寝る前に大学ノートに鉛筆を舐め舐め書くスタイルは変わらなかった。通勤バスでどうにも構想が浮かばない時、私は本当に小説を書きたいのか、それともただ受賞したいだけなのか考えることがあった。数年間一次選考にかすりもしない失望に諦めと言う終止符を打てなかったのは、意地でも受賞したい一念だけだったのだろうか。ある年一次選考に残った。それでも受賞には至らなかった。それが二年ほど続いてついに佳作になった。取材に来た記者が「うれしいですか」と訊いた。うれしいのか、うれしくないのか分からなかった。ただ当惑した。授賞式の時、選考委員の一人が講評の中で「崎山さんは落としても、落としても諦めず応募を続けてきました。その執念に根負け……」私はその正直な感想に顔が熱くなり、苦笑いを浮かべた。

二〇〇一年に県庁を退職し、無聊をかこっていると、誘う人がいて読書会に入った。歴史のある会で、月に一度の会合が二〇二二年十二月現在で二六三回続いている。会員は六名で、六十代の主宰者を除き皆後期高齢者である。それにもう一つ「四の五の」という同人誌の会に入っており、これも月に一度お互いの創作の合評会を開いている。この二つのお蔭で老人特有の無聊に殺されずに済んでいる。

第Ⅲ部　なぜ書くか、何を書くか

——詩歌の現場から

第一章　詩の現場から

八重洋一郎

言葉

〈辺境のそのまた辺境　遠流《おんる》の僻地における
過去　現在　未来　歴史　世界の定点観測は　強く
明視する……〉

言葉は死者を美しく葬るための
華飾りではない
言葉はやがて必ず訪れる一切の生命《いのち》の
絶滅に直面し
荘厳《しょうごん》するための立ち並ぶ旗ではない
言葉はびっしりと隙まなく取り囲まれ
逃げることができない
刃《やいば》を剥《む》き出しにした危機からの
鋭い促《うなが》し
どこまで及ぶのか言葉の力能《ちから》

その行先はあえなく散り失せるのか
影さえも全く消えて無くなるだけなのか
けれども　それは
発せられなければならない
不安で愚かな生命《いのち》さえ　穣々《じょうじょう》と
生き抜かなければならないのだから
一歩踏むごとに　深く肩に食い込み
筋肉を痛めつける歴史という鉛の記憶を担いながら
人間ができるただ一つの無雑《むざつ》な行為
祈れ！　言葉で！　生命《いのち》のどん底で！
言葉は織りあげることができる
希望という生命《いのち》の意味を
言葉は刻み出すことができる
生命のやわらかなしずかな姿形《かたち》を
だが　見えてくる　強烈な
明視によって
だが　感じられる　定点観測の真っ黒い垂直な威力によって
近づいてくる大量殺戮《さつりく》の季節に
恐怖と悲しみと嘆きにゆらゆら揺れている
希望という　この
不様な　危機一髪の　言葉

赤い痣《あざ》

プーチン　ロシア大統領は発言する
「今度のウクライナ侵攻でロシアは何一つ失ってはいない」
彼の頭と感覚は何万という兵士の死を失ったものに数えることはできない
独裁者は自分が独裁していることを自覚できない
狂人が狂人であることを自覚できないのと
同断である
習近平　中華人民共和国国家主席は発言する
誰が中国人民に　あのアヘンを押しつけたか　それを元手《もとで》に　他国を侵略
最大利益をあげた国　その国こそは赤い恥の国ではないか
我々はアヘン戦争の屈辱から百八十年かけて復活し
(それは邪悪な富に飢えた国　ヨーロッパの列強とその模倣国日本国が
　われらの大地を植民地として蚕蝕したという　この事実！)
眠れる獅子は　今　目覚め　大唐国が甦《よみがえ》る
中華の民の勢い　隆盛　唱導し
何が悪いか
あとは　もう　同志「毛《マオ》」を抜くばかり
その権力拡大のための「台湾統一」高々掲げる

独裁は数々あるが　その剥《む》きだしの
独裁の極み
ヒトラー　ドイツ国総統は　最後の地下要塞で発言する
「私は敗者　しかし国民全ては私の道連れ　世界の全体　私のこよなき道連れだ……」
かくして
ネロ命令が発せられる
「ドイツ領内　すべてのインフラ破壊せよ！」
帝都《みやこ》を焼いて　その火災《ほのほ》を言葉に歌《うた》った
古代ローマの狂人皇帝ネロよりも　更に狂った　浅ましい
黄色い言葉
一九四五年四月三〇日　午後三時三〇分
悔《くや》しまぎれの腹だたしい居直り遺書と青酸カリと
より確実な
拳銃自殺　そして
彼は地獄の底でも吠えたてる
自分の中の小さな痣《あざ》に妄想し
自己陶酔に深々浸り　ひたすら
登る　権力の螺旋階段　もっと上へ
もっと上へ
めぐりめぐる一段一段の回転上昇は
下へ　下へ

地下要塞の地獄めぐりの不可逆螺旋
大権力を握るたび
大殺戮を重ねるたびに
狂いに狂う冷たい
歓喜！
独裁者の次々投げ打つ
あくどい詐謀《さぼう》と
はったりの数々が
あらゆる言葉をどっぷり血に染め根っこの先まで腐らせる

明暗

やみ　くらやみ
闇　暗闇
あたりはいちめん鉛と鉄の闇ばかり　そして
悪意によって細かく織られた不信と不安のだんだら模様
得体の知れない
見えない何かが何かを透《す》かしてしずかに張りつめ
無気味な空気がひしひし迫る
予感と恐怖が蒼ざめる

歴史は重く耳を聾して襲ってくるが　我々は撓《たわみ》みながらも直立し
復讐《ふくしゅう》　怨嗟《えんさ》　反逆　異心　雑多な声をひとつももらさず
歴史を刺し抜く言葉を探る
あちらをめぐり　こちらをまがり
あちらをまがり　こちらをめぐり
我々は知るだろう
闇が闇を照らしてもますます闇は暗くなる
闇が闇を重ねつつ　闇を破れば光が射す　と
光の先端　闇の声
歴史の中でつぶやく声々　地獄の底にくぐもる声々
最も苦しい人たちが　最も悲しい人たちが
それぞれの己《おの》れの声で
この世の謎を深々告げる
「最も深い闇ならば
　最も明るい輝く光が届くだろう……」
次々起るこの妄想
次々放つこの空言《うつろ》
歴史の中で深く傷つき　地獄の底で全身血塗《ちまみ》れ
命運渦巻き五感は滾《たぎ》るべったり血糊《ちのり》の言葉から
しずかにしずかにひとすじの　狂気の果ての
さけびは裂ける

どもりながらもよどみながらもくりかえしやっとのことで言葉は生まれる
そして　やがて
時間を超えた
新しい生命《いのち》の言葉となるだろう
この愚鈍で哀れな言葉さえ
生命《いのち》を超えた新しい光の言葉となるだろう

高良勉
我が詩論・抄

ポセイドーンの神話も知らない
東アジアの水底の村で
夜毎の海鳴りに抱かれて
二度と目覚めないほどの
深い　深い眠りへ落ちていく
ドドーン　ゴーナイ
ゴーナイ　ゴーゴー

（「海鳴り」『群島から』）

私は、なぜ詩を書くのか、詩で何を書くのか。この問いは、これまでくり返し何度も考えてきた。とりわけ、吉増剛造『詩とは何か』（講談社現代新書、二〇二一年）や吉本隆明『詩の力』（新潮文庫、二〇〇九年）を始め、他の詩人や評論家の詩論、詩人論、詩史論等を読むときは、そうであった。

いま振り返ると、詩を書き始めた高校生時代から今日まで、その答えは変化してきた。高校生の頃は、「詩はラブレターである」と思っていた。好きな女生徒に、自分の思いを最も感動的に伝える方法が詩表現と思えた。

大学生になると、「詩は魂のストリップだ」と考えるようになった。多くの人々は、心の中、魂の奥底を秘密にして表には現さない。詩は、詩人たちの裸の魂を表現していると思った。そこには、何のウソ偽りもない魂の叫びが感じられた。

自分が詩を公表し、評価されるようになると、さすがに「魂のストリップ」は後景に退いていった。その代わり、「詩は魂の成長を写すアルバムだ」と考えるようになった。私たちは、身体の成長は写真に撮ってアルバムを作り、振り返って見ることができる。しかし、魂、精神の成長は写真に写すことはできない。そこで、詩表現によって自己の魂の成長を記録しようと考えたのだ。

だが、詩人としてのキャリアを積み、他の詩人の作品と切磋琢磨し、評論家からの批評等を受けるようになって、自己の魂の表現のみに収まらない課題が増えてきた。そして、「私が感動し、理想とする詩は、すばらしい思想性と言語感性が融合した作品だ」（『琉球弧（うるま）の発信』一七七頁、御茶の水書房、一九九六年）と思うようになった。

何よりも、黒田喜夫、吉本隆明、谷川雁、吉増剛造、阿部岩夫、藤井貞和、川満信一、新川明、清田政信等々の作品を読んで、「詩の中でも思想が表現できるのだ」という発見と影響が大きかった。とりわけ、黒田の「一人の彼方へ。魂の共振としての詩を」と、吉本の「言語にとって美とは何か。自己表出と指示表出」の詩・文学論が大きな参考になった。

そして、詩とは何か、なぜ詩を書くのか、の詩論、詩人論は、自己の体験の積み重ねや、時代状況との格闘の中で変化し成長することが分かった。山之口貘も、「なぜ詩を書くのかの問いに対しては、おそらく、詩人の数だけの答えが出るのかも知れないのだ」（『山之口貘全集　第四巻評論』四〇頁・思潮社、一九七六年）と述べている。同感だ。

また、詩は頭の中で意識的に自力で拵えるだけではいい作品は生まれないと思う。私のこれまでの体験では、いい詩は額の前の向こう側から飛び込んで来る。思想とか、テーマとか、素材とかは、何年、何日間、さんざん学び、考え、消化しても、最後の詩のイメージは、額の前の向こう側から飛び込んで来る。この事実は、吉増剛造も「『詩』は、自力で創るものではなく、『向こう側』からやって来る、第二次世界大戦後、おそらく世界中の心ある芸術家たちはそのように考えはじめたのではないでしょうか」（『詩とは何か』九一頁）と証言している。

現在の私は、「詩は言語・詩語の革命と、思想の革命を表現する実践」と考えている。「言語・詩語の革命」とは、人類や琉球弧における詩歌・文学の歴史を継承し、その歴史に一行一句でも自己の創作を加えることを目指している。そのためには、全世界の詩作品と詩史を学び、一行一句でも新しい詩とイメージの表現をしなければならない。そして一方では、琉球弧におけるオモロや古代歌謡、琉歌、組踊等を始めとする、琉球諸語による詩・文学表現の継承、活性化、創造を実現していかなければならない、と考えている。

一方、「思想の革命」の方は、さらに広い学習と研究、創造が問われてくる。これは、日々読書と思索と実践の積み重ねと言っていい。現在、私が海外の詩人・思想家から多く学んでいるのは、アメリカのゲーリー・スナイダー『野生の実践』（山と渓谷社、二〇〇〇年）や、カリブ海フランス植民地のエドゥアール・グリッサン『〈関係〉の詩学』（インスクリプト、二〇〇〇年）からである。

日本では、藤井貞和『物語史の起動』（青土社、二〇二二年）、野沢啓『言語隠喩論』（未來社、二〇二一年）、今福龍太『群島―世界論』（岩波書店、二〇〇八年）、金子遊『混血列島論　ポスト民俗学の試み』（フィルムアート社、二〇一八年）、斎藤幸平『人新世の「資本論」』（集英社新書、二〇二〇年）、中北浩爾『日本共産党　「革命」を夢見た一〇〇年』（中公新書、二〇二二年）等々からである。むろん、島尾敏雄、黒田喜夫、吉本隆明、吉増剛造等の著書からは、通奏低音のように学び続けている。

以上が、二〇二二年時点での「我が詩論」のエッセンスである。これらの目標が、どれだけ達成できるかは知らないが、その基本軸は変わらないだろうと思っている。

（二〇二二年十一月二五日）

伊良波盛男
わが文学的営為

プロローグ

詩は無力ではない。

詩歌などの文学に関心のある人や作品実作者にとって、詩は、感性の世界を豊かに磨き、当たり前のように着想を得て詩想を練る脳活動は、それ相当の快感と喜びをともなう。詩はこの世上を生きぬく上でも大いに役立って有益な効果をもたらすのだ。

那覇市真嘉比を長年居住地としていた三十歳前後の時期のきわめて個人的な実話となるが、とある日、未知の青年が静養中の僕を訪ねて来たことがあった。青年は「伊良波さんの詩に助けられた」と早口にしゃべり、運転して来たバイクにまたがって颯爽と走り去った。そのさわやかな春風のような青年の面影を忘れたことはない。

それではその逆の場合はどうか。詩などの文学を忌み嫌う人にとって、詩は無力なのだ。否、無力どころか、詩は有害な代物に過ぎないものとなるだろう。身近にそのように文学・芸術を毛嫌う人が存在したのだ。その人は僕宛に届く郵便物もすべて処分した。

大手拓次の詩の衝撃

離れ小島の歴史・文化・アニミズムを創作環境として

高校時代に離れ小島の歴史・文化・アニミズムに関心を持った。故郷の池間島の先達M氏の影響を尊いものに思う。毎週のように土曜日午後、彼を訪ね、雑談中に離れ小島の歴史や文化に関する知識を学んだ。当初難解と思われていた離れ小島の民俗学、人類学、風土学などは少しずつ納得のゆく知識となった。

僕が生来的に最も関心をいだいた「神」や「魔」に関してはムヌスー（物知り／ユタ）の巫業をいとなむ祖母の山城メガサラの影響が絶大極まる効果をもたらした。祖母が信じ尊んだアニミズム信仰によると、神は、精霊の力によって、すべての動物、すべての植物、すべての自然現象、無生物にも宿る、と考えられた。精霊のすがたは人間の目では目視できないが、万物にすがたを入れ替えて顕現する、と考えられた。たとえば、岩石、鳥のすがた、へビのすがたなどは、祖母のアニミズム信仰によって強調された。

そのうちに僕自身は、十代末になって文学・芸術に目覚め、短歌や詩の実作をはじめた。三十代半ば頃に文学と民俗学に関して悩める疑問が生じた。どれか一つの分野に絞らなければ収拾がつかないと思い込んで苦悩をかかえ持つようになったのだ。

その頃幸運にも民俗学者の谷川健一とめぐり合う好機が訪れた。僕は、文学と民俗学に関する疑問をぶつけて、開口一番「民俗学に進むべきか、文学に進むべきか悩んでいる」旨を強調した。谷川健一は即座に「民俗学は広い意味では文学だ。両方やったらいい」と威厳に満ちた返答を以て僕自身を満足させた。

僕は高校を五年かけてやっとの思いで卒業した。その後は、医者の医学的注意を軽視して病み上がりの弱体をふるい立たせ、名古屋の大学へ進んだ。親からの仕送りは皆無だったのでアルバイトに明け暮れ、失望と挫折の日々を過ごした。その頃、知的欲求のままに偶然立ち寄った古本屋で掘り出し物の『大手拓次詩集』を掌中に収めた。やや緊張気味の心持でページをめくっていると、詩的衝撃が脳髄をつらぬき、ひそかな喜びとなった。

すでに読んでいた萩原朔太郎も大手拓次の影響を受けたことは、何かでほのかに知っていた。話がちょっとばかり横道へ逸れるが、「詩は人生を取り扱っている。人生を材料にしている」(思潮社版現代詩文庫『西脇順三郎詩集』所収「詩情」)と言い切った西脇順三郎は、萩原朔太郎の名著「月に吠える」に出会って詩作影響を受けた。

話を中心題目にもどすと、大手拓次の詩は、一言で言えば、異風と官能と幻想が怪しく燃える作品である。

つぎに衝撃を受けた作品の一つ「白い狼」を紹介しよう。

白い狼が
わたしの背中でほえてゐる。
白い狼が
わたしの胸で、わたしの腹で、
うをう　うをうとほえてゐる
こえふとった白い狼が
わたしの腕で、わたしの股《もも》で、
ぼう　ぼうとほえてゐる。
犬のやうにふとつた白い狼が

真っ赤な口をあいて、
なやましくほえさけびながら、
わたしのからだぢゆうをうろうろとあるいてゐる。

（新潮社版『日本詩人全集19』原文のまま引用）

大手拓次（明治二十年、群馬県碓氷《うすい》郡西上磯部村八十六番地に出生）は、早稲田大学英文科を卒業し、フランス語もマスターしてボードレールやサマンを原書で読んだ。大手拓次の影響とその喜ばしい誘導によって僕もフランス文学に興味をそそられ、ボードレール、ロートレアモン、サルトルに関心を持つようになった。僕は、みずからを根本的にゆさぶって目覚めさせる必要から年齢を経て一層の勉学をこころざし、早稲田大学オープンカレッジで四年間学んだ。何もかも大手拓次の強い影響力によるものでその輝かしい先導を幸運に想っている。

谷川健一とめぐり合って

小説家・民俗学者・歌人の谷川健一は、この僕にとっては文学（民俗学）の師匠として大きな存在である。付き合いの親密度を深めた間柄であった。

谷川健一へ一念を寄せる僕の文章としては小著『わが池間島　改訂版』の中にいくつか掲載されている。この小著では「第四章谷川民俗学」の中に「世の大主」「世の大主の文学碑」「谷川民俗学の文学性と展開」「谷川健一全集の刊行に寄せて」「谷川健一先生、新たな旅立ち」などが項目別に入っているが、「第三章池間島の言語・文化」の中に重要部分の「谷川健一と奇跡の邂逅」の一文が収載されている。新たな視座でまとめた「宮古と谷川健一」と題した文章は「宮古毎日新聞」（二〇一二年二月二十七日）に掲載された。

谷川健一が書き綴った文章（論文・エッセイ・随想・紀行文・その他）や小説や短歌などを玩味している

と、言霊の魔力に感応し、かならずや何度か目頭を熱くして抑えがたくなってしまう。その卓越した直観力、想像力、文学性、言霊の魔力は、厖大な量の論文にも煌めいて読む者を唸らすのである。

谷川健一が編み出す比喩と形容修辞は、他者にとっては絶対的に模倣されないだろうと推定される。例えば、中国戦国時代の思想家荘周があらわした道家の代表著書の一つである『荘子《そうじ》』の影響にふれて「突然日常の卑小な秩序倫理が覆され、広大無辺な宇宙の只中に放り出された感をおぼえて、戦慄した」などと感想を述べている。

谷川健一は森羅万象の愛と生死を詠む歌人としても活躍した。

つぎに任意にひろい上げた短歌五首をあらためて味読してみたい。

○あかつきの夢かがやきて金雀花《えにしだ》の乙女は咲《ゑま》ふ水底《みなそこ》の井戸
〈第一歌集『海の夫人』所収〉

○みんなみの離《ばな》りの島の真白砂《ましらご》にわがまじる日は燃えよ花礁も
〈第二歌集『青水沫』所収〉

○海境に不可思議の時まどろめばいのちの果の祈り湧き立つ
〈第三歌集『海境』所収〉

○清ら花の珊瑚の死骨散るなぎさわが魂の形見と拾ふ
〈第四歌集『余花』所収〉

○海霊《よなたま》の怒り畏《かしこ》し群なして黒き水牛海より襲ふ
谷川健一主宰〈「海の宮」第四号所収〉

これらの作品を沈思味読していると生死の「かなしみ」にひたされることもある。これは西脇順三郎の持ち味ともなる「哀愁」にも相通じるもののように思われる。大手拓次にも通底するものが潜んでいるかも知れない。

僕は大手拓次の詩に衝撃を受け、それ以後、谷川健一とめぐり合って、その人間性、文学性、民俗学に寄り添って来た。この奇跡の邂逅を拠りどころとして、僕の文学的営為はまさしく幸運だった。大手拓次と谷川健一の文学的双頭は、僕の創作世界の根幹を揺るぎないものに築き上げた大恩人である。

変幻多彩な詩境の復活

僕は三十代半ばに第一散文詩集『眩暈』（解説知念栄喜：夏の使者／国文社・一九七六年）を出版した。この『眩暈』は飯島耕一の目に留まった。その頃「現代詩手帖」誌上で飯島耕一、鈴木志郎康、清水昶による「鼎談時評」があり、この席上飯島耕一が『眩暈』を推奨した。以後も僕の散文詩は干上がることなく湧き溢れ、翌々年に第二散文詩集『嘔吐』（解説飯島耕一：南島のボードレール／国文社・一九七八年）を世に出した。

若き頃の僕の散文詩集は『眩暈』と『嘔吐』を以てひとまず区切りがつけられ、以後単発的な詩作となったが、七十代末頃に至って再び散文形式の詩作が起こった。

僕自身は、散文に詩的な部分があれば散文詩としている。

見るからに、どこか小説風、どこかエッセイ風の顔付きの散文であっても、詩的に光る部分があれば散文詩としているのだ。僕にとっての散文形式は会話文体も小説的フレーズも躊躇なく取り入れる。フロイトの深層心理学を意識したシュールレアリスム的詩法は『眩暈』や『嘔吐』を書きなぐった頃の変幻多彩な詩境の復活を想わせてみずからにスリリングなものをもたらしている。

これらの詩法を取り入れて書かれる僕の小説や詩にはバックボーンとしてのアニミズム、民俗学、風土学、人類学、仏教、心理学、医学などが自然なかたちで作品の随所に入るようになり、それは僕自身にとって、人生の成熟期のささやかな実りと喜びとなっている。

エピローグ

僕は若い頃から離れ小島の井戸を掘り起こす作業を生き甲斐として来たが、そうであるからと言って「井の中の蛙《かわず》大海を知らず」の狭小な見識にはならない。わが池間島は、海の果ての針の先ほどの離れ小島(一九九四年二月池間大橋開通)であっても、それは僕自身にとっては地球の臍となり、わが文学的営為は、宮古島へ、沖縄へ、日本本土へ、世界へ、宇宙へと羽ばたくのである。

この小論「わが文学的営為」をひとまずまとめたが、心おどって満足しているわけではない。不満もありながら完璧はあきらめて締めくくることにした。その間、直接的間接的に栄養ドリンク剤の作用と効果をもたらした脳科学書・心理学書などの通読には情熱的な趣向があった。さらには、アルバート・アインシュタインとジグモント・フロイトの往復書簡でまとめられた『ひとはなぜ戦争をするか』(浅見昇吾訳)の熟読玩味によって目が覚めた。人間の「心」の有り様そのものが大問題であることは間違いない。

僕は、沖縄戦に関して、詩「三歳児の太平洋戦争」(詩集『第九識』収載)と説明文(「あすら」六十一号)、エッセイ「宮古の太平洋戦争」(「あすら」六十二号)、詩とエッセイ「太平洋戦争後の私的な点景として①」(「あすら」六十三号)、詩とエッセイ「太平洋戦争後の私的な点景として②」(「あすら六十四号」)などなんとか書いた。台湾で戦死した祖父の波平隆博(母の父)を通して「戦争試論」のようなものを書いてみたいと想いを練ったことはあったが、この妄想はいつしか記憶からかき消えた。

僕自身にとって「戦争と平和」は一生をかけた大きなテーマとなっている。

上原紀善

連音の使用（音《おん》の連なりを連音《れんおん》と称している）

一　うちなーの生活と表情

とぅんとぅるてん　（詩集「サンサンサン」から採る）

ハッハッハッ／みぐとぅなむん／すーらんかあぬ／ぱーちかあぬ／とぅんとぅるてん／まぎーお父《とう》／ぴんやあぬ／ぴりりんぱん／すりてぃ／はじまたん／ハッハッハッ／前イリ原《ばる》ぬ／お父《とう》ぬバチや／りかち／あまん　くまん／もおい　もおい／てけてんてん／てけてんてん／ハッハッハッ／すさあぬ／むんぐい／みさあぬ／まんぐぃ／はきさめ／とぅっかちみ／はっかちみ／なまやさ／すぅーら　さっさい／ひぃーや　さっさい／ひさやばんばん／やあやガタガタ／くわっさい／むっさい／とぅっかちみ／はっかちみ／はたはたあ／うぃなぐ／チェーチェーチェ／ハッハッハッ

身長が高く、目鼻がはっきりして、がっちりしたお父《とう》を「まぎーお父《とう》」、ハワイ帰りの背は低いが、明るく、おどけた、ぴんやーのお父《とう》、太鼓とヤグィーで座を盛り上げるお父《とう》たちはムラでよく知られた方々である。シースビーや祝いの座は、ウタや踊りで華やいだ。

私の著書「ふりろん」で書いている。

私が育ったムラは、振り返ってみると熱気に溢れている。綱引き、村芝居、田植えやうーぎとぉーしーのイーマールー。ムラを思うとき、人々の結びつきの強さ、精神的なつながり、活気、明るい表情が浮かぶ。

村中の人が互いに名前を知っていた。褒めたり、叱ったり、ともに喜び、かなしんだ。

首抱きどぅし（著書「ふりろん」から採る）
戦後の芋はだしの時代／祝いの座で／オトーたちは／シマザキ（泡盛）を飲み／首かじとぅっかちみ話していた

深まる緑（詩・連音「嘉手志」から採る）
やぁーや　むむ　ちんきらりーぶさみ

思いやり（詩集「連音」から採る）
小雨が降っている漫湖公園の／ウォーキングコースのベンチの側で／ふたりの老いた女が話している／／比嘉さんや　ぬーなとぅがやー／／ウォーキングの人達が足早に／過ぎていった

あいさつ（詩・連音「嘉手志」から採る）
おい　まーけーが
んままでぃ　んじくーひー

挨拶（詩集「連音」から採る）
うきみそーちー／白い朝のうたが聞こえてくる／太陽の一日／元気いっぱい咲き渡るように／全身に放たれる／／アシバンや　ぬーからが／道で会うと声を掛けられる／アシバンは食べただろうか／何を食べたかを聞きたいわけではないが／オバーやオジーはチムグクルを風に乗せる／／まーけーが／いそい

そと他所行きの服を着て歩いている／友達や後輩　気心が通じている者／晴れがましい犬野郎が／空を飛んでいるように見えて／何処に行くのか聞きたいわけではないが／羨望の気持ちをもって発射される／あるいは／からかいの気持ち／あるいは人生の一齣の偶然の出会いの挨拶である／／あちはぬやー／じめじめした梅雨が明けると／太陽は容赦なく照りつける／地面は熱を貯え／裸足を伝わり　全身を回る／真昼に会う人は互いに暑さを払うように／身体の発散の音楽を投げる／／こんにちは／なんと簡素な接着剤だろう／世界中に出回り／偉い人　気難しい人／貧乏　金持ち／虐げられた人に会っても／この呪文は効き目がある／声帯振動万歳／／ぱっふぁー／東の方は明るくなってきた／鉄塔のピカッとする光を合図に空を見る／眺望の良い場所から雲を追う／低いところを白い雲が流れていく／その他は一面透き通る真っ青／ぱっふぁー／と発した　それは　その時の挨拶

第一連から第四連までは生まれた高嶺村字大里での経験から出てきたもので、最後の第六連はテレビ塔が見える豊見城市の運動公園での体験から生まれたものである。いつも「ぱっふぁー」とはいかないが曇りでも雨でも塔に向かえば挨拶してくれる。動かない微小な人工太陽となっている。

はるんの声（詩集「連音」から採る）

がちまい　がちむい／ゆくゆく　ゆんさん／でんぷん　ぱんぷんの粘るもの／天から降ってくるあめを欲望する畜生／軍事複合の政治の海を漂う／黒目が翳る朝／大きな鍋は走り／占いの鳥が争っている／／沈思黙考のマヤーは／戦場の壊れた体を反芻し／父母の深い海を抱擁する／ナンジムンは遥か祖先と繋がり／海の向こうのガジリムンに挨拶する／／未だ生まれていない小鳥を想像せよ／欲の深いイチムシは／明日を見ることが出来ない／矜恃のない部屋でうちなーの陽光はさびしい／／アネ　腕は起き上がり／意思の顔を紅潮させ／くろい鼠を追い込む／東西の旗頭は十何年もゆーゆり　やーゆり／がちむ

い畜生はオキナワ振興のしんむい／ナンジムンはワジワジーのふんむい／ワンや畜生でありナンジムンであり／ヤマトゥーはクヮンクヮンの観光さん／／もてあそばれた魚類に／ぬんねんのなんぬんが働き　力が湧いて／あびてぃ　かびてぃ／がんない　ぐんない／はるんの声を発し　はったいむったい

「大きな鍋は走り」は沖縄振興と引き換えに、辺野古の海の埋め立て承認を日本国に与え、「いい正月を迎えることが出来る」と言い放った知事の言動を揶揄したものである。「ナンジムンは」遥か昔から琉球の地で海の恵みを受けて、生き繋いできた先人の子孫を表す。「未だ生まれていない小鳥」は将来にわたって生まれてくる、うちなーの子供たちを表す。

いつのころからか沖縄にヤマトゥが入り込んできて、大地や海や人間が荒らされた。ナンジムンたちに「ぬんねんのなんぬんが働き」というのは沖縄の土地、海は先祖と繋がるもので、しっかり摑んで離してはいかんということである。「ぬんねんのなんぬん」という連音は、ねばっこく絡まる力を表し、先祖とつながる何者かであろう。「はるん」は遥かの「か」を取って「ん」とした連音で「はるんの声」は遥か祖先からの声である。

明治政府は沖縄を侵略して植民地とし、言語を強制し今日まで差別が絶えない。沖縄の歴史書を見ると、差別の冷酷さ、執拗さに唖然とする。私にとって日本語の表現は余所行きの感じがする。沖縄において、しまくとぅばを生活語として使用した体験のある人々にとっては言語の環境は著しく悪く、絶望的な状況にある。戦時中、うちなーぐちを話すだけでスパイと見なされ、殺害されたという歴史的事実は決して忘れてはならない。

それとともに日本の元首は日本国を守るために沖縄を戦場とし、多くの沖縄の人々を死に至らしめ、戦後はアメリカに沖縄を軍事的に占領させることを希望したという。そして、沖縄は二七年もの長いあいだアメリカの軍事占領下にあった。この事実も決して忘れてはならない。

現下の世界は狂乱に満ちている。人間の尊厳が著しく低下し、軍事に向かっている危険な情勢にある。日本国の支配層はまたもや沖縄を戦場にしようと企んでいる。

沖縄は歴史的に中国との交流が盛んで経済的、文化的な影響は計り知れない。今後とも交流を続け友好を深めていくべきだと思量する。日本国は外交を重く見て、中国と仲良くしなければならないと考える。

うちなーの生活において言葉の問題は避けて通ることは出来ない重要な課題であり、沖縄の文化を生活に活かすために、うちなーぐちをその中に融合させなければならないと考える。歌や舞踊や空手の在り方に、うちなーぐちの性格が反映して価値が形成されていると思われる。このように考えてくると沖縄県として、うちなーぐちの骨格を示し、これを修得せしめなければならないと切に思う。

二　連音の使用

生活経験の中で、身体が強く反応したとき、体が動くとか、感覚器官に作用し記憶や想像力に働きかけ言葉や像が現れる。ところで出てきた言葉は器官が捕らえた内実とうまくマッチしないことが多々ある。世の人は言葉に当てはめて、了解し、子細には追究しないと思われる。流通する言葉の範囲で生きている。我々の言語の世界は思ったより限定されていると思量される。

私は詩作のとき「ぬなぬな」、「ミュンクイ」、「ぬんめ」のような音《おん》の連なりを連音と称して使用している。これは私の身体が受け止めたことを音によって表現しようと試みた個人的体験である（一九八〇年代ごろから試行している）。

連音の発出の仕方には二通りある。一つは特別に何事かを表現しようという思いがない状態でひょいと自然に出てくる場合である。「ぬなぬな　なみのんの」、「ミュンクイ　ミュンクイ」、「ひほんのふっほ」等である。もう一つは、自分の意思でウチナーグチや日本語のいくつかの語句の構成音を取り出し、適当に順序をつけたり、他の音を加えたりして作る仕方である。後者の例をあげてみる。楽しい雰囲気を示す連音を作ってみる。言葉や場所、物を想像して音を取り出す。必要に応じて適当な音を加え結合していく。「にぎやか」、楽器を材料として「なぎや　にぎや　とぅんとぅるてん」が出来た。「にぎやか」の「か」を切ると「にぎや」になる。「に」はな行だから、その行の「な」を使うと「なぎや」となる。「なぎや」を先にして、サンシンの音を下にもってきた。全体としてまとまり、リズムが生まれ、詩作に使えそうである。

次に前者の例をあげてみる。何かの拍子に出て来た連音についてである。職場の近くの食堂で昼食時に注文を待っている間にふいと浮かんだものである。何名かのお客もいた。それは「ひほんのふっほ」というもので、面白いと思ってメモしておいた。これをもとに「呪」のタイトルで詩作品が出来た。今回の企画で改めて連音について考えているうちに、この作品のタイトルを工夫しようと思った。語感から女性の天性のものが秘められていると考え、タイトルを「なのんの不可思議」とした。「なのん」は連音的な書き方である。「おんな」の「ん」と「な」を「の」ではさみ「な」を先にして「なのん」で女を示すようにした。

連音を繰り返してリズムを作ったり、また途中で効果を上げるために、リズムと調和するような対応する音を加えたりする。そしてハーモニーが作られると良しと考える。

ある未知のものを表現することがある。「ぬんめ」とか「ユンワイ」等。これらは未知の極微の世界の物の有り様や質感を想像して作った連音である。宇宙や物質の根源を探究する科学の分野の先端の考え方は文学の思想や方法に影響をもたらすものであるだろう。関心を持って知見から学ばなければならないと考える。

詩作のとき連音を用いる事は不自然ではなくなっている。沖縄で生活していることが大きな要因だと思う。私の著書「ふりろん」（二〇一二年刊行）の連音に関する記述を取り出してみる。

河合隼雄は精神分析学者ユングの著書『人間と象徴』より次のような文章を紹介している〈二十世紀後半に生きる現代人としての反省は、十九世紀の合理精神が息の根を止めたシンボルやイメージを、いかに再生せしめ、われわれの心の均衡を回復するかという点にかかっている。われわれはできるかぎり明確な概念をうちたて、それをうまく操作することによって自然科学の殿堂をうち立ててきた。しかし、そこに生じてきたテクノロジーは最近になって、むしろ人間の生命を絶えさせるようなはたらきを示している。ここにおいて、われわれは概念化の際に無視され、背後に押しのけられた存在にも目を向け、世界をもう一度、トータルな存在として見なおす努力を傾けねばならないのではなかろうか〉

私が小さかった頃には迷信や幽霊の話が日常の生活に生きていた。因習が残り、シマの生活は時代遅れに見え、合理的思考によって改める必要があるとし、西洋で発達した科学こそ今からの時代には有用になると考え、科学の勉強に励んだ。大学では物理を専攻し、河合氏が力説した神話、イメージ、シンボルの重大性にはほとんど気が付くことはなかった。それどころか、非合理的なものはやがて消滅していくだろうと考えていた。社会的にも、このような風潮の中で科学的ではないと判断されると迷信であるとか、不合理という理由で排除されていった。私の内面に死後の世界や幽霊などが現れ、怖いという感情もあるが、合理的思考がでてきて、押さえつけた。合理性の優位のため内面において神話的なものやイメージ、非合理なものが抑圧され、無意識に貯められたのではないだろうか。そのような時代情況があって、私の中の何かが働き、連音を出していると想像される（ここまで、「ふりろん」より抜粋）。

沖縄的なもののシンボルがあるとして、連音を含んだ言語によって、それを喚起させることが出来れば良いと考える。

一体それは何だろう。沖縄は中国、日本、東南アジアの国々と交易、文化交流を行い、独特な文化を作りあげてきた。文化が沖縄の風土で発酵し、人々を結び付け、生きる価値が生み出されて共有されてきたと思量する。

人々の魂に息吹を起させる象徴がシンボルと言われるものとだと理解する。うちなーで言い触らされた黄金《くがに》くとぅばから片鱗をうかがうことが出来るだろう。「イチャリバチョーデー」、「チムグクル」、「ぬちどぅ宝」、「思いやり」、「おおらか」、「イーマールー」等がある。シンボルは総体的な価値の中核を示すものだと理解する。

おきなわのうた（詩集「開閉」から採る）
ぬなぬな／なみのんの／ぬなぬな／なみのんの／／ああ　さありがっさい／おお／すうりがっさい／
とぅったかたい／とぅったかたい／／すぅたあぬ／ぱあたあぬ／とぅるみゅら／とぅるみゅら／／すぅ
らい／すぅらい／てぃぬんひらき／ぢぃーんひらき／ぱあらい／ぽおらい／／ぬなぬな／なみのんの／
ぬなぬな／なみのんの

田舎の昼下がり、背筋を伸ばして、ゆったりとした雰囲気を醸して座っている男の人を見たことがある。当時、沖縄の人々はどこから来たのだろうか、中国や東南アジアの国々との交流はどうだったのだろうと、沖縄の歴史について想像を巡らしていた。このような経験を刻んだ身体に、どういう風の吹きまわしか分からないが、「ぬなぬな　なみのんの」という連なる音《おん》が出て来た。これは海の波の感じが出ているので、国々との交易を想像しながら、連音を考え形を整えていった。

しむさの木（詩集「サンサンサン」から採る）
さむさのときもしむさ／あつさのときもしむさ／てぃがねぇしん　しむさ／さんみのーさん　しむさ／
よぅーら　わっさてぃん　しむさ／／しむさ　しむさ／あんさぁーに　しむさの木が育った／南国の美
しい植物やしが／ハーダーリーカーダーリーになるから／ばっさい　ばっさい／伐採が始まり／しむさ
の木は／大きくなれず／じっと　こらえている

「しむさ」はシマクトゥバの「しむん」の意で「済む」に当てて良いと考える。「済む」は「納得がいく」、「事が終わる」という意味にとる。寒さのときも暑さのときも「しむさ」というのは、寒いときは寒いで済み、暑いときは暑いで済んで事は起こらない、という意味となる。手伝いしても手当のことは考えない。少しの悪さは気にかけない、となる。ハーダーリーは締まりがない事を意味する。

作品「しむさの木」は事において、受け止める心の幅が大きいことをうたっている。ところが時代の流れは美しく尊い心では締まりがなくなるという理由から、しむさの木は伐採され始め、大きくなれず耐えて生きていると嘆く。

次に通常の意味を持たない連音詩を掲げる。

からくり　きりくり（詩集「原始人」から採る）

からくり／きりくり／かんきくり／／かるろ／かるろん／きりりの／かぁーかり／かるー／たるー／みるー／／かんからりん／きんからりん／かるろん／きるろん／かるー／きるー／みるー／／ひやさぬ／よいよい／みくよぬ／よいよい／からくり／きりくり／かんきくり

右のようなほとんど通常の言葉を使用しない連音詩を書くときの心境について『南溟』7号の〈実験ノート〉の文章を記す。

「連音詩は私一人の言語である。感性で摑んだイメージを連音で表現する。主語や動詞などというのは無縁である。あび散らかして、私が風のように吹いていく。自分が内部に真理を住まわしているというのではなく、雲のように空を流れているという按配である。

私の連音使用は詩作のときである。詩は凡俗の表現を遠ざけ、対象の事物の中に入っていって、おのれの身体、感性、理性の網によって掬い上げられたイメージを、呼吸している時空の中で形成されている全体性として表現しようとする。その時、感性と理性のせめぎ合い、あるいは一回限りの身体の要請によって現れようと願っている意思、また当人の知らない世界から寄せてくる天使との遭遇などのような不思議な縁で事が進展していく。

詩は新鮮な風を吸うために自己を忘れ、いわゆる分裂気味、錯綜を生ずることもある。それは事物の奥の絡まり合いの中に分け入って、何かを見ようとするからである」。

同じく『南溟』7号の実験ノートの内田樹著「寝ながら学べる構造主義」の中の文を示す。

〈構造主義のさまざまな理説のうちで、日本人の精神にもっとも深く根づき、よく「こなれた」のは他ならぬバルトの知見である、と私は思っています。

そこには理由があります。それはロラン・バルトが、日本文化を記号運用の「理想」と見なすという、とんでもない「偏見」の持ち主だったたからです。

バルトにはある種の「こだわり」がありました。それは「空」や「間」への偏愛です。これらの概念はたしかに非ヨーロッパ的なものです。というのは、「空」は充填されねばならぬ不在であり、「間」は架橋されねばならぬ欠如であるとヨーロッパ的精神は考えるからです。しかし、宇宙をびっしり「意味」で充満させること、あらゆる事象に「根拠」や「理由」や「歴史」をあてがうこと、それはそれほどたいせつなことなのだろうか、むしろそれはヨーロッパ的精神の「症候」ではないのか、バルトはそう疑ったのです。空は「空として」機能しており、無意味には「意味を持たない」という責務があり、何かと何かのあいだには「越えられない距離」が保持されるべきだ……そういうふうな考え方は不可能なのだろうか、バルトはそう問いかけます。そして、その答えを日本文化の中に見つけた、と信じたのです。

バルトの文名を高めたのは『エクリチュールの零度』（一九五三年）という書物ですが、その中でバルトが探究したのは、「語法の刻印を押された秩序へのいかなる隷従からも解放された白いエクリチュール」、何も主張せず、何も否定しない、ただそこに屹立する純粋なことばという不可能な夢でした〉。

三　自己

問答（詩集「サンサンサン」から採る）

僕は君／君は僕／／これがすべてのものの／なかに潜んで／運動を起して／いるものである／／（省略）ややあや　たあやが／私はあなた／私は青い空の人／私はまた　地下深くもぐり／赤い火が渦巻く中にいる者／／ややあや　たあやが／ややあや　水であり／火であり　風である／／ややあや　たあやが／わんや　わんやしが／わんねぇあらん／ややあや／チラホーカリーブサミ／ヌーヌ　クィーヌ／フリムン／／ややあや　たあやが／わんねぇ　たあやが

「僕は君　君は僕」は何を示しているのだろう。僕は君と同じところがあると同時に、僕は君と異なるところがあると認め生きている。はるか遠いところに中心があって、二人はそれを目ざしている。そんなイメージを想像する。

活性（詩集「燃える緑」から採る）

闇の濃度が満ちて／闇は裂かれ　空間が出現し／闇の産道を存在の根源である／ぬよぬよが時間に押されて誕生する／／闇は活性性を顕現する身体であり／活性性をあらわすために時間と空間を産む／ひとときも休むことなく産み続ける／物質は闇と時空の張りつめた生死の場で／運動する宿命を負っている

／闇は原物質を分泌しエネルギーを与える／すべての物は闇との通交のうちにあり／世界が開かれる／
／ぬよぬよは活性性を持つ／活性性は形成力であるし破壊性を蔵している／活性性はリズムを生むよう
に／そのまま置かれた楽器である／画布であり　運動場である／／活性は見ることが出来ない／触るこ
とも出来ない／大きさがなく　正体不明で／どこに居るかも分からない／／活性はどこにでも現れ　挑
発する／欲望を駆り立て　喜ばし　底に落とす／活性性は無限の力を持ち／悪戯が好きである

若いときから、自分たちが生きている世界はどのように出来ているか、成り立たせている根源のものは何なのかを気にかけ、生きる根拠を見出したいと考えていた。島尻から出て山原に就職した二〇代のときである。緊張感と自由さが混じった、自分が右に左に、上に下に捏ねられていた時代だったと思い返す。考えぬいた挙句、世界は闇に包まれ、すべてのものは闇と通交していると思うようになった。この独断的思考は現在も続いている。ただ時間と空間について当時は別のものだと思っていたけれども、現在は一つのものであると考えるようになっている。矛盾的自己同一の論理が届いたのは最近のことである。『福岡伸一、西田哲学を読む』の著書の中に、西田幾太郎の文章として、〈時が空間を破ることは逆に空間が時を破ることである〉とある。これは分解と合成を表現しているものであり、両者は同時に起こっているという。同時という事が肝要で、時間と空間は絡まり一体となって（筆者）、生命活動を行っていると理解している（まだ十分には理解していない）

自己（詩集「連音」から採る）

心の奥深いところには／限りなく小さい弦が備えられ／真っ青な空／広場に集まった人々の押さえられない／手足に共鳴する／／もんくれ　きゅうくれ／はららん　ひりりん／くーくーくー／すーすーすー／／自己とは何だろう／宇宙を成り立たせている象／絶えず働いている蟻／矛盾の飯を食べ／光と戯れ

音を送る／声の裏側に住んで／身躯をくねらせ／意識と深層の音楽を奏でている／／自己はわたくしと結ばれるあらゆるもの／わたくしは　あらゆるものの中にいる／自己は劇場であり　何かが起こる場所である／むる　むんむる　わんるなとぅる／／目《みー》やまーやが／足《ひさ》やまーやが／歩《あっ》きーすみ／飛《とう》びーすみ／むんむー　まんもう／まむんぬ　はんもう

心理学者の河合隼雄は著書『無意識の構造』の中で精神分析学者ユングの「自己」の考え方について書いている。〈自己は心の全体性であり、また、同時にその中心である。これは自我と一致するものでなく、大きい円が小さい円を含むように、自我を包含する〉と述べ、また自己ということを具体的に言って欲しいとの質問に対して〈ここにおられるすべてのひと、皆さんが私の自己です〉と言った事が紹介されている。強く印象に残っている発言である。

作品の中の「自己はわたくしと結ばれるあらゆるもの」、「わたくしはあらゆるものの中にいる」という箇処も右の思想に学び、拡張したものと捉えることが出来るだろう。私が出会った物や事は私の身体となんらかの関りを持っているだろうし、互いに影響を及ぼし合う、または可能性が潜んでいると見なすことが出来る。古代の中国には仰天するほど強烈な思考を生きている真人《しんじん》が存在する。すべての事物は斉《ひと》しいとする万物斉同の思想で、私は二〇代に偶然にも荘子の思考に遭遇している。研究しているわけではないが、影響は大きい。現在でも荘子に関する著書を読んで励まされている。途轍もない意志を貫徹し、特異な自己を生きていると考える。私の荘子観による自己なるものは、元気で溌溂した人であり、蛆虫であり、悪人であり、高潔な人物であり、さまざまな土地に生きている住人である。

また作品には続けて「自己は劇場であり、何かが起こる場所である」という句が続いている。先に見たとおり、心はたくさんの事を集積している。自己には意識と共に無意識が働き、集められた言葉と感性、理性、情動を含む身体は受容したものが合わさって自己を形成することになるはずである。このあたりの様子を念頭におき、ここで哲学者中村雄二郎の言葉を取り出してみる。著書『問題群』の中に〈ふつう自己とは、物体と同じく、そのさまざまな属性の集まり、つまり主語的統一と考えられているが、そうではなくて、自己とはむしろ、そこになにかが起こる場、つまり「述語的統一」と見られるべきである。自己とは物ではなくて場所なのである〉これは画期的なことであるが広く一般には知られていないと思う。

ユングや河合隼雄、中村雄二郎、鈴木大拙などの著書を通して自己の大まかな概念を作ってきて作品が出来たと思う。鈴木大拙の〈対象そのものの中に入っていくのである。花を知るには花になるのだ〉という言葉も忘れられない。前述の「活性」の作品の中で活性を「画布であり　運動場である」と書いているが、活性を、場所を示すものとして使用している。活性と自己について、両者は意識を越えた根源的な何物かであって、超人間的な性格を持っていると思量する。

松原敏夫

文学は根源的自由をめざす精神の旅だ
――すっきりしない〈沖縄文学〉というジレンマをこえて

I

私は文学少年だった。1950年代。戦後復興期の時代だ。宮古島の小さなカマボコ型の蔵書の乏しい図書館で少年向けの世界文学全集や日本文学全集、冒険小説といった、いまなら常識的な文学書を読むのが好きだった。そのカマボコ型の図書館はおそらく戦後米民政府が建てたものだろうか、通っていた小学校の敷地内に立っていた。そこの司書に、あの「宮古島庶民史」、「宮古島旧記並史歌集解」「琉球諸島における倭寇史跡の研究」を書いた稲村賢敷がいた。

そのあとは宮古琉米文化会館というのができて、図書館はそこに移った（と思う）が、そこにも毎日のごとく通って好きな本を読んで過ごした。戦後の荒廃した時代、文化的に何もない島だったし、そこにいけば本があるというのが魅力だった。本というものは、ここではない異次元の世界を感じさせるものであったから、夢をみるのが好きな少年にとってとても魅力的なものであった。琉米文化会館の2階ホールで毎週土曜日の夜だったか、ステレオクラシック名曲鑑賞会というのがあって、クラシックの曲を聴いたりもしていた。ベートーベン、モーツアルト、ブラームス、ヴィヴァルディ……といった定番の曲を聴いたりした。いま思うとあの頃の、あの時代で、あんな小さな孤島のような島でよくも外国ものを読んだり、聞いたりできたものだと思う。

1966年、大学進学で沖縄本島にきた。島にいた時は、文学といえば、近代文学くらいで、現代文学といっても芥川賞の作品とかいった有名どころを読んだくらいであった。ところが大学時代は私の遅滞な文学知識を打ち砕いた。私は現在、詩を書くものとしてその分野を汚しているものだが、あのころの私の詩の知識はせいぜい、島崎藤村、石川啄木、山村暮鳥、宮沢賢治、萩原朔太郎、中原中也といった教科書的レベルだった。大学に入ると、文学世界がそうとう先進的であることを実感した。

琉球大学にはいってから文学意識がそうとう芽生えたといっていい。近代文学から転換して、現代文学への関心が急速に強くなった。青春の生理に伴っておそらく教養のように読んでいた文学を「人間」や「世界」そして「自己＝自我」というものを考えるというふうに変貌した。学生運動に参加したせいか、社会の現実や政治の問題から革命を志向する行動的、抽象的な課題にぶちあたったころでもあった。

高校生のころから書くことは好きであった。ある作家、とくに芥川龍之介を模倣した小説の習作をしたためたりした。島の高校生のころ、同級生と同人雑誌を出そうという話をしたこともあった。実現しなかったが。文学をすることが学生運動（革命運動）より先であったので、いつも文学書を読みながら、同時にマルクス主義関係、唯物論の書物も読んだりしたが、いつしか自分は政治運動よりも文学的な資質じゃないか、どうも政治運動には向かない、生き方や考え方の方向性があわないという齟齬がでて、悩みに悩んで、運動をやめた。そのころはサークル活動として琉大文芸クラブ（『琉大文学』を出していた）に入っていたので、クラブ仲間や運動崩れの仲間たちと酒ばかり飲む日が続いた。デカダン、ニヒリズム、アナーキーな気分で明日に希望を見出せない日々を暮らした。

清田政信の詩を読んだのはいつだったか、はっきりしないが、彼の書くものに「自己変革」ということばがあった。自己変革は政治運動のときもあったが、文学における自己変革は政治を越えた言葉の世界での変革であり、運動をやめたころに出会った、その〈自己変革〉という言葉は魅力的だった。内心、「これだ」と思ったのかもしれない。政治ではなく文学こそ、やるに値する、と決めた。

「なぜ生きるのか」とか「人生の目的」とか、だれの思春期にもあるような課題を抱えつつ、書く行為になると詩の形式がいちばん近かった。だから自然に詩に向くようになった。

そんななかでランボーやボードレール、シュルレアリスム、異端文学などに刺激を受け、関連の作品や論考を読んだ。小説では大江健三郎、安部公房、埴谷雄高、サルトル、カミュ、カフカ、ドストエフスキー、………などだった。大学後半ころから自立の思想で現在や世界を読み解く吉本隆明に関心を持ち読むようになった。

自己形成への志向、憧憬があったかもしれない。ランボーの「我とは一個の他者である」という言葉に影響を受けた。あるいはサルトルの「実存は本質に先立つ」という言葉、『嘔吐』の主人公ロカンタンの実存への吐き気という不思議な世界にも触れた。ブルトンの「ナジャ」にでてくる言葉にはそうとう惹かれた。「私とは誰か？　ここでとくにひとつの諺を信じるなら、要するに私が誰と『つきあっている』かを知りさえすればいい、ということになるはずではないか」「美とは痙攣的なものだろう、さもなくば存在しないだろう」とか、有名な章句、哲学的、芸術的、謎めいた言葉にひきつけられた。こういう現代文学の言葉、こういう人間の存在の不思議さを解読するのが文学の本来の目的ではないのか。このころはもう、一般的な大衆小説、自我の目覚めとかいった近代小説は単なる読み物にすぎない、という偏見をもつようになった。これは文学への目覚めからくる傲慢さかもしれないが、言語の芸術としての文学、特に詩についていえば、苦悩から至高の希望を求めてもいいのではないか、と思うようになっていた。

文学は想像力の産物である、とよく言われるが、その想像力は不可能を可能にする力、それを表現する〈言葉〉であるからして、文学は言葉を駆使してあらゆることを成し遂げることができる。文学は現実ではない。もうひとつの現実である。もうひとつの現実を表現できるからこそ、人は文学に魅了されるのである。文学には不可能はない――この定義の意味は人間に残された最後の希望である。だから弱小で卑小な人間は文学を求めよ――という趣味を越えた信念のような精神が出来上がっていた。

つまり、私にとって、文学は「自己探求」「存在探求」「自己形成」「自己解放」「私とは誰か」といった抽象的な命題を担ったものとなった、ということはいえると思う。だから、沖縄にいながらその場所性から普遍的な人間の問題を凝視することが内在化して、それを追究し表現する〈創造する文学〉という観念が強くなった。言語表現とは自己表現である。私とは何者か、人間とは何者か、そういう問いがずっと続いている。詩を書くことはたしかにランボーのいう「一個の他者」なのである。自己を他者化してみること、あるいは他者を自己化すること。それが言語表現、言語表出である。自己を他者化する、他者を自己化することは希望をつくり出すことと同等ではないか。

そういう抽象的な問題を内在化しながら、他者の、世界の文学を読むという習性が身についた。私の文学に対する習性として、抽象的な苦悩を持たない作品はスルーするようになっている。私自身の文学観からして、対象とする作品に触手がでるのは、面白いか、何かがあるか、そういう選択が出来上がってしまっている。

書くことはまず自己の問題を書くことであるから、社会主義リアリズム的な文学、作品は相手にしなかった。こんなものは政治運動の延長だ、何もない、これは文学じゃない、と断罪した。

文学に関わって50年以上はなる。しかし、その間に書いたり読んだりしながら、色んな事象や出来事や体験や思考やらを積んできているが、なお明確な自分の文学思想を構築していない、というのが実情だ。今言うとすると自由な選択、好き嫌いでやっちゃうのがいいのかもと思う。
「なぜ書くか」「何を書くか」を考えているうちにでてくるのを思いついたまま列挙する。

・私とはだれか、の追及
・私と汝との関係とはなにか
・権力や制度に依拠しない自由
・自己自身の他者化、他者の自己化、その言語表現、スタイルをもつ
・状況、現実、歴史という共同的なものに対峙して自己自身の言葉をもつ
・共同体の流れに距離をとる
・書くことの持続性の大事さ
・書くことに自己存在感を感じることの信頼
・書くことしか能のない人間という悟り
・小さき者、弱き者の言葉を紡ぐことの使命

そういう視点に立つと、私の文学（詩）的スタンスは、〈沖縄を書く〉〈沖縄のことを書く〉というより、〈人間を書く〉というスタンスになる。沖縄のことを書かない、ということではなく、沖縄（島）を自己化して、咀嚼してそのプロセスを転換して文学言語にしたためることが、書くということだ。だから背景は沖縄の地であり、沖縄の出自であり、その宿命を自覚しながら、現在の人間を書くこととなる。

さらに言葉をつきつめれば、書くことは文学論を見出し、文学論は言語論になり、言語論は心的現象となる。なぜそういうか。吉本隆明の未完でおわった『心的現象論』に文学＝言語の最終形態をみているからである。言語は外部にあるものではない。内部にあるものである。吉本隆明の三部作、「言語にとって美とはなにか」

『共同幻想論』『心的現象論』といった論考は、吉本隆明のまえに、だれもが手に付けたことのなかったものだ。吉本隆明の自立思想から編み出したものである。吉本隆明の人間を解読しようとする思想には信頼を持っていた。だが、吉本隆明でさえ、実は自分の論考を「試論」と呼んでいた。言語の読み方、幻想の読み方、心の読み方について、「試論」と言う謙虚さがある。絶対的な思考というものはない、というのが吉本隆明の偉大さである。ここには権力化や権威化はない。かれが先鞭したものは本質を彼自身の思考によって作り出したし、読み方も吉本流であるが、だれもが言わなかったことがあるし、学ぶべきことは多々ある。それは根源（ラジカル）的なもの、本質的なものへ深化していく思考、精神の旅のようなものである。文学は常に変化する。それはわれわれの生活が時代とともに変化するからである。文学はその変化を敏感に感じ取って、いかに作品化＝言語芸術化するかにかかっている。

私は詩的言語に島言葉（方言）を使って書くことがある。日本語で書くことの常識を逸れて、現代詩を非日本語で書くことの面白さ、言語表現世界の豊かさを求めているからである。「しまくとぅば」という言い方は「ウチナーグチ」である。ミャークフツ、とかヤイマムニとか、島々によって言い方が違う。私の場合、ミャークフツである。方言は身体語である。出自とかかわる身体語としての島言葉を使用しないのはもったいない。だが問題がある。島言葉（方言）で書くと、他の地域の人や日本語世界には意味が通じない。孤独な言語となる。しかし意味が通じないから通じる日本語で書くしかない、ということはどこか自己の身体言語を放棄していることになる。「こんな言葉もあるんだぞ」という言語の存在性＝身体性を保持しておきたい。たとえ、それがひとりよがりになり徒労になったとしてもけっこうだ、と思っている。

私は現在、どこの同人誌にも属さないで、個人詩誌『アブ』という雑誌を出している。書いたものを発表する自由な陣地としてである。同人誌をやる場合、どうしても同人誌という共同幻想に対する同人の考え方が求められる。発行のサイクルがあれば、それにあわせて書かなければならない。例えば年2回とか4回とかあるが、それに合わせて書くという惰性がでてくる。プロならいざしらず、定期的に時期が来たから、書かなければという強迫観念で書くことの不自由さ、抑圧感、作品過剰……そういうものが嫌いで、同人誌に入ることはしない。書くことと発表することは、自らの感性や精神に触れて書いたものとがシンクロするのがいい。この雑誌を拠点にして文学営為を続けたいと思っている。

II

〈沖縄文学〉とはなんだろうか。規定化された器をイメージして、そのイメージの器からはみ出さないように言葉を紡いでいやしないか。これまでの戦後77年、復帰50年という記念意識は時間意識を顕在化させるが、その時間に流れた文学意識の内容を問う課題が我々にはあるし、〈沖縄の文学〉という規定性の器をどう裁断していくか、これからの沖縄文学の可能性をどう表現していくかが課題としてあると思われる。

こういう地点に立ったとき私が感じるのは、〈すっきりしない〉ということである。いったい、この期間、時間にどれだけの文学作品の総量が生産されてきたのだろう。言葉の自己表出の部分と指示表出の部分でみて、かりに指示表出に重点をおいてみると、言葉は外部を多く語ってきたことがわかる。しかし、なにを語ってきたのだろう。歴史や、文化や、政治や基地や沖縄戦、民俗やら、であるか。そういう時空でいうと、さっと出てくるのは、沖縄の土着や戦争や基地、暴力、事件、事故、支配、差別、抵抗、祈りという言葉から生々しい事象をすぐに察知し想起するだろう。そして、それに関した言葉を我々は量産してきた。我々はそれを読んできた。読まされてきた。おそらく、そういう経験の過程で文学言語を規定の器のなかに取り入れ作り上げた観念があるだろう。そのうちに、そういう文学的行為を当為として問わないことが一番の得策であることを身につけた。そして〈出来たものを問わない意識〉を造型したのである。問う意識を捨てることで持続することを進めてきた。問う意識をすてて現実を肯定して、現実に合わせて書くことを是とする文学意識を持ったのである。

文学をするものは、しかし、忘却も捨てることも、無視もできないものだ。文学するものの意識は通り過ぎるものではないということだ。相対性、向き合うことを求められるということだ。だから文学表現するものは、つねに言葉に呪縛されなければならないのだ。沖縄文学には、この〈相対性〉が欠如しているのではないか。

沖縄文学とは沖縄という時空とその存在から吐き出された言葉の総体である。存在するもの？　それはあるのか。沖縄意識も文学意識も存在意識もあるのか。問われなければならない。問うことで、また垣間みえてくるもの。それに私は文学への希望をみたい。

沖縄という場所、空間。それは島嶼であるが、それをひっくるめて〈沖縄〉（あるいは琉球弧）といっているが、そこの歴史、文化、風俗、宗教、土着、風土、村、海、波、海流、太陽、月、土、風、自然、……さまざまな事象があって、そこに生き滅んできた我々の先祖は、いまの時空のあちこちに影を落としている。それに気づくかどうかは個人にある。そして出てくるのは〈関係の問題〉である。村では離れていても濃密な関係があった。それは〈共同体〉として培ってきたものだ。その共同体を肯定しようが否定しようが自由である。しかし、必ずそれぞれに残っている。それが共同体意識だ。だがそれは罠の役割を持つこともある。近代になると、その罠が煩わしくなって飛び出したくなる。すなわち離脱である。

離脱は自由意識の発露である。拘束的な人間関係を切ることである。近代においては人間はまず個人から始まる。個人から共同体へは自らが同化する欲望がないと構築されない。文学が個人を書くことに飽きて、あるいは意味性を失って、集団的なテーマ、歴史や民族や政治状況やらに専心する人たちがいるが信用できない。共同体は突き詰めていけば〈土着〉になる。土着精神がないと本来の共同体精神は築けない。土着の共通性があるから共同体は続けられる。土着的共同体と個人の関係があらわになるのは不可避なことである。文学はそこを切開する必要があるし、回避してはならないところである。渇望をこめていっておこうか。沖縄文学（小説）には個性的な人物があまりいない、ということである。これは欠点ではないか。

「土着から普遍へ」というスローガンめいたことが一時期あったが（1996年）、そういいつつ、目指しつつ、おそらく気負ってとうとう息切れしてしまっているという印象だ。なぜ、そうか。土着の観念の甘さではないか。土着するものの観念にあるものは近代との相剋である。土着を離れたいという感情が強い反面、いつしかまた土着に回帰しているようにみえるが、これは沖縄観光向けの装飾のようなものにしかみえない。ほんとうの土着ではないということだ。近代は土着を踏み潰すリバイアサンである。沖縄の半分以上が近代市民感覚で暮らしていると思われるから、いま文学するものに土着意識が備わっているかどうかあやしい。沖縄の言論に土着を根拠にする思想があるが、観念的である。土着の観念ではなく、観念の土着なのである。土着を叫びながら自らは土着と心中する気はないし、浴びようともしない。生きている場所にある課題、テーマを突き詰めようとする姿勢もみえない。だからリアルもないし反リアルもない。復帰50年の時代。沖縄は島嶼ゆえに二極化している世界がある。土着がある島、シマ（地域）と都市化した島、シマ（地域）である。都市化はこれからも進んでいく。土着と都市というアンビバレントな状態にあるから、沖縄文学はそこをとらえて表現すべきである。

60年代の沖縄文学状況に、「沖縄は文学不毛の地か」と言われたことがある。何を書くのか、どういうふうに書くのか、が明確でなかったからだろう。大城立裕が「カクテル・パーティー」で芥川賞を受賞したら、沖縄は文学不毛の地ではなくなった、と言われた。沖縄のことを本土中央的な文体で書くなかにあって、伝統的な古風な文体の大城立裕文学がその価値を日本文壇で認知されたから大城立裕文学の影響は大きくなっていった。オリジナリティということばが流行ったのもこのころではないか。このオリジナリティという見方には功罪があって、個人的には罪の部分が大きいと思っている。オリジナリティとはいうまでもなく、沖縄に素材をとった文学ということである。沖縄の事を書かないとオリジナリティがない、という評価で無視されることが多かった。だから、沖縄で書く人は、「沖縄のことを書かなければ――」という強迫観念に襲われ、沖縄の、沖縄的なものの素材を探し回った。探し回ったというより、取材しなくても、日常や生活の周辺をみわたせば素材はあった。当時は、まだ沖縄的な素材がそこにあったからだ。沖縄にいるから沖縄のことを書くことは正統であり、批判されるものではない。これまで露出しなかったものが露出するから面白い作品が生まれた。だが面白さが一度出ればあとは飽きてしまう。飽きたら文学は続かない。本来、文学は人間を書くものだ。歴史や風土や事物を書けばいいというものではない。文学の魅力は人間を書くからだ。21世紀の現在、その〈人間〉という観念さえ最近では問われている。問うことは深さを求めていることだから、いかに人間を書くかの、あくなき追及が求められる。

西洋文学の模倣、日本の都市文学の模倣、知的な人間の文学あるいは異端的な文学。これはオリジナリティの文学から疎外される文学であった。たしかに身体は土着でありながら、頭はここにあらずで、西洋や東京を向く文学は批判されても仕方ない。しかし、である。人間には遠くに行きたい、遠くのものを欲しがる、遠くから現在の場所を凝視するという視点も必要じゃないか。というのが私の文学への稚拙な思いである。だが、その稚拙さを大事にしたい。なにも文学は近くのことだけ（日常、生活）を書けばいいのではない。文学は無限である。何を書いても許容されるべきだ。悪を書くから悪人ではない。犯罪小説を書くから犯罪者ではない。不倫物を書くからエロ好きではない。テーマは無尽蔵にある。自分が書きたいものを書けばいいのだ。

文学は世界的なものであり、人間がテーマであり、存在がテーマである。だから、なにもオリジナリティに束縛されることはない。沖縄で書くから沖縄のことを書くべきというのは振幅の狭隘を強いることである。こういう思考が政治に向かえばナショナリズムになる。そこは警戒すべきだ。文学がナショナリズムになったら眼もあてられない。

沖縄を、場所を、地の人を書くのは大いにけっこう。大賛成だ。問題はどういうふうに書くかである。沖縄だから、沖縄人、琉球人、沖縄戦、基地の街、古代、民俗、風習、独自な文化、どこ向いてもこれが沖縄だ、ふうの沖縄、おきなわ、オキナワ、を書くという限定されたイメージで文体を束縛される必要はない。沖縄を色んな視点、角度、見方、想像、イマージュ、シュール、事物、文体、書法、文法、あらゆる言葉等を駆使して〈可能性としての沖縄文学〉を満開、爆発させ、根源的な自由を目指す文学を目指すことがいい。その過程から独特な個性的な（沖縄）文学が生まれるだろう。

Ⅲ

沖縄詩でいえば、50年代の琉大文学を中心とした社会主義リアリズムの時代をあげねばならない。当時の政治的状況と社会への関心から、文学を政治にからませる書法が強かった。しかし、政治に奉仕する文学（詩）はその乖離を保持できなくなり、新川明、川満信一、岡本恵徳らが固めたそういう文学にたいして清田政信、岡本定勝、東風平恵典ら60年代の『詩・現実』が出てきて、批判的な態度を打ち出したのは〈文学の自律性〉ということであった。沖縄戦後詩が変わったのはこの時からであったといっても過言ではない。

60年代の詩と文学を沖縄文学の開花時期と位置付けたい。政治運動をやっていた清田政信が政治に見切りをつけて、「文学で闘う」として、詩的活動を始めた時期からが、沖縄戦後詩の本当の始まりであった。清田は集団で思考し、集団で行動し、集団に自己同化する表現方法を批判して、個の場所を構築し、そこでの思考や言葉の表現を主張した。この方法は共同体や土着や風土と対峙する言葉の表現の闘いでもあったし、清田の詩（文学）の戦う姿勢は文学するものならだれでも共感できるものだと私は思う。これは孤独な闘いであった。だが、この孤独はまさに詩人として生きる者の宿命でもある。文学は個に立つべきものだという断固たる思想は文学の孤独を個人が引き受ける宿命として自覚されたからにほかならない。その思想（詩想）は私自身にも流れているように思う。私自身が書いてきたものを眺めるとそういう作品が多い。50年もやってきて、いま思うことは〈対峙する姿勢の大事さ〉ということである。文学（詩）が対峙する対象が何であるかは言うまでもないだろう。自己幻想は共同幻想と逆立する、ということだ。

うえじょう晶

「沖縄文学――個としての文学らしきもの」

改めて「沖縄文学は」と問いかけられると、多少居心地の悪さにムズムズする。沖縄に生まれ育ち住み続けているので、書いているものは沖縄文学と呼んでもらって差し支えないのだろうか。アイヌ文学、ロシア文学はある。文字を持たなくてもユーカラのように口承で伝えられた叙事詩などはアイヌ文学と言われる。ロシアの風土・歴史に根差したロシア語で書かれた作品はロシア文学と呼ばれる。大雑把にとらえるのなら、沖縄語ではないが、沖縄という磁場で生まれた作品としてなら沖縄文学に入れてもらえるのかもしれない。

私の個としての文学らしきものなら書ける気がする。

1　沖縄という磁場（不在を取り戻すために）

幼少期から周囲に馴染めず、隙あらば此処ではない何処かに逃げ場所を求めていた。思春期に入ると女性として勝手に成熟していくのに嫌悪を感じ、肉体と精神のバランスがとれず、不純なものに変わっていく前に自分を消滅したいと思うようになっていた。いわゆる自意識過剰である。大学進学を機にいち早く沖縄から脱出した。沖縄という縛りが解けたら一挙に自由になれると思い込んでいた。ところが、絶対的他者の出現によって内部に爆弾を抱えている自分を客観視できるようになる。時は学園紛争の燃え滓が燻っているような時代だった。祭りの後のような不在感、傍観者の位置を初めて感じたのがその時である。卒業後、ほぼ親に連れ戻される形で公務員試験を受け職場にあり付いた。

次に不在の後ろめたさを感じたのは、具体的な復帰体験がないことである。ドルから円への切り替えをはじめ、米軍統治から日本政府への諸々のシステム変換は、県民全てを巻き込んだ大変革であったはずだ。大きく盛り上がり揺れ動いていた劇的な沖縄の脱皮の瞬間に私は沖縄に不在だった。県民が描いた復帰の形には遠く及ばない日本政府の欺瞞が論点となるにつけ、参加できていないこと、その場に立ち会えなかった不在感が今もなお引け目に感じる。

そんな気持ちを引きずったまま、沖縄に腰を据え先人の言葉に習って、自らの足元を深く掘れと沖縄の地で詩を書き始める。必然的に自らのルーツに考えが至るわけだが、父方の祖父の波乱万丈な人生はさておいて、母方の祖父は戦時中に八重高女校長として八重山に赴任、母は一高女卒業後家族を追って八重山に疎開し臨時教員などを務めていたようだ。沖縄本島が集中砲火で火の海になる頃、偶然にせよ地上戦のない八重山にいて命拾いをしたことは有り難くもあり、ひめゆり学徒隊の悲劇を知るにつけ、母の友人たちが多く命を落としたことに申し訳ない思いになる。自らのルーツをたどると過酷な地上戦を体験していない者の末裔が、未体験者が語っていいのかというためらいがある。そこが第三の不在感である。

だが、体験者が口にできないほどの苦しさを追体験して作品に書き表現することで、記憶の継承がされるのではないかとも思う。そしてその作業は私にとって自らの不在を取り戻すための文学活動とも言える。沖縄戦に関しては既に先人が書き残したものがあり、読み手には既視感があるのかもしれない。しかし、沖縄は次の書き手が捉えた沖縄戦を何度でも記憶の継承として書き継いでいくだろうと思う。教科書や公文書がいとも簡単に書き変えられ、あったことが無かったことにされる忘却の民である日本人にとって、文学の使命は美しさだけでなく、その醜さをも明らかにしていくことだと思う。若い頃は自分のことで精一杯で否定的にしか捉えられなかった沖縄という磁場に、やっと自分が一体化したように感じられる今だからこその想いでもある。基地問題、自然破壊などの沖縄の持つ不条理の現実を自作の詩で補足させてください。

「骨笛」

死んだ後に墓から延びる草が語り始める
無念の骨たちが鳴らすあの声が聞こえないか
怨と恨に満ちたあのもの悲しい声が
憂いが去り早く安寧の地に行けたなら
忘れ去ることが出来たならいかに楽であるか
だがその道を歩まない　否　歩めない
忘却が次の戦争の始まりになるから
三十三回忌の最後の法事を紅白饅頭で送る
ウワイジューコーもできず
昇天などできるはずもなく
夜な夜なコッテキを鳴らし続けている

摩文仁の土砂　骨を拾われることもなく
死してなお人権も尊厳もなく再び掘り起こされて
軍事基地の人柱になれという
南部の地に倒れ無念の内に白骨化し
七十六年を経て土色に馴染んでしまった遺骨
その遺骨を個の区別もなく土砂に混ぜ入れ
またもや戦争への人柱として

軍事基地の埋め立てに使うという
生きているものが不甲斐ないから
ゆっくり死ぬこともできない
子や孫は情けなくて唇を噛み締める

「戦没者の骨が混じり、血が染み込んだ土砂を
埋め立てに使うのは人道上許されない」
戦跡地からの土砂採掘断念を訴え
ハンガーストライキ中の
沖縄戦遺骨収集ボランティア
ガマフヤーの具志堅隆松さんは言う
沖縄戦跡国定公園内　魂魄の塔近く
こどもの小さな歯も出てきたという
アメリカ兵の遺骨もあるだろうという

今こそ骨たちの鳴らす微かな声に耳傾ける時
今こそ骨たちの鳴らす悲しみの声に耳傾ける時

（2021・7月『いのちの籠』）

2　正義と抵抗

日本軍による強制集団死（集団自決）の記録や島民への残虐な行為。あるいは日本軍の恥部でもある南京

大虐殺を知るにつけ、戦争責任をあいまいなままに忘れ去ろうとする日本人の国民性になぜという疑問が起きる。辺見庸の「1937」では将校として南京に出兵した父に、「そこにいたのはお父さんあなたではありませんか?」と問う。それは父の戦争責任を問い詰めるのではなく「同じ状況下に会ったら、私はどうだったか、父と大差なかったのではないか」と自分に引き付けて問う。「多くのニッポン人がそうした殺人を『戦争』の名のもとに帳消しにし、きれいさっぱりと忘れている。国に命令されたから仕方がないと個人の責任をうやむやにするなら、なぜ国の責任を民衆は追及しなかったのか」と。

それは私に転じると、戦時中に校長という立場上、軍部に協力させられたであろう祖父の姿とも重なる。軍に与して御真影を守りつつ、生徒たちを盾にしなかったか? せめて教育者としての葛藤があったものと信じたい。

昭和天皇は、戦争責任を問われ「そういう言葉のあやについては、私はそういう文学方面はあまり研究もしていないのでよくわかりません」。また、広島の原爆投下についても「遺憾におもってますが、こういう戦争中であることですから、どうも、広島市民に対しては気の毒であるが、やむを得ないことと私は思っています」と。

無謀な作戦で戦うどころか食料もなく餓死した兵士たち、終戦判断の遅れで原爆を浴びた広島・長崎の市民たち、地上戦で巻き添えを食ったアジアの何万の人々。失われた命を遺族にどう納得させるのか。加害者としての日本人を武田泰淳「審判」では「故郷では妻子もあり立派に暮らしているはずなのに、戦場では自分を導いていく倫理道徳を持っていない人々が多かったのです」「罰のない罪なら人間は平気で犯すものです」と書く。あいまいなまま忘れようとする国民性は山本七平の「空気の研究」にもあるように、忖度という空気を読む文化がもたらしたものではないか。戦争は空気の責任なのだろうか。

一方、同じ敗戦国となったドイツではいまだにナチハンターがユダヤ人虐殺の戦争責任を追及し、南米に脱走亡命隠遁しているアイヒマンを探し出し、裁判にかけている。ナチハンターは言う。「強制収容所から生還したユダヤ人は正義への信頼を失っています。正義を信じられない人生など無意味です」
ところが、アイヒマンは命令に従っただけだと無罪を主張する。人類史上例を見ないようなジェノサイドはユダヤ人への憎悪に狂ったサディストではなく、指導者への服従があればこと足りる貧相な一人の男によっておこなわれた「凡庸な悪」とアンナ・ハーレントに言わしめている。ここで、裏付けるようにミルクラム博士の行った「服従実験」が明らかにしているのは、「人は状況下では死に至らしめるような命令でもきいてしまう」という結果だ。だからこそ、その状況下に置かれないよう、「凡庸な悪」が再び起きないように、言論弾圧が始まりいつか来た道に空気が歩き始めないように、しつこくもしぶとくも言い続けたい。自分自身がフィジカルもメンタルも強くないことを知っているから。弱い自分が真っ先に取り込まれないように「マジョリティという空気を警戒しろ」と。
沖縄という磁場で生まれた正義と抵抗の意識は、世界の理不尽にも目を見開かされていく。弱者である女性と子どもに心が動かされて生まれたのが、希望を求めて女性の独立と解放を願った「レディ・サピエンス」であり、ウクライナへのロシアの侵略による悲劇「ことばを覚える」の詩である。

「レディ・サピエンス」

「一八七二年　フランスのヴェンティミーリア洞窟遺跡で二万七千年前の旧石器時代の人骨が発見され、狩猟の副葬品から男性とされマントンの男と命名された　しかし最近の研究で骨盤の形から女性と見直され　狩りをした女性カヴィヨンの婦人と改められた　なぜ女性の存在を見落としたのか　一九世紀の女性に対する思い込み　社会全体の女性に対するイメージが判断を誤らせた」と考えられている　カヴィヨンの婦人は貴重な埋蔵品からリーダーとして尊敬され　女性は出産や子育てにのみ生涯を費やしたという説も覆した　また　フランス南部のペシュメルル洞窟の旧石器の壁画に描かれた大きなウマの

作者は　その手形から女性とされた　芸術家は男性のみと思われていた古代に女性も芸術家として活躍していたという
男性という片目でだけで見た事象は科学でさえも歪めてしまう　女性というもう片方の眼を見開いて初めて遠近が捉えられるという事かもしれない
イブセンの「人形の家」から一四三年
ボーヴォワールの「第二の性」から七三年
世界初の女性参政権を獲得してから一二九年
日本の女性参政権は七七年前だが…
未だに世界で繰り返される女性への性差別　暴力
親族による女性への名誉殺人　少女の性奴隷問題
慣習による未成年者の早期結婚や女性器切除など
まだまだ過酷で道半ばだが諦めてはいけない
「ムスリムのテロリストが多い理由はコーランとは関係なく、多くのイスラム諸国で経済・社会に女性の活発な参加が欠けていることにある」と指摘されている　男女の協力こそが　人類が生き残り　社会が進化していく原動力になると思える　女性の再発見は即ち男性の再発見でもある
時は　二〇二二年
新しく生まれ来る未来のレディ・サピエンスのために
新しく生まれ来る未来のホモ・サピエンスのために
錆びついた歯車のたとえ一刻みでも動かして行こう

（NHKコズミックフロント　レディサピエンス）

（二〇二二・一月『詩人会議』）

「ことばを覚える」

木漏れ日が踊る
縁側でうつぶせになり
たどたどしく「にんぎょひめ」を
読んでいた女の子は疑問符を持って
アイロンがけする母の背に問いかける
「ねえ、せっぷんってなーに」
母は少しはにかみ躊躇しつつも
幼子を膝に抱きしめ頬ずりをする
そしてほっぺに可愛くキスをして
「せっぷんよ」と答える
女の子は母以上に赤くなりながら思う
王子様と人魚姫の接吻はこれじゃない

いつか出会う王子様を夢見る前に
女の子は爆撃で死んだ

おぼろげな世界に輪郭を与え
秩序を与え

その中に意味を盛り込み
ひとは言葉を獲得していく
ヘレンケラーがwaterを獲得したように

戦火を逃げまどう
ウクライナの小さな命たち
あなたのことばが
憎しみ　恐怖　暴力　怒り
爆撃　虐殺　レイプ　拷問
という意味で満たされないように
あなたのことばが
たくさんのたくさんの
溢れるほどの
愛のことばで満たされますように

（2022・10月『いのちの籠』）

3　自由と解放を求めて　命・自然・平和を書き続ける

最近思うのは、人の心に巣くう闇や心の襞、生きる悲しみを描くには厳格に事実のみを書くドキュメント、ルポルタージュではなく、制約から逃れたフィクションの中に真実に迫る物語があるのではないかと、他のジャンルで表現の幅を広げたいと思うようになる。振り返れば、高校時代に詩のようなものを書き始めていたが、むしろ美術の方にその頃は関心があり、権威から遠く、精神の自由を貫き通す芸術家の生き方に心酔していた。公務員になった時点で体制側に自分は取り込まれたのだと自覚し、せめてもの代償にと初任給の大部分をはたいて絵画全集を買った覚えがある。以来、描くことも書くこともせず社会に生きるものとして歯車一個分の働きに努めた。その役目もほぼ済ませたと思うので、五十代に入り創作を始め、今に至る。

いま改めて、自分の性向として誤解を恐れずに言うと、権威が嫌い。組織が嫌い。人間嫌い（生者よりも死者たちに親しみが湧く）のわたしは、茨木のり子七十三歳の作品「椅りかからず」の心境に共鳴している。「もはやいかなる権威にも椅りかかりたくはない／ながく生きて心底学んだのはそれくらい／自分の耳目／自分の二本足のみで立っていて／なに不都合のことやある／椅りかかるとすればそれは椅子の背もたれだけ」

その潔さを見習いたい。何を目指しはプロローグであり、何を表現してきたかはエピローグでもある。未だ完成を見ない現在進行形の文学活動、いつの日か作品を通して何かを実現できればと思います。

4　おまけとして

文学作品に心が揺さぶられると、その作品が生まれた土地に、舞台に行きたくなる。旅先では努めて作品の生まれた土地の文学館などを廻るようにしたが、作家を身近に感じ、さらに作品を深く理解することができる。「嵐が丘」ではブロンテの生家と舞台となったヒースの丘。「沈黙」では長崎の遠藤周作文学館。宮沢賢治文学館では「銀河鉄道の夜」の何十回も推敲を重ねた生原稿に触れることが出来た。鎌倉文学館では田村隆一を発見し、その詩に総毛立つほどの感動を覚えた。

沖縄全体が舞台と言えば舞台なのだが、ファンにとっては（特に県外からの訪問者は）沖縄文学館などがあると、作家の自筆の原稿や資料などを目にして一層作品を楽しめるし、作品の生まれた背景などの発見があれば理解が深まるのではないだろうか。平和資料館や美術館だけでなく、沖縄文学を形作ってきた先達の全貌を視ることが出来る場所、作品や幻の原稿などを集大成したような沖縄文学館があると、文学を目指す人にとっても得るものが多いし嬉しいものになると思う。

新城兵一

極私的表現史の一断面 ―― その自注

あたえられた課題は、「沖縄文学は何を表現してきたか」という、漠然たる、そしてかつ大きな難題のテーマだ。

いまさらとり急いで資料集めをし、読み込んで、さてと、書き始めたにしても、付け焼き刃にしかなるまい。またこれまで、「沖縄」の「文学」を俯瞰的に眺望しうる視座と位置を自らに課したこともないので、かかる概観的な思考は鈍らざるをえないし、残念ながら、そんな能力は皆目持ち合わせていないというべきだろう。

これまで同時代の「沖縄」の小説や散文作品、戯曲、演劇、短歌や俳句など〈文学作品〉への持続的な関心をもち、熱心な読者であることから、ただなんとなく疎遠になっていたことの負の側面がもろに露出してきた感じで、いまは自らの長年の怠惰を恥じ入るほかない。

とはいえ、〈文学〉の一つのジャンルである〈詩〉という、ある限定された極私的領域では、これ以上の退路をみずからに許してはならないという、切実な思いのなかで「生活過程」を不可抗力のように受容しつつ、〈詩を書く行為〉に人生の多くの時間を浪費してきた側面もあって、この私的な領域でなら、何ほどか少しはことあげが可能かもしれない。

ぼくが詩作に手を染め始めたのは、一九六〇年代の中葉―二十歳を一～二年過ぎたばかりの学生のころ、個人詩誌――『橋』を出したころにはじまる。

『橋』という詩誌の命名には、たぶん、現実＝〈現在〉から彼方＝〈未来〉へ架かる「過激」なる〈夢〉の通路、いうなれば広い意味の《実践》の想いが込められていたように思う。

あのころ、学業を疎かにしていわゆる「学生運動」の渦中に翻弄されてありながら、いっぽうでは、「運動」それ自体に自足しえない精神の渇きを癒すようにして、同時に「文学」への関心も切実だったし、だから、当時のぼく（ら）の議論の種は、いつ果てるともない「政治と文学」、あるいは「政治か文学か」の論争だった。

ぼくの場合は、「政治と文学」というより、「政治か文学か」、つまり「学生運動」の深化的展開としての「職業革命家」になる途をえらぶか、それとも「学生運動」＝「政治」から離反（当時は「消耗」と呼んだり、「挫折」と言っていた）して、「文学」表現の未知の領域へ転身するかの、より今後の生き方に密着した実存の、二者択一の泥濘のような「観念のラジカリズム」の苦悩だった。

ついでまでに、当時の「学生運動」は、如何なるありようだったか、少し見ておく。当時の沖縄の大規模な大衆運動としては、やはり、「島ぐるみ」的な様相を帯びて展開された、「祖国復帰協議会」（主導的な役割の中心は「沖縄教職員組合」）を中心とする、各種政党、官公労、各種労組・団体、大学学生自治会などがおしすすめた「祖国復帰運動」をあげねばならないだろう。

ぼく（ら）の学内では、主として、あるひとつの政党と「祖国復帰協議会」の既成の運動路線をそのまま自治会運動に持ち込んではばからぬ一派と、「祖国復帰運動」の既成の政治路線を批判する一派とが、自治会運動（＝学生運動）の主導権をめぐって、肉弾相打つ勢いではげしく対抗し合っていた。ぼく（ら）は、「祖国復帰運動」の既成性を内在的に批判する「学生組織」に所属し、一九六一年一月に結成されたという「琉球大学マルクス主義研究会」の、あるＯＢの隠然たる指導下にあった。

ぼくが六二年に入学したての頃は、自治会の汚職の問題が持ち上がっていて、学生集会で何やら議論していた記憶があるが、いつの間にか「復帰推進」派の学生組織が自治会の主導権を握って、伊波某なる人物が自治会長になっていた。ぼく（ら）は、「琉大学生新聞部」を拠点に「祖国復帰運動」の積極的な「推進派」である伊波某率いる自治会運動への批判をさかんに展開し、六〇年代中葉頃には、「祖国復帰運動」を批判する人物を自治会長に押し立てて、ついに自治会の主導権の奪回を果たした。

という事は、そのころまでにはすでに、「祖国復帰運動」に根底から疑問を提示し、「米軍の基地をそのままにした祖国復帰運動」を批判する、ぼく（ら）の主張は、多くの学生たちの支持を得、一定の浸透力を獲得していたとみてよい。ぼくより二年あと、つまり一九六四年ごろに同じ大学へ入学し「学生運動」に従事した経験をもつ、俳人で批評家でもある平敷武蕉は、佐々木薫の著書―『幻想の祖国』（あすら舎二〇一二）の書評の中で、「私はすでに高校のころから復帰行進に加わる反米・復帰主義少年であった。」と述べたあと、次のように続けて明確に書いていることは、運動の底辺に在って、根底でそれを支えた学生「大衆」の心情の変容のありか示して、意義深いことに思える。

「私が復帰運動を批判し、それを主導する既成の革新政党に反旗を翻すに至るのは、それから一年の歳月を待つことになるが、しかしそれは、新川明、川満信一、岡本恵徳ら知識人の『反復帰論』に接したからではなかった。それより早く、すでに解散していた『マル研』（琉球大学マルクス主義研究会）の影響を受けた学生運動に接してからであった。従って、『反復帰論』について論究するときは、六〇年初頭から復帰運動の民族主義を批判し、階級的視点にたった運動を提唱する『マル研』の存在は欠くことができないはずである。だが、それについても『復刻版』は、一言もふれていない。」（『越境広場』11号　二〇一二年）

まさに、わが平敷武蕉の言葉は、六〇年代中葉の「学生運動」に参加した学生「大衆」の心情的雰囲気の核心を突いて、正鵠をえている。なにを隠そう、彼もまたぼく（ら）と同じ学生組織のメンバーのひとりであったのであり、同時代を生きてきた者同士として、彼の言葉が正当であることを肯うのにためらいはない。

彼をもふくめ、ぼく（ら）の「青春」とは、極端な言い方をすれば、「既成革新政党」や「祖国復帰協議会」が主導する「祖国復帰運動」への敵対的な内在批判の、四面楚歌ともいえる孤絶した〈闘い〉に凝縮されるほどであって、六〇年代を通して最大の盛り上がりをみせた「祖国復帰運動」の渦中ではなおさら苛酷なものだったといえるだろう。ぼく（ら）は、その苛酷な〈闘い〉を、社会的に認知された既成政党の一員としてではなく、また、「生活」を一応保証された「教職員」や「労組員」としてでもなく、いまなお朦朧りのままの無名の学生「大衆」のひとりとして、孤立無援の境域でたたかったのだ。

したがって、「祖国復帰運動」を「屋良首席」と「新川明」に二極化して抽象し、二項の言説（行為）の対立・相克として描く小松寛、はたまた、社会の上澄みの「政治思潮」としての「保守」と「革新」の相克・変容のプロセスとしてたどる櫻澤誠などは、歴史の原動力である社会の底辺にうごめく無名の民草たちの、実存の基底にまでとどく視線を最初から喪失している点で、決定的な欠陥をもっていて、研究という「名」の虚妄を露呈している。

歴史の表層に顕在化し、その果てに衰亡する「有名」の「祖国復帰運動」や、それにまつわる名だたる人物の記録や「聞き書き」、文献の検索・調査に浮かびあがるものだけが「研究」対象であり、「琉球大学マルクス主義研究会」や、ぼく（ら）無名の者らの「青春群像」などは、徹底的に無視し、記録（研究領域）から永遠に抹消してかまわないもの、そういうわけだ。だが、これは、隠然たる歴史の捏造ではないのか。

さて、これで、一九六〇年代の沖縄社会における「祖国復帰運動」さかんなりし時代の、それも「大学」という社会の浮草の一角——小さな「学生運動」のありようと雰囲気はつかめただろうと思う。

こうした「学生運動」のなかで、「政治か文学か」で暗中模索のさなか、何の解決策もみず、未来への確たる展望もないなかで、個人詩誌—『橋』は創刊されたわけで、幾篇かの詩篇と、マニフェストのような小さな文章が掲載されたと記憶する。現物がいま探し出せなくて残念だが、明確に想起できるのが、「ひとりの女・のり子に」という詩篇で、これはぼくが生まれて初めて書く「詩」だった。「学生運動」の渦中で「出合った」女性で、彼女を通して、ヴォーヴォーワールや森崎和江の名前を知ったし、目下「恋愛中」だったと思われるが、ぼくが苦悩の末に「学生運動」から離脱すると、二人の関係は呆気なく破綻した。いくぶん気取っていえば、「革命と恋」にみごと敗北（挫折）したというわけであり、この「学生運動」＝「政治」からの離脱と「恋愛」の破綻の経験は、その後のぼくの人生と詩と思想のあり方に、癒しがたい傷のような濃い影をのこすことになる。

それはともかく、この詩篇は、李承潤の「ロゴス」という小さな雑誌に再録されたあと、のちに出たぼくの第一詩集『未決の囚人』（国文社　一九七六）にも収録されていない。ところで、この個人詩誌『橋』は、後に、田中眞人が参加して、同人制へ移行するが、清田政信や上原生男などの寄稿をえて、たぶん、一二号までは持続して発刊されていったのではないか。

さて、ここらで、田中眞人について書いておくのも順序としていいのではないかと思われる。

ぼくはさきに、「祖国復帰運動」の積極的な推進派である伊波某との〈闘い〉で、「琉大学生新聞部」を拠点にしたと書いた。じつは、当時「新聞部」から通り抜けられる奥に、「文芸部」があり、そのまた奥に「演劇部」が、位置していたように記憶する。そこで、日ごろから顔見知りができるようになり、三つのクラブ員は何処か共通の雰囲気というか匂いをもっているようであり、いつしか演劇部の又吉某や瀬名波某、文芸部の田中眞人の名前をおぼえるようになった。そのころのことだろう、ぼくは田中眞人に引っ張られるようにして、『琉大文学』に所属するようになった。だが、それよりも一、二年先だったと思われるが、後に、知花城址で縊死する中屋幸吉にオルグされて、先に出た女性と同じ学生組織に所属していた。当時の中屋幸吉についてあとから分かったことだが、宮森小学校へのジェット機墜落事故で突然の姪の死に出会ったショックから自殺未遂のあと休学し、その後彼が、復学して再び「学生運動」に従事していた頃だったと思われる。

もちろん、彼も、「琉大マルクス主義研究会」のＯＢの影響下にあった学生組織の一員であったわけだから、「祖国復帰運動」には、復学以前から批判的であったに違いなかった。「政治青年」にしては、埴谷雄高の「政治の鉄則—奴は敵だ奴を殺せ」といった風の、「政治」一辺倒の硬すぎる頭脳の持ち主などではなく、「敵」の心情にも深い理解を届かせる、「文学」的な感性と資質を匂わせ、どこか影のある「優しさ」をもつ青年だった。

彼は、学生組織の「非公然」の会合で、「戦場に架ける橋」という映画を見たと言って、「敵」どうしである二人の兵士が戦闘のさなか、握手するワンシーンを感動につられて熱心に語ったことがある。ぼくは、頑強な「政治青年」をきどりながら、その虚構性が信じられなくて、「ぼくなら、あんな死ぬか生きるかの戦闘の場面ではすかさず射殺する」と彼を批判したことがあった。

それは、小林秀雄の影響があったせいかも知れず、誰がほんとに「正解」なのか、今もって釈然としないしこりのようなものが残っている。

そして、自死する直前のあたりでは、かなり年齢のはなれた若い女性と恋愛関係にあったようだが、それと知りながら、ぼくの友人の夜警のアルバイト先へ、彼女が訪れてくるのを許容したり、何故か、関係が入り乱れて、ぼく（ら）のあずかり知らぬところで、彼の心情をずいぶん傷つけたのではないかと、今でも悔やまれる。

そのころはもう、ぼくも「学生運動」=「政治」から脱落し、「職業革命家」の「夢」も無残に衰滅していたし、「恋愛」も完璧な破綻に追いやられて、昨日までの「同志」たちは、道で出会っても、見ないふりして素通りしていった。この絶対的な孤立と孤独感。そしてついに、「学生生活」という、ある意味では「温室」のなかから、「実生活」という「退路無き」断崖へ放擲される日は、近づきつつあった。そんなときの、鬱陶しい雨の降り続くある夜、中屋幸吉の自死の報せが届いた。ぼくもまた、そのころ「死ぬこと」ばかりを考えていたし、電線のコードに首を巻き付けてぶら下がってみたりと、「自死」を試みたが、「死ぬ」ところまでは飛躍できなかった。

土砂降りの雨の中、何故かずぶ濡れになりながら、夜の道を彷徨い歩き、いつしか「俺は生きているぞ！」、泣き笑いに似た自己嘲笑のなかで叫んでいた。中屋幸吉の「自死」という〈事実〉の痛烈な一撃によって、酔生夢死の内に試みた児戯に等しい「死」の演技から〈生〉の側へいきなり突き飛ばされて、衝撃のように何かに覚醒したようだった。この中屋幸吉の突然の自死から受け取った〈死〉への、当時のぼくなりの精一杯の受けとめ方は、すでに田中眞人が編集責任者となっていた『琉大文学』（第三巻第七号一九六六・一二）で、総見出し「梅雨期・他四篇」のなかの一篇――「梅雨期　自殺したNに」に、未熟さを露呈させたまま示された。

ここでのNとは、いうまでもなく自死した中屋幸吉である。詩篇そのものは、五章から構成されたかなりの長編だが、二章の一連目の数行が途中から消えて、同じ章のあらぬところに新たな連を作って現出したりというように、誤植というよりは、校正の粗雑さがめだち、詩としての体裁が大きく損なわれていた。

ここらあたりで、中屋幸吉の自死に関わる詩篇「梅雨期　自殺したNに」を提示すべきところだが、この詩篇については、後日譚があるので、このこともまた書いておきたい。ところで、総見出し「梅雨期・他四篇」のなかから第一詩集『未決の囚人』に収録されたのは他の三篇で、この「梅雨期　自殺したNに」だけは、何故か、収録から除外されていた。突然の〈死〉の衝撃からくる驚愕の直接性がいまだ消えやらぬうちに慌ただしく「書き急いだ」感のあるこの詩篇は、完成度の視点からするとやはり未熟であり、未完成品であって、ひとたびは詩集から除外することで、こんごさらに彼の〈死〉に対して熟考し咀嚼する時間が必要だと考えたのであろうか。

いや、もう少しうがった見方をすれば、この詩篇は、ひとたびは時間の闇に忘れ去られることによって、逆にぼくの無意識に隠微に作用しつづけ、ぼくの青春期の経験の「不定形」の核を根底から規定する、ある何ものかへと変貌を遂げつつあったのではないのか。

いや、もっと積極化して言いなおせば、ぼく（ら）戦後「青春」の〈死〉の凝縮された典型像だとみなしてよい側面もあって、つねに〈中屋幸吉〉の幻影は、ぼくが生の現実へ立ち向かう際の、倫理の基軸というか、絶えず立ち還り参照すべき経験総体の原点になっていたのではないだろうか。

そして、あろうことか、この「梅雨期　自殺したNに」の詩篇は、ぼくの第九詩集『草たち、そして冥界』（あすら舎　二〇一〇）のもつ詩的内実の必然によって呼び出され、蘇ってくるのだ。つまりは、四四年もの長きにわたって、ぼくのなかで中屋幸吉の〈死〉は、生きつづけ、成熟し、ぼくの、記憶という〈生〉の内実を裏打ちのように支え続けたのだ。詩集『草たち、そして冥界』の最後を飾るのは、まさに四四年前『琉大文学』に掲載された詩篇「梅雨期　自殺したNに」であったのだ。

余談だが、この詩篇は、二〇一四年に『琉大文学』が不二出版から復刻される際、あのでたらめすぎる詩行の配置された箇所の訂正挿入を条件に、復刻版への収録を許可された。結果、復刻版ではきちんと修正されてあったので、胸のわだかまりが取れて安堵したものだ。

さていよいよここで、この詩篇を再登場させる時が来たようだが、出来栄えはともかく、わが青年期の稚拙な記録（墓標）のひとつとして、読んでいただきたい。だが、詩集に収録する際、多少の推敲が施されたことは、明らかにして、詩集『草たち、そして冥界』収録の詩篇をそのまま引用する。

梅雨期　自死したNに

1

つゆは赤土をえぐり
いくすじもの傷口のように　鮮やかな日
胸に折りたたんだ
非望の夢のいたみをかかえ

一心にめざした彼方への　素脚の歩みは
ああ　いきなり　中絶されたのだ
不意に　緑が喘ぎ
無関心な風は　遠くこずえをめぐった
きっと　きみの死に立ち会ったのは
森の小さな獣や昆虫たちの
静かな　澄んだまなざし

その夜
始原の叫びを忘れてひさしい
ぼくらの島々は
ぶあつい闇にとっぷり閉ざされ
環礁にあわだつ海鳴りだけが
星を呪って　低く　ひくくうめき
きみが垂れ下がる　歪んだ樹木の皮膚を
しめやかに濡らした
そして　武装ゲリラの夢の破片は
閉じた視野の果てに薄暗くゆらめき
閉じた眼窩に陥没したのは
きみの苦悩のような灰色の空
だが　閉じたまぶたを染めるものは

不具の水銀灯にきしむ街々
ひとつの魂の惨劇を食らって　いまも肥大する
巨大な虚栄都市

ひとりの青年の　あっけない終焉は
こんな風に　なぜ　やってきたのか
きみが炎となって　燃え上がり
清潔すぎるほどの　小さな白い骨片に純化される日
街々は欲深い女の腰のくびれのように
苦痛のしずくに濡れて息づき
舗石をまたぐ娘たちのしなやかな脚は
魂の荒廃を裏切って　どこまでも明るく健康的だ
いつも　こんな風に
ひとつの魂の死は　やってくるのか
大衆食堂のテーブルのうえ
乾いた音たてて　めくれる新聞紙
(高校教師首吊り自殺)
ひとびとの流し目をあびて
ああ　Nよ
名づけることのできない　きみの悲惨と
生と死　その無防備な卑小さを晒していた

間延びしたくらしの旋律によごれ
ぼくらの惨めな死は　素っ裸だ
弔辞の花々にくるまれることもなく
たとえば
郊外の夏草の茂みに放置された
風呂敷つつみの堕胎児
殺ぎ落された　ベトナム市民兵の生首
ぼくの愛の窓辺ちかく
喀血してたおれた全裸の少女
これら多くの　無名の死者たち
刻まれることもないのだ　永遠に
おのおのの生の　無言の重さにつりあう
その小さな墓碑銘を

2

アルコールにひたる闇をむなしく噛んで
街の暗い路地をあゆむとき
僕の記憶の淵によみがえるもの
それは　壁に凝りついたままの
きみの夢のかけら

少女へのちいさな愛を
変革への意志に無造作につなぎ
暁の叛乱をアジテートするきみの額
夜の居酒屋の激論のはて　古都の坂道を登り
いきなり白々と明ける　不眠の朝
きみはつぶやいたものだ
〈しみわたるこの絶望の感覚は甘美だ
〈着込んだレインコートが　ずっしり重たいと
強い泡盛をおのおのの傷口にそそぎ
苦痛の形を確かめ合ったある日
〈愛する少女の　無垢の微笑が
〈僕には　あんまり眩しすぎると
Nよ　そのときすでに
夜明けを拒んだきみの瞳は
少女のてのひらの温みをつきぬけ
死の領土へと
ひと息に落下していったのか

饒舌にかたむく白昼へ背中を向け
ぶあつい沈黙を　深々と抱きしめる深夜
言葉の種子たちは夜の闇にうずき

ながい夜から　苛酷な朝へ
ああ　果てしなく続く無言劇
その時きみが　うつむいた額をあげて
影のように微笑んだのは　あれは
うちなる死の儀式をおえたあとの
こころのやすらぎ　あるいは
ぼくら　生あるものへの　いやはての
優しさだったのか
（きみの　その　沈黙のなかに
「言葉」を拒んだことば
新しい飛翔をねがう
鋭い羽根のイマージュの静謐がある）

死んだ男よ
〈静かだ　俺は行く
ゆっくりかしぎ　遠のく世界へ
あまりにも簡潔すぎる　最後の一行をはなち
死の向こう側へ　不意に旅立った男よ
いつからなのだ
きみが燃やし続けた憎悪のおき火が
冷たい石に変り果てたのは

ぼくらの不運と貧しさだけを　あらわに焼き付け
森の獣らのまなざしをあび
暗雲のびる樹木の枝に首をかけて
死んでいった男よ
きみががっくりと垂れ下がっていったこちら側で
ぼくら　過飽和の
「平和」の恐怖に喉までつかり
蒼空に吊るされたまま　ひとつの悲鳴さえ
叫ばずにいる唖の小鳥
だから　きみの墓碑銘を刻むには
ぼくら　こんなにも貧しく不器用だ

3

ぼくらの広場にはためく
旗々のすきまがくわえているいちまいの空
どこまでも青々と深く澄んで　そこに
不用意にも見つけてしまう　きみのまなざし
ぼくらはいつでも背後から
見つめられているのだ
だから　いまを生きるぼくらの肩はたわみ
いっそうきみの視線は拒否するように冷たく痛い

すると　ぼくらのくらしを彩る
あいまいな言葉たちは
雲母の崩壊の速度でかたちをなくし
はじけ飛ぶ　コカ・コーラの泡のようだ
その時　きみの無言のまなざしだけが
すべてを語り始める
そのようにきみは僕らにたちあい
また　立ち去っていく
切実な問いのようなおおきな眼だ

きみは絶えず視る
そして　試すだろう
その青いおおきな瞳は写すだろう
街の舗道を泳ぎ渡るのに
きみの沈黙よりも短い　血の叫びを滴らせ
いきなり不機嫌になり　口ごもるぼくらの姿を
ぼくらの未来の領土に眠るきみの
イマージュを胸深く秘め
真昼のビルディングの谷間をくぐる
ぼくらのつらい想念を
指の関節や　眼の痛みを

4

おお　ひとりの死者を
いきいきとした未来へ追放するには
完璧な欠如のかたちに成長するまで
死者をやさしく鞭打ち
残酷にはぐくむことが必要だ

だから　死の意味をもう問うな！
深夜　突然目覚めるとき
不安な心の渇きと　魂の木目をたたく風の
無言の苦しみによってしか
ひとつの死と触れ合うことができない
だから　死の意味を
もう問うな！

5

永遠に押し黙るまなざしが抉り出して突然
あらわにする二十世紀文明の癌部
きみの過激な問いをいつまで
ぼくら　たずさえて歩むことができるか

天空に打ち込まれた　疑問符の塔の
ゆっくり移動していくかなた
ひとつの答えは　準備されてあるのか
ああ　なにひとつ明かしてはくれないきみの死
だからもうすこし　僕は生きてみることにする
Nよ　中屋幸吉よ　きみの突然の死がいきなり僕を
生の岸辺へ　突き飛ばしたのだ
徒党から離反して　梅雨しとしとうっとうしいあの日の前後
ぼくもまた　死ぬことばかりを考えていた
そして　あの夜
夜の街をうめくように　叫ぶようにうろつきまわった
土砂ぶりの雨にずぶぬれになりながら
慟哭しているのか　自嘲《わらって》いるのかわからないまま
生きている　生きていると繰り返して

＊かつて『琉大文学』（一九六六・十二）に発表したものに多少の推敲をおこなった。だが、なるべく当時の原形をとどめるようにした。

さて、この詩篇を詩集──『草たち、そして冥界』にあらためて収録した理由として、ぼくは先に、この詩集の「詩的内実の必然に呼び出されて」と突飛かつ釈然としない言挙げをおこなった。詩集のタイトルからして、ある意味では予測が可能かもしれないが、実は、この詩集は三章から成り、一章をのぞく二、三章はすべて、係累や近親、それから親しかった友人たち、だがいまはすでに幽明境を異にする多くの〈死者〉たちに関する詩篇を中心にして編集されてあり、詩集の題名もこれに由来する。これをさらに敷衍して換言すれば、戦後の疑似的な「平和」のなかの困難な生存を生きぬいた多くの親しい〈死者〉たちへの鎮魂歌あるいは哀悼歌が中心になっているということだ。その〈死者〉たちの中には、ぼくの両親をはじめ、遠い親戚の叔母さん、友人の上原生男や幸喜孤洋などが含まれており、いずれも、眼を閉じれば彷彿として思い出される、その顔つき、独特の仕草、喋り方から歩き方まで、具体的かつ固有の生存の陰影をおびて、忽然と顕現してくるいまも「生きて在る」〈死者〉たちである。いうまでもなく、わが「中屋幸吉」もまたそのなかのひとりであることに変わりはない。

したがってこの際、つまり奇妙な運命と時間の交錯の中で、ある種の「霊」的な必然性によって、四四年の忘却のぶあつい時間の闇を一気に飛び越えて、「呼び出されて」来たのも、けだし当然(必然)ではなかったか。

そして、今言いうることは、この詩篇にかぎって、かつての『琉大文学』(復刻版)との比較において、〈推敲〉による多少の文体や語彙の変化がみられるとすれば、じつはそのためにこそ、四四年の時間が必要だったという事ではあるまいか。これは、別の見方をすれば、ぼくの内なる「中屋幸吉」という一人の〈死者〉の成熟の過程でもあり、裏返せば、ぼく自身の〈死〉=〈生〉に関わる思索(詩作)の不動と変転のダイナミズムを示すものに他ならなかっただろう。

それはともかく、ここでいう『平和』のなかの〈死者〉」にとくに拘らねばならぬほんとの理由は、じつは、別のところにあることを急いで言い添えねばならぬ。

それはぼくのこれまでの七九年の全生活過程とかかわりのあることで、戦争末期の一九四三年に生を受け、敗戦時には満二歳であったというぼくからすれば、「戦争」の実体験もなければ記憶もなく、まして「戦争」の〈死者〉を直接実見した体験も皆無である。なるほど、これまでの「戦争」の記録映画やテレビ番組、その他種々の文字や映像による情報、戦争体験者たちの「語り」を通して、「戦争」がいかなるものであるのか、〈知識〉としてはその非人間性や破壊性、悲惨さや残酷さを嫌というほど「知って」はいるつもりだ。特に、「沖縄」は、日本で唯一の地上戦が住民を巻き込んで展開され、敵味方あわせて二十数万人にのぼる〈戦病死者〉をだすほどの阿鼻叫喚の地獄を直接に体験した土地柄であることも、「知らない」わけではない。そして、戦争体験の〈記憶〉は「沖縄」の人々が決して忘却してはならぬ「共同の体験」として、戦後社会を生きる「共同の倫理＝規範」化されつつあること、これは「平和祈念公園」にある「平和の礎」に刻銘される〈戦病死者〉の氏名が年を追うごとに増加していることからも、ある意味で了解できないことはない。

だが、慰霊の日に家族をともなって「平和の礎」を訪れ、花を手向け、刻銘された係累の〈氏名〉を指先でなぞる老人（母）とその一族を除けば、その膨大な〈戦病死者〉の数字自体にどんな切実かつ痛切な未来が孕めるだろうか。〈死者〉とは、その数の多寡に還元不可能なもののことであり、「生」きてあるぼく（ら）と共有した陰影に富む具象性の時間の深度によってこそ、蝕知できるはずのものであって、その意味では〈死者〉の係累とほんの近しい人々の生活域のなかにしか現前しないはずだ。

そして、年中行事化した「慰霊祭」。はたまた「戦争の悲惨と苦難」を語って、「戦争を絶対やってはいけません」式の模範解答の反復的提出。ぼくは、「戦争」という〈非日常性〉のいかなる異常事態のなかでも、人間は、食料をあさり、食い、愛し合い、子供を産み育てるといういつもの「日常性」から断じて切れることはないと思うし、その「日常性」は、もちろん疑似「平和」のなかの「日常性」へ連続し、かつまた「戦争」の「非日常性」へ不意に転換していく恐怖の可能性を秘めている。

このようにいつしか考えるようになって、本土の「沖縄」にシンパシーをもつ一群の学者・知識人たち、彼らと野合する「沖縄」の知識人や知的スノッブたち、しかも「戦争」体験をもたぬ若い人々すらが、沖縄戦の悲惨や「戦争」の〈死者〉を反復的に言説化（表現）するとき、容易に納得あたわざる違和感をだき続けてきた。

そこには、いうまでもなく、戦後七七年間の疑似的「平和」のなかの「センソウ」、そしてその「センソウ」に真摯に立ち向かって闘い、破れ、亡んでいった、わが「『平和』のなかの〈死者〉」たちが、たえず不可視化の覆いをかぶせられていくからである。ここでの「センソウ」とは、もちろん日々の糧道をえるための生存の闘いもあるが、おのが場所性を踏まえた思想的な闘い――単純化して政治的文脈に翻訳すれば、「平和」のなかで隠微に芽をだしている戦争の動因を打ち砕くことであり、「反戦」の闘いこそが未成の平和を獲得できると考えていたのだ。

しかし、「中屋幸吉」をはじめとするわが「『平和』のなかの〈死者〉」たちは、その闘い＝「センソウ」の途中で惜しくも倒れていったわけだし、ぼくがことのほか彼らに拘る根源的な理由もまた、実にここにあったのだ。

「沖縄戦」、そしてその〈戦病死者〉たちについて、思索と想像力を鍛え上げることのみが、ぼく（ら）の表現の発条する根源的な契機であるのではなく、ぼく（ら）が生きてきた七九年の戦後疑似「平和」のなかで、可視困難な小さな民草たちの〈生〉と〈死〉の根源と対峙しつつ、根底的な対話を積み重ねることもまた喫緊・重大な表現の課題なのだ。「沖縄戦」ばかりではない、アメリカの軍事占領、辺野古新基地建設問題、軍属の事件事故の多発、基地被害、沖縄の地理的特異性、文化的異質性など、手っ取り早く衆目をあつめる可視的表層の「風景」だけが、「沖縄問題」ではなくて、むしろそれに表現の眼＝想像力を収奪されすぎると、真の沖縄が不可視化されていく。それら表層的な「事実性」によって隠蔽された、真の沖縄の底辺にうごめく闇の「不定形」は、例えば、階層の多様な分化がもたらす隠れた貧困の問題、障がい者の排除と差別、老人や施設入所者へのいじめや暴力、学校におけるいじめ問題、外国人労働者の就労と労働問題、人間の老生病死にまつわる存在論的な苦悩など、あげて行けばきりがないほどだ。しかもこの問題は、沖縄だけの特殊な問題ではなく、世界的に発生しいまや普遍的な難問として急激に露出してきている現状がある。

したがって、沖縄問題をただ単に先にあげておいたことどもに還元・収斂させ特殊化（特権化）し、限定して言説化することは、言説発生＝併呑装置としての沖縄の深淵の混沌たる「不定形」から眼を逸らす役割しか果たさないだろう。ぼくは以前、この事態を指して「沖縄の『沖縄化』」と呼んで、いまは亡き石川為丸が出していた「詩手帖　飛燕」第三号（二〇〇六・一二）に、次のような文章を綴ったことがある。短いので、全文引用して終わりとすることにしたい。

「沖縄の『沖縄』化を拒否」

独自の歴史的地理空間としての、あるいは政治的、民俗的学的、文化的な「沖縄」に関する言説には、もちろんぼくらが学ぶべき側面も数多く含まれているけれども、しかしそれらは単なる「知識」に堕する危険もまた同時に持っているという意味で、ぼくはある根源的な異和を感じ続けてきた。詩は「知識」の翻訳ではありえないし、自らが真に生きえた時空をかいくぐって、もうひとつの未成の時空を意識として構想するものだとすれば、ぼくらの生の具体としての「沖縄」もそれに関する全ての言説も、ぼくらがそれからよく学び否定的に媒介しつつ、深度ある抽象性（＝普遍性）を獲得するための跳躍台、あるいは激発する出発点にすぎまい。

ところが、「沖縄」に関する肯定的・自己言及的な言説や詩の《作品》たちのなかには、いまやいわゆる「沖縄」的なるものの表象を素材化すれば、文化的流通価値と話題性を容易に入手可能であることを無意識に知ってか知らずか、いわゆる「沖縄」的なるものの表象を表現のなかに点景化し、おのが表現の到達点、あるいは根拠のごとき提示に腐心している。どいつもこいつも、まったく笑止のきわみだ。それらすべてを沖縄の「沖縄」化だと名付けるとすれば、もちろんそれらは、本来的には多様性を孕む個別的実存の全体としてある真の沖縄の一義的・限定的定義（個別的断片化）にすぎないのであって、通りのいい符牒となって文化の表層を浮沈する危機にさらされている。ぼくは、この沖縄の「沖縄」化にずっと抗ってきたもののひとりだし、「沖縄」のうちなる「沖縄」化されざるもの――いまだ顕在化されざる個別的実存の多様な全体性の発見と創造もまた、沖縄の《表現》の多様性の獲得につながるもうひとつの道だと考える。」

最後にひとこと。江戸幕府以来、「沖縄」は、「外藩」＝「外地」化され続けて、現在もなおそれは不可視（潜在化）のうちに持続しているのだとすれば、この事態を不問に付したまま、無意識のうちに「沖縄」を「日本」から「分断」＝「分離」して、ことさら「沖縄文学」などという〈枠組み〉の設定・揚言は、「沖縄」の文学的領地化ではないのか。領主たちには、おのが「地位」を維持し文化的支配を完遂するのに居心地のいい「領地」になるのかも知れないが、ぼくのような無名の民草からすれば、「沖縄文学」なる閉鎖的な天蓋は、あらかじめ破砕しておくべきものであって、その方が、自由自在な息づき方ができるのではないか。

（二〇二一・一二・二九）

下地ヒロユキ

黄泉比良坂のエウリュディケ

（詩的独我論のための素描）

序詩

創成の夜明けを彼らは五線譜に写像したが、彼は薄明の轟を単一音階に変換した。獣たちの深淵が木漏れ日に撹拌される時、彼の闇も轟くだろうか。しかし、海の戦慄が沈黙に突き刺さり銀河の旋律と一致する時、神々の神話は細胞の変異的な姿で再生するだろうか。そこに彼の文字の一行もないことを祈ることが〈私〉の犯罪の重量となりますように・・・

山々の麓の伝承が山塊の自重で崩落していく事実を書き残すことが詩と呼ばれる時空を夢見ることを、もはや線描的に描けない時代に血と肉は何を夢見れば良いのだろう。永遠の出口で腐敗するだけの女は、佇む周辺で文明の先端に轟を産み着ける。継ぎ接ぎの肉であること、血に死臭が漂っていること、何者かの到来に身を震わせていること、それが女の真実であり山塊の自重に比例することを、文明は微分的に誤魔化し続ける・・・

腐敗する女の途絶えた呼吸のうえを、始原の姿で滑空する柔らかな黒い破片は海の戦慄に忍び込む精気となり、その燃え尽きた灰は、かつて女が契った詩人の貌によく似た流星群の尾を引く・・・

1, 詩に向かって

「わたしの魂の深淵は、絶えず叫びをあげて神の深淵に呼びかける。どちらの深淵が深いのか答えてください、と。」（シレジウス）

詩を書いていると深淵に向かって降りて行く感覚がある。深淵に触れていると言っても良い。しかし、それは同時にすでに敗北の告知でもあるかのようだ。深淵と一体化しているのではなく、握りしめる手ごたえでもなく、何処までも降りていく。わずかに触れたらしいと言う曖昧な感覚のまま指先と掌と腕だけが、その深淵とともに、その深みに向かって白々と半透明に伸び続けて行く。しかも、その伸びきった腕は帰って来ない。帰って来ないまま、その感覚の残渣のような言葉が、粉々に砕け散った無残な言葉の群れが残される。しかし、その残渣は捨てることの出来ない体験の記録として継ぎ接ぎだらけの、もう一つの私の身体のようだ。だからか、詩について、その希望や未来性や可能性について、ある種の楽観論を語ることは私には出来ない。むしろ詩は、その限界性、無能性、敗北性について継ぎ接ぎだらけの言葉で語ることに、かろうじて唯一の有意義な意味というものがあるような気がしてならない。深淵と分離してしまった敗北感、挫折感が私の詩のすべてのような気がする。それが私にとっての詩であり、やがてそれは瞑想との邂逅を得た後、必然的に、後述するような〈詩的独我論〉(注1)という形態を要求してきたようだ。

2, 瞑想に向かって

「それは内に向かっての無限性である」(オットー)

瞑想をしていると、ある段階まではほとんど詩のような感覚がある。しかし、ある位置に来ると、詩とは決定的な差異に直面する。むしろ、その位置から瞑想は始まるといった方が正確かもしれない。はっきり言えば詩が終わった地点から瞑想は始まるようだ。詩が終わった地点とは言語が終わった地点でもある。〈無我〉とは〈言語としての私が終わった地点〉と言い換えられるだろう。

40年以上、日常生活（衣食住）の一部として瞑想しているが悟ったとは口が裂けても言えず、無数の〈三昧〉体験や幽体離脱、クンダリーニ、チャクラ、霊的なものとの出会いなどなど、その手の本に書かれていることはほとんどと言ってよいほど体験してしまったが体験は今だ続いている。しかし、相変わらず日常の雑事に追い回され喜怒哀楽に振り合わされ欲望も尽きない。そこで見るチャクラは本などの図番に紹介された小さな円形や花形ではなく、視野に収まり切らない無限遠方に同心円状に爆発的に放射され延びていく光子の束である。また幽体離脱の旅は、宇宙空間で瞑想したまま巨大な銀河を眺めている。しかも、なぜか私は、この銀河を見守っているという感慨が湧き上がってくる。さらに三昧時は自身が巨大な球体となり空間化しており、自己は空間であり空間は自己という状況（この点が瞑想から得た予想外の収穫である。つまり、それまで私は瞑想を精神の深みに対してどこまでも降りて行くことだと思っていたが、言語が終わった地点つまり精神が終わった地点から瞑想は始まるのであり、その地点で深淵は精神ではなく空間なのである。しかもその空間は、どこまでも続く無限の内側であり、その無限の内側が私の肉体となっている。つまり瞑想で大切なのは精神ではなく新たな、もう一つの空間即肉体との出会いなのである。）が数分から数十分持続する。別の三昧では闇の奥から白い花が現れ次々と花びらを開きながら私に迫り、その巨大な花に包まれ花と私は融合し花は私、私は花となり、やはり数分か数十分の至高感を味わう。

瞑想の幻覚や三昧は私の経験では無我、つまり言語活動が停止し、言語としての私が終わった地点から始まるようだ。しかも、それは向こうの方からやって来て向こうの方から去って行くという、まるで月光仮面のようだ。またラカンによる「無意識は言語によって構造化されている」というテーゼも夢や魔が差す以外な行動には当てはまりそうだが無我の後の三昧にも当てはまるのだろうか。私の実感ではむしろ雑念（思考と言語の語らい）が燃え尽き臨界に達した後のさらに底の方から押し出されてくるものが三昧のような気がする。三昧から解放されるとその日の瞑想は終わる。残されているのはその燃え尽きた言葉の灰だ。私はそれらを集め本稿のような雑文や詩を書く。仮に三昧こそ精神の最後の言葉だと捉えると仏陀の次の言葉の重要性が浮上する。

「瞑想によって体験する以上のことは死では体験出来ない」

（玄侑宗久氏の本からの孫引き）

三昧も言葉だとすると瞑想は死以外のすべての言葉の領域を走破したことになり、ラカンのもう一つの言葉「人が現実界に出会えるのは死ぬ時だけだ」に符号する。残念ながら今の私は「三昧」の先まで行ったことは無い。三昧と幽体離脱の区別も、まだ分からない。仏陀の言葉の真意を理解できるのは死の直前かも知れない。

また、私は瞑想体験で予想外のある実感が湧いている。それは内に向かえば向かうほど、オットーがエックハルトについて語ったように「内に向かっての無限」に身を任せれば任すほど、言語（思考）は消滅していくまでは予想道理だが、その後に去来するのが肉体の深淵から湧き上がる、ざわめきや、轟きである。私にとっての三昧体験はこの新鮮な肉体体験である。近年は盛んに脳科学や物理学によって悟りや瞑想を分析、解説するが「脳」も「脳波」も「細胞」も「内分泌ホルモン」も肉体器官であり機能である。粒子は肉体の組成である。

3，詩と瞑想の地平

「きみの眼がみたものをきみの女にうませねばならない」（吉本隆明）

詩と瞑想の往還を繰り返す日々の中から見えてきたのは次の三点である。

① 詩と瞑想の往還過程が「オルフェウス神話、オルフェウス教、オルフェウスの死」という一連の過程に符号するということ。
② オルフェウス神話と『古事記』の黄泉比良坂（よもつひらさか）をめぐる神話との共通点と差異から産まれる両神話の脱構築の後の「第三の相」としての再統合。
③ 〈三昧〉体験後の「公案」と「独我論」の共通点と差異から産まれる「第三の相」というパラダイムシフトに元づく新たな詩（詩的独我論）の枠組み。
以上の点を一つ一つ語った後で、それらをさらに詩と瞑想の地平に見えるもの（パラダイムシフト）として総括していきたい。

①について

この点はすでにリルケ（他の一部の詩人たち）も気づいていたからこそ「オルフェウスのソネット」を書いたはずだが、私は瞑想との関わりからリルケの、つまり詩と詩人の挫折する地点からその先まで射程に入れながら述べる。先に整理しておけば、この悲劇神話には「詩と詩人の限界」、「生と死の分割」、「宗教の誕生とその必然」、「第三の相、または三元論の必要性」などが読み取れる。有名な悲劇神話なので細かい話は省略し骨格だけを抽出する。

詩人の祖であるオルフェウスは〈詩の力〉で死んだ妻エウリュディケの復活を試みる。しかし〈詩人の限界〉（つまり復活まで「振り向かない」という約束を守らない、守れないこと）によって復活の試みは挫折する。エウリュディケは死の出口に取り残され〈生と死の分割〉は確定する。詩と詩人の限界を思い知らされたオルフェウスは、その後、詩人ではなく宗教の祖となる、つまりオルフェウス教の誕生である。しかし、この新興宗教の祖となったオルフェウスは、既存宗教の教祖バッコスを信奉する狂女たち（注2）の妬みと憎悪によって惨殺される。そして二人は天国で手を取り合う。この終結はあまりに類型化されキリスト教的だが、ここでは生と死の中間という「第三の相」が措定されたことを読み取るべきだろう。つまり、この悲劇神話の特筆すべき点は、現代文明（二元論と一元論のみが支配する文明）がもはや切り捨てた「第三の相」においてしか二人の救済は存在しないということである。

この流れと構造を瞑想に当てはめれば、瞑想における言語（思考）の停止は「詩と詩人の限界」に当てはまり、約束（「振り向かない」こと）を破るのは思考の復活にあたり、その時点で「三昧」つまりエウリュディケは消滅する。そして残されたばらばらの残渣的な言語は、宗教か禅の「公案」を要請する。その視てきた出来事を「きみの女にうませる」（吉本）つまり「詩に表現する」ためには公案的な詩か、ダダ的な詩しかない。しかし今日では公案もダダやシュールも技法の問題、断新な喩の問題としてかたづけられてしまう。そこに欠けている視点は「三昧（霊化したエウリュディケ）」の実質であり真実である。つまり生と死の分割を再統合する「第三の相」を見落としている。それがなければ「三昧」つまりエウリュディケは二度と詩人の目に触れることも一体化することも出来ない。しかし、現代では詩人たち（根源的な感受性と言語の根源性の問題との関連性に鋭敏であることに自覚的な人々）ですら「第三の相」を風俗化し排除する感性に同化する傾向がある。生と死の二元論、科学的一元論に支配された現代では「政治の暴力性」と「経済の資本」だけが神（実質の抜け殻）であり生と死は衝突するだけの次元に固定されている。いわゆるニーチェの告知したニヒリズムという現代は、「死んだ神」の代わりに「暴力と資本」が君臨するのであり「超人」は未だ到来せず、詩もまた実質的（オルフェウスの引き千切られた肉体として）に引き裂かれている。しかし、「第三の相」は生と死の衝突を回避する緩衝体であり緩衝態である。リルケもそれを意図したが「三昧」という視点に欠けているため、あるいは到達できなかったため「エウリュディケ」を美的な闇に封じたままに終わった。ではどうすればよいのか。瞑想の「三昧」体験から得た「緩衝態」の存在を、神話というテクストの脱構築による読み換えによって浮上させせてみる。

②について

ここからギリシャ神話に酷似した『古事記』の「黄泉比良坂」をめぐる神話を対比させながら今日的な形態に脱構築し、これらの神話を「第三の相」の実質として蘇らせてみたい。

『古事記』のエピソードも有名すぎる話なので共通点の詳細は避ける。むしろその差異の抽出こそが重要である。オルフェウス神話に政治性は薄く、むしろ文学者好みに美的すぎるほど悲劇的ロマン的詩情豊かに脚色されている。文学や映画の題材になりやすい所以はそこにある。むしろ、その美しすぎる悲劇性（分かりやすさ）が欠点とも見える。一方の「黄泉比良坂」は完璧に政治劇であり編纂者の思惑（『古事記』全編を「王権神授説」として民衆に刷り込む、押し付ける）が横溢している。とくに国生み神話の中心人物であるイザナギ、イザナミの関わる「黄泉比良坂」のエピソードは当時の民衆の「死生観」まで洗脳支配しようという戦略に満ち溢れている。オルフェウスは「詩の力」で冥界に行けるが、イザナギは自分が神の頂点という理由だけで黄泉に降る。そして「見てはいけない」という約束を破り「蛆の湧く腐敗したイザナミ」を見てしまう。吉本隆明はこの点を『共同幻想論』の中で「うがった見方」と断りつつ「死姦」と推測したが、ほぼ99％的中しているだろう。そして、その後、日本開闢以来、史上初の壮絶な夫婦喧嘩を始めるわけだが、これは吉本の指摘した「死姦」を「穢れ」として隠すための史上初の隠蔽事件とも読み取れるが、私は残り1％に賭けてジンギスカンの出生のエピソードとよく似た事件が起きていたのではなかったのかと推測する（カンの母は敵国の王に略奪され、父は奪い返すがすでに母は敵の子を宿していた。しかし、カンの父は息子として育てる。その後、父の後を継いだカンもやはり妻を略奪され救出した時には、やはり敵の子を宿していた。しかし、やはりカンも我が子として育てる）。当時はどこの国も野生を残した弱肉強食の時代であり、むしろジンギスカンよりもはるか古代の話なのだから、このような出来事は日常茶飯事に近かったのかもしれない。古代だからこそイザナギ、イザナミという兄妹の近親相姦も成り立つ。『古事記』の話では「黄泉の食事」をした事が〈生〉に戻れない第一条件となっているが、これも「敵の飯を食い敵の子を宿した」ことの書き換えではないのか。さらにイザナミの体に纏わりつく忌まわしい黄泉の神々はセックス描写にすら読めてくる。つまりイザナギとイザナミの死姦ではなく、黄泉の王つまり土着系豪族の首長とイザナミの最後のセックス現場。その現場を「約束」を破って見られたイザナミの恥辱と悲嘆ではなかったか。方やイザナギの嫉妬と憤怒。また夫婦喧嘩の後、黄泉比良坂の入り口を大岩（千引き岩）で塞ぐと言うエピソードも生と死の往来がそれ以降、出来なくなったと解釈されている（オルフェウス神話ではこの大岩が存在しない）が、これは神のはずのイザナギが妻を救出できなかったこと、あるいは文字通り、死から復活させることが出来なかったこと、つまり〈神の権能〉を有していなかったことの隠蔽のために、黄泉下りのもっともらしいエピソードに書き換えられたのではないのか、つまり論点ずらしではないか。そもそも夫婦喧嘩は妻を略奪した敵国大群との戦闘の描写であり、大岩は敵の軍勢の進軍を防ぐために進路を塞いだに過ぎない。（また、ある説には「横穴式古墳の内部のイメージ」という説があるらしいが前後の物語に説得力を持たすことが出来ない。）そうでなければ妻を復活させることの出来なかった（つまり神ではなかったことが暴露した）イザナギが、何故、黄泉から帰還した途端、矢継ぎ早にスサノオやアマテラスなどの神々を男神ひとりで産むことが出来たのか（『古事記』おける「二神の結婚」の章を読むと二人の性交で奇形児や島々を産むのであるのに）。これは敵国（おそらく出雲国とその周辺の連合国）を侵略支配した後の割譲や論功行賞の末に生まれた、身内から取り立てたもの（アマテラス）や味方に寝返った側の王族（スサノオ）たちではないのか。また黄泉から戻った後、「穢れ」をとるための「清めの儀式」も、当時ではまれにみる大戦闘が行われ、多くの死者を弔うために大々的に行われ定着したのではないのか。吉本の死姦行為の「穢れ」を取り除くための清めの儀式では、その直後の神々の誕生は説明できない。つまり大岩で塞がれた黄泉への出入り口は支配者が民衆の「死生観」と清めの儀式まで、大本はすべて国家が支配するという（吉本の言葉を借りれば「共同幻想」という国家への集約、地ならし、刷り込み、完成である）隠蔽と捏造の結果なのではないか。大岩はその支配の完成であり象徴として民衆の無意識深く潜在するのである。私（たち）の生死は私（たち）のものであり支配者のものではない。ギリシャ神話で大岩は死の出入り口に存在しない。なぜか、ギリシャが島国ではなく連合国家であり民主制まで行われる解放と自由（現代ほどではないとしても）と、それを追求する哲学がある程度、存在していた（つまり隠蔽や捏造を見抜く）からではないのだろうか。

ここで、この項の要点をまとめれば、大岩によって『古事記』の死生観は現代にまで続く、生と死の衝突する二元論に支配者の都合よく造り替えられたということであり、そのことによって緩衝態としての第三の相が隠蔽された。しかし、大岩はギリシャ神話に存在しない。つまり大岩は戦略的な政治的粉飾によるものなのである。この手法を現代に移し替えれば、沖縄の「基地問題」はヤマト側が異国（沖縄）を大岩（基地）で塞いだと読み換えられる。そして民衆（ヤマト国民と沖縄県民の半数）はそれをうのみにし、思考を停止させ意識の底に潜在させ民衆の常識となる。現代の基地神話の完成である。またギリシャ神話のエウリュディケの「死後までも美しい」というのは西洋的な美意識の反映であり、しかもオルフェウスがエウリュディケに出会ったのは墓の死体ではなく冥界の霊化した後のエウリュディケなのである。私にはどちらも物足らなく見える。何故ならどちらにも「第三の相」が欠如（古事記）あるいは素通り（オルフェウス神話）されているからである。「第三の相」が復活した神話を再創造するとすれば、それはふたつの神話を良い意味で換骨奪胎した「大岩の存在しない黄泉比良坂の死の出口に佇み内に向かって腐敗し続けるエウリュディケ」つまり「黄泉比良坂のエウリュディケ」が存在しなければならない。それが「第三の相」の実質でなければならない。「内に腐敗し続ける」とは「言語的に腐敗し続ける」と同義である。肉体の腐敗は生の側からの描写に過ぎない。但し混同していけないのは「三昧」空間（霊化したエウリュディケ）は「第三の相」ではないということだ。なぜなら「三昧」空間の中に生も死も「第三の相」も埋入されている、しかも「三昧」空間は融通無碍であり全てに浸透している一つの連続体・超空間だ。老子の「道」であり禅の「無」でありプラトンの「コーラ」であり、科学的説明が好きな玄侑宗久氏はD・ボームの「暗在系」で説明している。これらについて詳細に語り出せば切りがなく、本論の主題はあくまで詩との関わりなので、ここではざっと流させて頂く。また「第三の相」は禅で「魔境」と呼ばれ修行の妨げとして切り捨てられる次元だが詩や公案として言語との関係が生まれるのは、むしろこの「第三の相」なのである。何故なら〈三昧〉は言語の外側にある。但し、公案は〈三昧〉の言語化への抵抗、言語の非言語化として解釈するのが普通だ。

③について

瞑想の三昧体験から帰還した後に、語り書かれる代表的な言葉は「公案」だが、その前に、この点について井筒俊彦の『意識と本質』の「禅の項」で的確、詳細に論じられているので、そこからポイントをつまんで語りたい。井筒氏は禅における三昧とそれに向かうまでの言語、それからの帰還後の言語を、分節（Ⅰ）→無分節→分節（Ⅱ）として三角形にまとめている。

「三角形の頂点をなす無分節は、すでに意識・存在―意識と存在ではない。この境位は意識と存在とは完全に融消し合って、両者の間に区別はない。」

また三角形の底辺の両端の分節Ⅰ・Ⅱについては

「我々自身をはじめ、我々を取り巻く全ての事物が、それぞれ己れの存在性を主張する形而下的存在世界であるという点では、分節（Ⅰ）と分節（Ⅱ）とはまったく同じ一つの世界であって、表面的には両者の間には何の違いもないように見える。が、無分節という形而上的「無」の一点を経ているかいないかによって、分節（Ⅰ）と分節（Ⅱ）とは根本的にその内的様相を異にする。なぜなら、ともに等しく分節ではあっても、「本質」論的に見て、分節（Ⅰ）は有「本質」的分節であり、これに反して分節（Ⅱ）は無「本質」的分節であるから。」

つまり、これが「公案」と呼ばれるものの本質であり、これから私が語る「三昧」と「第三の相」は分節（Ⅱ）にあたる語りなのであるが、この事態が「詩」とどのように関わるかを、さらに見ていきたい。

多くの「公案」に見られる意味性の徹底的破壊、文脈の脱臼骨折は元々、認識の変容から来ており技術、技法ではなかったがダダイズムやシュールレアリスム以降、詩の分野では現代詩に至るまでメタ詩的な表現も含めレトリックとして常套化している。瞑想における〈三昧体験〉が無くとも表面上は同じような表現が可能である。これは現代思想とともに言語批判、言語分析、喩法の開拓を極限まで突き詰めた現代詩の成果であるわけだが事態は変わらないようだ。つまり言語至上主義。ラカン派は「象徴界を抜け出すのは死ぬときだけだ」と言うが詩人たちも歩調をあわせているように見える。

私がずっと詩に対して感じていた違和感はこれだった。そんな時、ウィトゲンシュタインの『青色本』に書かれている「独我論」についての記述で、この違和感の解消されるヒントに気づいた。

一般的に「独我論」とは独りよがりの暴論と思われている。

「典型的な独我論は、すべてを私の意識への現れとして捉え、他の意識主体たる他者を、私の意識のうちへは現れえないという理由で拒否するものである（現象主義的独我論）」（『論理哲学論考』訳注より）

訳者の野矢茂樹氏はこう記し、ウィトゲンシュタインの独我論はこのタイプではないと語り「では、それはどのような独我論であったのか。これは『論理哲学論考』の解釈に関わる問題である」と指摘している。

ではウィトゲンシュタインの「独我論」とは何なのかを『青色本』から初め『論理哲学論考』、『哲学探究』とその変遷を追尾し最後に「現代公案」として「詩的独我論」として変異させ素描してみたい。

『青色本』でウィトゲンシュタインは独我論について「つまり肝心なのは、私の言うことを聞く人がそれを理解できてはならないことなのである。他人には『私が本当に意味すること』がわかってはならぬことが肝心なのだ。」と語り、その表示法は意味の了解不可能性、伝達不可能性に関わることを指摘し、さらに「彼はただ或る表現形式を使うようあらがい難く誘われたのである。しかしなお、なぜ彼は誘われたのか見出さなければならない。」

『青色本』の独我論は『論理哲学論考』に引き継がれて次のように語られる。かなり長くなるが必要箇所を抜き書きする。

「私の言語の限界が私の世界の限界を意味する。」

「論理は世界を満たす。世界の限界は論理の限界でもある。それゆえわれわれは、論理の内側にいて、「世界にはこれらは存在するが、あれは存在しない」と語ることはできない。

（…）

思考しえぬことをわれわれは思考することはできない。それゆえ、思考しえぬことをわれわれは語ることもできない。

この見解が、独我論はどの程度正しいのかという問いに答える鍵となる。

すなわち、独我論の言わんとするところはまったく正しい。ただ、それは語られえず、示されているのである。」

「われわれが見るものはすべて、また別のようでもありえた。

およそわれわれが記述しうるものはすべて、また別のようでもありえたのである。」

「ここにおいて、独我論を徹底すると純粋な実在論と一致することが見てとられる。独我論の自我は広がりを欠いた点にまで縮退し、自我に対応する実在が残される。」

ウィトゲンシュタインの独我論は、瞑想もせず〈三昧〉や〈禅的無〉の本質を言いあてている。例えば橋爪大三郎氏はその著書で「『論考』（独我論）にとらわれている限り、ひとは生きることが出来ない。生きるとは、他者とともに歩むことだからだ。」とあたりまえのことで「独我論」を否定している。橋爪氏は現象学的独我論とウィトゲンシュタインの独我論との区別を考えず一般常識的に批判している。「他者」という言葉は〈正義〉として「絆」と共に金科玉条のように世間一般に流布しているが、道元の語ったように〈三昧〉の境地は「自己の心身、他己の心身をして脱落せしむる」のだから自他の境界は吹き飛び、世間の常識は霧散し、有るものは「無分節」の超空間だけである。その意味で道元の言葉もまた「独我論」なのである。

つまり『論考』で有名なラストの言葉「語りえぬものについては、沈黙しなければならない。」とは、論理の外側については論理的に語ることはできないが、ある種の「独我論」（詩のようなもの）が必要だと言っているべきことに等しいのではないだろうか。彼がリルケやトラークルなどの詩人を資金の面で援助し、トラークルには会いにまで行った（トラークルはすでに自死していたというが）というエピソードや兵役の間、トルストイ版「聖書」を手放さなかったこと等から、彼は沈黙の領域を唯一語る方法を「独我論」として残しておきたかったのではないだろうか。

「言語ゲーム」とは日常会話を含む言語全般の無根拠性や無本質性を暴露した概念だが、ひらたくいえば無自覚に自然な日常会話という場の確認検証作業である。幼児が言葉を覚えることから、人間の日常言語活動（政治、経済、科学を含む社会生活全般）のすべてを包摂するウィトゲンシュタインの独自概念だ。手短に説明するには私の能力を超えるので、中村昇氏の丁寧すぎる入門書に一部たよりつつ解説すると、氏は様々なゲームの種類をあげているが本稿のテーマに必要な言語ゲームは「うそ」の言語ゲームと「物語をつくり、読む」ゲーム、「謎を解く」、「仮説をたて、検証する」などだが、私は特に「うそ」の言語ゲームに着目したい。何故なら仏教でも「うそも方便」というからであり「分節Ⅱ」は日常生活から見ればほとんど「うそ」と紙一重であり「詩」という幻想形式も例外ではない。『探求』から引く。

「嘘をつくことは、他の言語ゲームと同様、学ばなければならない一つの言語ゲームである。」（『探求』訳・鬼界彰夫）

そして、中村氏はこう述べている。「われわれの言語ゲームには、このような「嘘をつく」というゲームもふくまれる。ふくまれるどころか、言語ゲームの本質的な特徴をなしているといえるかも知れない。なぜなら言語は独自の構造をもち、現実の世界とは異なるものを提示できる。つまりは、『嘘』をつける』からだ。」さらに、「かならず言語ゲームが先にあり、嘘をつくことができる条件がそろって初めて事実的世界も登場する。われわれが現実からの遊離ができるようにならなければ、現実なるものも存在しない。裏面から表現すれば『事実的世界』などという概念は、言語ゲームがなければ何も意味しないのである。」この文末近くの「言語ゲーム」を「意味の場」に入れ変えれば、この引用文はそのままM・ガブリエルの「新実在論」の見事な解説になっている。言語ゲームの概念はガブリエルによってさらに進化させられている。なぜなら「意味の場の存在論」（新実在論）は、かつて迷信、魔法、霊魂、メルヘン、幻覚と呼ばれ近代から現代にかけて息の根を止められた「第三の相」を復活させるからである。「第三の相」は緩衝態として、生と死の境にある半透明の薄い膜として、生と死の衝突（不安、恐怖）を柔らかく受け止める。つまり、これらを総括すると「うそ」のゲームを中心に先に挙げた3つのゲームを集合し、その交わりの場に新しいゲームの名をつければ中村氏の挙げていない（むろん、ウィトゲンシュタインも挙げていない）、「詩」の言語ゲームが成立する。そして〈三昧〉からの帰還後の「分節Ⅱ」に該当する「詩的独我論」の言語ゲームも成立するというのが私の考えである。但し、ウィトゲンシュタインの独我論は日常言語と論理の範囲内に限定した領域に関わる独我論としては確かに否定されるものであるため、私は独我論を詩と結びつけることで論理の外側つまり反論理として展開することを考えた。しかし、反論理も言語の思考であるため〈三昧〉の実質そのものに参入し一体化することは出来ない。このことが私の詩想においては〈三昧〉に対しての敗北感と「第三の相」を謳う積極性というジレンマ的屈折を産み出している。

4，おわりに、パラダイムシフト

最初から最後まで敗北感しか産まれない素描となってしまったが、その意味することの着地点はパラダイムシフトという希望のためである。私（たち）は現在、地球規模の荒廃、社会の荒廃、そして精神の荒廃に直面している。それは古代から営まれてきた支配階級の思惑が現代でも何一つ変わらないことに起源している。むろん、その構造を変えようと本気で思わないむしろ、すり寄り支える民衆の盲目性も含めてである。パラダイムを変えるとは政治を変えるとか技術を変えるという意味では、何一つ変わらないことをいやになるほど目撃している。

先の章までに見てきたように、自己の心性から「大岩」を取り除くこと、黄泉の出口でエウリュディケとともに「内に向かって」無限に腐敗し続けること、生と死の二元論に緩衝態としての「第三の相」を、科学的一元論に屈せず組み込むこと。そして「詩的独我論」で謳うこと。心的な自覚（文学・詩）がまず先にあり、その後の結果として行動（改革）がともなうのでなければパラダイムシフトは無に等しく、でなければ古代からの大岩という足かせ、その結果としての現代の荒廃がこの後も永遠に続くだろう。むしろパラダイムシフトを目指すのではなく、すでにシフトした世界とともに「謳う」（文学する）こと。それを打ちのめされ続ける私の唯一の積極性としたい。

注1，私が「詩的独我論」について言及した最初のメモは『詩界』268号（日本詩人クラブ・2021年）においてである。
注2，この「バッコスの狂女たち」の古代的残響が時空を越え現代に残る、驚異的な「伊良部島の祭祀」について私はすでに『宮

古島文学』第9号（2013年）で詳述した。
補足、ページ数の関係で原稿用紙にして約51枚を30数枚まで削除した。それに合わせ資料25冊名も削除した。論述の不備、飛躍をご了承ください

トーマ・ヒロコ

地に足をつけて描く

誰にでも自分が思ったことをすぐに話す人がいる。そういうタイプの人は、表現活動をする必要はないのだろう。

誰かにすぐに話せない思いや発見があるから、表現活動をするのだと思う。表現手段がいくつもある中、なぜ文学、その中でも詩やエッセイを選んだのか。絵や演劇に取り組んだ時期もあるが、書くことだけが小さい頃から続けられていることである。

小さい頃は童話や小説を書いていた。小学校高学年、中学生の頃は、学校の自主学習帳に自主学習とともに小説を勝手に連載していた。詩を初めて書いたのは小学4年の頃の学校の授業の時である。高校生の頃は当時聴いていたJ-POPの歌詞に感化された詩を書いていた。それ以上に、日記を書くことに命を懸けていた。毎日大学ノート最低1ページは文字ぎっしりと書いていた。特筆すべきことがある日は、2ページも3ページも書いていた。大学生になったらたくさんエッセイを書きたいと思っていた。

大学に入学し文芸部に入って、エッセイを書き始めたが、まわりが詩を書く人ばかりで、じゃあ私も詩も書こうと、書き始めたところ、本来やりたかったエッセイよりも詩の方が評価されるようになった。その当

時からずっと、題材によって、詩で表現するかエッセイで表現するか選んでいる。

毎年、小中高校生が書く詩や小説を審査している。私自身を振り返ってもそうだったが、高校生までは作品に沖縄を持ち込む人はなかなかいない。小説、テレビドラマ、映画のほとんどが東京や沖縄以外の町を舞台に描かれている。それらの影響を多大に受け、自分が生活している沖縄の季節を感じ描くことはなく、冬に雪が降り、4月に桜が咲くという描写をする子どもたちが多い。

私が作品に沖縄要素を入れるようになったのは大学に入ってからだが、先述した小学4年に初めて書いた「キャベツ」という詩で〈沖縄タイム〉という言葉を用いたことは見逃せない。

大学で日本文学、沖縄文学を学ぶ中で、自分自身のウチナーンチュとしてのアイデンティティを強く感じ、他の同級生より親が高齢ということが、大学で必要な自分の知識を豊かにしていることにも気付いた。在学時からヤマト化していく沖縄、ゆいレール開通、沖国大ヘリ墜落事故などを題材に詩を書いた。

大学卒業後、「外から沖縄を見る」という実験として東京に出たことも大きい。言葉の違い、大きな鉄道の有無、慰霊の日に対する意識の違いなどたくさんの気付きと戸惑いがあった。

現在、私は「沖縄の今を生きる生活者」としての気付きを詩にしている。オスプレイ、浦添西海岸への軍港移設問題、復帰50年など、沖縄で起こる問題を背伸びせずに詩で描く。

よく、ふわふわして地に足がついていない表現や、表現をする人が「ポエム」「ポエマー」と呼ばれるが、詩人は現実を見ている。地にしっかり足を付け、鋭く世の中を見て考え、表現するのだ。

西原裕美
沖縄の匂い

詩で何を表現したいか問われるとしたら、単純ではない感情を描きたかったのかもしれない。小学校3年生のころ図書館で金子みすゞの詩に出会ってから詩の虜になってしまった。見様見真似で書いて、それをコツコツと続けた。もともと本の帯が大好きで集めていた私は、言葉の力に魅了されていったのだと思う。その頃は自分の詩がいつか、死んだ後でも良いから誰かに読んでもらえたら良いなぁという漠然とした気持ちだった。

思春期になると、あふれ出る言葉をその都度文字にして、それを詩としていた。何を表現したいとか、書きたいとかには自覚していなかった。しかし、今振り返って思うのは、高校生ぐらいから「悲しいとか嬉しいとかそんな単純じゃない感情を描きたい」と思うようになった。私の詩は人から「人間の認知の不確かさを表現している」といったように評価されることが多い。子どもの頃から、なんとなく人と同じように生きるのが難しいとは思っていた私はへそまがりな所があって、当たり前と思われることや常識に対しての納得のいかなさを感じていた。しかし、そんな自分を出してしまうと虐められ、非難の目を向けられてしまう。人と同じ感覚を持っているフリをして生きなければならないと必死だった。自分を偽っているのは本当に苦しくて、唯一自由なのは詩だけだった。何が本当に自分らしいのか、訳がわからなくなりそうな中、統合しきれない自分がふとした拍子に出てきて言葉が溢れる。それを拾って詩にする。そんなことを繰り返していると、少しずつ詩が評価されるようになっていき、私が自覚できない気持ちや、単純な言葉で表現しきれない気持ちを読者が代弁してくれた。それは衝撃的な体験だった。誰にも言えない、言葉にならない、自分でさえも自分で認めきれない気持ちが詩を通して他者が理解してくれる、それに涙が溢れた。

様々な状況や支えに背中を押され第一詩集「私でないもの」が完成した。

私は

私でないものだから
ちょっと
顔が欲しくなって
探してみるけど
なかなか
見つからない

詩「私でないもの」より抜粋

一方で、他者に評価されればされるほど、書くものに対して「沖縄」を求められるような気がした。沖縄で生きることについて考えるように促される。評価されて詩が人に読まれてほしい一方で、私は「沖縄の」を枕詞にして書かなければいけないのだろうかと葛藤する時期もあった。そうすると、自由な世界だと感じられていた詩を書くことが、初めて不自由になることへの恐怖を感じた。私はただ一人の人間として書きたいものを書いていきたいのに、そこには「沖縄」を被されてしまう。読み手が勝手に私に沖縄を見出すのであればまだしも、こちらが意図して沖縄をあえて出すのは、私の詩ではない気もしていた。しかし、そもそも私の抵抗する沖縄とは何だろうか。そんな疑問に答えが見えないまま、なんとなく嘘だけは書きたくないと思って書き続けてきた。

書き続けてみて思うのは、結局私は沖縄で生まれ育ってほとんどそこしか知らない人間だということ。その中で、当たり前だと思っている日常の日々が、それは当たり前ではなく、日本の中では特殊な事も多いことに少しずつ気づいていった。例えば、強烈な日差しや海風に様々な物が劣化すること、南国の花が咲いていること、高い所に行けば遠くに海が見えること。終わらない基地問題や、悲しい歴史が詰まっていることなど。それらは、私が逃れようとしても逃れきれない生活の中にあること。そして、沖縄で生きてきたという日常は、美しく豊かである一方で、悔しくやり切れなさを背負っていたことを知っていった。そういう一つ一つに気づき始めた時に、私が必死に「沖縄」を背負わされることに抵抗する以前に、沖縄は私の中にあったのだと思い始めるようになった。詩にもごく自然に沖縄の風景や生活を書くようになっていった。

どうやってもどうにもならないことが
海の中で息もできずに
死んでいくみたいで
知っているけどみえないふりするしかない日々に
生きるってそういう事だと
納得させせながら
（中略）
沖縄って素敵なとこですよ
ふふふ　シークワサーは美容に良いんですよ
なんて
言ってみるの

詩「世間話」より抜粋

私は詩の中で生まれて初めての自由を見つけた。そこでだけは正直であり続けたい。きっと今後もそれは変わることがないだろう。しかし、どこに逃げようと隠れようと、私が沖縄という土地で育ってきた匂いのようなものからは逃れられないのだと思う。そうやって、好きでもないし嫌いにもなりきれない沖縄の匂いをさせながら、今後も詩を書いていくのだろうと思う。

芝憲子

沖縄で世界の不条理を

「なぜ書くか」ということですが、文学が好きだから文学に関わりたい、というのが答えだと思います。私は子どものころから本を読むのが大好きでした。家にある本や雑誌、学校の図書館の本など、よく読みました。本を買ってもらうのはクリスマスとか、たまに、でしたが、兄が二人いたので、二人や両親の本や雑誌を読むだけでも結構な量でした。内容は色々でしたが、小説が面白いと思いました。中学卒業のころは、小説を書く方でなく、研究者のような、研究、評論する方ができそうだと思ったようで、将来やりたいことに、「森鴎外の茶碗の研究」とか、半分ふざけて書いたことを覚えています。中学の頃の愛読書は、アレクサンドル・デュマの「モンテ・クリスト伯」や、昭和四年に出た三巻本の「落語全集」や、モンゴメリーの「赤毛のアン」シリーズなどでした。また、「レ・ミゼラブル」や「大地」などを含む世界文学全集をあまり熱心に読んだので、全集を買った所有者の兄に「そんなに読むならお前にやるよ」と言われて、今も手元にあります。また日本文学全集を、高校の頃、図書館で借りて次々に読みました。

詩を書いたのは、小学校低学年に、絵日記に、歌のような詩を自然に書くことがありました。子どもはよく自分で歌をつくって歌うと思うので、それを絵日記に書いただけです。

川崎の高校で文芸部に入り、詩を書くことを覚えました。文芸部では部員の詩をガリ版で印刷した簡単なアンソロジーをつくったり、年に一度「煤煙」というタイトル（川崎ならではで、あまり美しくない名！）という、印刷所で出した文芸誌を出しました。私は随筆を出したような気がします。この文芸部の先輩には作家の溝口敦さんがいらっしゃり、ずっと後輩には島田雅彦さんがいらっしゃいます。島田さんのネットの中に「煤煙」の名が出てきて文芸部だったことがわかりました。文芸部の顧問は、平田好輝先生という、詩、小説、評論（高村光太郎論、小林一茶論など）を書く先生で、「潮流詩派」という詩のグループ（村田正夫さん主宰）に入っており、私が卒業した時に、その「潮流詩派」に紹介していただきました。

「潮流詩派」に入ってから、私も文学の中でも詩やエッセイを書いてきました。山之口貘の詩は高校の頃読んで、とても面白いと思いました。潮流詩派でそのほか話題になることが多かった、小熊秀雄、黒田喜夫、金子光晴、関根弘、岩田宏、石川逸子、石垣りん、城侑、茨木のりこ、長谷川龍生、遠地輝武、壺井繁治、マヤコフスキー、プレベール、等々を読みました。戦後社会詩の豊かさを学びました。村田正夫さんは社会派の詩人で社会風刺詩をよく書かれました。「詩人くらいは金にも名誉にもペコペコしない方がいい」と大事なことをおっしゃいました。また「詩は政治に従属しない」をモットーにした、詩を書く基本を教えて下さった方です。

私はその後沖縄に住んで、平和運動に関わり、政治のこともどんどん書きながら詩は政治に従属せず、より行動する仲間が多い「詩人会議」というグループに移りました。沖縄でつくったグループ「沖縄詩人会議」の『縄』（現在、中正勇さん編集）は一九七八年創刊で、一番長く続く詩誌になりました。

「何を書くか」ですが、そのつど、自分が今何を書きたいか、自問自答して、書きたいこと、強く感じたことを書くことにしています。一般的には全然重要でなくても、自分には面白い、興味深いと思ったことを書いたりします。根本の考えだけは大きなことを言わせていただければ、「世界の不条理」を書きたいと思っています。でも書くことができるほどわかるのは、住んでいる沖縄のことです。沖縄には不条理なことが山ほどあります。沖縄は平和につながるたくさんのことのカナメです。沖縄に五十年住んでだいぶわかった沖縄の現実を、自分なりに書きたいと思います。私は一九八〇年代に、『沖縄反戦反核アンソロジー・島空間から』の編集、発行に関わり、国吉真哲さん、牧港篤三さん、宮城義弘さん、などに、色々教えていただきました。国吉真哲さんは、山之口貘の友人で、はじめ詩を書いていらっしゃいました。瀬長亀次郎さんを記者にするべく新聞社に推薦した方で、時事短歌を頑固に書き続け、日本共産党の〝伴走者〟を貫きました。牧港篤三さんは、「沖縄戦の時、大本営発表を新聞記事にして壕の中で必死に発行していたので、自分は戦犯だ」とおっしゃり、「戦争のことを書かねばならない、それ以外書くことはない」とおっしゃいました。宮城義弘さんは、短歌を書くジャーナリストで、基地や戦跡を案内して下さり、反戦地主ほか、すばらしい方々をたくさん紹介していただきました。私は周りの方々の話を聞きながら、沖縄の現実を知るにつけ、自分なりに沖縄のことを書いて、主に反戦の思いを伝えたい、と考えるようになりました。そして言葉だけでなく、実際にも行動することもできる限りしたいと思います。周囲のひとといっしょに、辺野古や高江には通いました。今は県庁をまわる核廃絶の三八周年の小さなデモに欠かさず参加するなどしています。

二〇二二年は、何といってもロシアのウクライナ侵攻が大問題でした。私たちのこの時代、なぜ戦争が止められないのか、世界中の人々がくやしく、胸のつぶれる思いを毎日しているのではないでしょうか。こんな大問題に、自分が書けることは少ないのですが、最近書いた詩をおわりに掲げます。

ウクライナが憲法に

ベアテ・シロタ・ゴードンさん／天国でご両親にお会いになれたことでしょう／わたしは日本の沖縄で
毎日のように／あなたのお父さんのピアノを聞いています／ユーチューブから流れる九〇年近く前のピ
アノ／ストラヴィンスキーの「ペトリューシュカ」／ルービンシュタインが愕然としたという／レオ・
シロタの超絶技巧のピアノ／／画像は　お父さんの横顔　座っている木の椅子　壁紙　壁にさがった飾
り物／赤坂の家でしょうか　東京音楽学校でしょうか／それとも戦後渡ったアメリカでしょうか／敗戦

直後餓死寸前だった軽井沢ではありませんね／／お父さんはウクライナ系ユダヤ人　レオ・シロタお母さんもウクライナ系ユダヤ人アウグスティーネ／ふたりはキエフから外国へ／あなたは五才で日本にきて／客に「好きな音楽は？」と聞かれると／「ストラヴィンスキー」と答えたそうですね／／日本にとって幸いなことに／あなたはお母さんに「ピアノの才能がないから」と／英語やフランス語の家庭教師をつけられた／おかげで数か国語に堪能になり／二二才で日本国憲法の作成に情熱を注ぎましたね／特に二四条はあなたが起草して下さいました／／レオ・シロタが超絶ピアノ技法をもったように／わたしたちは超絶憲法をもった／戦争放棄を　ピアノの連音のように速く正確に／敗戦直後の反省をくりかえし／楽譜に連隊音は入れず／レオ・シロタが弾いた国々（※）にも／響くように　しみわたるように　輝かしく

※ロシア　オーストリア　ドイツ　フランス　ベルギー　中国　アメリカなど

（『詩人会議』2023年1月・創立60周年記念号より）

宮城隆尋

詩を櫂にして

アーティストや映画監督らで運営される「表現の現場調査団」という有志団体が昨年八月、ウェブサイトで「ジェンダーバランス白書2022」を発表した。表現活動の現場でのハラスメントやジェンダーバランス（男女比率）についての実態調査、啓発活動などを行っている団体だ。

表現に関わる教育機関と、美術や演劇、映画、文芸、音楽などの各分野を調査対象に、それぞれの男女比率の集計をまとめている。

文芸部門は文学賞などの審査員の七一・三％を男性が占め、大賞受賞者の六六・三％を男性が占めていたという。ただこの統計に詩は入っていないようだ。芥川賞や直木賞、野間文芸新人賞、三島由紀夫賞などの文学賞のほか、文芸誌『群像』『新潮』『すばる』『文學界』『文藝』主催の文芸賞・評論賞などが対象になっている。

文芸以外の分野もたいがい同じような状況で、中には対象となった直近十年間で女性の受賞者が一人もいない賞などもあるようだ。

沖縄の詩の賞はどうなっているのだろうか。

県内には詩集を対象とした山之口貘賞をはじめ、おきなわ文学賞、琉球大学びぶりお文学賞、名桜文学賞などに詩部門がある。詩集を対象とした山之口貘賞と、詩一編から応募できるおきなわ文学賞の二つについて選考委員、入選者の男女比率を調べてみた。

山之口貘賞は一九七八年の第一回（岸本マチ子）から二〇二二年の第四十四回（林慈）までに五十六人の受賞者を出している。男女の内訳は男性三十七人（六六・一％）、女性十九人（三三・九％）だった。ためしに四十四回を前後半に分けてみたが、男性が占める割合は第二十二回までが七三・一％だったのに対し、それ以降も六〇％を占めている。男女の差は若干縮まっているようだが、たいして変わらないように思う。

山之口貘賞の選考委員は三人だが、第一回の山本太郎、知念榮喜、あしみね・えいいちに始まり二〇一九年までが全て男性だった。第四十三回から初めて高橋順子、市原千佳子の女性二人が選考委員となった。のべ人数でいえば百三十二人となるが、うち四人のみが女性となるため男性九七％、女性三％となる。

一方、おきなわ文学賞は二〇二二年の第十八回までの入賞者（一席、二席、佳作、奨励賞）がのべ百十五人。うち男性は四十二人（三六・五％）、女性は六十五人（五六・五％）、男性か女性か分からない人が八人（六・九％）だった。主催する沖縄県文化振興会に数字を出してもらったわけではなく、わたしの記憶を頼りに計算したので、正確さに欠ける面はあるが、大まかな傾向は分かると思う。

選考委員ののべ人数は男性三十四人（七五・六%）、女性十一人（二四・四%）だった。第一回から第九回までは三人の選考委員が全て男性だった。第十回から選考委員は二人体制となるが、のべ人数にして男性七人、女性十一人と近年は女性の方が多い。

ただ、選考委員の割合は前後半で一変しているが、入賞者の男女比は前後半で有意な差はみられない。第一回の入賞者が男性一人に対して女性が四人を占め、第三回でも男性一人に対して女性が四人を占めるなど、入賞者は初期から近年にかけて一貫して女性の割合が多くなっている。

まとめると山之口貘賞は選考委員、受賞者ともに男性が多い。一方でおきなわ文学賞は、選考委員は男性が多いものの、入賞者は女性が過半数となった。受賞者、入賞者を前後半で分けて比較すると、山之口貘賞は前後半とも男性が多く（若干半々に近づいてきてはいる）、おきなわ文学賞は前後半とも女性が多い。

受賞者、入賞者の男女比は前後半に分けて比較しても年代による変化はほとんどなく、選考委員の男女比に比例しているわけでもなさそうだ。違いがあるのは、詩集を対象とした山之口貘賞は男性が多く受賞し、詩一編から応募できるおきなわ文学賞は女性が多く入賞しているという点になる。

おきなわ文学賞はわたしも選考に関わったが、感覚としては自分と同性である男性を多く選んだ実感はまったくない。むしろわたしがかかわった期間は女性が多く選ばれていた（わたしが関わっていない期間もそのようだ）。おきなわ文学賞は作者名を伏せた形で選考される。その時々の作品に向き合うかたちとなり、作者の性別は関係がない。優れた作品の作者にたまたま女性が多かったということだ。

この結果から何かが見えるとしたら、表現の現場でジェンダーバイアスによるハラスメントがあるかどうかということよりも、男女の不平等が温存された社会構造により生み出された結果だと見ることもできるという点ではないだろうか。

山之口貘賞は詩集を発行して初めて選考対象となる。対しておきなわ文学賞は紙とペンさえあれば応募できる。詩集を発行するまでには同人活動などを継続し、作品のストックを抱えることが必要だ。生活にゆとりがなければ困難だ。そして出版経費を負担する経済力も求められる。ジェンダーギャップ指数や男女の賃金格差、雇用形態の格差など不平等が温存された社会でそれらの条件をクリアするには男性が圧倒的に有利なことは説明する必要もない。

そういった状況下で、原稿用紙とペンだけで応募できるおきなわ文学賞の登場が、より書き手に光を当てる間口を広げたということになるのではないだろうか。今回は年代別の集計はしていないが、山之口貘賞よりもおきなわ文学賞の入賞者の方が若い人の割合が高いように思う。若年層や女性などに間口を広げ、経済力の後ろ盾がない層にも機会が平等に与えられる状況が作られているように思う。

さらに近年は出版経費も低価格化が進んでいる。オンラインで作業するプリント・オンデマンド（ＰＯＤ）出版では、一切の経費を掛けずに詩集を発行することもできる。自力で素材をそろえ、体裁を整える手間はかかるが、電子書籍にとどまらず、紙の本も無料で作ることができる。既に小熊秀雄賞などでは、ＰＯＤを手掛ける出版社から出された詩集が受賞作に選ばれている状況もある。詩集を対象とした山之口貘賞などにも出版経費を掛けずに応募できる状況が整いつつあり、今後はさらに機会の平等化が進むことが期待できる。

では、機会の平等化が進めばいい詩人がたくさん生まれることになるのだろうか。イコールで結ぶことはできないだろう。しかし、おきなわ文学賞をはじめ、ここ二十年ほどで県内で創設された文学賞で多くの書き手が掘り起こされている。豊かな土壌が育まれるなかで、これから詩集を読んでみたい若い書き手は実際、たくさんいる。

わたしが選考に関わった琉球大学びぶりお文学賞の入賞者から三人を挙げたい。

Plastic romance

かねしろ茉衣

境界線すれすれの綱渡り
下品なネオンと夜の帳の中
お腹に礫イエス様
ピンクのベッドで横たわり
「ノー」と迎え撃つので大忙し
気休め程度のしけた隔たり
飽きることなく繰り返される
擬似的子作りはどうせ独り善がり

早撃ちガンマンとおもちゃの兵隊
コウノトリを撃ち堕とせと
躍起になってもう三年
四六時中こちらを見張ってさ
一触即発の粗探し手垢に塗れてもう三年
鼻筋ひとつあたし五回分
二重も追加でくださいな

消費期限と戦いながら

今日も鏡とにらめっこ
映る醜女は一体だあれ

（琉球大学「第十二回琉球大学びぶりお文学賞受賞作品集」二〇一九年）

二〇一八年度の第十二回びぶりお文学賞で佳作になったこの作品を読むと、圧倒的な数と制度の暴力によって否応なく消費されていく世代を取り巻く、荒涼とした風景が浮かぶ。この詩には、若さを浪費する空虚な日常への批判精神がある。〈消費期限〉と戦う姿が既に〈醜女〉である、という結末は、荒れ果てた世界をやり過ごすためにすれた価値観を身につけることに対する拒絶を意味するのだろう。ルッキズムに対する批判だ。自己批判も含まれている。

自己を含めた世代の価値観の輪郭を切り出し、見据えようとする意志を感じる。リアルタイムで自己を含めた世代を客観視するのは難しいが、意志の強さが自己対象化を可能にする。

批判を読み取れば根底に倫理観があることが見えてくるが、一方で倫理観に突き動かされる強い言葉はスローガン化する危険がある。ただこの詩にはそういった硬直化した言葉が入ってこない。それがいいところだと思う。

内気なスーサイド

綾村湯葉

長く深く吐ききって流れ出る生
体内の感情を消し去るように押し出される息
何事にもあると教わったはずのどこにもない意味

嫌い、でもいいから一つでも興味を向けてください
いつの間にか持て余していた夢と愛情
友情、なんてもんは上っ面だけの夢
荘厳、地獄、雄大、地獄、優美、地獄、天国、地獄
パッとしない人生です
これが私の人生です

「お前ってレモンティーからレモン抜いたみたいな人間だよな」
は？
人差し指に現れたささくれが気になる
獰猛な犬はスローロリスを頭に乗せ吠えている
毒が回ればみんな死ぬんだから派手に生きて死ねばいい
希望、未来、宗教、くそったれ！
ボディステッチのやりすぎで手はボロボロだ
ピアスホールは人体の修復を諦めた
スマホの亀裂からウイルスが入り込んで勝手に病みツイを重ねる
ゆっくりとした出血は私を苦しませない
笑っちまうよな、脱水になるだけ
いっそ苦しめてくれたら、なんて
行動を起こせ
発言権を奪い取れ

名を残せ
後世に「私」という存在を

届かない、届くはずもない
この命はいつまで私のものと言えるのだろうか
要介護になったら私は私でなくなる
生かされている、のなら
私は私を生かしている人のものになるのだろうか
誰も自分のものにしたくないだろうけど
死んだら私は誰のものか
神のものにでもなるのだろうか
私は私でいたい、誰のものにもならない
自我を持って、ねえ、私
骨だけになったとしても、私は私でいられるの？
天に昇れよその魂
煙となって私を世界へ拡散させてくれ
みんなみんな私を吸い込んで生きろ
猫とか吸うでしょ？　ねえ、吸うでしょ？
大麻とか吸うでしょ？　ねえ、吸うでしょ？
私のことも吸ってみない？　ねえ、
しあわせになれるよ

人生常に通販番組みたいな信用度で挑もう
浅い呼吸をして新しい一日を迎えることで精一杯
生ぬるい淀んだ部屋でフローリングの冷たさに泣いてそれまで
カーペットがほしいと思ったって無くても生きていけるから優先順位が下がる下がる下がる下がる下が
る
今必要なのは私、って誰か言ってよ
網戸のゴミを吸い込むことでいつもと違う日々を演出
浴槽に赤い水溜めてカミソリ持って自撮り
ＳＮＳに拡散
したところで誰かが心配して来てくれるわけもなく
そのまま眠りに落ち緩やかに溺死
空気が口から出る音は「たすけて」に聞こえなくもなかった

ごぽっ

（琉球大学「第十三回琉球大学びぶりお文学賞受賞作品集」二〇二〇年）

人は饒舌になる時ほど、本心とはかけ離れた言葉を並べている。対話の焦点をずらし、はぐらかしている状態だ。意図的なら詐欺師だろうが、意図せず饒舌になってしまう局面は誰にでもあるだろう。饒舌にならざるを得ない時、人はどんな状態だろうか。
二〇一九年度のびぶりお文学賞で最も印象に残ったのが綾村湯葉の「記念日前日」（選外）、「内気なスーサイド」（佳作）だった。饒舌な詩は軽く見られることも多いが、これらの作品に軽さを感じず、惹かれるのは行間から語り手の真摯なまなざしが感じられるからだ。「記念日前日」は、底なしの砂浜に掘った穴でも、大量の乾燥わかめを入れて爆発させればあふれてくる、といったことが書かれている。「失恋」と表してしまえば一言だが、思いを寄せる人に受け入れてもらえないことは心に想像を絶する深い傷を残す。思いを伝える側は無防備にならざるを得ないからだ。

そうしてあいた穴は普通、とてつもなく大きい。埋める方法など思いつかないほどだ。だから乾燥わかめでも何でもいいので、とにかく埋まることを願ってその穴に投入し、あとは砂でも掛けて忘れてしまおうとする。しかしそれでも空虚な感覚に終わりが見えるわけではない。コミカルで、はぐらかしているようにも見える作品だが、生きることの痛みと向き合う中でしか出てこない言葉が並んでいる。

そして「内気なスーサイド」からにじみ出るのは、自己肯定感の希薄さや不能感だ。〈スマホの亀裂からウイルスが入り込んで勝手に病みツイを重ねる〉。おそらく病んだつぶやきは語り手が発したものに違いなく、それは生の痛みを表した（または隠した）ものであるだろう。

行を重ねる中で何度も自己を突き放し、距離を取ろうとする。終結部は、見境もなく「自分を見て」と不特定多数に発信し、はては溺死する自己をも突き放す。徹底した自己対象化はコミカルにも思える表現につながっていく。しかしその裏側には確実に痛みがある。この年代にしか書けないテーマを、この年代にしか書けない方法で、リアルタイムで形にした作品は希少だ。

獣

葬ヤマメ

恋、モノクロの葬列に似て非なるもの
地獄の淵にあって狂おしいほどいじらしいもの

夜毎訪れる喧しき騒ぎ（あぁ、から騒ぎ！）
のたうつ恋情は叫び散らし
人の皮を被る獣が、目を開く
私はあなたと結ばれたい（あぁ、結ばれたい！）
かつて写真の上澄みに残したあの虚構は
魂抜きの魂の模写
本当はあなたが大好きです
どうか、どうか許してほしい
†神への祈り†
　迷える子羊ここに極まれり
　眠れぬ羊ここへ集まれり
　手淫の祈り・下卑た懺悔
彼女の笑顔に恋をすると
　恐ろしい轟音と共に
　　私は断罪されて
　　　しまうのです
ハートの傘の下、私とあなた、肩を寄せ合い
【友情】を、育む
どうして
所持を許されない愛情の行方
「あなたは病めるときも健やかなるときも

彼女への愛を棄て、忘却し、生涯嘘を貫き通すことを、
誓いますか?」
誓わないと、殺されるんですか?
「彼女らの愛欲は存在し得るか?」
しません、(何故? するだろう)
＝＝＝何らかの差別＝＝＝
なぜ彼女らは愛し合うのか、ではない
なぜ私たちは愛失くして生きられないのか、を問うべきだ

交わる視線に愛の賛歌を
黒板に滲む私たちの名前に、人並みの♡を
(誰も、石を投げないで)
重ねた手には何の罪も無い
愛なんてどれも美しく、薄気味悪いものだろう
だからどうか、どうかお許しください
眠れぬ夜に彼女を夢想して、私は何度も熱を擦る
彼女の笑顔に抱く愛を
許してほしい(そう、誰もがそうであるように)
ああ、愛するあなたよ
ああ、ああ
　懺悔の羊ここに果てり

果てた私は、己の誤った姿に嫌悪し、
泣く、
獣のように

（琉球大学「第十五回琉球大学びぶりお文学賞受賞作品集」二〇二二年）

人間は共同体をつくり、よりよく生きる道を模索する一方で、いまだ獣でもある。人間が獣であるということは、わたしも獣である。そういう視点で自己に向き合った詩が二〇二一年度に佳作となった「獣」（葬ヤマメ）だろう。言葉の扱いが投げやりにも見えるが、正直でなければできない書き方だと思う。欲望に突き動かされ、果てた自己を嫌悪し、泣く姿もまた〈獣のよう〉。自己対象化の視点を鍛える過程で、露悪と紙一重となることもある。恥部をさらすような思い切りの良さは、誰にでもあるものではない。

これが悪ふざけなどではないことは、選外だが同じ作者の「ふれる」という作品を読んで理解できた。「獣」とは対照的な落ち着いた行の運びで、終結部に〈触れる日々の訪れを／叫び、待つ／無垢にさらけ出す／愛を恥じて／何が人間か〉とあった。ことばの選び方にぎこちなさを感じる部分もあるが、この書き手の表現の幅の広さを感じた。

ほかにも凛藤海（二〇一九年度佳作）、綱取汐音（二〇二〇年度佳作、二〇二一年度佳作）、藍原知音（二〇二二年度佳作）らの詩には、入賞作にとどまらず選外となった作品を含めて多様な魅力があった。いずれも十代から二十代の書き手だ。作品によって質はまちまちで不安定さもあるだろう。しかし四十代に入っても不安定なわたしのような書き手を、彼女らが光の速さで追い越していくことはもはや目に見えている。わたしが十八歳で山之口貘賞をいただいた際に感じた、同世代がどこにも見当たらないという孤立感は、もうないはずだ。時代は変わったのだろう。

冒頭に挙げた男女比率からは、旧態依然の閉塞感を見いだすこともできるかもしれない。ただ近年の文学賞に入賞した若い書き手による詩を読めば、沖縄の詩壇はとりあえず量的には、活況を呈する「前夜」の段階にあると思える。質的にも、かつてのような多様で活気のある状況に戻ることができるのかどうかは、ここに挙げた書き手が書き続けることができるかどうか、という点にかかっている。

琉球大学びぶりお文学賞は学生対象だが、おきなわ文学賞、名桜文学賞の詩部門はそれぞれ一般も対象としている。琉球新報の「琉球詩壇」は、およそ三十年以上ぶりに投稿欄に戻った。詩の関係者の手で整えられる環境はおよそ整ったと言えるだろう。一方、就職氷河期世代のわたしの周辺には不安定な雇用環境で生活との格闘を強いられている人が多い。現在も三年を超えるコロナ禍と物価高騰、それ以前から続く非正規雇用の拡大と低賃金の固定化で冷え切った経済・雇用環境がある（コロナ前は「好景気」と言われたが、庶民への「トリクルダウン」は一向に生じなかった）。詩の界隈だけではどうすることもできない大状況のなかで、詩を書く学生たちも詩どころではない環境にたたき込まれることになる。

ここで挙げた書き手だけでなく、おきなわ文学賞などで見いだされた書き手には女性が多い。しかし男尊女卑がいつまでも強固に温存された日本社会で、女性には職業、生活のあらゆる面で男性とは比較にならないほどの困難がのしかかる。経済的にも人権の面でも後退しつつあるような日本社会で、何重にも「詩どころではない」環境が強化されていく状況がある（女性を取り巻く困難な状況を作った責任は男性にあり、それを変える鍵は男性が握っている）。

一方で「詩どころではない」環境だからこそ、「社会」に袋だたきにされ、がんじがらめにはめられたたがを外す時間をもつこと、詩語を持つことが、自己を守る手段になると考えることもできるのではないか。わたしは高校時代に人を前にして言葉を発することができなくなり、引きこもっていたが、詩を書き始めたことが閉塞状況を打ち破るきっかけの一つになった。詩に社会的な役割を期待することは邪道のようにも思えるが、そのような力を持っているのも詩なのだと思う。詩で輝きを放った若い書き手には、荒波の中でもなんとかやめることなく、できれば詩を櫂にして生活と詩の海をこぎ続けていってほしいと願う。荒波を超えて、または荒波の中から紡ぎ出される言葉に、その書き手ならではの力が宿っていないはずはないのだから。

第二章　短歌・俳句の現場から

沖縄俳句の規範性の解体をめぐる断章として

仲本　瑩

私の俳句作品は主として、『脈』に発表してきた。『脈』の前は「タイムス俳壇」への投句もあった。仲本彩泉として作品を発表し、個人誌『Pulse』から仲本瑩に統一した。句集として『風を買う街』『地獄めぐり』『複製の舞台』がある。自分にこびりついた感性をこわしながらというか、結社やサークルに属さないで句作できればいいと考えてきた。小さく、弱い力の波動が少し掴まえられたらという思いである。俳句に宿痾のようにこびりついてくる季感や私性というもの、韻律というものを私の中でとことん問う中で作句を積み上げていくというのが、さしずめ出発の踏み台となった。

亜熱帯気候の沖縄で句をつくるとき、京都・奈良を中心として編み上げられた季感、歳時記とのずれに直面する。地球規模の環境変動、自然時間を越境して氾濫する商品による季感の錯乱もある。私はこびりつこうとする規範性をゆさぶり、動かせるなら形式も、モチーフもいくらでも揺すって行こうとする方向で句に向き合ってきたといえる。

五〇年代、六〇年代の流れから

『琉大文学』（一九五三～一九六〇）を読み通してみて、文学作品の中で意外に俳句は文学革新の外に置かれていた感を深めた。その辺は、清田政信研究会誌『あんやんばまん』二号で、「『森山しげる』の俳句をめぐる断章」でも触れてきたが、少し要約しながら戦後の、特に五〇年代、六〇年代の沖縄の俳句の流れを季感、韻律に対する捉え方を中心に抑えておきたい。

一九五〇年代になると、一九五〇年に「みなみ吟社」創設。数田雨條、矢野野暮、安島涼人、伊江蜂人等による俳句研究会で、月刊句誌「みなみ」を刊行する。同年に「浜木綿句会」（愛楽園）発足。一九五二年に「あかぎ句会」（松本翠果、宮城阿峰等）、「月桃句会」（井上兎径子、松本翠果等）、『同人』社沖縄句会」（六車井耳、松本翠果、知念広径等）発足。一九五六年に、「タイムス俳壇」（撰者・矢野野暮）、「新報俳壇」（撰者・遠藤石村）がスタートする。同年「沖縄俳句会」（知念広径）発足。一九五七年に、「群星句会」（砂川正男、瀬良垣宏明、照屋征四郎等）発足。一九五九年に、「黒潮句会」（中島蕉園、桑江常青、作元凡等）発足と続く。並行して全島俳句大会の催しも盛んになる。

「タイムス俳壇」は矢野野暮選、「新報俳壇」は遠藤石村選でスタートするが、矢野野暮のタイムス俳壇（一九五六年）のコメントをピックアップしてみる。

◇「虚子は『詩とは心の驚き』であると、わかり易い言葉でいいきっている。つまり、季語を用いて、その心の驚きを、季感象徴のなかに見出す。而して、その対象の把握は、イロニッシュなもの、これが俳句という詩になりそうだ。」（「心の培い」）

◇「元来この五・七・五のリズムは、日本語で詠おうとするとき、かもし出されてくる生理に根ざしたもので、日本人の耳にここちよい韻きを伝えるはたらきがある。この快いリズムを生かしてこそ、俳句を詠むということが言えよう。

今日の形骸化した現実を表現するには、定型ではおさまりきれるものではないとする主張は、「詠む」という大事なことを忘れているようだ。

破調の句を、自由律とか言って、俳句を作っているのだという人もいるが、その句にどんな調べが、どんな律が、あるというのだろう。
◇句格を下げるような感じのある破調は、俳句の歴史の中で、何度か繰りかえされたことはあったが、そんなもので新しさを盛り得なかったという事実は、ハッキリしている。
俳句に残っている、五・七・五の詩的リズムは、日本語の生理から生み出された黄金律だと言うことが出来よう。」（「定型の美しさ」）

伝統俳句を堅持の立場を表明している。俳句において季語や律が発揮する強力な象徴機能を重視するとした虚子の句観に立ち、無季の俳句を排除する立場である。紙上での論議は六〇年代に入ってから活発になるが、もうひとつ、『琉大文学』（通巻七号、一九五四年十一月二十五日）のアンケート「戦後沖縄文学の反省と課題」の数田雨條の回答を見ると、「俳句文学への反省と将来の志向」として、「十七音による詩情というものが、何らの制約による背景もなく成されるときには、これは非常なる窮屈さを伴うだろうということは容易に想像されることである。こゝらあたりから『季題』という意識の深さが生まれるのであるが、またそれは絵画に於けると同様に自然界に多くの目が向けられ、花鳥諷詠というところに傾くことを余儀なくされることも無理からぬことであろう」「吾々の生活の周囲にはいつも自然が厳然として君臨し、それが季節の推移と共に吾々に、温かい、冷たい情感を伝えているという立場に於いて、この自然諷詠も大きな題材でなければならないと考える」と答えている。アララギ系の句観を展開している。有季定型、季題の意義等に言及している。数田雨條は一九一五年（大正四）、西原村字小波津生れ。本名糸数幸信。「みなみ吟社」創設にかかわる。
一方で、「重箱の中の米粒を拾うような有季定型」（常青）から俳句革新として口語俳句への動きは、一九五九年「黒潮」結成で顕在化する。中島蕉園、桑江常青、富山常和、後に浦崎楚郷が参加する。当時の紙面や桑江常青遺稿集『気象図』から拾ってみる。桑江常青（くわえじょうせい）は始め伝統俳句から出発し、口語俳句へ移行する。常青は、「京都中心に編んだ『歳時記』は沖縄には不適当」「沖縄の自然風物をありのままに昌う」「沖縄なりの「歳時記」を編んで、有季定型俳句をあちらの有機定型俳句として認められるか」「沖縄の『歳時記』を編もうとはせず、内地のものを踏襲して俳句にしようとしている」などの主張が見られる。一九六一年四月二十一日の「琉球新報」の『俳句と風土　桑江常青　中島蕉園　対談』から抜粋する。

◇司会　口語俳句は沖縄をよみよいんですか。

常青　それはもちろんだ。第一に有季定型のルールを守らなくて良い。だからなんでものびのびと自由にうたえるわけだ。我々は季を題にして詠うのじゃなくて詩を詠う。したがって、風土の季感をかえって強く打ち出すことができるし、季感のないままに、その感情をつかみだすことができる。第二に沖縄の言葉をそのまま詠いこむことができる。

◇常青　そういう沖縄を内地の歳時記で物にすると、沖縄の自然風物があまりにも強烈すぎるので歳時記の借り物みたいな作品になってしまう。

蕉園　もう一つ私の立場から考えるのだが、こちらの俳句が育たないならばそれに近いような形式の短詩文学を沖縄独自のものとして我々が始めてもよいと思う。昔の琉球の人達は和歌と琉歌の合いの子のようなものを作っている。これも一つの創作だ。もし我々の口語俳句を日本の短詩形文学として存在し得ないという者がいるならばこれを沖縄だけのものにしてもよいと思う。

また、凰作記念句会が一九六二年九月十六日催され、その意義の報告の形で桑江常青の「鳳作忌と沖縄俳壇＝無季俳句の先駆者を思う＝」が一九六二年九月二十六日の「琉球新報」の紙面に掲載されている。沖縄における口語俳句の旗印が明示的に示されたと読める。それから抜粋しておく。

◇従来俳句の定義として「季題のある十七字詩」ということになっている。その季題というのが、この沖縄にあてはまらぬものが多く、沖縄で俳句を作ることはごく限られたせまいはんいの一致をもって、内地と歩調を合わせるより仕方ない状態であった。（略）

現代俳句の歩んできたあとをふり返って見ると、有季定型の俳句を出発点にして、鳳作が放った号砲を合い図に、無季定型の俳句へ進み、それから季にとらわれない定型の俳句をめざし、さらに季にとらわれない広義定型の俳句を心ざし、ついに季にとらわれない広義定型の口語俳句へ進んできているのである。（略）

人あるいはいうかも知れない、無季俳句は亜流であると。（略）

その上沖縄の新聞俳壇は、史蹟保存的な昨日の俳句観にとらわれたものだけあって、現日本俳壇の表層の新鮮な動きを反映していない。

遠藤石村は、一九六二年九月二日の「琉球俳壇」で楚郷・常青作品集を取り上げ、「無季あり有季ありで、表現に至っては感覚的な鋭さよりも迷いのみが看取されたりした。私はこの作家がオーソドックスな道を直進し、大成することを望んでいる」「沖縄から本俳壇に寄せられる作品を見ると、私は必ずしも安堵はできないと見ている。正統を踏まえて一筋に苦汗する俳人が少なく、フラツキ蛇行の者が多すぎるからである。十年も経てばこの作家は私が言っていることが天を仰いで本当に分かってくれるものと確信する」と結んで伝統的俳句へ回帰し、大成することを望んでいる。

要は伝統俳句の本質、特質の理解を深めれば自ずと伝統俳句の根本に帰って行くという、伝統俳句の規範の優位性を主張している。これに対し桑江常青は琉球新報の紙面で反論している。

桑江常青は締めの箇所で、「石村先生は、われわれの俳句を自由律のように考えている。大間違いである。

われわれは定型の引力の範囲内に立っているのであって、それを無視する自由律ではない」と結んでいる。有季定型、伝統的俳句の五七の韻律も実は成立は新しい。天皇制王権を中心とした自然観、美意識の中で確立されたもので、古代からの韻律は多様である。例えば琉球語は三母音であり、琉歌は八八八六の韻律を保持してきた。五七五の中に天皇制を頂点とした、日本的、伝統的自然観と美意識、秩序意識が刷り込まれてきた。この美意識、秩序意識の呪縛から逃れて新たな俳句表現を確立できるか。また、季語、季感の中に封印された伝統的美意識や秩序支配の原理や、俳句定型の中に隠された国家意思との凄絶な闘いが口語俳句のなかにあるとしたら、桑江常青の「定型の引力の範囲内に立っているのであって、それを無視する自由律ではない」とは、五七五の呪縛、日本語の音韻に踏み込めてない弱さがある。

ホトトギス派的伝統的俳句や、微温的な作句的現状に鋭い警鐘を鳴らしたのは、野ざらし延男であり、野ざらし延男を代表とする青年俳句サークル『無冠』(一九六三年十月)の結成である。同人は作元凡、浦崎楚郷、新垣健一、与儀勇、桑江常青、山城久良光、松川けん光、喜納勝代、東江弘子等であった。これは有季定型を墨守する「沖縄俳句会」への反旗でもあった。有季定型の規範のもと、季節や自然を詠えという主張で、句会で点数と商品を争い、あたかも酒座の風流のごとく堕ちたことに対して俳句とは何かを突きつけたのである。沖縄の置かれた社会性や不条理性に目を向けず、社会性俳句や無季俳句を排除する閉塞的な俳句状況に風穴をあける動きであった。

野ざらし延男は一九六五年、沖縄タイムスに「明日に生きる俳句のための考察――現代俳句の姿勢と沖縄」の論考を書き、一九六七年琉球新報に「俳句は風流の道具か」を書く。「俳句は風流の道具か」(五月)に対し、同紙上に安島涼人が「俳句は風流の道具かに答える」(六月)を、久高日車が「青年俳人へ望む」(八月)で反論する。

野ざらし延男への反論を要約すれば、自らが中央で認められた多数派であり、正統派であるという主張に終始している。また、野ざらし延男の論は、沖縄の俳壇をかく乱する政治的意図以外のものではないとしている。生ぬるい文学風土、俳句風土への本質的な問いを発した野ざらし延男に、正面から答えたものにはなっていない。その翌年、一九六八年に野ざらし延男の第一句集『地球の自転』が出版された。それから、句をひろっておく。

澄み切るまで蝌蚪爆音の田に泳ぐ
黒人街狂女が曳きずる半死の亀
五月の天火を吐く野獣の口ふさげ
コロコロと腹虫の哭く地球の自転

「黒人街狂女が曳きずる半死の亀」はこの句集の秀句のひとつである。「黒人街」「狂女」「亀」のメタファーのせめぎ合いに揺さぶられる。私は白人街である八重島にいたが、街はAサイン制度が制定された一九五三年以前から特飲街として拡大してきた。島ぐるみ闘争が激化してくると米軍は個別店舗ではなく、地域、エリア毎にオフリミッツをかぶせ、力で鎮静化をはかるようになる。一九五六年頃から八重島の特飲街はオフリミッツのあおりもあり衰退し、経営者はセンターやゲイト通りに転居していき、ベトナム戦争当時はそこに中心が移る。コザ十字路一帯の黒人街もベトナム戦争時をピークに拡張される。白人街、黒人街にはアメリカにおける差別縮図があり、米軍内の差別の反映があった。ベトナム戦時のコザには大きな特飲街エリアが三つあった。白人街エリアとして八重島、センター、ゲイトエリアであり、黒人街として照屋、コザ十字路エリアであり、沖縄人相手の吉原エリアである。通学するのに白人街を通り、黒人街を通るという道筋になる。高校の教師には吉原帰りに教壇に昇るという強者もいたが、混沌、混在していても生徒は許容するキャパは備わっていた。黒人街に住んでる同級の女生徒は、黒人兵を巧みにかわす術を心得ていて、感心させられることが多かった。この句を目にした時、脳裏をかすめたのはまさに、黒人街で人形を紐で曳きずる狂女の事だった。シミーズ姿だったと記憶している。私は何故狂ったのか、彼女に何かよからぬことが起きて、それがどんな過酷のことだったのかに思いがとんだ。一緒にいた女生徒のひとりは、「人形がかわいそう」と曳きずられる人形に心を盗られていた。何故狂ったのか、事件、出来事、病気、恋人のベトナムでの死等々いろいろ湧き出る。曳きずられている人形をかわいそうと感じる彼女の感性には、人形を生あるものとみなしている。あるいは狂女になったのも死産のせいだったかも知れない。あるいは幼くして亡くなったかも知れない。そのショックを曳きずっているかも知れない。私はこの句を理解しようとする時、このフラッシュバックに晒される。

それを離れて理解しようとする時、どうしても亀のもつエロスとグロテスクさに揺すられる。亀のどの部位に焦点をあてるかによっても解釈はゆれる。頭部に焦点をあてるとペニスの伸縮を彷彿させる。狂女になってでも半死のペニスを曳きずる女としての性の奥深さのようなものがぶら下がってくる。亀の甲羅というと背負うという荷の重さ、逃れがたさのある荷がぶら下がってくる。それは沖縄の歴史性まで含めた荷となるメタファーへと羽ばたける。月並みなイメージではなく転換してみることもできる。その時「狂女」「亀」をどういうメタファーに見立てるか。私は、「狂女」「亀」の深部に「米兵」をかぶせる。二重露光である。ベトナム戦争の暗部はそれほど米兵の心をむさぼり尽くして、彼らも国家の犠牲として半死のまま、街をふらついていたことは、彼らに接した実体験としてあったし、彼らとしたたかに飲み交わすこともあった。時には脱走米兵を、転々とネットワークでつなぐこともあった。その二重性がこの句にはあるし、それを同時に受け取るべきだと私は思っている。

こういった句のもつ社会性までおびた複雑な構造は、有季定型を墨守する俳句には見いだせない核心部分である。

季語の問題を沖縄の風土で考えると当然京都を中心とした歳時記との異質性を考えていかなくてはならない。植民地期の台湾の俳句でも季語をめぐる問題は提起されてきた。台湾という熱帯から亜熱帯を包含する風土は、「内地」の季語とも、京都を中心とする歳時記世界ともちがう世界がある。では台湾固有の歳時記を編めばいいとは、有季定型ホトトギス派の高浜虚子は考えなかった。あくまでも日本本土の歳時記をゆるぎないものとして押し出した。認めることは、支配の論理が破綻するという認識があった。

高浜虚子の「熱帯季題小論補遺」は次のように展開している。

◇俳句は日本の国土に生れたもので歳時記は本土のものである。それを熱帯地方に持って行って移植する場合は多少の取除けが無ければならぬ。別に熱帯地方の歳時記を編むがよいといふ説もあるが、そんな風に地方で歳時記が出来たら俳句の統一がむづかしくなる。どこまでも本土の歳時記を尊重し、大体は其に準拠し、唯熱帯地方には特別の取除けがあることにすれば、いくらか自由に作れることになるかもしれぬ。

在台湾の日本人俳人は、まず季感の乱れに翻弄されている。最初のうちはいわゆる「内地」の歳時記を想定して句をつくるが、台湾に目を向けるようになる。こうした動きにたいして虚子は釘をさしている。台湾で生まれた季語は「熱帯季語」として「夏」でくくり、本土歳時記を乱さぬよう限定的に扱われた。「夏」以外の台湾季語は殆どはねつけて、認定しようとはしなかった。有季定型の支配の規範性が揺らぐのを押えようと論陣を張った。在外の日本俳人は日本の歳時記を遵守すべき、という考えに貫かれている。俳句をつくること、花鳥諷詠に巧みであることに民族的な技能であると位置づけ、俳句の地方へ、海外への展開を国威の発展として虚子は捉えた。帝国日本の勢力拡張と同化政策の構図を是として把握するのが虚子の姿勢であり、在日本俳人の抱えた俳句の問題でもあった。

一方、台湾人俳人たちは、自らの文化の異質性や季節感のずれる動植物を、台湾季語として認めるよう働きかけるが退けられる。次の、虚子の展開を見てみよう。

◇日本本土に興った俳句はどこ迄も本土を基準として、本土に生まれた歳時記を基準として、其歳時記は動かすべからず尊厳なものとして、熱帯の如きは一括して「夏」の季に該当すべきものである。そうでないと内地の季題に混乱を来して収取すべからざるものになる。

台湾を外地とくくるなら、沖縄も外地であった。高浜虚子は、海を越えていく俳句の拡がりに対し、帝国日本による勢力拡張と同化政策の構図に添って把握し、秩序付けようとしたのである。現在形は変化しているが、伝統俳句規範に対する同調、同化圧力は現在も潜在しており、それに対する基本的な姿勢を問われ続けていると考えている。

視点を変えてみる。琉球王国に至る流れの中で、中国から、中国を経たインドからアジア的な自然規定を受容したとされる。琉球のすぐれた漢詩人でもあった程順則にふれつつ、暦法にふれつつ季感のずれについて書いていく。

季感のずれのこと

程順則（一六六三〜一七三五）の『東苑八景』に「北峰積翠」がある。「東苑」は首里城の東方にあった「御茶屋御殿（うちゃやうどぅん）」のこと。冊封使の歓待や芸能の披露なども催された迎賓館的文化の殿堂として機能してきた。冊封使正使（一六八三）、汪楫（おうしゅう）は「御茶屋御殿」を「東苑」と名づけた。石その八景を詠った漢詩のひとつである。程順則の『東苑八景』は大きくふたつのグループに分けられる。石獅子、望仙閣や案山、松、能仁堂といった東苑（御茶屋御殿）の内側の四景を詠ったものと、東苑をめぐる四景を詠いこんだ、北峰（弁ヶ嶽）、南にひろがる麦畑の眺望、西の海、慶良間諸島の眺望、東海（久高方面）の眺望の景である。

北来山勢独嵯峨
葱鬱層層翠較多
初識三春風雨後
奇峰如黛擁青螺

（北の山はひとつだけ険しい姿をしている。木々が鬱蒼と折り重なった山は翠（みどり）の多さを競い合っているようだ。初めて三春の風雨のあとの季節であることを識った。黛（まゆずみ）のようなめずらしいかたちの山は青螺（青緑）色に彩られている。）

程順則が詠いこんでいるのは三春のあとの瑞々しい緑の爆発すさまじい頃の弁ヶ嶽である。孟春（旧暦一月）、仲春（旧暦二月）、季春または晩春（旧暦三月）を三春というが、三春のあとの旧暦四月の初夏の頃の弁ヶ嶽の描写であろう。うりづんは「潤い初め（うるおいぞめ）」が語源とされる。琉球の大地に潤いが増してくる時期のことをさしていうが、それは三春の内の「潤い初む」候を捉えた沖縄独自の季感なのだろうか。旧暦（太陰太陽暦）は「立春正月」としてつくられており、孟春（旧一月）、仲春（旧二月）、季春（旧三月）、孟夏（旧四月）、仲夏（旧五月）、季夏（旧六月）……と続く。孟は初めという意味。中国では兄弟の順番を表す字（あざな）としても用いられている。孟（長男）、仲（次男）、李（三男）という風に。孔子は字を仲尼（ちゅうじ）。次男の意がある。明治五年以前の旧暦のもつ季感と六年以降の太陽暦のもつ季感とでは差が生じる。季感と暦は関係深いものだが沖縄では旧暦（太陰太陽暦）に基づく行事はまだ引き継がれている。旧暦（太陰太陽暦）は、月の満ち欠けと太陽の運行を組み合わせた暦法。立春に近い新月の日を一年のはじまりの日とする（旧正）。狂いは、三年に一度の「閏月」を加えて一年を十三か月として暦のずれを解消させる。旧暦と新暦では、約一～二ヶ月のずれが生じる。

春夏秋冬を旧、新で整理すると以下のようになる。

▽旧暦の春（一月、二月、三月）、旧暦の夏（四月、五月、六月）、旧暦の秋（七月、八月、九月）、旧暦の冬（十月、十一月、十二月）。
▽新暦の春（三月、四月、五月）、新暦の夏（六月、七月、八月）、新暦の秋（九月、十月、十一月）、新暦の冬（十二月、一月、二月）。

旧暦（太陰太陽暦）はそれに二十四節気を組み合す。二十四節気は一年間の太陽の軌道（黄道）を二十四に分けた（約十五日ずつ）。二十四節気は太陽の軌道（黄道）に基づいているので新暦でもそのまま用いられる。季節は太陽の動きが影響するので、二十四節気は季節の目安として、農業や年中行事には便利なものだった。ただ、二十四節気は古代中国、それも黄河流域（華北地方）の気候をもとにして作られた。日本の東北地方と同緯度の寒冷地で、しかも大陸性気候に基づく季節感には沖縄でもずれを感じてしまう。実際の季感と二十四節気とのずれは修正されて受け入れてきたといえる。ただ、新旧暦含めて、全てに適合する完全な暦と言うものは無い。地球や月の公転軌道、地球の自転が計算で割り切れるものではないので、作るのは不可能なのかも知れない。

月の公転を無視し、地球の公転に自転の誤差が小さくなるように作成されたのが新暦。月の公転軌道からは、新暦は大きくずれる。旧暦は、地球の公転軌道に基づき二十四節季の暦を作り、地球の自転と月の公転に一致する暦となっている。但し、公転のずれはうるう月で修正する。旧暦は公転と自転に合致する二つの暦を組み込んだようなものである。

琉球王朝時代の暦法はどうだったのか。造暦については、金鏘（きんしょう）により一四六五年琉球で初めて暦を作成したとされる。金鏘（一四三二～一四八七）は久米三十六姓。一四六五年、福州で造暦の法を学び明の「大統暦」を造暦。毎年福建省へ暦を受けとりに行く形態から王国内で作成する段階へ移行したといわれる。大統暦に誤差が生じるようになると、司暦官の楊春栄（古波蔵通事）に暦法を修得させた。一六七四年に暦書を印刷し王府内に広めたとある。また、一六八二年に司暦官蔡肇功によって大清時憲暦（清国）が刊行されたことが『球陽』に見える。

いずれにせよ、旧暦（太陰太陽暦）で培ってきた季感と新暦とのずれは放置されている場合が多い。「五月晴れ」といえば、今では新暦五月の晴天へと季感は飛ぶ。しかし、本来は旧暦五月（新暦六月）、の梅雨最中の貴重な晴れ間を指していた。つまり今の六月の、貴重な梅雨の晴れ間のことだった。こいのぼりも梅雨の空を泳いでいた。こいのぼりの泳ぐ晴れ間は貴重な晴れ間だった。五月雨（さみだれ）は梅雨の雨をさしていた。梅雨の雨を集めて最上川も早く、激しく流れたのである。

山口素堂（一六四二～一七一六）の句に「目には青葉　山ほととぎす　初鰹」（『江戸新道』一六七八年）がある。江戸の初夏の風物を詠いこんだと評される。歌舞伎では河竹黙阿弥が明治六年（一八七三年）に「梅雨小袖昔八丈」を書きあげ、六代目三遊亭円生の落語、「髪結新三」（かみゆいしんざ）でも初鰹が取り上げられる。新三が初鰹を買うのは五月五日の節句。丁度梅雨の晴れ間である。これは旧暦（太陰太陽暦）だから六月の梅雨の晴れ間に初鰹を高い金で買って食べた噺である。

ちなみに初鰹の水揚げされる時期は、九州、四国沖（三月～四月頃）、本州南岸沖（四月～六月頃）、三陸海岸沖（七月～九月頃）とあるから、江戸時代は焼津あたりから「押送船」で日本橋の魚河岸に運ばれたといわれる。新三が初鰹を買った日は今の六月中旬だが、今の初夏五月のイメージと差し替えが起きていると思う。明治六年の太陽暦への改暦とヨーロッパから流入してきた五月にまつわる文化等いろんな要素が、本来の季感とのずれを、ずれのまま定着させた例ともいえる。江戸の初夏とは違う明治の改暦以降の初夏と風物があるが、落語や歌舞伎の初夏を今の感性で楽しんでいるともいえる。けれど古い季感の所在も抑えておく必要があるだろう。季感も時代の支配的規範で再編されていく。

俳句をやる人は新旧の季感のずれをどう整理しているのか、気になることである。

山口素堂（一六四二〜一七一六）、松尾芭蕉（一六四四〜一六九四）はともに貞享暦（一六八五〜一七五五）への改暦を経験している。八二三年間使用されていた宣明暦（せんみょうれき）からの改暦である。一六八四年は甲子の年であり、天和四年から貞享元年に改元された。甲子は天意が改まり、王朝交代の革命の年、変革の多い年とされる。いわゆる甲子の年に行われる甲子改元は日本でも変革を防ぐため頻繁に行われた。干支のスタートとなる年で西暦を六〇で割って四が余る年が甲子の年となる。一六八四だと二八余り四となり該当する。一六八四年の甲子改元と、一六八五年の貞享暦への改暦は松尾芭蕉の俳句革新の決意にも火をつけたのだろう。『野ざらし紀行』は『甲子吟行』とも呼ばれ、芭蕉の新しい俳句革新を求めての旅（一六八四年八月〜一六八五年四月）でもあった。

野ざらしを心に風のしむ身かな

宣明暦は八二三年間改暦しないうちに誤差が蓄積していた。中世においては暦の統制はゆるく雑多な暦注が入り込んでいた。貞享暦への改暦により暦の編集権が幕府のもとにおかれ統制が強化された。ただ、頒権は陰陽家土御門家にあった。貞享暦への改暦に関わったのは渋川春海だったが、清時憲暦については否定的であった。旧暦の改暦は宝暦暦（一七五五〜一七九八）、寛政暦（一七九八〜一八四四）、天保暦（一八四四年〜一八七二年）となる。

まとめ

季語のずれの細部に入り込んで展開をしてきた。俳句革新はたゆまない表現の破壊行為でもある。自らの感性のふやけをぬぐい、既成の感性を食い破る言語行為の永続性を問うものでもある。歳時記を問い、季感のずれ、アジア的な自然規定と村落共同体とそれに連れそう習俗の中に、島々の原理と分かちがたく融合しているものを、ち密にたどりつつ解体していくことも、今後に課せられた大きな課題だと感じている。

平敷武蕉
私の「沖縄文学」への歩み

論考のタイトルとなった「沖縄文学」というのは、大城貞俊の定義する論に拠っている。大城氏が「沖縄の文学」、「沖縄文学」を定義づけてくださったお蔭で、ずいぶん研究がやりやすくなったことである。大城氏は「沖縄文学」は存在すると断言し、「沖縄文学を定義する三つの視点として「時代」「内容」「作者」を提示する。「時代」とは《沖縄県となった明治以降から現在までの文学作品のこと》、「内容」とは《沖縄を舞台とした作品》をさす。「作者」とは、《沖縄で生まれたか、もしくは沖縄に移住して活動している作者の作品》としている。

強いてあと一つ上げれば、未来へのニライカナイ信仰と言霊の島を描いている点であろうか。島中に御嶽や御願所があり、巨木や巨岩や湧き水の湧く井戸などの自然のそれを拝むユタが存在する。本土の評者などは「沖縄のアニミズム」として評しているほどであるが、ここでは深くはふれない。（大城貞俊著『抗いと創造』

所収)
わたしが「沖縄の文学」を渉猟して目的意識的に読み、授業実践の中で扱うようになったのは、北谷高校で「国語特論」の授業を担当することになってからであり、一九八一年頃である。同校では、三年生を対象に、一クラス二単位の選択科目として開設、沖縄の近・現代文学を扱うことになったのである。これは、教研(教育研究集会)の場で自主編成教材の一環として「沖縄にかかわる近代文学をどう教材化するか」(岸本豊秀教諭)が課題になっているという問題提起を受けてのことであった。一九八一年から教材の検討などに入り、八三年から具体的カリキュラムを作成し、授業実践にはいる。無論、指導書など皆無であって、手探りの実践であったが、その年の高教組の中部支部教研と中央教研および日教組第三五次教育研究全国集会でも発表することになった。カリキュラムは沖縄の小説、文学史、評論、エッセイ、詩、短歌、俳句など全分野を網羅して教材化し、「沖縄の現代文学の年間カリキュラムの編成と授業実践の試み」としてレポートを提出したが、全国教研では大城立裕『『カクテル・パーティー』の授業実践」だけを発表した。レポートでは「カクテル・パーティー」を扱う意義について次のように書き記している。
《本作品は、一九六七年、第五七回芥川賞に輝いた作品である。これまで「文学不毛の地」と言われてきた沖縄からの初の芥川賞作品として、また、基地沖縄の生々しい現実を題材にした作品として受賞当時も大きな社会的脚光を浴びた。(大城立裕氏本人は基地告発小説として読まれることを嫌っていて、そのことをめぐって筆者と新聞紙上や雑誌及び手紙のやりとりなどで作品のテーマについての論争がある。(論争内容は拙著『沖縄からの文学批評』に所収)。
《作品内容は、米軍基地内のパーティーに招待され、選良者意識を味わっていた沖縄の一知識人が、米兵によって自分の娘が強姦されることを契機に、琉米親善を謳うパーティーの虚妄と米軍支配の不当性に憤慨し、米兵を告訴するというものである。ただし、この作品のテーマは、沖縄を被害者とする「単なる基地告発」ということにとどまらない。主人公が娘の件で米兵を告訴する過程で、中国人孫氏から、戦時中、日本軍が占領者として中国人民に加えた蛮虐な行為を厳しく追及されるからである。今、自分の娘が米兵に暴行されて、アメリカを告発しようとする主人公は、過去の中国大陸での罪をどのように反省してきたのか、そして、その反省の上にたって、戦後をどのように生きているのか。このように日本人の加害者としての責任、ひいては沖縄知識人の戦争責任、戦後責任の問題をも鋭く問う内容を孕んでいるのである。戦後40年、戦争体験の風化が言われ、またぞろ、新たな戦前が〈露出〉し、沖縄は今なお軍事基地の重圧に呻吟させられている。沖縄に生きる者として、わたしたちが自主編成の教材に真っ先に取り上げざるを得なかったゆえんであり、優れて現代的テーマを孕んだ格好な作品といえる》。

目取真俊が「水滴」で芥川賞を受賞した翌年の一九九八年には「水滴」を教材化して中部支部及び中央教研で発表した。

このような自主編成＝教育活動と並行して私は俳句文学と出会うことになる。高教組が編集・発刊した自主編成の副読本『沖縄の文学』の俳句単元で初めて野ざらし延男の俳句に接したのである。そのときのことを書き留めた文章を抄出する。

《『天荒』俳句会に入会したのは一九八九年の十月のことである。そこで三十年余句作を続けた。年間四〇〇句ほどを詠んだので三十年間で一万二千句は作ったことになる。また、その頃は、独自に沖縄の近・現代文学の研究に着手しているときであり、他方、転勤したコザ高校で、伊集盛勝の主導する「シュタイナー研究会」に入会し、その研究に没頭していたときでもある。研究会は十年目に記念誌『カシオペイア』を創刊する。この二つの研究に私を傾倒させたのは、日々荒廃する教育現場と対峙するには己の理論と資質を強靭に鍛えるしかないという窮迫した思いからであったと思う。主任制が敷かれ、日の丸・君が代が強制され、「学習指導要領」の抜本的改定が発表された年である。新学習指導要領は日の丸・君が代の義務化、国家主義教育の強化、道徳教育の重視、社会科の解体をその特徴としていた。国語では「言語教育の重視」の名のもとに文学教育から実用国語への変質が目論まれていた。（詳しい分析は北谷高校発行の教育文化研究

誌『きたたん』創刊号の平敷の論考「国語教育の変質」・1997年発行）
外濠が埋められるなか、教師たちの自主編成が急がれていた。時代は教師の「感性」と「力量」が抜き差しならない形で問われてくることを告げていた。
《そのようなとき私は、野ざらし延男の俳句と俳句思想に出会ったのであった。（中略）沖縄市の中央公民館で開催された野ざらし延男の「俳句講座」を受講したのが俳句の実作に関わり始めた最初である。国語教師として自ら俳句実作に関わることなしに生徒の感性に立ち会うことはできないというのが直接的な動機である。（中略）また、高校生のための副読本『沖縄の文学　近代・現代編』（沖縄県高教組の編集発行・時事出版』）を使って、

《黒人街狂女が曳きずる半死の亀》
《岩ぶよぶよ嬰児ぶよぶよ地球抱く》
《雨中サッカー君ら打楽器のしぶき》
《火の粉浴びわれら向日葵の黒種吐く》
《光年の涙腺上のかたつむり》

といった野ざらし延男の強烈な作品を、自らも少なからぬ衝撃を受けながら授業で扱っていたのである。それらの作品は、遠藤石村、矢野野暮、沢木欣一、瀬底月城、小熊一人ら沖縄の俳句界において第一人者として活躍した俳人たちの作品と一緒に掲載されていたが、その中にあって、野ざらし作品は明らかに異彩を放って屹立していた。第一季語がない、あっても季節感にとらわれてない。定型にとらわれず非定形・破調である。難解である。それらの作品は、矛盾渦巻く現実を直視した憤怒を言葉へ転移した作品であると共に、花鳥諷詠・有季定型の伝統俳句への反旗を翻す意義を有する作品としてあったのである》（略）《自らの感性を磨くことなしに、知識で授業するだけでは迫りくる教育攻勢の嵐に対処し得ないといった海鳴りのような意識が、わたしを俳句実作へ駆り立てていたのかも知れない。また問題意識のないままに、物事に何年関わ

っても、ついにその物の本質に迫ることはできないということをも告げていた。山頭火の自由律俳句や篠原鳳作の無季俳句、金子兜太らの社会性俳句などの存在を知らなかったわけではない。しかしそれらの俳句を「特殊な俳句」として理解し、俳句とは季節を詠う有季定型俳句という古い俳句観を温存させて来たのである。それだけに、野ざらし延男氏の俳句講座の中で、「俳句にとって季語は絶対的なものではない」、「季語は言葉の海に泳がせる」と言われたときは目からうろこ、衝撃であった。また、俳句は時代を詠み、現実に生きる人間を詠むことだという俳句観の存在することを知ったのも驚きであった。（略）このことは私自身が伝統俳句の有季定型俳句偏重で編成された教科書俳句の考えに毒され、いつのまにか季語信仰、花鳥諷詠の俳句思想に染め上げられていたことを図らずも物語っている。このように私は、花鳥諷詠思想と季語・季題の呪縛から訣別する一歩を踏み出すことができたのである》。

歴史的現在に実存し、時代の白熱点で現実と切り結ぶおのれの姿勢と思想をこそ、俳句という短い詩で表現したいと考えたのである。

かくして私は、野ざらし延男氏を代表とする『天荒』俳句界に入会することになる。同俳句会は一九九八年に俳句同人誌『天荒』を創刊し、年三回の発行を続ける体制を整えていた。私は、その創刊号から「文学雑感」と題するエッセイを執筆することになる。野ざらし氏から「俳句に限定しないで自由に、文学全般についてのエッセイを書いてごらん」と勧められたからであった。

執筆対象は、俳句作品はもちろんであるが、短歌、詩、小説、評論、教育、状況への発言などである。俳句以外には沖縄文壇の第一人者への論評が中心となった。彼ら諸氏については、論評だけでなく、授業実践のテキストとしても活用させてもらった。教育論は作品論にとどまらず、政府文部省（現在の文部科学省）の教育政策の批判的分析に踏まえ、「実践的教育論」として提示してきたつもりであったが、断片的な発表にとどまり、まとまった発表が充分できずにいる。「状況への発言」はその都度、事件・事象のただ中で発言することを心掛けてきた。

これらの論評については、二〇〇五年に『文学批評は成り立つか―沖縄・批評と思想の現在』（ボーダーインク）として出版した。同著書の「あとがき」には次のようなことが記されている。《今年は戦後六十年。還暦を迎える私にとって、私の生きてきた年歴でもある。（略）戦後六十年という節目の年に、わが来歴の一端を振り返り、六十年代世代の闘いの意味を、たとえささやかな形ではあれ、世に提示するのも一興かも知れない》と。

「文学雑感」であって、本にするほどの大それた評論文ではないと、散々ためらった上での発刊であったが、同書が「第三回銀河系俳句大賞」（評論）を受賞した。無論、応募した覚えなどないのでびっくり仰天したことだ。同大賞は普通の文学賞のような応募制をとらず、2年～3年の期間に全国で発刊された本の中から、選考者の西川徹郎氏が単独で選出する賞だとのこと。また、四〇〇頁に及ぶ同書は半分ほどが俳句論で占めているとはいえ、すべてがそうではない。賞状には《貴殿の『文学批評は成り立つか』は季語・季題の呪縛を打ち破って俳句形式の未来を切り拓く評論です。由って茲に貴殿の栄誉を讃え日本俳壇頂上の文学賞たる第三回銀河系俳句大賞を贈って永く記念する》とあった。また西川氏は、受賞理由として、《この評論集は、時評として書かれた俳句思想論であり、今日の俳句思想の本質的問題を真正面から捉える、近年、稀に見るすぐれた俳句評論であった》《広く現代日本の全国各地にあって、文学としての俳句を確立せんが為に苦悩し、俳句形式の未知未開の領域へ果敢に挑戦し、かつその確かな成果を顕しつつある大志ある営為を顕彰する日本文学史上、唯一の「俳句文学」大賞が本賞なのである》とも述べ、更に、《平敷は、定型と国家の危うい言語関係性を更に「沖縄」という戦後日本の根源的危機を契機とすることで、批評文学としての独自のリアリティを確立したのである》《前近代の因習と呪縛に詛われた日本のこの無責任の俳句風土から本書の如き本質的な「文学批評」が出現すること自体、死界の緑野の如く奇跡に近い》とも述べている。

このような身に余る賛辞を戴いたのであるが、感激する以上に「これは大変なことになった」という不安感の方が大きかったことだ。とはいえ、喜びも尋常ではなかったわけで、激励と期待に応えられるべく精進しようと決意を新たにしたことである。
（詳しくは拙著『文学批評の音域と思想』のなかの、「新たな批評文学のために」と題する論考に所収）。
ところで、拙著を大賞に選んだ西川徹郎とはいったい何者なのであろうか。

〈実存俳句〉との出会い

西川氏は、極北の地北海道芦別市を出自とする本願寺派の真宗学者で、俳句作家、歌人、文芸評論家。高校生の時に細谷源二が主宰する『氷原帯』新人賞を受賞して鮮烈にデビュー。以来、〈実存俳句〉を追求しつつ、これまでに十四冊の句集を出版、二万一千句を発表し、日本文学史上最多作者。現役作家としてはただ一人、北海道旭川に三階建ての「西川徹郎文學館」を設立し、〈実存俳句〉、反俳句の拠点としている。最も新しい第十四句集『幻想詩篇天使の悪夢九千句』（茜屋書店）は八〇〇頁に及ぶ大書。作者の凄まじいエネルギーと作品の圧倒的質量に驚嘆するばかりだ。その大書が私にも贈られてきた。その中に、例えば次のような句がある。

《妹が跨る白馬血にまみれ》
《小學校の階段銀河が瀧のよう》

一句目の「妹が」の句はイメージが実に鮮烈である。血にまみれているのは妹であり白馬である。「白馬に跨る妹」も「血にまみれた白馬」も現実には見えるものではない。現実には見えないが、イメージは鮮烈である。二句目も凄絶である。「小學校の階段」が天空高く立ち上がり、そこから「銀河が瀧のよう」に流れる鮮やかな光景は現実にはありえない。ありえないから目で目視するわけにはいかない。しかし幻想のイメージとして幻視できる。現実にはない非在の幻想的なイメージである。一句目の句には季語がなく、二句目の「銀河」は秋の季語としての銀河ではない。ここでの銀河は、敢えて言えば、幾百年と続く宇宙の歳月であり、歳月に渦巻き綴られた人間の営みや記憶であり、宇宙の叫びである。この〈宇宙の叫び〉を、形ある物しか見ない写生の句で書き止めようとするとき、既存の定型俳句は内側から軋み始めるしかない。この二つの句が私たちに突きつけているのは何であろうか。「俳句は自然を詠むもの」とする客観写生・花鳥諷詠を唱える有季定型の温和な伝統俳句思想の虚妄性の提示であり、季語・季題に呪縛された俳句観の破綻の告知である。けだし、視えないものを視る、聴こえない声を聞くのが文学者であり、言葉の表現者である。

西川徹郎はこのことを次のように力強く述べている。

《文学という言語表現の場に於いて描き出される一切が虚構であり、虚構でないものは何一つない。文学はこの虚構の鏡の中に人間の実存と社会と現実の不条理の暗黒を映し出し、夢と幻想の言葉の中に生在る者の危機と地獄と悪魔の永遠性を描き出すのだ。(『幻想詩編　天使の悪夢九千句』後記「白い渚を行く旅人」)》

このような俳句思想は、写生・花鳥諷詠を唱える俳句観からすればまさに忌むべき妄言であり、唾棄すべき「反俳句」の思想であろう。西川徹郎が自らの俳句を高らかに、〈反定型の定型詩〉であり〈実存俳句〉だと称する所以である。

私が西川徹郎の存在を知ったのは、『国文學』の二〇〇一年七月号で西川氏の論考「反俳句の視座――実存俳句を書く」を読んでからであった。私はそのときの衝撃を書きとめ、もっとも感銘を受けた箇所として、次の文節を抜き出している。

《この季語・季題の呪縛は俳句の言葉を季節の詩へと強いるものであり、俳句の言葉から人間を奪いとり、俳句を文学から断種する魔物である。それは華をかざしながら美意識を以て人間を統率する定型詩に宿された国家の意志であり、詩人がその全霊を以て抗う対者にほかならない》《人間の実存は和歌伝統の美意識や国家の意志に隷属する文語では書き止め得ることは凡そ不可能である》。

西川氏は、更にこの論考で芭蕉の辞世の句《旅に病んで夢は枯野をかけ廻る》について、口語俳句の嚆矢であり、芭蕉こそ〈実存俳句〉の先駆者であると、革命的に読み解き、文学界全体に衝撃を与えた。(拙著『文学批評の音域と思想』の中の「西川徹郎論――〈実存俳句〉の思想と方法」参照)。

以来、私は西川徹郎の〈実存俳句〉に激しく共鳴してきた。〈実存俳句〉との出逢いである。

今回、これまで県外の雑誌や職場内の文芸誌などに発表しただけで読者も極めて限定され、埋もれたままであった論考を、この際、書き直すことはせず、原文のまま載せることにした。特に、「南島から—有季定型論の虚妄」は、「銀河系俳句大賞」受賞後、最初の論考であり、筆者自身にとってもエポックとなる論考である。

「南島から—」の当初の発表誌は、西川徹郎が北海道から全国に向けて発信する『銀河系通信』十九号誌上である。「通信」としているが、二〇〇六年八月に発行されたその十九号は、A五版、七二二頁に及ぶ大冊であって、六八人の著名人が論考を寄せる画期的評論集であった。論考には、西川徹郎の「実存俳句の思想」や「寺山修司論」を始め、吉本隆明の西川俳句に寄せた論考や、笠原伸夫、稲葉真弓、芹沢俊介、齋藤槇璽などなど錚々たる面々の記念すべき論考が収録されている。

南島から—有季定型論の虚妄

沖縄の地元紙沖縄タイムスの一月二十日付の紙面は、桜祭りの到来を告げている。今年は開花が例年より早いのだという。

他方、テレビは、連日、本土各地の豪雪の被害を報じている。例年にない豪雪が、沖縄を除く全国各地を襲い、北海道・東北あたりの雪国では雪にまつわる被害で、これまで、百人近くの死者が出ていると報じている。屋根に降り積もった雪の重さによる家屋の倒壊、屋根の雪下ろし作業中の転落事故、落雪による生き埋め等である。雪深い過疎地のお年寄りの被害が多い。

総合雑誌『俳句』(角川書店)一月号は、新年にちなんで既成の大家たちの新年詠特集号を組んでいる。その中から、雪景色を詠んだ句を拾ってみる。

お御りや弘法さまの網代笠　山岡麦舟
白き山方丈に雪降りしきる　戸塚義幸
鳥追のち竹高々と雪の空　坂内文應
雪のせて素心狼蝋梅花盛り　米山清子
お降りや白粥に塩ぱらぱらと　成田千空
雪中に姿勢を正す鉄の橋　和田悟朗
神杉のしづり雪こそ浴びたけれ　正木ゆう子
裏表雪を刷きたり飾昆布　長谷川櫂
雪踏んで初めての家訪ねけり　片山由美子
駒ヶ岳垂直の澤雪来たる　小澤　實
初雪や夜空のやうな髪を持ち　櫂未知子

本題に入る前に、ふと疑問に思ったことを一つ。これらの句は一月一日発行の雑誌の新年号に掲載された新年詠である。新年号に載せるためには、作品をひと月前ぐらいには作句していなければならない。雑誌の依頼に対応するために、すべての季節の句をストックしておく大家もいるとのことであるが、作者たちは新年になった気分を先取りして、十一月頃には作句しておくというのであろうか。なかには「お降りや」というような天候に関する句もある。雪や雨まで予測しておくのであろうか。

本題に戻る。さて、ここで詠われているのは、「雪月花」の一つで「日本的自然美の代表」としての雪である。これらの句から、連日報道される豪雪地帯の雪の惨状は見えてこない。現実の雪の惨劇が隠蔽されて成立した風雅としての雪景色である。ここで抹殺されているのは、北国の豪雪地帯の雪の惨劇だけではない。雪のない南の沖縄もまたとうから除外されている。雪は美しいもの、清浄なるものという雪の本意・本情の季題幻想に呪縛された精神が、現実を見る目を抹殺しているのである。雪化粧から目を転じ、たまには、小林一茶の次の句を読んで、生活者の生の声に思いを致してはどうかと思うのだ。

初雪を煮て食ひけり隠居達

初雪をいまいましいと夕かな

風雅の代表としての「雪月花」のもう一つの「花」においても、沖縄は除外されている。花とは桜であり、春咲くものであり、美しくはかない、潔いというのが、季語・季題でいう「花」の本意・本情とされている。だが、「南島から」の冒頭の文で紹介したように、沖縄の桜は一月で満開する。桜の種類も東京・京都の染井吉野ではなく緋寒桜。椿のように萼ごとボタッと落ちるので、風にはらはら舞い散ることもない。

沖縄の琉歌にも桜を詠んだ歌はある。代表的なものに遊女吉屋チルーの次の歌がある。

流れゆる水に桜花浮きて

色清らさあていどすくてぃんちゃる

「川の流れに浮かんでいる桜の花があまりに清らなので、思わず掌に掬い取ってみたことだ」（訳は武蕉）というのである。ここには、桜の本情としての散るはかなさ、潔さといったイメージは持たされてない。「色清らさ」に魅せられ思わず掬い取ったと詠っているのである。吉屋には《及ばらんとめば思ひ増す鏡影やちょん映ち拝みぼしやぬ》（及ばぬ恋と思えば思うほど思いは増すばかり、せめてあの人の面影だけでも真澄の鏡に映して拝みたいことだ。訳は武蕉）などを見ると、「思ひ増す鏡」が「思いが増す」と「真澄《ますみ》鏡」の掛詞など、掛詞をたくみに駆使した歌などもあり、技巧的に古今和歌集や新古今和歌集にも通じていたことを窺わせるのであるが、しかし、桜の本情としての美意識に染まっているわけではない。このように、桜の美を詠っていても、日本的な伝統的美意識とは異なっている。王権の住む地域を基準にした伝統的美意識（＝共同の虚構）とやらを沖縄のサクラに求めても無理な話なのである。

もっとも、高橋睦郎、金子兜太、鈴木健一などは、季語はもともとフィクションであって、現実とのずれがあって当然であり、地方には地方の規範となる歳時記がどんどん出ていい、というようなことを述べている（『すばる』二〇〇五年十月号の座談会）。だが、このような発言は、寛大のように見えて欺瞞的であり、無責任である。王権の地の規範としての中央集権的歳時記の維持・普及に手を染めていながら、地方の独自性を容認しているに過ぎないのであって、歳時記に孕まれた中央集権性と国家意志に底通する人間統御の〈悪意〉ついては不問に付しているのである。

「岩野泡鳴は……日本人が一呼吸で自然に発音できるのは十二音だと言っている。この十二音を五と七或いは七と五に分けたものが七五調の始まりだと説いている。つまり、気息の定量は、口調の上に大関係があるということで、卓見だと思う。五・七・五を一音でも外すと、それだけ記憶（気息の誤植？）の負担になるということである。」
（『俳句界』二〇〇五年五月号・深谷雄大）

俳句は四季のうつろいに染められた日本特有の文学である。（略）五七五という日本人の呼吸に即した調べ。季節感を繊細に織り込んだ季語の存在。そのどれをとっても日本以外では生育不能である。（同上・河内静魚）

「五・七・五音は日本語の音数で、しかも長い年月を経て定着したものだから、これは、私たちの肉体のリズム——だということである。
（『今日の俳句』・金子兜太・知恵の森文庫）

ここに挙げた著名な三者の言挙げをどのように受け止めればいいのであろうか。河内氏が、俳句をことさら「日本特有の文学」であり、「日本以外では生育不能である」として、俳句の世界文学としての広がりの可能性を自ら閉ざすことを誇りにする倒錯した考えについては取りあえず置いておく。疑問に思えてならないのは次の点である。俳句の五七五音を、深谷氏は「日本人の気息の定量」と言い、河内氏は「日本人の呼吸に即した調べ」と言い、金子氏は「私たち（日本人）の肉体のリズム」だと言う。何らの根拠も示さずにこのような言説が堂々と流布されることにある恐れさえ覚えるのだ。

このように言い切るとき、彼らの「日本人」「日本語」というときの念頭に沖縄・沖縄語はない。もちろん、アイヌや在日朝鮮人（朝鮮系日本人）や在日韓国人（韓国系日本人）らについても念頭にない。これらの言説を支えているのは、マイノリティの存在を無視した「日本人は単一の民族国家」だとするヤマト民族主義である。例えば、学習指導要領が大改訂された一九八九年に出版された「最新国語I」（教育出版）の「日本語の特色①」の項目に次のような記述がある。「千年以上前の言葉が小学生にもわかるほど根強く生きていることは、世界でもまれな日本語の特色である。（略）多様な人種・民族を抱える多言語国は更に多く、日本のような単一言語というのが、むしろ例外的なのである」。（同教科書の批判的分析は、北谷高校発行の『きたたん』創刊号・一九九七年発行の平敷論考に詳しい）。

また、ここで言われている「日本人・日本語」とはどの時代までの日本を指すか、ということもある。例えば、上代日本語の母音は八音とも六音とも言われているし、現代語のような長音や拗音もなかった（沖縄語は現在も三母音である）。もちろん子音も変化する。これは平安時代以降、漢語が移入され、その影響を受けるからである。（『日本語の原景』仲本正智・金鶏社）。従って、当然、上代日本人の「気息の定量」も「肉体のリズム」も違っていたはずであり、五七五という音数律は不変のリズムではないのである。様々な外国語が移入されている現在、日本語はさらに変化し、その「気息の定量」「肉体のリズム」もさらに変化していくであろうことは、誰でも推測し得ることとである。

琉球・沖縄には「琉歌」という八・八・八・六、三十音の短詩型文学が厳然と存在する。沖縄においては、八・八・八・六のリズムは現在もなお琉球古典音楽や琉球舞踊のなかに根強く受け継がれているだけではなく、年間二百以上の琉歌が三線《さんしん》の楽曲にのせて琉球民謡新作として世に出ているのである。琉歌についての研究家の典型的学説を聞いてみよう。

《普通に琉歌というときには、上句八・八、下句八・六、合わせて三十音（文字ではない）から成る定型の短歌をさしている。和歌がなぜ五音と七音という基本的な音数律を持ち、その結びつきによる三十一文字の文学形式を作り上げていったのかということは、まだ学問的理由が明らかにされているわけではない。それと同じように、琉歌も、なぜ八・六の音数律で短く緊張するようになったのかという理由を明らかにすることは、今のところできない。しかし、沖縄に残る様々な古謡を素材にして、八音と六音の成立していった道筋をたどることはできる。古謡のクェーナ、ウムイ、オモロの中に、五と三が結びつく八音的要素や、三と三が結びつく六音的要素が、歌そのものの発展していく新しい傾向として生まれていることから推し測ると、沖縄固有の歌の自律的な律動が素地となっているとみなければならないであろう》（『南島文学論』・外間守善・角川書店）

琉歌は十七世紀中葉から十九世紀初めに全盛期を迎え、農民や一般庶民、遊女や文学者、役人や国王に至るまで、階級、性別を問わず、多くの人に詠まれ、親しまれてきた。『琉歌全集』（武蔵野書院）には、日本的美意識と峻別されるべき人々の喜怒哀楽を詠った人間の生の声が、琉歌として三〇〇〇首も収録されている。これは、日本的美意識の元祖とされる『古今和歌集』一一〇〇首、「新古今和歌集」一九八〇首を合わせた分量に匹敵する膨大な数である。

先の三氏の言説はこれら琉歌の歴史的現在的存在を否定するだけでなく、一六〇九年の島津侵攻以降の琉球支配とその後の様々な日本同化政策の過酷な史実を抹消するものである。方言撲滅運動として突出した琉球・沖縄への様々な差別政策とそれへの琉球・沖縄内部からの抵抗は、時に「日琉同祖論」を生み、時に中国帰属論、「琉球独立論」「反復帰論」となって噴出し、それは今日もなお、日本語とうちなーぐち（沖縄語）との緊張した関係として、沖縄の文学者たちの表現を根底から規定しているのである。小説では大城立裕、東峰夫、目取真俊、崎山多美、大城貞俊の作品等々の一連の作品にみられるが、山之口貘の次の詩もその一例である。

弾を浴びた島　　　　　山之口貘

島の土地を踏んだとたんに
ガンジューイ
とあいさつしたところ
はいおかげさまで元気ですとか言って
島の人は日本語で来たのだ
郷愁はいささか戸惑いしてしまって
ウチナーグチマディン　ムル
イクサニ　サッタルバスイと言うと
島の人は苦笑したのだが
沖縄口は上手ですねと来たのだ

※ガンジューイ＝お元気ですか
※ウチナーグチマディン　ムル＝沖縄口までも　すべて
※イクサニ　サッタルバスイ＝戦争でやられたのか

（『銀河系通信』十九号掲載の文を二〇〇五年に若干修正）

二〇一五年に出版された『修羅と永遠―西川徹郎論集成』（茜屋書店）も文学界に衝撃を与えた出版である。

西川徹郎作家生活五十年記念として企画された著書。A五判、千二百ページに及ぶ大書である。執筆者は日本各界の著名人七十三名。吉本隆明・森村誠一・平岡敏夫・天沢退二郎・菅谷規矩雄・清水昶等々の、西川徹郎の文学についての論考を集成した空前の論集である。私の『西川徹郎論――〈実存俳句〉の思想と方法』三二枚の論考も収録されている。

実存俳句を追求することは、「国家の意志との凄絶な抗いを為す必敗の営為である」に違いないのである。詩人で文芸評論家の櫻井琢巳は、西川徹郎論の実存俳句が、世界の文学・芸術に比肩する世界文学であることを、絶筆となった西川徹郎論（『世界詩としての俳句――西川徹郎論』・沖積舎・二〇〇五年）で論証した。氏の死後発見された記帳には、西川徹郎への次のような遺言が記されていた。

『古今集』以後の日本の詩歌は天皇制につながっている。
『古今集』の美意識にまみれた詩歌の雲海といかにたたかうか。
西川俳句よ、反天皇の鉾先を研げ。」（『銀河小學校』後記）

書き溜めてあった過去の文章や資料と記憶を綯い交ぜにしたつぎはぎだらけの奇妙な文章になったが、これも私の「沖縄文学」へ歩む足跡をより正確に伝えようとの思いからである。読者にはご容赦を願うばかりである。

安里琉太
なぜ書くか、何を書くか――「境涯」や「人間」の倒錯性のあとに

「なぜ書くか、何を書くか」という問いに答えるための入口として、私になされた批評を眺めることからはじめたい。そうすることが、この大きな問いに視座を与えてくれるはずだからである。

その年の小説・詩・短歌・俳句などの動向が概観される『文藝年鑑』（新潮社）の二〇二一年版において、青木亮人は二〇二〇年に刊行された津川絵里子『夜の水平線』、鴇田智哉『エレメンツ』、加えて私の『式日』における「私」のあり様を「かような三者の『私』は、当然ながら『境涯』『人間』云々と無縁に近い主体感覚というべきで、それも主観と客観の区別がさほど意味をなさないようなありようがうかがえる」と評した。また、私については次のように評されている。詳しく引きたい。

I

安里は二〇代で、かつて俳句甲子園に選手として出場して決勝大会まで進み、また後に高校教員として俳句部チームを率いて俳句甲子園に関わり続ける俳人である。一九九八年に始まった俳句甲子園は平成期から現在に至る俳句状況を考える上で象徴的なイベントで、各試合に設けられた題を両チームが事前に詠んで発表し、討論し合った後に各審査員が点数で評価し、トーナメント方式で優勝を決める。ゆえに俳句甲子園はゲーム性の高い世界観を有し、価値が点数化され、明快に勝敗がつくため、誰もが納得しうる作品を成立させる技術を尊ぶ俳句観が色濃い。例えば昭和戦後俳句が重んじた「境涯」「人間」といった価値観、つまり作品以前に存在し、点数化が困難な世界像を後ろ楯に句を詠み、鑑賞するという俳句観を完全な遺物として葬ることを決定付けるものだった。――略―― 言葉や作品以前に存在する「境涯・人間」等の重みを許することは俳句甲子園では存在しない（というより、教育上できない）。あくまで点数として可視化しうる技術――季語をいかに巧く詠んだか、瞬時に理解しうる句意をいかに詠むか等――を重視する俳句甲子園の感性は、平成俳句を彩る大きな存在となった。かような俳句甲子園のあり方は、安里琉太の句集『式日』に如実に反映している。

青木の稿に対して、高山れおなは『翻車魚ウェブ』（2021・7・16）の「パイクの煙Ⅶ～俳句甲子園中心主義に反対する～」にて反論をしている。また、私も杞憂から言わずもがなのことをわざわざ述べておくならば、青木は時評的性格の稿の上に、二〇二〇年という枠を据え、三冊の刊行を特異点とし、俳句甲子園や拙著、そのほか二冊の傾向を関連せしめている。二〇二〇年という枠、またそこに特定の史を引き入れた場合の時評であり、この指摘が三冊の志向するところや意図のすべてであるというわけではない。それぞれの句集は、紛れもなくそれぞれの営為において都度なされたものだったはずである。だから、『式日』が「境涯」や「人間」といった価値観を「完全な遺物として葬ること」を目的として書かれたわけではないことは言うまでもなくまた明らかなことである。仮に『式日』に目的があるとしたら、いやむしろ、句や句集が意図や目的に基づいて「何かのために」行われるということがあるならば、それをどのように考えるかこそが興味深いことだ。

こうした杞憂を拭い去り終えて、それでなお私が青木の概観に関して幾ばくかの不安をまだ抱くのであれば、史への位置づけの相対化によって俳句甲子園の評価基準とそれに関連する俳句観がいささか簡略化されすぎてはいないかということと、また俳句甲子園における問題が矮小化してしまわないかということである。私見を含めて俳句甲子園を振り返る時、評価基準は必ずしも遜守されて来なかったし、システマティックに「価値が点数化され、明快に勝敗」が決まってきたとも言い難い。俳句甲子園という「場」では、句の作者が自身の学校名を掲げて句を発表し、その後にディベートを行う。この点は名を伏せて行う一般に多い句会の形式とは異なった特殊な点と言えよう。この特殊な点によって、生徒は時として「高校生らしさ」をはじめとする「らしさ」を強く求められ、評価される。それを逆手にとって、生徒が審査員や会場を沸かすべく「らしく」振る舞うことも度々見てきた。求められるものとしての「らしさ」、その背後に機能する「人生」や「境涯」という価値観の痛々しさや空虚さを私は度々目にしてきたのだった。私だけが見たのではない。俳句甲子園が終わると毎年のようにSNS上で「高校生らしさ」についての議論が燻り、ついにいつかの俳句甲子園公式作品集では「高校生らしさって!?」という特集が組まれることさえあった。

II

俳句甲子園をめぐる「らしさ」の問題を振り返る時、青木が概観でも触れた「昭和戦後俳句が重んじた『境涯』『人間』といった価値観」に考えは至る。それは、それらが抱える欲望や倒錯、また暴力性という点についてである。それらの価値観から句を読み、句を評価する時、そこに仮構される「境涯」や「人間」は、おおかた作者を句の「私」に据えて仮構されるが、しかし、その際のテクストの空白は読み手の側の「境涯」や「人間」の規範が少なからず関わる形で補完されてしまう。

その倒錯のひとつの例として、川名大による中村汀女の「外にも出よ触るるばかりに春の月」の鑑賞を挙げたい。

春の宵、庭に出てみると、東の空に顔を出したうるんだような黄色い大きな月。それは、手をのばせば触れんばかりに間近く感じられる。その瑞々しい美しさとすばらしい量感への感嘆、心の昂ぶりを、夫や子供たちと分かち合わずにはいられない。弾んだ声で、「早く外へ出てごらん、お月さまが大きくてきれいよ」と内へ向かって呼びかけるのだ。家族との共感的世界に生の原点を置く汀女の母性的な特質が、おおらかに発揮された名句」

(『現代俳句　上』ちくま学芸文庫・二〇〇一)

この句の鑑賞において注目すべきは、「外にも出よ」の呼びかけがどこにおいて誰に向けられたものかということと、呼びかけが如何に意味づけられるのかということである。川名の鑑賞では、呼びかけは「庭」から「夫や子供たち」へ向けられたものと仮構され、「家族との共感的世界に生の原点を置く汀女の母性的な特質」として意味づけられている。およそ汀女が作者であることから推し量って付された読みであり、論や作品の傾向としての〝汀女〟の像から考えればひとつの〝正しさ〟を纏った鑑賞とも言えよう。

しかし、作者の〝汀女〟からなされたこの鑑賞は、汀女の娘である小川濤美子の『中村汀女との日々』(富士見書房・二〇〇三年)の証言によって揺らぎはじめる。小川はこの句について、知人の富本憲吉夫人の家に立ち寄った際、その月の大きさや近さに驚き、富本家に残っていた女流作家に「外にも出よ」と呼びかけていた様子をふりかえっている。

〝汀女〟の混濁から離れてテクストに目を向けたい。この句における「外にも出よ」という呼びかけの対象は(場所は屋外であろうが)、一句に書かれ得た情報としては空白になっている。不意に口をついて出たものなのか、意図したものかは確定しづらいが、しかしどちらであっても、「春の月」への感嘆と、それを共に仰ぎたいという思い、そのような思いへと至る相手への親しさは読まれ得るだろう。句を読む時、読み手は少なからず句の空白を埋め、句を具体化しようとする。この発語を受肉させ、心情に奥行きを持たせようとする。句に書かれた意味のみをなぞるのではなく、書かれたことから空白を読むということが〝真〟に句を読むということかもしれない。川名はこの句の空白を汀女の〝作風〟、その一貫性に因って鑑賞してみせた。かくして作者の〝汀女〟は「母性的な特質」を帯び、「家族との共感的世界に生の原点を置く」存在と位置づけられることになる。ただやはり、この〝作者〟を汀女の境涯そのものとすることの難しさを鑑賞と作者の証言と書かれていることとの混濁が露呈している。

川名の鑑賞におけるもう一つの問題は、作者の〝汀女〟の仮構に持ち出される〝作風〟にすでにして織り込まれてしまっている「人間像」である。具体的に述べるならば、「家族との共感的世界に生の原点を置く汀女の母性的な特質」という記述に表れる「生の原点」、「母性」という本質化される「人間」像のそれのことである。今日、フェミニズム研究を中心に、「母性」は先天的、本能的なものではなく、社会的構築物であることが論証されている。たとえば、エリザベート・バダンテールは『母性という神話』（筑摩書房・一九九八年）において、そのような論証と、また女性の「人間像」において、「母性」が先天的、本能的なものとして位置付けられ、そうした言説が女性に家事や出産などの特定の社会上の立ち位置や役割を課すように古くから機能してきたこと、家父長制のもとに奉仕させてきたことを批判している。それが、あたかも女性の生の根源に由来する〝自然〟であり、そうでないことが〝不自然〟であるかのように機能してきたことが、どれだけの暴力を振るってきたかは想像に難くない。

今日、身体上の性徴に社会上の「性役割」を重ねて固定化する言説の倒錯性や暴力性は、女性をめぐる言説からだけではなく、多角的に批判されている。過去の「人間像」が〝自然〟とし〝標準〟としてきた男女という二元的な性別のもとに、〝不自然〟であり〝標準でない〟とされた〝どちらでもなく奇妙で風変わりな性〟に対する倒錯的な言説も暴かれ終わっている。「らしさ」の押し付けによる暴力はすべからく糾弾されてきたのである。

かつての「人間像」を拠り所にせず、今日、汀女の「外にも出よ触るるばかりに春の月」の句を読むならば、上五の呼びかけの対象は句においてやはり空白であり、故に読み得るのは、「春の月」への感嘆、美しい春の月を呼びかけの対象と共に仰ぎたいという思い、そのような思いへと至る相手への親しみであろう。むしろ、句に書かれているそれらから解釈を進めてゆくならば、川名の想定に限らず、兄弟、姉妹、友人同士、その他あらゆる親密の関係にこの句は開かれている。「人間像」における〝自然〟や〝標準〟の倒錯性が暴かれた後に、それらは読みを規定する枠組みとしては棄却される。

「人間像」は一貫した普遍的なものではなく、可変的な代物である。それは前述したジェンダーの観点のみではない。近代において、西欧社会は食人文化に対し、その文化内で食人がどんなに敬虔な行いと考えられていたとしても、お構いなしに野蛮な「人でなし」の行為と侮蔑してきた。その一方、欲望もした。かつて黒人奴隷は所有者の財産登記に財産という名目で記されていたこともあった。戦時下の日本にあっては、「鬼畜米英」という〝人〟外の比喩を張り付けて「我々」に対する「他者」を竹槍で突き殺さんと必死に訓練したこともあった。人種や文化に関わって「人間像」は揺れ動いた。

作品以前に存在する「境涯」や「人間」を後ろ盾に句を詠み、鑑賞するという俳句観において問題となるのは、前提となる「人間像」が、何を「人間」の〝自然〟や〝標準〟から遠いものとし、「人間」の範囲からあらかじめどのような人々を除外しているかである。読み手はどのような「人間像」を背景に、どのような作者、つまり「人間」を欲望し、抒情するのか。この時、一見読み手は主体的に振る舞っているように見えるが、むしろ構造の内側で読みを選び取らされているに過ぎないとも言える。

Ⅲ

「境涯」や「人間」に関連し、かつての「社会性俳句」に対しても触れておこう。「社会性俳句」という語は、「俳句史」の上では、角川『俳句』(一九五三年十一月号)の企画「俳句と社会性の吟味」(当時、編集長は大野林火)を発端とする金子兜太や沢木欣一らによる表現運動的なそれの動向を指す。無論、俳句にいわゆる「社会性」を詠み込むのはそれ以前にも、たとえば「プロレタリア俳句」や細谷源二や石橋辰之助らの「新興俳句」、中村草田男らの「人間探求派」などにおいてもなされた試みであり、「社会性俳句」が突如として新たに「社会性」を詠い始めたとは言い難い。戦後の俳句の動向において、とりわけ桑原武夫が「第二芸術論」によって示した「作家の思想的社会的無自覚」および「安易な創作態度の有力なモデルとしての俳諧」という批判への強い課題意識、その批判を超克するための試みの一つとして「社会性俳句」を位置付けることも出来、またその課題は「前衛俳句」や「風土俳句」へ流れたとも言えよう。

仁平勝は「社会性俳句」について、「人間探求派の理念を乗り越えようとするモチーフであったといってもいい」(『俳句の射程』富士見書房、二〇〇六)と述べ、欣一の草田男批判を引きながら、「社会性俳句」

の理論的根拠を『『社会的現実の壁』は『客観的な社会認識』を要求し、『その認識においてこそ個人は共通の場を持つ』という信仰によって、まさに『社会性俳句』は支えられていたのである。この信仰を、社会主義リアリズムという名で呼んでもいい」と述べている。今日、もし「社会性俳句は再び興り得るか」という問いが発せられるならば、私はこの「客観的な社会認識」という点で、かつてのようなかたちでの「社会性俳句」の再びの勃興は無いと答えたい。「大きな物語」が終わり、あらゆる文脈に人々が生きる今日では「客観的な社会認識」なるものは困難であるし、かつての「社会性俳句」が信奉した「社会認識」—例えば、兜太の「まら振り洗う裸海上労働済む」、欣一の「水浸く稲陰まで浸し農婦刈る」や「汐汲むや身妊りの胎まぎれなし」などが露呈してしまう、ジェンダーを性器に還元しようと躍起になる欲望的なまなざし、および「社会」の核とされる「労働」が身体的な性と密接に語られ、ことに女性は産む性として苛烈にまなざされて「社会」のために意味づけられる、そんな「社会」—の倒錯性や暴力性はすでに批判され終わっている。この「社会認識」はどれだけの人々を「社会」から捨象した上でなりたっている認識なのだろう。これは「境涯」や「人間」とも関連することである。「社会」における〝現れ〟を奪われ続けている人々は、これらの「社会」の根拠によれば、引き続き〝現れ〟を封じ続けられるだろう。

Ⅳ

作品以前に存在する「境涯」や「人間」を後ろ盾に句を鑑賞する時、読み手はどのような「人間像」を背景に、どのような「人間」たる作者を欲望し、抒情するのか。これについて考える時、俳句の「主体」をどのように仮構するかということは共に立ち上がる問題だろう。

『現代詩手帖』（思潮社）二〇二一年十月号は、およそ十年ぶりに短詩型の特集を組んだ。私も「この十年についての幾つかの印象」と題した舌足らずの文を寄せ、そこでも少し述べたことではあるのだが、この十年のうちに句集のつくりに展開が見られた。『凧と円柱』はその中でも特徴的な一冊だったように思うが、そのあとがきには、「この句集はいわば、心の編年体による」と記されている。多くの句集が一年を一章として積み上げる編年体を採るのとは違い、「心」や「認識」のあり様を通して既存の編年体のそれとは異なる「主体」を立ち上げている。これは前掲の青木の論が触れた「『境涯』『人間』云々と無縁に近い主体感覚というべきで、それも主観と客観の区別がさほど意味をなさないようなありようがうかがえる」という指摘とも矛盾しない点である。今日、もはや作者が句の「主体」とイコールであることを所与のことと見なすのは難しくなっている。むしろ、「主体」自体が問われるタームが来はじめており、それは形而上学的なものに回収できない形で問い直され、それに伴って「抒情」というものも捉え直されるタームが、そう遠くないうちに来るはずである。

話を戻そう。無論、句の「主体」をめぐる言説の変容はこの十年に始まったことではない。二〇一〇年六月号の『現代詩手帖』の短詩型特集では、髙柳克弘が二〇〇〇年以降の俳句を振り返りながら、「一句の主体、主人公が作者自身ではなくなっていることがあります。別のパースペクティブを持った主体が立ちあらわれるようになった」と述べ、加えて人間探求派の時代には句の「私」と作者が強力に結ばれていたとも述べている。

句の「私」と作者が結ばれるべきだと主張し、それこそが作者の声を切実に受け止める真摯さの要件であるとする主張も、かつてはあり得たかもしれない。だが、今日その主張に全幅の信頼を置くことは難しい。先に汀女の句において企図された「作者」の転倒、また、「人間像」の可変性と倒錯性を挙げたが、これらの事象はあまりにアイロニカルにそうした主張の欲望にまみれた諸相を映す。句の「私」を作者と膠着させ、句を「告白」として心地よく消費したいという欲望は、今日、一句の「主体」が作者とは限らないという〝ノイズ〟によって、図らずも手放しの心地よさを得ることはできない状態にある。「憐れみたい」という読み手にとって、それは大変なストレスなのかもしれない。

アーレントは、他者へのアテンションというときしばしば連想されがちな同情や共感の姿勢――「被抑圧者の声に耳を傾ける」といった態度を政治的には危険なものとみなす。「憐れみ」(pity)は、他者の受苦に応答し、その苦しみを減じようとする点で、たしかに能動的な注意の一つのあり方ではある。だが、それは、他者を一方向的に配慮されるべき犠牲者として位置づけ、他者からその政治的行為(他者自身による現われ)を奪う点で反政治的である。アーレントの念頭にあるのは、M・ロベスピエールら革命の指導者に典型的にみられる態度、つまり「人民」なるものを実体化し、その苦難を「無意識のうちに賛美する」態度、当事者の政治的無力化を代価として自らの権力を購う態度である。アーレントが「憐れみ」に対置する「連帯」(solidarity)は、やはり苦難を感知することによって喚起されるが、被抑圧者をあくまでも政治的行為者として遇する。それは、「弱者や貧者のみならず強者や富者」をも包含し、「一階級、一国民、一民族」といった仮想された共同体のユニットを超える。共感可能な者とそうでない者を友―敵の集合的な実体としてつくりだす「憐れみの政治」は、一人ひとりの自らによる現われを奪う点で現われの政治とは相容れない。

(齋藤純一『政治と複数性』・二〇〇八年)

一句の「私」を消費する時、そこに行われる「抒情」のための他者であってほしいその時、その「私」にはずっと不憫でいてほしいことだってある。これのどこが切実で真摯なのか。連帯とは程遠いことである。

戦後俳句において、作者の「境涯」に引きつけて作品の軽重を図る価値観は重要な評価軸とされてきた。たとえば、兵役で肺を病んだ石田波郷は敗戦後に境涯句の代表として人気が高く、彼の主宰誌『鶴』には〈貧しさも喜びに似て落葉踏む　小林康治〉といった俳人が集ったものだ。小林の句集『四季貧窮』(昭和二八年)に寄せた波郷の文章を見てみよう。「俳句を行じつゞけ、生活と闘ひながら、(略)彼は、凄壮な気魄をもつた俳句的人間を形成してゐた。貧窮は常住茶飯事であつた」。戦後俳句のやや極端な例だが、「貧窮」に満ちた「境涯」や「俳句的人間」云々といった、言葉や作品以前に存在する「境涯・人間」等の重みを評することは俳句甲子園では存在しない（というより、教育上できない）。

（青木亮人『文藝年鑑』・二〇二一）

本論の冒頭で、句や句集が「何かのために」行われるならば、と書いた。俳句を「人生」や「境涯」の作品化のために行う時、関連して思い浮かぶのは、言語学者である池上嘉彦の次のような考え方である。

極めて平均的な言語の定義として、「言語は、伝達されるべき思想や事柄を表現し伝達する手段である」ということは間違いではない。だが、一般に「AはBの手段である」という場合、伝えるべき思想や事柄が目標（B）であり、「言語」はその目標を達成する手段（A）となってしまう。要するに、伝達されるべき思想や事柄が重要であるのに対し、「言語」そのものの価値は低く位置づけられてしまう。ただ、現代における言語についての新しい認識は、言語が「手段」以上の何かであるという認識に始まっている、というのである

（『言葉の詩学』・一九八二年）

「俳句は『人生』や『境涯』を伝達するための手段である」という主張が仮になされる時、池上の思考モデルを借りれば、「俳句」はあくまで手段となり、目的である「人生」や「境涯」よりも低い位置に据え置かれてしまう。私がつくづく下らないと思う手合は、「俳句が『人生』や『境涯』を伝達するための手段」というような、いわば既存の言説に胡坐をかいたり、あるいは「俳句は俳句なのだ」というトートロジーをもっともらしいふうに響かせたりして、「俳句」という形式への問いの一切を手放し、「伝統」とかいう旗を掲げ、ひたすらに言説の再生産を行うことが「俳句」を〝守る〟ことだと考えているような人々である。「俳

句」という形式への問いを手放すことによって、むしろ「俳句」を貧しくしていることだってあるとも気が付かずに。なんとも不憫である。また同様に、俳句という形式が働かせる暴力性を一切換算せずに、「人生」や「境涯」、普遍的な「人間像」を背景に俳句を書き急ぎ、〝社会派〟を気取る手合に対しては、その自己矛盾に目もあてられないときがある。自らが振るう暴力を棚にあげていて不快だ。

さて、「言語は思想を表現し伝達するための手段以上の何か」という認識は、ここ最近になってようやく俳句にたどり着いた、というわけではなさそうである。その点から特別に興味深く思われるのは、「境涯」や「人生」を高く評価したはずの石田波郷の結社「鶴」において、新たな俳句の傾向として登場した今井杏太郎の存在である。今井の「風船は、どこ行きの船だろうね」（鴇田智哉「ふと聞える」『今井杏太郎全句集』栞・角川書店・二〇一八年）といった視点などは、まさしく池上が述べる「言語についての新しい認識」の側から投げられた興味であり、今井の諸作の、たとえば「八月のをはりのころに祭かな」や「さういへばもう秋か風吹きにけり」の「に」や「か」の言葉の選択を見ても共通して思われるところである。

俳句は単なる手段であるという認識にすがって私は俳句を書かない。池上は同書で「言語は人間の表現・伝達の手段であるどころか、むしろ知らないうちに人間を支配している君主であるかもしれない」とも述べている。言葉と認識は膠着しており、言葉によって認識の枠組みが定められてしまうこと、また、すでに定められているということはよくあることだ。

Ⅴ

なぜ書くか、何を書くかという問いの中には、どのように書くかという問いもある。言葉と思索を深め、反芻するということ。俳句を一句一句書くという段階においては、この書かれ方だからこそ書き表し得ているることがあり、他の形式や言葉には「翻訳」不可能な固有性が有されていると感じられる、という点を大切にしたいと考えている。加えて、言葉を宙吊りにしておけたら、これほど嬉しいことはない。形式にまつわる、あるいは起因する暴力性も含めて「俳句」という詩のあり様から目を離さずにいたい。
これをもって「なぜ書くか、何を書くか」という大きすぎる問いに対する答えの入口としたい。

名嘉真恵美子
沖縄から発することの誠実

小学校低学年の頃から「文学」に親しみ漠然とながら大学も文学部を選んだ。卒業後も文学と繫がっていたいと思っていた。卒業後、教員になり、まだ将来の不安や文学への志向がくすぶっていて、精神的に落ち着かない二十代を送っていた。

短歌に近づいたのはさらに十年後(一九八〇年代後半)になる。短歌と決めたのは諸般の事情が絡んでくるが、一番は仕事や家庭との両立だった。結婚をして生活が落ち着き、いわば足が地についたという感覚が短歌という詩形を選び実践に移っていかせたのだろうと思っている。

短歌と俳句が戦後、第二芸術として批判されていたことは知っていた。しかし、私が短歌を始めた頃の短歌雑誌で読む短歌や短歌関係の論文によって私の中では、短歌は文芸などではなく文学そのものだと思うに至った。戦後短歌が私的生活の発露だけでなく、人間や社会の問題を深く追及しているということと、その言語意識に強く惹かれていったのである。

例えば、塚本邦雄の次の短歌を当時は三枝昂之の『うたの水脈』などの解釈で知って心を震わせた。

長子偏愛されをり暑き庭園の地ふかく根の溶けゆくダリア

三枝によるとこの歌は

長子が偏愛されている家族制度、この社会の秩序を支えてきた長子偏愛制度は、目に見えない腐朽をその根本のところで進行させている。（中略）声高な制度批判とはちがった、より本質的な洞察を感じさせる批判の目が、この歌にはある。批判を批判としてではなく、暗示的な情景によって示し出したからであり、つまりはこれが詩人の眼だと思わせる。この詩人の眼は、二文構成に分割された「長子偏愛されをり」と「暑き庭園の地ふかく根の溶けゆくダリア」とのその照応作用から生まれているということが大切である。

と説明される。複雑な制度を鮮やかに描き出す言葉の技術に舌を巻くとともに、引用後半に述べられはじめた「短歌喩」のことが興味深く思われた。もっとも、塚本のこの家族制度に対する皮肉・批判は現在では古めかしくなった。今の家庭の問題はもっと複雑に深い闇のなかで進行していると思うのである。

他に塚本短歌を挙げると

五月来る硝子のかなた森閑と嬰児みなころされたるみどり
塚本邦雄『緑色研究』

カフカ忌の無人郵便局灼けて頼信紙のうすみどりの格子
塚本邦雄『緑色研究』

これらは『鑑賞・現代短歌　七　塚本邦夫』（坂井修一）によって解説を読みながら理解した。塚本短歌の読みは慣れるまで、読みの巧者の助けがなければなかなか理解に達しない。努力して読むように心がけた。私が短歌を始めたころ（一九八〇〜九〇年代）は、塚本短歌の影響を受けた世代が活躍し始めたころだった。年齢的に言うと私より約十歳若い人たちである。しかし、その頃には塚本のように痛烈にきらびやかに社会詠は詠まれなくなった印象をもった。もっとソフィスティケートされ個の生活の反映も見られるようになった。表現は多彩を極めていた。

短歌を始めたころ、沖縄で主流を占めていた短歌及び短歌の言葉には魅力を感じなかった。「かりん」入会後のことだが、その当時の県外の人の言葉によると短歌雑誌で読む沖縄の短歌は一九五〇年代の短歌のようだという人がいた。有名な歌人ではなく普通に短歌を作っている、いくらか意識の高い人である。今思うと、沖縄のそういう傾向は他の本土の地方の雑誌などにも見ることがあった。中央歌壇（雑誌に載る有名歌人の短歌や論説などがある「場」）と地方歌壇の違いと言えば違いだと言えるかもしれない。沖縄の短歌は基地や戦争などの歌が特徴的なので、特にその違いが顕著に感じられたと思われる。

短歌は大岡信が言うように「うたげ」の文学である。「うたげ」の文学とは言い換えると「場」の文学であると理解している。沖縄の短歌の「場」にあきたらない思いを持っていた私はいきおい他の「場」を求めた。馬場あき子の主宰する「かりんの会」に入会すると、ようやく自分の主張と言葉が理解される「場」が得られたと感じたのである。そこでは当然、読み（解釈）も勉強するようになると視野が広がるのを感じた。

しかし、私が「沖縄」（ここで言う括弧付きの「沖縄」とは沖縄が歴史的に受けてきたキリキリとした軋みの経験全ての事象と感覚を指す）を詠むと、広がっていった言葉の門が閉じられていく感覚を覚えた。沖縄が理解されない、共感を持たれないという感覚である。その原因は確かに私の短歌に表現技術が不足していることもある。もう一つ読む側の大多数に「沖縄」の知識がないことである。もしかしたら沖縄へのシンパシーのなさかもしれないとも思う。私は所属結社「かりんの会」で「沖縄」を詠み続け、「沖縄」を理解してもらうということを第一の意義としてきた。なぜなら私は沖縄に生まれ、「沖縄」を考えることが世界を理解し、短歌を発表する唯一の立脚点だと思ったからである。そのためには沖縄を題材に、本土の人たちに読まれる短歌を作らねばならないと考えてきた。勿論迎合することなしに。

目取真俊が言うように、沖縄には基地や過去の戦争が風土のようにある土地だ。私は短歌を始めた当初からそれらの題材を書かなければならないと思っていたので、いわば手探り状態で今まで来た。多くの短歌の時間を揺曳するように過ごした。

石垣島万花艶ひて内くらきやまとごころはかすかに狂ふ　馬場あき子『南島』

人頭税忘れねばこそハイビスカスの百花の華麗虚妄のごとし　馬場あき子『南島』

今帰仁のノロの勾玉かぐろ玉ある日わが眼に入りて世を見る　馬場あき子『世紀』

馬場あき子の一首の時間は一瞬でもあり、長い時間（歴史）でもある。一首の中に長い時間（歴史）を詠むことは馬場あき子から習った。「沖縄」はただ目の前の現象では語れない。そこには長く呪縛された時間が横たわっているのである。

「沖縄」は日本においてきわめて象徴的な存在である。過去と現在の「沖縄」を問うことは、とりもなおさず日本全体の、もっと広く、人間や世界の在り方を問うことになる。このことは短歌雑誌に機会があって書いてきたことである。だからこそ私はあえて「沖縄」を発している。沖縄の歴史や社会で起こっていることを辿り問うことはいわゆる一方的な怨嗟の気持ちではない。（怨嗟に見えるかも知れないが）

人間や社会の本質を問うのが文学ならば、沖縄の短歌作者にとって「沖縄」は最も苦しく厳しい「場」であるといえよう。個の生活と思想の反映としての短歌を表現していくと究極「沖縄」に突き当たらざるを得ない。沖縄の短歌作者はその荷を担いつづけること、それが文学をやっていく人の誠実さというものだろうと考える。

高良真実

ことばのポストコロニアリズム

一、祖国と短歌

五〇年前、日本は沖縄にとって祖国であった。

沖縄短歌の五〇年間を振り返りつつ、こんにちの沖縄歌壇を見渡すと、五〇代以下の歌人が極めて少ないことに気がつく。『サラダ記念日』後の一九八七年短歌ブームで短歌をはじめた人もいただろうに、どこに行ったのだろう。たとえば「沖縄短歌五〇年史」（平山・運天、二〇二二）を頼りに、二〇〇〇年代以降に歌集を出版した五〇代以下（一九六三年以降生まれ）を探してみると、確認できるのは知花くらら（一九八二年生）と伊舎堂仁（一九八八年生）の二名のみである。歌集を出すほど短歌を続ける人は少ないようだ。したがって現在の沖縄歌壇で〝若手〟のボリュームゾーンを成しているのは一九五〇年代生、現在の七〇代である。いくら超高齢社会とはいえ……。

さて、ここに歴史的想像力をはたらかせてみたい。五〇代以下を復帰前後生まれ以降と読み換えてみると、すこし事態が把握できるのではないだろうか。鍵となるのは短歌と「祖国」の関係性である。よく知られているように、短歌には祖国としての日本を強く想起させる作用がある。文学研究者の新城郁夫は、「なにゆえにわが倭歌《やまとうた》に依り来しやとおき祖《おや》らの声つまづける／新城貞夫『朱夏』（一九七一）」を評する過程で、「倭歌《やまとうた》」を「皇民化教育の痕跡」「脅迫的とも言える知への意思に基づき沖縄の少数エリートによって獲得された日本語の形式」あるいは「徹底的なまでに宗主国の象徴資本である」と宣言する（新城、二〇〇七、二八頁）。つまり、祖国への疑念が強まっていく復帰後の沖縄社会において、短歌はその魅力を保ち得なくなっていったのではないか。

冗談はさておき、沖縄短歌における「祖国」表象は一考の価値がある。清田政信は島ぐるみ闘争を「ナショナリズムのおらび」と表現する（清田、［一九七二］一九九二、二〇七頁）。祖国としての日本への信頼は沖縄戦によって深く傷つけられたものの、日本人としての民族意識が完全に拭い去られたわけではないようだ。それは次のような歌にも明らかである。

同じ日本を二分してゐる二九度線怒る術なく地図をひろげる
一年のたつた一日ゆるされし元日の日の丸を高々とかかぐ
平山良明『短歌研究』一九五八年三月号（1）

日の丸の掲揚許さぬ布令ありて大統領迎うる日の丸の渦
沖縄の日本人が振る日の丸ぞアイゼンハワーその眼でたしかめてゆけ
松田守夫『短歌』一九六〇年九月号（2）

霞たる辺戸岬をみつめしに祖国がこほしくなりて渚をもどりぬ
日の丸の旗一色に塗りつぶされて今日アイクを迎ふ那覇の街に
深山一夫『短歌』一九六〇年九月号（3）

平山は沖縄と本土を「おなじ日本」と表現し、深山は沖縄最北端の辺戸岬から「祖国」を思う。また平山、松田、深山の三人の歌において、「日の丸」はアメリカに対する抵抗の象徴として機能している。日の丸・君が代を拒絶する現在の沖縄から見れば、いささか奇妙に思えるかもしれない。強調しておきたいのは、「祖国」への念と短歌は非常に相性が良いことだ。短歌は祖国復帰の祈りを込める詩型に最適である。短歌はナショナリズムを高揚させながら、抒情的に日本を想起することが可能であるからだ。例として戦前の歌集を見てみたい。

存分にふるへ機ありて組打たば蔣の兵等に琉球の拳
召されけりわが片腕の技工師も栄ある国の御楯となりて
膝に寄り長男はいふ弟は弱し支那兵ならん逝けるは
山城正忠『紙銭を焼く』(一九三八)(4)

小説「九年母」で知られる山城正忠の歌集から引いた。日中戦争初期に詠まれた歌である。一首目は「蔣の兵等」、つまり蔣介石の兵達へ空手の技をふるえと声援を送っている。二首目は、歯科医であった正忠のもとから歯科技師が招集された際のもので、技師を「国の御楯」と詠嘆している。日本人の一人たる沖縄人が「国の御楯」として「琉球の拳」をふるうことに疑いの余地はないようだ。もっともこうした中国への敵愾心は、三首目で描かれているように、正忠の次男・鯛二の病死に際して、「支那兵」のように弱いから弟は死んだのだという幼い長男の発言をも招き、正忠の胸をえぐることとなる。

沖縄歌壇の功績者として名高い平山良明の言葉を見てみよう。復帰を目の前に刊行された平山の第一歌集『あけもどろの島』のプロローグである。

沖縄という中で短詩形文学を考えるとき、あるいは甘い祖国への感傷も想像したくなるのだが、すでにわたしの中で短歌的抒情など枯れきっている。それも短歌であるなどとうそぶく気持はないのだが、短歌一千年の歴史を支えて来たものは、甘い感傷だけではなかったかということに、ささやかな救いをもっている。〔／〕短歌は日本人の「呼吸」そのものであった。〔中略〕その呼吸がアメリカ支配の沖縄から消えずに、祖国へ還る為の「呼吸」の要素として沖縄に実在していたということに、ささやかなよろこびを感じている。（平山、〔一九七二〕二〇二二、一五～一六頁）

そう、短歌は「祖国へ還る為の「呼吸」の要素として沖縄に実在していた」のである。祖国への願いが込められるとき、「短歌一千年の歴史」が近代に発明されたものだと指摘することは大きな意味をもたない。「祖国」は尊厳の拠り所であって、社会運動の原動力でもある。誰も、自分自身の尊厳《プライド》をみずから喜んで損なおうとはしないはずだ。

しかし、尊厳は外から傷つけられてきた。仲程昌徳は復帰前後以降から現在までの短歌作品から「祖国」表象を拾い、その趨勢が希求から疑念へ、そして拒絶へと変遷してきたことを論じている（仲程、二〇二二）。仲程の論に異論はない。「祖国」への疑念と短歌人口の減少に因果関係があるかはさておき、沖縄の短歌は、「祖国」日本との関係を失って漂流している。それだけは確かだ。

沖縄が琉球国と呼ばれたるはるかな時を思いて黙す
方言を奪われていた世代なりさびしい言葉の粒を詠みゆく
復帰前の祖国を見しこと痣のごと挫折のごとく命さびしき
伊波瞳『現代短歌』二〇一七年二月号（5）
学校より指令のごとく伝へられ正月の家に日の丸はためく

「国旗掲揚！」といへば児童会長われはするするするするロープ引く
日の丸に最敬礼する校長に憎しみの目は集中しをり
名嘉真恵美子『現代短歌』二〇一九年八月号（6）

伊波の歌にみられるように、琉球を追憶し、あるいは日本語以外の言語を想像すること。または名嘉真の歌にみられるように、抵抗ではなく強制と抑圧の象徴としての日の丸を描くこと。現在の沖縄の短歌はこのように「祖国」日本を拒絶し、同時におぼろげながら共同体としての沖縄を想像することを試みている。しかし、短歌に内在する日本の呪縛によって、沖縄の短歌が沖縄を想像する道はあらかじめ疎外されている。先に挙げた歌は短歌の性質に無自覚だ。

短歌とは何か。近藤芳美は『短歌入門』の中で次のように説明する。

わたしたちは日本語というわたしたちの言語の上に、またその言語を語りつぎ受けついで来た歴史伝統ないし文化の上に、わたしたちだけの「詩歌」を持ち、そのための詩型――「定型」を持って来ました。（中略）そのような日本語の「定型」詩型――「定型詩」の一つに「和歌」があり、さらにその一形態として今日わたしたちが作り合う「短歌」があると考えることが出来ます。（近藤、［一九七九］二〇〇〇、九頁）

日本語を使用する「わたしたち」日本人。その日本人だけの詩歌が短歌である。近藤芳美の主張はこのように要約できる。この主張に従って、仮に沖縄という祖国を求めるならば、沖縄民族固有の書き言葉、沖縄民族固有の詩歌が、沖縄民族概念とともに発明される必要がある。そこに短歌は不要であるはずだ。もっとも、近藤の限界は短歌の可能性を「日本人」の内部にしか想像し得なかった点にある。が、ここでは先を急ぎたい。

二、沖縄の民族意識《エスニシティ》

共同体としての沖縄は、沖縄という民族意識《エスニシティ》と言い換えることも可能である。エスニシティの獲得については、地球の裏側に目を移して、中米グアテマラのマヤ運動の事例を参照したい。文化人類学者の太田好信は、マヤの運動を次のように記述する。

マヤ運動の目的は、これまで不在であったマヤ全体としてのエスニシティをつくりだし、それを積極的に承認する国家を構想すると同時に、誇りをもってそのような国家に帰属する希望の表明でもある。〔中略〕だから、最終目標は分離独立ではなく、多民族・多文化・多言語としてのグアテマラ国家を建設しようということになる。〔中略〕前述したように、未来へのコミュニティへの帰属（re-membering）はマヤ民族の記憶の回復（re-membering）と不可分である。（太田、二〇〇一、一七三頁）

この主張で重要な点は二つある。一点目は、これが単一民族国家ではなく、多民族国家へむけた実践であることだ。従って、エスニシティを得る目的は独立や、むろん独立の先にあるかもしれない強制移住や民族浄化でもない。そして二点目は、マヤ全体としてのエスニシティはつくりだすものであることだ。従って記憶の回復は、回復であるが、復古ではない。回復されるのは、文化よりもむしろ尊厳である。

マヤのエスニシティ獲得にむけて、統一的なマヤ語の表記が試みられているように、沖縄に国頭・中南部・宮古・八重山・与那国の五つの言語圏があるとして、その五つの言語圏に対して統一的な表記か、あるいはもう一歩進んで、近代的な一つの出版語が作り出される必要がある。そこでは、かつて近代日本語が作り出されたときのように、新たなる沖縄文学の古典と、その歴史に接続するような現代の沖縄文学が語り直されることだろう。

いや、語り直しはすでに行われている。たとえば、高良勉は『万葉集』収録の和歌に好感を示しつつも「それにもかかわらず、やはり、「私たちの古典」という感じがしない」と語る。そして、「私（たち）にとっては『おもろさうし』と『南島歌謡大成』の詩歌群こそ「私たちの古典文学」として感得できるのである（高良、二〇二二、一五五頁）」と言い切る。私にとっては『万葉集』も『おもろさうし』も等しく近現代書き言葉から遠くにあり、民族的な情緒を呼び起す装置にすぎない。だが「自分の母語として「琉球語」を独立した言語として扱い表現している（高良、二〇一五、四一頁）」高良勉にとっては、『万葉集』よりも『おもろさうし』が重要なテキストであるのだろう。このように主張する高良勉の姿は、漢文を退け、日本の古典文学を発明した明治の国文学者たちの姿に重なるところがある。そのように想像される沖縄文学は、沖縄民族主義のイデオロギーと不可分なものであるはずだ。ことばの力は祈るものでも、言霊のようにスピリチュアルに信じるものでもなく、イデオロギーとともに私たちを動員するものだ。沖縄文学の範囲こそが、沖縄のエスニシティの範囲である。重ねて言うと、そのように想像される沖縄文学の中に、短歌が入り込む余地はない。

　高良勉の主張だけでなく、たとえば県知事がスピーチの一部を沖縄語で語り直すことからも、時代がその方向に進んでいると感じられる。エスニシティはきっと沖縄県民に尊厳もたらすだろう。プライドは人が生きていくために大切なものだ。賛同はしないが、創られた伝統であると、強く批判する気にもなれない。

　熱く民族の情を呼び起こすような琉球語詩歌・文学とはどのようなものだろうか。カチャーシーの際に流れる唐船ドーイのような文学。あるいは、日出克が一九九三年に作曲し、エイサー曲として定着したミルクムナリのような詩歌。先にマヤ運動の研究者として引用した太田好信は、沖縄も研究領域としている。太田は、伝統的な沖縄方言が失われつつあり、代わりに若者の間でウチナーヤマトグチが使われている状況を、真正な文化の消滅ではなく、新たな文化の創造として積極的に評価する。その具体例としてあげられているのは笑築過激団である（太田、一九九八、四七～五三頁）。小説や詩の表記実験は、ウチナーヤマトグチを書き言葉へ加工することに役立つのだろう。ただし、この立場からは、ウチナーヤマトグチによる短歌は排斥されることを注記しておく。短歌においては、常に日本語が主であり、方言は従属的な立場に置かれるのだから。

ところで、かつての若者にとって、方言は理解できるが話せないものであった。だが二〇二二年においては、方言はおろか、ウチナーヤマトグチも理解できるが話せないものになっているように思う。手元に残っているのはアクセントの異なった標準語と、わずかな語彙のみだ。この地点から、どのように、新たな文化を創造できるのだろうか。

三、ことばのポストコロニアリズムにむけて

それよりは、いま手元にある日本語をハイジャックする方に私は興味がある。例えば、略語によって元の言葉のイメージが解体され、新たに別の意味が出現する。これは詩的な力だ。オーウェルが『一九八四年』の附録で語るように、「コミュニスト・インターナショナル」から連想される意味と、その略語である「コミンテルン」から連想される意味は全く異なる（オーウェル、一九四九＝二〇〇九、四七〇頁）。前者が国際的な共産主義者の団体だとしたら、後者はソヴィエト連邦を強く思い起こすものだ。

単語のイメージがどこまで拡張・変更可能か考えることは、比喩を成立させるために不可欠である。たとえば、墜落が不時着に、殺人が巻添え被害《コラテラル・ダメージ》に変更されるのも詩情《ポエジー》の働きだろう。詩はイメージを操作して現実を書き換える。これも言葉の力の一側面である。私たちに必要なのは、短歌の中で、不時着を墜落に、巻添え被害《コラテラル・ダメージ》を殺人に訂正することではなく（もちろんそれも必要ではあるが）、例えば不時着や巻添え被害《コラテラル・ダメージ》を詩歌の中でより恐ろしいものに組み替えていくことではないか。私は次のような歌を思い浮かべている。

沖縄は一きれケーキ口あけて今し食まむと米兵言へり
たましひが物質に負けけり死者のうへとどろきゆけり敵の戦車の
桃原邑子『沖縄』（一九八六）(7)

バランスがうまくとれない妻といふ字のなかの女《ひと》時々転ぶ

黒猫にヤマトと名付け呼ぶ度にわれの本土が振り向きゐるか
佐藤モニカ『夏の領域』(二〇一八)(8)

桃原邑子の一首目は、英語の慣用句 piece of cake を踏まえつつ、アメリカに文字通り食い物にされようとしている沖縄のイメージが立ち現れる。桃原の二首目は大和魂や精神論に対する痛烈な皮肉である。どちらも、戦前に演出された勇壮な日本のイメージを、同じく詩の力によって解体するものとして読むことができる。佐藤の歌では、手書きの「妻」から妻としての役割にまだ慣れていない自分自身か、あるいはジェンダーロールへの違和感を読み取る事ができる。黒猫の歌は、クロネコヤマトの宅急便から黒猫がヤマトと結びつきやすい単語である点を利用している。しかし、連想されるのは宅急便だけではない。大和魂のヤマト、宗主国としてのヤマト、沖縄県沖で沈没した戦艦大和、沖縄を置き去りにする本土《ヤマト》。「われの本土」はそのような重層的なイメージを「ヤマト」に与えることに成功している。それが、生活のそばにある黒猫から導き出されることも、実感を強めることに一役買っていると思う。

ある語がどのようなニュアンスを想起するかに注意を払い、そのニュアンスを変更していくのが詩の作用である。言葉のイメージは上から一方的に変更されるものではなく、歌人の側からも異議申し立てが可能である。歌人として闘争に身を投じるべき現場は、このように、イメージの書き換えられる場であるのではないか。

そして、その闘争の場は、話し言葉の熱を失い、冷え切った出版語としての、書き言葉の中にある。先に、近藤芳美の限界は短歌の可能性を「日本人」の内部にしか想像し得なかった点にあると書いた。近藤の主張の前提となっているのは、日本の歴史・伝統・文化を受け継ぎ、日本語を話す、日本人の存在である。確かに日本の歴史・伝統・民族・文化と日本語は関係しているかもしれない。しかし、その結びつきは思いのほか不安定である。書き言葉の成り立ちを考えれば明白なことだ。オングは西洋における諸言語の成立を次のように説明する。

書くことと印刷から、ある特殊な方言〔地域言語〕が生みだされる。すでに見たように、大部分の言語は、書くこととまったく縁がない。しかし、ある種の言語、いっそう正確に言えば、ある種の方言は書くことに多大の精力をつぎこんできた。イギリスやドイツやイタリアのように、一群の方言があるところでは、しばしば、経済的、政治的、宗教的な理由、あるいはその他の理由から、書くことと結びつくことによって、一つの地域方言が他の方言からぬきんでて発展し、その結果、その方言は国民言語 national language〔国語〕になる。〔中略〕このようにして確立された文字で書かれるこの種の言語のことをハウゲンは、適切にも「文字言語 grapholect」と呼んだ。（オング、一九八二＝一九九一、二二二頁）

逆説的ではあるが、正規の表現が定められない限り、逸脱した表現は存在しない。書き言葉が定められていない状態では、「おおきい」も「でかい」でも「まぎー」も等しく方言である。だが、日本語の書き言葉の中では、「おおきい」が推奨される表現であり、「でかい」は俗語、「まぎー」は沖縄の方言という位置づけを与えられている。「大《でか》い」や「大《ま》ぎさ」は現代日本語の書き言葉において不自然な表現だ。

また、ここでオングが紹介している「grapholect」は「dialect（方言）」を連想させる点がおもしろい。この造語は、書き言葉がどの方言とも異なる、文字の上に進出した方言であるという印象を読者に与えるためのものだ。従って、純粋な日本語を文字通り〝話す〟日本人は架空の存在である。

問題を複雑にしているのは、日本語の書き言葉を使う際、私たちに与えられる文字上のアバターが、そのような架空の日本人としての身体でしかないことだ。書かれたものの上では、文法的に正規の日本語を書いている限りにおいて、青森人も、東京人も、大阪人も、鹿児島人も、沖縄人も、あまつさえ（署名がなければ）韓国人も台湾人もアメリカ人も、つまるところ母語にかかわらず、その書き手は等しく日本人のように見える。こうして書かれたものは、遡及的に一人一人の書き手を架空の日本人に仕立て上げる。

しかし、このことから日本語と短歌を否定するのは早計である。書き言葉がもたらす架空の日本人としての身体を否定することは不可能ではない。鍵となるのは、方言ではなく、沈黙である。言い得ないものや、書き得ないものを歌の中に暗示することで、書き言葉の背後に日本人以外の身体を立ち上げることが可能になる。この立場から、私は沈黙と暗喩の歌人として新城貞夫に注目している。

伝書バト行きて帰らず筒文はわれより〈何〉を奪いたりしぞ
因習の根強い軛《くびき》、異邦人脱出すべき祖国をもたず
新城貞夫『夏、暗い罠が』（一九六三）(9)

祖国より鳩を愛して青年は幽暗のごとく吃りき　夏を
なにゆえにわが倭歌《やまとうた》に依り来しやとおき祖《おや》らの声つまづける
新城貞夫『朱夏』（一九七一）(10)

眼を閉づれば美しき島の顕つという瞠きてこそ視るべし死者を
新城貞夫『花明り』（一九七九）(11)

新城は日本語の中で祖国喪失を語る。また、新城の歌には繰り返し失語や吃音のモチーフが登場する。鳩は平和の象徴であるが、伝書鳩は通信用に軍事利用されてきた。これらの歌は、なにか重大なことが意図的に書き落とされていると、読者に想像させるものだ。

引用四首目は問題作である。上句の問いかけは、主体による自問か、「とおき祖《おや》らの声」を主体が間接引用したものだと読みたい。直接的な問いかけだとしたら人称がおかしい上に、「とおき祖《おや》らの声」が日本語の近代文語で発される点が奇妙である。なぜ私は倭歌《やまとうた》に依り来たのか。声が響くのみであれば、「祖国」日本に代わる沖縄を想像する歌として読める。しかし、声は「つまづける」。日本に代わる沖縄の共同体は幻

想されない。この「つまづき」は、沖縄における植民地支配と想起させる。それと同時に、新たに想像されうる沖縄の民族意識《エスニシティ》も、倭歌《やまとうた》と同じく否定される。従って、上句の問いは日本語の中に差し戻される。そこでは、終戦後まもない第二芸術論の時期に主張された短歌否定の声も聞こえるはずだ。なぜ私は倭歌《やまとうた》に依り来たのか。書き言葉の上で日本人の身体からこの問いが発せられるとき、今度は、「やまと歌は、人の心を種として、よろづの言の葉とぞなれりける（古今集仮名序）」と、和歌に力を見いだしてきた祖先の声が「つまづく」のではないか。日本人なら短歌を否定しきれないはずだ、という声がする。その声が「つまづく」のである。従って、日本人の裔としての主体も否定され、上句の問いは再び沖縄の祖先との関係性において考えなければならなくなる。このように、主体と「とおき祖《おや》ら」の関係が定まらない中で、主体の日本人性は徐々に確からしさを失っていく。新城は、沖縄と日本と、その二つを否定することで、日本語を書く日本人像に疑問符を突きつける。この構造を可能にするのは「つまづく」に込められた暗喩の力、つまり詩情《ポエジー》の力に他ならない。

また、引用五首目は「祖国」への反逆の歌である。中城ふみ子の短歌「出奔せし夫が住みゐつてふ四国目とづれば不思議に美しき島よ／『乳房喪失』（一九五四）」が踏まえられているのは確実であろう。柄谷行人が『日本近代文学の起源』において「風景は、むしろ「外」をみない人間によって見出されたのである（柄谷、［一九八〇］二〇〇八、二九頁）」と喝破したように、中城は心の中に美しき四国の島を見出している。新城はそこに、短歌という詩型で祖国と繋がった上で、「瞠きてこそ視るべし」と呼びかける。この「島」は、国内で地上戦の戦場となった琉球弧のいずれかの島と考える必要はない。四国の島を触媒に新城が召喚するのは、新城の故郷、サイパンなどの南洋諸島を含む、太平洋戦争で戦場となった全ての島である。なぜ沖縄で、なぜ短歌を書くのかという問いを考える際に、新城貞夫の短歌作品を素通りすることはできない。

日本のナショナリズムに対抗するために、沖縄に新たなるナショナリズムを作り出そうとする世界、つまりナショナリズムにはナショナリズムしか対抗し得ない世界よりも、既存のナショナリズムを作り換えることで、それに抵抗可能な世界のほうが、私は希望があると思う。それに、この闘争はたとえ一人でもできるものだ。さらに言えば、和歌文脈は日本民族共通の古典として利用され続けており、近現代短歌はその力にさらされている。そのような単一民族国家の根拠に対して、詠み手の日本人性を攪乱することで、逆に亀裂を入れることができるならば、とても痛快ではないだろうか。私は、沖縄における短歌を、そのような緊張をもたらす詩型として再定義したい。日本語ということばを脱植民地化していく可能性が短歌にはあると信じたいのである。

沖縄の民族意識《エスニシティ》のもとで短歌が消えていくか、それとも、日本語を攪乱する力として短歌を再定義していくのか。私は後者に賭ける。次の五〇年に、沖縄でどのような短歌が詠まれていくのか。歌人の一人として目を見開いていたい。

【註】

（1）『短歌研究』一九五八年三月号（一五巻三号）、日本短歌社、一九五八年、吉田漱編沖縄作品集より
（2）松田守夫「六月十九日前後」『短歌』一九六〇年九月号（七巻九号）、角川書店、一九六〇年
（3）深山一夫「日々草」『短歌』一九六〇年九月号（七巻九号）、角川書店、一九六〇年
（4）山城正忠『紙銭を焼く』、冬柏発行所、一九三八年
（5）伊波瞳「さびしい言葉」『現代短歌』二〇一七年二月号（五巻二号）、現代短歌社、二〇一七年
（6）名嘉真恵美子「云はずや」『現代短歌』二〇一九年八月号（七二号）、現代短歌社、二〇一九年
（7）桃原邑子『沖縄』新装版、六花書林、二〇一八年（元版一九八六年）
（8）佐藤モニカ『夏の領域』、本阿弥書店、二〇一八年
（9）新城貞夫『夏、暗い罠が』、元版一九六三年、『新城貞夫全歌集』、コールサック社、二〇二〇年
（10）新城貞夫『朱夏』、元版一九七一年、『新城貞夫全歌集』、コールサック社、二〇二〇年
（11）新城貞夫『花明り』元版一九七九年、『新城貞夫全歌集』、コールサック社、二〇二〇年

【参考文献】
・太田好信、一九九八、「文化の流用」『トランスポジションの思想：文化人類学の再想像』、世界思想社、二七〜五四頁
・太田好信、二〇〇一、「未来から語りかける言語」『民族誌的近代への介入：文化を語る権利は誰にあるのか』、人文書院、一六七〜一九八頁
・オーウェル・G、一九四九＝二〇〇九、『一九八四年』新訳版、早川書房
・オング・W・J、一九八二＝一九九一、『声の文化と文字の文化』、藤原書店
・柄谷行人、［一九八〇］二〇〇八、『定本　日本近代文学の起源』岩波現代文庫　学術二〇二、岩波書店
・清田政信、［一九七二］一九九二、「沖縄戦後詩史」『沖縄文学全集』第一七巻、国書刊行会、一九四〜二一七頁
・近藤芳美、［一九七九］二〇〇〇、『短歌入門』『近藤芳美集』第十巻、岩波書店
・新城郁夫、二〇〇七、『到来する沖縄：沖縄表象批判論』、インパクト出版会
・高良勉、二〇一五、『言葉振り：琉球弧からの詩・文学論』、未來社
・高良勉、二〇二二、「琉球弧の古典文学とは？：連載琉球弧から［インターポエティクス］③」『現代詩手帳』二〇二二年一〇月号（六五巻一〇号）、思潮社、一五四〜一五五頁
・仲程昌徳、二〇二二、「「祖国」をめぐって」『現代短歌』九一号、現代短歌社、一六〜一七頁
・平山良明、［一九七二］二〇二一、『あけもどろの島』第一歌集文庫、現代短歌社
・平山良明・運天政徳編、二〇二二、「沖縄短歌五〇年史：歌集・歌書・歌誌年表」『現代短歌』九一号、現代短歌社、五四〜五七頁

佐藤モニカ
神戸元町より

昨年末にかねてより行きたかった神戸・元町にある移住ミュージアムを訪ねた。この建物は、かつて海外へ移民する人々が滞在した収容所である。渡航前の日々を過ごした居室もあれば、成功を夢見て綴った梁の落書きも残されていた。船の形をイメージしたといわれるこの建物を息子とならんで、道の向こうよりしみじみと眺める。この建物は、空襲も震災も水害も乗り越えたという先ほどのボランティアスタッフの解説がよみがえってくる。

同建物内の日伯協会で、曾祖父の名と出身地を告げると、船名、出発日、到着日、農場名、家族の名等の書かれたものがプリントされ、手渡された。その間約五分。百年前の出来事が一気に身体へ押し寄せてきた気がして、私は泣きそうになった。

二〇一三年に沖縄へ越してきた私は、その年の暮れ、ブラジルの日系人の祖母をモデルとした小説「ミツコさん」で新沖縄文学賞をいただいた（表彰式は翌年の二〇一四年であったと記憶する）、二〇一四年にLGBTの日系人の従弟との日々を書いた「カーディガン」で、九州芸術祭文学賞の沖縄県代表となり、この作品が、二〇一五年の九州芸術祭文学賞の最優秀賞を受賞する。これは沖縄では実に十七年ぶりに最優秀賞であったという。二〇一六年に沖縄タイムス芸術選賞奨励賞を、同年に沖縄で開催されたウチナーンチュ大会に刺激されるように詩を書き、二〇一七年に自身の初の詩集である『サントス港』で山之口貘賞をいただいた。サントス港とは、ブラジル最大の貿易港。さらには、ブラジルへ渡った日本移民のほとんどが最初に降り立った港である。私は自身の第一詩集のタイトルにはこれ以外ないと思っていたし、今でもそう思っている。同年にそれまでの歌を取りまとめた第一歌集の『夏の領域』を上梓し、二〇一八年に現代歌人協会賞と日本歌人クラブ新人賞をいただき、翌年の二〇一九年に、やはりブラジルの日系人たちの姿を描いた第二詩集『世界は朝の』を上梓し、この詩集で、二〇二〇年に史上最年少で三好達治賞をいただくこととなった。二〇二一年には第三詩集『一本の樹木のように』で日本詩歌句随筆評論大賞優秀賞を、翌年二〇二二年には、同賞を今度は第二歌集の『白亜紀の風』でいただく。

沖縄にきてからの十年間をふりかえると、自分が本当に表現したいことに果敢に挑んできた十年であったと思う。どの本もテーマの一つに移民や日系人がある。これは私が子どものときから、ずっと書きたかったこと、書かねばならないと思ってきたことだ。二〇一六年に出産をし、ますますその思いは強くなった。子どものためにも自身のルーツである移民や日系人というものを書き記し、後世に遺したいと思った。

先の、神戸のミュージアムに石川達三の『蒼氓』の直筆原稿が展示されていた。私が小学校四年生の、齢でいうと十歳の時に、この『蒼氓』を読み、この話の続きを書きたい、今の日系人の姿を描きたいと強く思ったのが、私の創作の原点である。私の母は日系三世で、ブラジルで生まれ育ち、留学でやってきた日本で父と出会い、結婚したのだが、私の育った東京と千葉では、当時日系ブラジル人がほとんどおらず（というより、外国人がまだ当時は少なかった）、周囲に移民や日系人の話をしてもよく理解してもらえなかった。日系人のルーツである移民の小説に手を伸ばしてみたものの、そこに描かれていたのは、移民当初の重苦しい話のみで、私が知っている、ブラジルで見た日系人たちの姿ではなかった。歴史的な資料ならあった。が、当時、私が求めていたのはそういったものではなく（もちろん、それらも読んだのだが）文学としての、日系人の姿であった。ない、ならば、私が書こうと思い立ったのが、ことの始まりである。

今でもよく覚えているのであるが、十歳の私は、台所で料理を作っている母の隣へ行き、「『蒼氓』の続きを書くんだ」と宣言した。当時の母は三十七歳、今の私よりずっと若い。娘の突然の宣言に、さぞかし困惑したことだろう。

時々思うのだが、もし私がずっと沖縄に住んでいたのなら、おそらくそこまで気負うこともなかったのではないか。移民県の沖縄では、身近に海外へ渡った人たちが大勢いて、移民や日系人のニュースにも事欠かない。誰かに、移民や日系人というものを改めて説明する必要もなければ、関連するニュースが豊富にあることで、子どもの私も十分、心が満たされる気がするのである。

私が短歌を始めたのは、海外に住む祖父が亡くなったことがきっかけである。私の短歌のスタートは挽歌であった。祖父が亡くなった知らせを受け、頭に歌のようなものが浮かび、朝日歌壇へ投稿してみたところ、佐佐木幸綱先生にとっていただいた。あまりにあっさりと入選したものだから、朝日歌壇は投稿者が少ないのだとしばらくの間、勘違いをしていたほどだ。身の回りに短歌をやっている者がいなかったので、そんな風にとらえていた。朝日歌壇の選者の馬場あき子さんが「モニカさんは朝日歌壇のスターだね」と仰っていたと幸綱先生より聞いた。当時は熱心に投稿していた。

ところで、私が自身と沖縄とのつながりを考えるとき、見直す写真がある。守礼門の前で、ブラジルの祖母と私と母が一緒に写った写真である。この時私は三歳。首にハイビスカスのレイをかけている。当時は東京に住んでおり、まさか将来、沖縄で暮らすことになろうとは、誰一人想像していなかったに違いない。

実家のリビングには、私が物心ついた時から、琉球舞踊の四つ竹の衣装に、花笠をかぶった人形が飾られていた。時々、その花笠が頭からずり落ちてしまうものだから、よく人形に花笠をかぶせてやった。人形の黒い台座に埃がかぶるので、それを布で拭くのが、子どもの時分の私の仕事であった。今考えてみると、その華やかな黄色の琉装は、私が披露宴で着たものとよく似ている。どうも沖縄とは不思議な縁があるように思えてならない。

というのも、私自身は沖縄にルーツがあるわけではないのだが、一方で、母方のブラジルの親戚にはウチナーンチュと結婚した者が少なくない。母の従姉妹らには、具志堅さんや玉城さんや比嘉さんらがおり、数年前にはサンパウロに住む私の従弟がウチナーンチュと結婚をした。さらに二十年以上前のことになるが、私の従妹もブラジルから沖縄の大学へ留学をしている。留学時代、わが家へ遊びに来た従妹が「パイナップルパークの隣の大学なんだ」と教えてくれたことが思い出される。当時の私は、パイナップルパークがなにかも知らなかったが、今、私はまさにそのパイナップルパークの近所に住み、夫は従妹が通った大学に勤めている。叔母も沖縄に、それも名護へ来たことがあり、一昨年であったか、名護の知人に叔母の話をしたら、それは、もしやこの方ではと、叔母と一緒に撮った写真をくださった（『蒼氓』をブラジルで初めてポルトガル語に翻訳したのは、この叔母である）

たまたま知ったことであるが、私が今住んでいる名護は、祖父母が住んでいた所の対蹠地《たいせきち》だそうだ。私の足元をさらにさらに下っていくと祖父母がいたところになるという。曾祖父らは開拓移民として苦労をし、祖父の代にコーヒー園等で成功したため、私の大地への思いは格別である。私の今いる反対側で、曾祖父たちが頑張ってきたのだと思うと励まされ、そして、深い縁《えにし》を感じずにはいられない。

先の移住ミュージアムの建物内に、ブラジル領事館があり、訪ねてみると、若き日の友人の母が名誉領事となっていた。今春、国内に住む日系人として、はじめて旭日双光章を贈られたという。領事館の廊下に貼られた神戸新聞を見ると、私の短歌の師である佐佐木幸綱先生が旭日中綬章に選ばれたのと同時期であった。私は思いがけない再会を喜び、この素晴らしいニュースを心から祝福した。私は移民県としての沖縄の話や自身の近況等を話し、その場を後にした。

私が神戸のお宅に泊めていただいたのは、もうかれこれ三十年ほど前のことになるが、当時より私はブラジルの移民や日系人について書き記そうと取材を重ねていた。私の創作活動は沖縄へ来るずっと前から始まっていたが、移民県と呼ばれる沖縄に住むことで、より一層深さと広さを獲得したような気がする。

私にとって沖縄に住むとは、沖縄で表現するとは、自身のテーマを深く深く突きつめていくことにほかならない。それが自身の使命だと思っているし、今後もし沖縄を離れることがあっても、それはきっと変わらないだろう。いかにそれを豊かに書くことができるか。そして書いたものが読者のためになり、なんらかの形で役立つことを願う。なにもこれは移民に限った話ではなく、私が書くものすべてがそうあってほしい。命のきらめき、尊さ、そのつながりや育児、沖縄の自然等について書かれた拙作を読み、「モニカさんの詩は、私と共に人生を歩む、私の一部です」と言ってくださった読者がいる。同じ沖縄で、仕事や子育てに奮闘する読者が、そのように感じてくれることをうれしく思う。

あらゆる表現活動は、誰かのためになされるべきであり、誰かの役に立つ、喜んでもらえることが大切だ。そのために今日も表現者は身を削り、鶴のように羽を抜きながら、作品を織り続けるのである。

おおしろ建
文学に拉致されて

なぜ、私は文学に興味を持ち、俳句や詩を書くようになったのだろう。よく分からない。高校の頃は詩らしきものを書いていた記憶がある。だが、なぜそんなことをしていたのだろうか。遡れば小学校の頃になるのだろう。小学三年生に進級する時であった。宮古島の田舎の学校、一学年が二クラスほどの小さな小学校から、六、七クラスもある、在籍が二千人というマンモス校の平良第一小学校に転校した。そこは、校舎とは別棟で独立した図書館があった。教室の隅に本棚が二つほどの図書室しか知らない子供にとって、全面ガラス張りの図書館はカルチャーショックであった。一九六二年頃であろうか、県内でも図書館がある小学校は、あまり無い頃であった。それからであった、図書館通いが始まるのは。

印象深いのは転校初日であった。始業式が終わり、鉄棒にぶら下がっていると同級生らしき者が喧嘩を売ってきた。転校生イジメか、それとも私の態度が横着であったのか。売られた喧嘩は買うのが当然だ。大勢の生徒が周りを取り囲んだ。その中で始まった。相手は手だけでなく足を使い蹴り上げてきた。びっくりした、都会の喧嘩は足も使うのである。これもまたカルチャーショックであった。なぜか、その男とその後、図書館へ通うことになった。そんな関係が二年ほど続いた。その後、彼は不良仲間と付き合いだし、そのままグレてとうとうヒト二人を殺める人生を送ることになった。

私は放課後になると図書館にいそいそと出かけた。本を借りると教室へ戻り、こんどは運動場へと走った。これが毎日続いた。高学年になる頃には百科事典などの書籍以外の小説の類はあらかた読んでしまった。図書館には司書の先生が二人もいた。新しい本が入ると呼ばれて、カウンター内で読まされた。私が読み終わると貸し出しが始まる。そんな図書館生活が、中学校までも続いた。中学校も図書館は別棟であった。高校に入ると図書館はあるが、学習参考書や問題集が中心で小説などは多くなかった。仕方がないので、県立の宮古図書館に通った。ここは蔵書が豊富であった。夏休みとなると午前中に本を借りて、夕方までには読み終え、また借りに出かけた。とうとう、貸し出し二冊までのところが、五、六冊まではOKになった。狂ったように読みあさった。一種の逃避でもあった。琉米文化会館では、『文學界』『群像』『文藝春秋』などの月刊誌を読んでいた。将来このような新しい小説などが載った文芸誌を読まなくなったときは「俺のお終いだ」と漠然と思っていた。その恐れ通り現在は、その「お終い」となっている。

高校時代までの宮古島はのんびりしていた。時間はゆるゆると流れていた。テレビの放映開始はいつだったのだろうか。小学生が終わる頃であったのか。長い間、白黒のNHKだけであった。一九六四年の「東京オリンピック」は、テレビではなく映画館で見た記憶がある。宮古島でのケーブルテレビの放映開始が一九七八年五月だという。長い間、民放は無かった。思えば、テレビも何もない島では、本だけが世界と繋がっていた。「本は世界の窓」となり、ばたばたと開け閉めを繰り返していた。乱読の果てに妄想だけが肥ってきた。その頃であったのだろうか、詩を書き始めたのは。どんな詩を書いていたのか覚えていないが、確か鬱屈した気持をぶつけるような詩だったというかすかな記憶が残っている。漠然とした不安がいつも体に纏い付いて離れない。そんな気持を払拭したいという気持が強かったのだろう。

一九七二年五月十五日「日本復帰」の年は高校三年生であった。高校入学は、琉球政府立「宮古高等学校」であったが、卒業は沖縄県立となっていた。政府立から県立と何だか安っぽくなった感じがした。卒業後は紆余曲折の末に進学のため東京へ上京することになった。その頃の東京は、新宿辺りで若い女性が「私の詩集を買ってくれませんか」といった、手製の詩集を売るという名残がまだあった時代だ。私もどういう経緯であったか覚えていないが、謄写版を手に入れていて、ガリ刷りの薄っぺらの詩集を作っていた。さすがに、新宿で立つ勇気はなかったが、二、三冊ほど作って終わった。それっきりで詩のことは忘れていた。

長い放浪生活を終えて、母校の宮古高校へ教員として赴任したのが二十八歳であった。そこには俳人の野ざらし延男氏がおられた。その当時、沖縄タイムス紙の「タイムス俳壇」の選者をなさっていた。俳句に対する情熱や教師としての姿勢に惹かれた。本物に出会ったと思った。野ざらし氏は、生徒だけでなく教員集団にも俳句の指導を行っていた。地域でも俳句創作指導を行い、宮古島に俳句ブームを巻き起こした。私も創作のことも思い出して、野ざらしの門を叩いた。それ以来、俳句を作り続けている。野ざらし氏は宮古高校の三年間の集大成として、生徒と教師の合同句集『脈』を編集発行。宮古島への置き土産となった。この句集は第一回「日本詩歌文学館奨励賞」(日本現代詩歌文学館振興会主催)を受賞した。私の宮古高校での勤務はわずか三年であった。結婚のため沖縄本島へ移動した。結婚相手は俳句仲間であった。以来、家庭内ライバルとなりバトルを繰り返している。二人とも野ざらし延男代表の「天荒俳句会」(一九八二年発足)に所属している。年三回発行の俳句同人誌『天荒』(一九九八年創刊)は七四号となった。

文学への大きな転機は、高校生のための副読本『沖縄の文学』〈近代・現代編〉の編集に参加したことだった。この副読本は「沖縄県高等学校障害児学校教職員組合編」で一九九一年三月一日初版発行であった。編集委員は実作者である高校の教員と編集協力委員として琉球大学の岡本恵徳氏と仲程昌徳氏であった。高校の教員は、詩人で小説家の大城貞俊、歌人の川満節子、エッセイストの儀間進、歌人の島袋盛慎、詩人で評論家の高嶺朝誠(高良勉)、詩人で役者の仲里朝豪(中里友豪)、俳人の山城信男(野ざらし延男)、小説家の宮里尚安、表紙絵は画家の新垣安雄と豪華なメンバーであった。若造の私にとって編集会議は大いに勉強になった。三十六歳、文学への視野が大きく広がった時であった。

出会いは、いつやってくるのか分からない。分からないから面白い。三番目の赴任校で不思議な連中と一緒になった。三十代の後半だった。煙草の煙でもうもうとした美術の教官室で現代思想や美術、文学論を論じていた。ものの見方が広がった瞬間だった。様々な分野の教員たちだ。メンバーは翁長直樹、仲里安広、山田高男、久場政彦、村吉政松、大城貞俊、おおしろ建。七人のサムライといったところだ。彼ら仲間と現代文学・思想を読む会グループ「ZO」を結成した。代表は山田高男にお願いした。アパートの一室で毎週、学習会を開いた。俳句だけでなく色々な芸術に目がゆくようになった。創作をするものとして幅が広がったように感じた。句集『地球の耳』（脈発行・一九九四年一月十五日）もこのころ出版した。解説を大城貞俊さんに書いていただいた。ありがたいことであった。この句集で第二九回沖縄タイムス芸術選賞奨励賞（文学部門・俳句）を受賞した。

さらなる出会いが待っていた。四十代の前半だった。詩人の高良勉さんから「詩をやってみないかい」の誘いがあった。もともと詩には興味があったので仲間に加わった。詩と批評「KANA」（一九九七年・高良勉代表）の結成となった。私にとって俳句と詩はまったく別なものではないという感覚がある。どちらも詩語を大事にしているのである。同人誌は現在二九号を発行。詩と批評「KANA」に発表した詩を中心に詩集『卵舟』（出版舎Mugen発行・二〇一二年四月二五日）を出版した。

他者との関係が私を成長させてきた。周りの人たちに支えられて生き延びてきたというのが実感である。この文章は編集者の意図とは違う方向に流れたと思うが、私自身が文学とどう関わって来たかを思い出させることになった。ありがたいと感謝している。

屋良健一郎
日本人でいるために

「屋良さんと初めて会った時、沖縄の人なのにこんなにきれいに標準語が話せるんだって驚いたんですよ。私の憧れでした」

同じ沖縄出身の知人に言われた言葉だ。そんなふうに思われていたことに驚いたが、嬉しかった。

＊

【なぜ書くか】

短歌に関する最も古い記憶をたどってみると、次の一首に行き着く。

東風《こち》吹かば匂ひおこせよ梅の花あるじなしとて春な忘れそ　　菅原道真

小学四年生か五年生の時だろうか、母が出張の土産にくれた太宰府天満宮の鉛筆に書かれていた歌だ。菅原道真を尊敬する母は、この歌をしばしば口ずさんでいた。私にとっての最も古い短歌の記憶は、道真のこの歌であり、歌を口ずさむ母の五七五七七の韻律だ。

短歌を本格的に詠むようになるのは大学二年生の頃からだが、この歌をきっかけに和歌・短歌に興味を持つようになった。小学六年生の時の短歌の鑑賞文を書く課題に熱心に取り組んだ。中学二年生の修学旅行では、大分県の岡城跡を訪れた際に即興で一首が生まれたし、修学旅行の思い出を文章にするという課題では、文だけでは思いを表現しきれなくて二首の短歌を付した。和歌・短歌に魅了されたのは、五七五七七の韻律の心地良さを知ったということも大きいが、もう一つ理由がある。私が日本への憧れを強く抱いていたからだ。一九九三年、小学三年生から四年生にかけての時期、大河ドラマ『琉球の風』が放送された。前年は復帰二十年、首里城が復元され、沖縄の歴史・文化への県民の関心が高まっていた。琉球が薩摩に支配された歴史と、「ナイチャー」の沖縄差別を、大人たちから聞くことも少なくなかった。同じ日本人なのに県外の人を批判する沖縄の人たちに私は違和感を抱き、県外とは異なる沖縄独自の文化を知るたびに居心地の悪さを感じていた。沖縄が琉球王国という国であったことを大人が誇らしく語るのを聞く時、私は自分が日本人から離れていくような気がした。日本人でありウチナーンチュであるという意識を、沖縄の歴史に無知な当時の私は持ち得なかった。日本人か、ウチナーンチュか、その二者択一の中で、私は日本人であることにしがみついた。被害者意識の強い（と当時の私には思えた）ウチナーンチュにはなりたくなかった。大人たちの話す方言に耳を閉ざし、美しい標準語を話すことを目指した。沖縄の歴史に目を背け、日本史を学ぶことに没頭していった。自分の先祖は琉球王国の役人じゃなくて戦国大名なんだ、と同級生に嘘をついたこともある。そんな私に五七五七七の韻律と『万葉集』以来の和歌・短歌の歴史は魅力的だった。

中学一年生の時、県内で起きた殺人事件。ニュースを見ながら親戚が言った。

「犯人はナイチャーだはずよ。沖縄の人はこんなことしない」

高校三年生の時、東京の有名大学に通っている卒業生が教育実習に来た。その人の話を私がしていると、母が言った。

「あい、内地の苗字だね。親が内地の人だはず。やっぱり内地の人の子は優秀さーね」

ウチナーンチュではなく日本人でいたい、という思いは強くなっていった。その思いと呼応するかのように、日本の古典を勉強することがますます好きになり、高校三年生の時には好きな子にラブレター代わりに自作の和歌を送ったこともある（その子は和歌の解釈ができず、国語の先生に現代語訳をお願いしたため、私の恋心は先生にもばれてしまったわけだが）。

沖縄を出なくては、とずっと思っていた私は東京の大学に合格した。大学二年生の時にはそれまで以上に短歌への関心が高まり、NHK学園の通信講座で学んだ。それからしばらくして竹柏会『心の花』に入会した。ここからは自作を引用しながら述べたい。

山形へ国費留学せし父の「ヤマト」と呼ぶは異国の名前
沖縄尚学《おきしょう》に独立論者の大歓声　力道山を見るような目で
スタバにて辺野古《へのこ》の話題にふとなりぬ畿外を語る貴族のごとく
沖縄県遺族連合のテントにはいつか絶滅する遺族たち

『心の花』二〇〇五年十一月号掲載の「畿外を語る貴族のごとく」二十首の内から四首。三首目、自らを「貴族」に喩えた点に、子供の頃からの和歌や日本への憧れが出ているように思う。いま読むと、「ヤマト」と言う父を見る目も、甲子園で地元の高校を応援する沖縄の人たちや慰霊の日の遺族連合会の人たちを見る目も、沖縄の外からのものに思える。自らをウチナーンチュではなく日本人の側に置こうとする当時の私の意識が表れているのだろう。

手には手を口には口を差し出せばたそがれてゆく春の公園
『短歌現代』二〇〇五年六月号
あえない日あえる日あえる日あえない日　ビルに隠れ見えする太陽

こういった何でもない相聞歌を詠む時、ずっとコンプレックスだった毛深さも忘れていられた。歌の中の〈われ〉の「手」はすべすべであり、「口」のまわりもヒゲが生えない。すべすべ、つるつるの〈われ〉なのだ。

浴槽の水を水が打つ夜降《よぐた》ちに一語の悔いのふくらみ止まず

さくらばな指してほほえみあう人の春の心をけけれと呼ばむ
『心の花』二〇一二年四月号

夕つ日はさねさしさがむ征くひとを送る心を持たざる一生
『心の花』二〇一二年十二月号

夜更けを意味する「夜降ち」。東国方言で「心」を意味する「けけれ」。「さがむ（相模）」に係る枕詞「さねさし」。これらの語を用いることでしか出せない感覚があるように思う。古典和歌を読むなかで知らなかった古語と出会い、自らも用いる時、私は日本語の豊かさを感じ、和歌・短歌がますます好きになる。

散らし書きの和歌の一文字ひともじが桜となりて降る吉野山

春の川に花は浮かみてめぐりみずを流れ流れしさかずきの裔《すえ》
『滸』2号（二〇二〇年）

こういった最近の作もまた、日本への、和歌への憧れが詠ませたものだ。春の吉野には行ったことがないが、歌枕としての吉野が私に歌を詠ませる。二首目は夏に名護市内の溝渠にサガリバナが浮いているのを見て詠んだものだが、心は貴族たちの曲水の宴へと向かう。和歌を詠む貴族たちから私への呼びかけとして川面の花はある。

もちろん、和歌＝日本とすることの危険性や、戦時下において短歌が果たした役割、短歌と天皇制との結びつきに議論があることなども承知している。しかし、たとえば一六〇〇年の田辺城の戦いにおいて古今伝授を絶やしてはならないという朝廷の思いが講和をもたらしたように、和歌・短歌を愛し、次代へとつなぐために心血を注いできた人たちがいる。その熱意と努力を思う時、長い歴史を経て自分自身の手元にまでめぐってきた五七五七七という器を、私はかけがえのないものに思うのだ。

【何を書くか】

日本への憧れが短歌を引き寄せた。短歌を詠むことを通して、私は日本人であることを感じてきたし、日本人でいることを求めて短歌を詠んできたとも言える。だが一方で、東京の大学・大学院で日本史を専攻しながら琉球・沖縄の歴史も学ぶうちに、ウチナーンチュとしての私がうずきだした。

おどる踊る躍るっ！　魂《マブイ》ゆすぶる早弾きの三線と指笛が響けば

『短歌研究』二〇〇六年九月号

『伊波普猷全集』読めば発芽する遺伝子　遠い、だれかの声に

幼い頃は何とも思っていなかった（むしろ聴くのも嫌だった）三線の音色を心地良いと感じる自分がいるし、ウチナーンチュとしての自分に気付く瞬間がある。沖縄へ引き寄せられる。

わたくしが日本人であることの　高祖父は同治《どうち》三年生まれ

『短歌』二〇一五年八月号

傘のような系図の露先　四百年続きし通字を持たぬ我が名よ

『心の花』二〇一六年九月号

系図に記されている高祖父（祖父の祖父）の生年は中国年号。まぎれもなく琉球王国の琉球人だった。高祖父も祖父も父も、高祖父より上の世代の人たちも皆、名前に「朝」がつく。その屋良家の「朝」の歴史を

私の名が途絶えさせた。日本への憧れが強い私からすると、「朝」が自分の名に付いていないのは嬉しいことのはずだが、「通字を持たぬ我が名よ」と言う「わたくし」はなんだか少し寂しそうだ。

（日本人になりたいなりたいなりたい）ガマに落ちてるカミソリの錆《さび》
『朝日新聞』二〇一五年六月二十三日夕刊

御嶽《うたき》には鳥居の建ちて日本人になるため上りけんこの道を
『短歌研究』二〇二一年四月号

「ナイチャーと結婚するな」妹に相撲を見つつ祖父が言うなり
『短歌』二〇一五年八月号

日本人でいたい、という私のこだわりが幼稚に思えるくらい、かつて切実に「日本人になりたい」と願った人々がいたことだろう。沖縄戦を考えたり、ウタキの鳥居に刻まれた近代の日本年号を見たりする時、そんなことを思う。「ナイチャー」と結婚してはいけないと言っていた祖父は、いつもテレビで相撲を見ていた。ニュースで皇太子（現在の天皇）を見ながら「これほど素晴らしい人はいない」と言っていたのも思い出す。祖父は日本のことをどう思っていたのだろう。

米軍基地に関しては、先に「スタバにて辺野古《へのこ》の話題にふとなりぬ畿外を語る貴族のごとく」という歌を引用した。古代の貴族には畿内（京都に近い地）か畿外かという区別があった。この歌は、貴族にとっての畿外のように、辺野古移設は自分から遠い出来事なのだと詠んでいる。この歌のように、東京に住んでいた頃の作には、基地に反対する沖縄の人たちと距離を置いて詠んだものが少なくない。

壇上の傀儡師につられて挙げたこぶしよ我の未生の思想

われが手をたたけば四方《よも》の人も手をたたくルールの県民大会
『短歌往来』二〇一一年四月号

二時間を立ちつ座りつ百余回拍手のみして帰り来たりぬ
『短歌』二〇一一年四月号

県民大会に参加したこともあるが、壇上の人のスピーチに誰かが拍手をすればつられて周囲の人も拍手をする様子に、やるせなさを感じた。壇上の人が「写真を撮りますので」と「基地反対」と書いたボードを掲げるように促す大会もあって、参加している人たちが操られているような感じがいやだった。県民大会は、一つの思想にまとまっているようでいて、私の目には無思想に映った。

米軍機飛びゆく下を幾千のフラワーロック動きだすなり
『短歌』二〇一一年四月号

だが、基地問題に距離を置いたそのような視線も、就職を機に沖縄に戻った二〇一三年以降は徐々に変化している。

奪われる　大地も海も声も心も　空の叫びをぼくら見上げて
『現代短歌』二〇一八年十月号

基地反対を掲げた候補が当選しても変わらない状況には空しさが増すばかりだし、自分の住む地域で以前よりも米軍機の飛行が多くなっている気がして、大事なものがどんどん奪われていく感じがする。東京にいた時に感じていた沖縄と、実際に生活をする沖縄とでは、やはり違う。

米兵に酒かけられて黙しいる同胞を恥ずわれを恥ずコザを恥ず
『短歌往来』二〇二〇年五月号

夜桜は美しからんにっぽんに　米兵にわれが追わるる今も

ある夜、クラブにて。米兵（らしき男）が酒をこぼして、別の客の服がびしょびしょになった。びしょびしょの人も店員もその米兵（らしき男）を責めない。そばにいた私も何も言えない。挙げ句の果てに、その店を出た後、基地の近くを歩いていただけの私を「殴らせろ」と言って、米兵（らしき男）が追いかける。必死で逃げる私を誰も助けてはくれなかった。

わが国は軍隊を持て　米兵にさげすまれいる今を終えんと
『短歌往来』二〇二〇年五月号

荒《あら》びたるふたりみたりを「米兵」とくくる愚かさ灯下を帰る

たった一夜の、たった数人の米兵（らしき男）による出来事ですべてを判断しようとする自分が馬鹿に思えた。

右腕に〈沖縄人〉と彫りてあるジョンと知り合う週末のバー
『短歌研究』二〇一〇年十一月号

「Fuck you!」ができない右手アフガンより戻ったボブに中指は無し

コザの夜の酔いのカオスの息を吹くケビンが折った鶴の腹部に
基地に反《ファッキュー》対することもせぬことも淋し「Come on!」の声に一気す

米兵と楽しく飲んだ夜もあった。テキーラをおご《飲めよ》りおごられ、さんざん飲んだ。酔いの果てに、肩を組み、写真を撮って別れた。

それでも、思う時がある。

(なぜこのような不条理の中に私たちはいるのか)

そして時々、沖縄県内のコンビニで働いていた知人の言葉が思い出される。「米兵が店で暴れて、棚の商品を倒していくんです。でも警察は呼びません。どうにもならないし、時間だけがかかるでしょ。さっさと商品を元に戻して何事もなかったかのように営業を続けたほうがいいんです」

基地を移設することは、こういう思いを誰かに担わせることなのではないか。自分の痛みから遠いところにいる、見知らぬ誰かへと。

一方、基地移設に関わる何らかのメリットがあることも事実だろう。

新しき遊具のまぶし反基地の市長敗れし街の公園

『短歌往来』二〇一九年八月号

交付金に生《あ》る笑顔のあることの母のかいなへ園児は駆け来
一円も使うことなく辺野古より戻りてわれはわれを恥じたり

辺野古移設を受け容れる見返りとの指摘もある米軍再編交付金。名護市への交付金の一部は子育て支援に活用されており、経済的に助かっているという子育て世帯も少なくないだろう。経済的な理由から辺野古移設に反対しないという立場の人もいるはずだ。普天間の危険性除去のために止むを得ず辺野古容認という人もいるだろう。私自身は辺野古移設に反対だが、異なる立場の人たちのことも考えたいし、詠みたいと思う。

反基地を反基地のみを正義として強いる人らにわれは与せず

「短歌研究」編集部編『平成じぶん歌』（二〇一九年）

【再び、なぜ書くか】

日本への憧れは今でも作歌の底流にあるが、「ウチナーンチュか日本人か」というかつての二者択一は次第に薄まり、「私は日本人でありウチナーンチュでもある」という意識が強まってきている。

賛成の声も　反対の声も　投票前夜の　雨が濡らす

『短歌往来』二〇一四年十一月号

名護市長選挙を詠んだ一首。分断される沖縄の人々を見るなかで出てきた歌は、八八八六の三十音だった。なぜ短歌を詠むのか。「沖縄の今を伝えたいから」という思いが最近は強い。県外の人に伝えたい。未来の沖縄の人に伝えたい。そのために詠む。短歌は短い詩型だ。この詩型で権力と闘おうとか、誰かと連帯・共闘しようとは思わない。それをするには短歌は無力だろう。

それでも私が短歌を詠むのは、その短さにかすかな希望を感じているからだ。短いから気軽に読めるし、引用しやすい。ブログやツイートや新聞記事。私が詠んだ「沖縄の今」を、私の知らない誰かが引用してくれて、それがさらに私の知らない誰かに届いてくれたら嬉しい。誰かの沖縄に対する考えを一首の歌で変えようというのではない。ちょっとした時間でもいい、その誰かが沖縄に立ち止まってくれたらいい。その誰かが沖縄に関心を持ち、考えるきっかけになればもっといい。そしていつか、その誰かと沖縄について、話してみたいのだ。それを夢見て、私は「沖縄の今」を詠む。
「沖縄の今」を詠み続ける中で、次のような一首が生まれたのは、正直、自分でも意外だった。自らが日本人であることを確かめるかのように短歌を詠んできた私なのだが……。

泡盛を飲みつつ時に紛れもなく日本人なるわが身さびしむ
『琉球新報』二〇一八年五月二十六日

＊

「屋良さんと初めて会った時、沖縄の人なのにこんなにきれいに標準語が話せるんだって驚いたんですよ。私の憧れでした。東京にいた頃の屋良さんは。でも、沖縄に戻って屋良さんは変なまりになってしまった。憧れだった屋良さんはもういないんです」

◇あとがき

崎浜慎

本書は、第Ⅰ部に文学シンポジウム、第Ⅱ部・第Ⅲ部に沖縄県内在住の小説・詩・短歌・俳句の創作者の寄稿をまとめたものである。「沖縄文学」の現状を知り、未来へ向けて実作者たちがどのような文学を営んでいくのかを見る指標となるならば幸いである。

この本の制作は作家・大城貞俊氏のかけ声で始まった。若い人たちに書く場をできるだけ提供したいという思い、沖縄文学の現在地の確認と将来へつなげてほしいという期待と情熱が氏を動かしたのではないかと察する。

結果として重鎮から若手まで、さまざまな視点からの意見が述べられ、今後、沖縄文学を考えていく上での大切な論点を提示する本ができたのではないかと思っている。

各執筆者に依頼したテーマは、沖縄で表現活動をする者として「なぜ書くか、何を書くか」というものである。一筋縄ではいかない抽象的な課題について、それぞれの方が、書くことへのひたむきな思いや姿勢、沖縄への向き合い方などを示してくれた。個人的な動機から言葉を紡いでいく、沖縄の置かれた状況に対する憤りから創作に向かう――など、各人が切実な思いを抱えていることが伝わってくる。各執筆者の書いているジャンルや方法論は異なっていても、「書く」という一点において響き合うものがあることは最後まで読まれた方なら得心するのではないだろうか。

短歌・俳句の実作者から、日本本土の伝統的な「季語」に物言いがついている点は注目したい。「言語」問題に代表される、既存の制度に対する疑義を沖縄の側から提起していくことは重要であるように思う。詩の実作者も含めて「言葉」の問題意識を明確化してくれたことはありがたい。

また、県内文学賞のジェンダーバランスや経済格差を指摘する論考は、私たちが創作する上で向き合わなくてはならない沖縄社会を相対的に見る目を持つことを可能にするのではないだろうか。「沖縄文学」という枠組みの設定に疑義を抱く方も複数おり、もっともなことだと思う。そもそも既存の枠自体に疑問を持つことなしに創作はありえないだろうし、言葉をはじめ、物語、共同体、社会など、私たちを取り巻くあらゆるものに通底するイデオロギー的なものを名指し、ひっくり返していくことこそ文学に求められるのではないか。枠組みが存在することへの疑問は、創作の第一歩である。では、なぜ追い払って自由になったつもりでも「沖縄」や「沖縄文学」は自分の身にまとわりつくのか、ということを熟考するのが次の段階になるだろう。私たちが考えなくてはいけない問題は多数ある。

文学を取り巻く沖縄の状況は厳しい。県内新聞二紙の文化面の掲載日が削減された（週七から週六へ）。これは新聞社が文化を支えてきた形が崩れつつあることを示唆しているだろう。そして、全国的な問題でもあるが、図書館の非常勤職員問題。予算削減にともない専任職員を減らし非常勤職員に切り替える自治体が増えている。大学図書館もしかり。しかし、そうすることによってサービスの質が落ちていくこと、ひいては利用者を読書から遠ざけるだろうことは否めない。文化からまず始めに切り捨てられていく社会の行く末を想像するのはおそろしい。

しかし、そのような状況にもかかわらず、個人誌や同人誌の発刊など独自の文化活動を展開しているのが沖縄という地だ。「文学不毛の地」と言われつづけ、一時期盛り上がることはあっても、総じて文学は下降傾向にあるのかと思っていた。だが、寄稿をまとめながら、そんなことはないという思いをあらたにした。現状は厳しくても書き続けていくという執筆者の強い意志を感じたのである。

その強い意志を支える環境が求められる。ある執筆者も指摘しているように沖縄文学館の設立が望ましい。かつて大城立裕氏らが県に対して建設をねばり強く要請していたが、かなわなかった。日本全国の中で文学館がまったくないのは数県のみで、沖縄もその中に入る。「文学不毛の地」というレッテルは、芥川賞作家が出たから払拭されるものではなく、文学が裾野をひろげ、底から根付いていかない状況を指しているのではないか。

そして、創作を発表する公けの場が現在の沖縄にはない。かつて新聞社が主催していた総合誌『新沖縄文学』があったが、一九九三年に休刊した。それまで創作者を育てる場でもあった雑誌の休刊はそれ以降、目立つ小説家・詩人等を輩出していないことからその影響をはかることができるのではないか。文学を志すものにとって研鑽の場になりうる新たな文芸誌の発刊は欠かせないであろう。

本書への原稿依頼については実作者であること、県内外の賞の受賞歴があること、現在も書き続けていること、などを主な目安にしたが、なかには多忙さから辞退されたかたもいた。その際にも丁寧な激励と本書への期待を寄せてくれたことは嬉しかった。なお、原稿の掲載順は事務局への到着順である。

最後に、地道な文学活動に理解を示してくださり、今回のシンポジウムを開催してくだった沖縄大学地域研究所のスタッフのみなさまには多大なご協力をいただき感謝申し上げる。そして、今回出版する機会をくださったインパクト出版会の川満昭広氏に謝意を表したい。このような方たちが沖縄文学を底から支えてくださっているのだと思うと、励まされる思いである。

（編集委員会事務局）

◇付録

1 執筆者並びにパネルディスカッション出演者プロフィール（五十音順）

赤星十四三（あかほし　としぞう）
一九七四年沖縄県沖縄市生まれ。小説家。『アイスバー・ガール』（二〇〇四年）で第30回新沖縄文学賞受賞、「今度、チェリオもってくる」（二〇二一年）で第49回琉球新報短編小説賞受賞。

安里琉太（あさと　りゅうた）
一九九四年沖縄県与那原町生まれ。群青・滸同人。句集に『式日』。同著にて第44回俳人協会新人賞受賞。その他、第16回銀化新人賞、第56回沖縄タイムス芸術選賞奨励賞など。

あずさゆみ（あずさ　ゆみ）
広島県生まれ。物書き。『カラハーイ』（二〇一七年）で第42回新沖縄文学賞。後に沖縄タイムス社から出版。平成31年第31回琉球新報児童文学賞短編児童小説部門受賞。

石垣貴子（いしがき　たかこ）
一九六〇年沖縄県石垣市生まれ。学習塾講師。受賞歴：平成十七年第十七回琉球新報児童文学賞短編部門。平成十七年第一回おきなわ文学賞小説部門二席。平成三十年第四十六回琉球新報短編小説賞。

伊良波盛男（いらは　もりお）
一九四二年沖縄県宮古島市池間島生まれ。詩人、民俗学研究（谷川健一に師事）。主な著書に詩集『眩暈』（一九七六年）、民俗文化誌『わが池間島』（改訂版二〇一八年）、短編小説集『神歌が聴こえる』（二〇二〇年）など。受賞歴に第2回山之口貘賞、第8回平良好児賞、第57回沖縄タイムス芸術選賞大賞（文学）がある。

伊礼英貴（いれい　えいき）
一九六四年沖縄県嘉手納町生まれ。小説家。「期間工ブルース」で第38回新沖縄文学賞受賞。「モヤシのヒゲ取ります　一袋十円」で第42回琉球新報短編小説賞受賞。

うえじょう晶（あきら）
一九五一年沖縄県那覇市生まれ。詩人。詩集に『わが青春のドン・キホーテ様』（二〇一四年）、『ハンタ（崖）』（二〇二一年）がある。後者で第50回壺井繁治賞受賞。

上地隆裕（うえち　たかひろ）
一九四八年宮古島市旧城辺町生まれ。本名の他に筆名あり（香深空哉人＝小説用／村山四季＝童話用）。県立宮古高校普通科、琉球大学法文学部英語英文学科卒、米国メリーランド州立大学大学院教育学部心理学科カウンセリング専攻修了。小説「シャイアンの女」で九州芸術祭文学賞地区優秀賞。主な著書に小説『地底のレクイエム』『ゴユーシ・まぼろし』／音楽『世界のオーケストラ』（全4巻）『遥かなるオルフェウス』ほか多数。

上原紀善（うえはら　きぜん）
一九四三年沖縄県糸満市生まれ。詩作者。詩集『開閉』（一九八九年）、詩集『サンサンサン』（一九九二年、第15回山之口貘賞）、詩集『ふりろんろん』（一九九三年）、詩・連音『原始人』（一九九五年）、詩・連音『嘉手志』（一九九六年）、詩集『燃える緑』（二〇〇四年）、新選・沖縄現代詩文庫⑧『上原紀善詩集』（二〇一二年）、読本『ふりろん』（連音による詩の創造 二〇一二年）、詩集『連音』（二〇二二年）。同人誌「非世界」参加（二〇〇五年）、同人誌「南溟」参加（二〇一六年）。

おおしろ建（おおしろ　けん）
一九五四年沖縄県宮古島市伊良部島生まれ。俳人。著書に句集『地球の耳』、詩集『卵舟』がある。一九九四年第29回沖縄タイムス芸術選賞奨励賞、一九九九年第3回平良好児賞受賞。『KANA』『天荒』同人。

大城貞俊（おおしろ　さだとし）
一九四九年沖縄県大宜味村生まれ。元琉球大学教授、詩人・作家。一九九二年「椎の川」で具志川市文学賞、二〇〇五年「アトムたちの空」で文の京文芸賞、その他、沖縄市戯曲大賞、山之口貘賞、さきがけ文学賞などの受賞歴がある。近著に『この村で』『蛍の川』など。

加勢俊夫（かせ　としお）
一九五五年新潟市生まれ。小説家。小説「白いねむり」（一九九二年）、「ロイ洋服店」（一九九六年）、「ホテル・バンコク」（一九九六年）、「紅白煙突」（二〇一九年）、評論「野原一夫『人間坂口安吾』について」（一九九七年）、「何もなくなってしまったあとに—九・一一同時テロ事件以後」（二〇〇二年）ほか。同人誌（四の五の）同人。

国梓としひで（くにし　としひで）
一九四九年大阪市生まれ。沖縄県コザ市（現沖縄市）出身。作家。「南涛文学会」主宰。「爆音、轟く」第33回新沖縄文学賞、「とぅばらーま哀歌」第53回農民文学賞、「ダンシング・ボア」第50回九州芸術祭文学賞地区優秀作受賞。主な著書に農業小説集『とぅばらーま哀歌』『風土建築家清村勉伝・風に立つ石塔』『首里城を蘇らせた職人たちの物語・太陽《てぃだ》を染める城』など。

崎浜　慎（さきはま　しん）
一九七六年沖縄県沖縄市生まれ。作家。二〇〇七年琉球新報短編小説賞、二〇一〇年新沖縄文学賞、二〇一一年、二〇一六年に九州芸術祭文学賞沖縄地区優秀作、二〇一九年樋口一葉記念やまなし文学賞受賞。著書に『梵字碑にザリガニ』（二〇二〇年）がある。

崎山麻夫（さきやま　あさお）
一九四四年大阪西成区に生まれ、一九四七年沖縄県本部町に引き上げ。同人誌（四の五の）同人。主な作品に小説「闇の向こうへ」（一九九六・第二十一回新沖縄文学賞）、「ダバオ巡礼」（一九九七・第二十五回琉球新報短編小説賞）、「妖魔」（一九九七・第二十八回九州芸術祭文学賞・文学界一九九八年四月号）がある。第三十三回沖縄タイムス芸術選賞奨励賞（小説）。

佐藤モニカ（さとう　もにか）
一九七四年東京生まれ。歌人・詩人・小説家。主な著書：歌集に『夏の領域』（現代歌人協会賞、日本歌人クラブ新人賞）『白亜紀の風』（日本詩歌句随筆評論大賞優秀賞）、詩集に『サントス港』（山之口貘賞）『世界は朝の』（三好達治賞）『一本の樹木のように』（日本詩歌句随筆評論大賞優秀賞）がある。

芝憲子（しば　のりこ）
東京都港区生まれ。詩人。詩集『骨のカチャーシー』『海岸線』『沖縄という源で』など。エッセイ集『沖縄の反核イモ』、絵本『バラのぜんゆうさん』などがある。『海岸線』で第3回山之口貘賞受賞。

下地ヒロユキ（しもじ　ひろゆき）
一九五七年宮古島旧平良市生まれ。詩集『それについて』（二〇一〇年）で第34回山之口貘賞、第15回平良好児賞。他三冊詩集あり。日本詩人クラブ、日本現代詩人会会員。二〇二二年美ら島おきなわ文化祭「詩の祭典」審査委員長。

新城兵一（しんじょう　たけかず）
一九四三年宮古島市（旧城辺町）生まれ。琉球大学理工学部生物学科卒業（一九六八年）。詩集に『未決の囚人』（一九七六）、『流亡と飢渇』（一九七九）、『無名記』（一九八〇）、『愛あるいは夢殺し』（一九八一）など多数。『弟または二人三脚』（二〇一二）以後にも未完の詩篇多数あり。なお評論集に『生存と仮構』『負荷と転位』（一九九三）など。「宮古島文学」「イリプス」同人、「全面詩歌句」（3号）を発行。

高良勉（たから　べん）
一九四九年琉球弧南城市（旧玉城村）生まれ。詩人・批評家・琉球文化研究。主な著書に第10詩集『群島から』（二〇二〇年）、第4評論集『魂振り―琉球文化・芸術論』（二〇一一年）、評伝『僕は文明を悲しんだ―沖縄詩人山之口貘の世界』（一九九七年）他多数。山之口貘賞、沖縄タイムス芸術選賞大賞受賞。

髙良真実（たから　まみ）
一九九七年沖縄県那覇市小禄生まれ。早稲田大学社会科学部卒。歌人。「滸」同人、及び短歌結社竹柏会所属。二〇二二年第四〇回現代短歌評論賞受賞。

竹本真雄（たけもと　しんゆう）
一九四八年沖縄県石垣島生まれ。小説家。主な著書に小説『燠火《おきび》／鱗啾《りんしゅう》』（二〇一五年）、『猋風《ひょうふう》』（二〇一八年）、『少年の橋』（二〇一九年）、『青焔記』（二〇二二年）、エッセイ集『鵯《ひよ》が啼《な》く』（二〇二〇年）など。受賞歴に第25回新沖縄文学賞、第53回沖縄タイムス芸術選賞奨励賞（小説部門）がある。

玉木一兵（たまき　いっぺい）
一九四四年那覇市二中前生まれ（本部町浦崎出身）。上智大学文学部哲学科卒。精神保健福祉士、作家（小説、戯曲、詩）。主著にエッセイ・評論集『人には人の物語』（二〇一七年）、短編小説集『私の来歴』（二〇一九年）、『敗者の空』（二〇二二年）、詩集『帰還まで』（二〇二一年）など。受賞歴に琉球新報短編小説賞、新沖縄文学賞、九州芸術祭文学賞佳作がある。

トーマ・ヒロコ（とうま　ひろこ）
一九八二年沖縄県浦添市生まれ。第2詩集『ひとりカレンダー』で第32回山之口貘賞受賞。最新詩集は『パスタを巻く』。ポエトリーリーディングを行う。「うらそえYA文芸賞」「神のバトン賞」「文化の窓エッセイ賞」選考委員。

富山陽子（とみやま　ようこ）
一九五九年沖縄県那覇市生まれ。作家。元特別支援学校教諭。二〇〇四年『Happy Sweet Birthday』で第一六回琉球新報児童文学賞、二〇〇五年『天の歌、愛の歌』で恩納村制百周年記念事業恩納ナビー舞台化脚本、二〇〇六年『菓子箱』で第三四回琉球新報短編小説賞、二〇〇九年『フラミンゴのピンクの羽』で第三五回新沖縄文学賞、二〇一六年『金網難民』で第四六回九州芸術祭文学賞地区優秀作受賞。

名嘉真恵美子（なかま　えみこ）
一九五〇年沖縄県糸満町（現在糸満市）に生まれる。一九七三年琉球大学法文学部国語国文学科卒業。一九八六年十月「かりん」入会。馬場あき子に師事。一九九八年第一歌集『海の天蛇（うみのてんばう）』出版。一九九九年第33回沖縄タイムス芸術選賞奨励賞受賞（短歌部門）。二〇〇四年琉球大学大学院教育学研究科修士課程修了。二〇〇五年沖縄タイムス歌壇時評担当（～二〇一八年六月）、二〇一二年五月第二歌集『琉歌異装』出版。二〇一八年沖縄タイムス歌壇選歌担当（二〇一八年七月～）。二〇二二年第三歌集『別れと知らず』出版。

長嶺幸子（ながみね　さちこ）
一九五〇年沖縄県糸満市生まれ。作家・詩人。主な著書に小説『父の手作りの小箱』（タイムス叢書二〇一六年／第41回新沖縄文学賞）、詩集『Aサインバー』（二〇二一年／第43回山之口貘賞）「美乃利の季節」（二〇一五年第27回琉球新報児童文学賞短編小説部門）がある。

仲本瑩（なかもと　あきら）
一九四九年沖縄県南城市（旧玉城村）百名生まれ。詩・俳句（仲本彩泉）・小説・平敷屋朝敏研究会員。主な著作：詩集『お出かけ上手に』『h部落、中道あたり』、句集『風を買う街』『地獄めぐり』『複製の舞台』、評論集『平敷屋朝敏』（共著）など。

西原裕美（にしはら　ゆみ）
一九九三年沖縄県浦添市生まれ。第一詩集『私でないもの』（二〇一二年）で第三六回山之口貘賞受賞。二〇二一年十一月に鹿児島県鹿児島市に移住。二〇二二年南日本文学賞詩部門受賞。「滸」同人。

野原誠喜（のはら　まさき）
一九八六年沖縄生まれ。詩人・小説家。詩集『燃えた城のある街で』、『チャンプルー』。小説「シーサーミルク」で第40回琉球新報短編小説賞、「猫投祭」で第4回宮古島文学賞、「恋文翻訳家」で第53回九州芸術祭文学賞沖縄地区優秀作などがある。

芳賀郁（はが　かおる）
一九七九年東京都日野市出身。知的障がい者支援センター職員。小説「まぶいちゃん」（二〇二二）で第四十八回新沖縄文学賞受賞。他に「喉飴」（第十回沖縄市文化の窓エッセイ賞佳作）、「静音」（第四十四回九州芸術祭文学賞沖縄地区次席）、「隣人」（第四十四回琉球新報短編小説賞受賞）、第57回沖縄タイムス芸術選賞文学部門（小説）奨励賞受賞。

平田健太郎（ひらた　けんたろう）
一九五三年沖縄県島尻郡久米島具志川村生まれ。小説家。二〇一三年「墓の住人」で九州芸術祭文学賞沖縄地区優秀作、二〇一八年「兎」で九州芸術祭文学賞最優秀賞受賞。主な著作に「蜉蝣の日」、「コザ同盟」など。

平敷武蕉（へしき　ぶしょう）
一九四五年沖縄県旧具志川市に生まれる。『文学批評は成り立つか』（二〇〇五年）で第三回銀河系俳句大賞受賞。「野ざらし延男論序説」（二〇一三年）で第41回俳句人連盟賞受賞。二〇一七年第31回労働者文学賞（ルポルタージュ）受賞。評論『修羅と豊饒』（二〇二〇年）で沖縄タイムス出版文化賞正賞受賞。他に『沖縄からの文学批評』（二〇〇七年）、『文学批評の音域と思想』（二〇一五年）、句集『島中の修羅』（二〇二二年）がある。俳句誌『天荒』、文芸誌『非世界』を経て、現在、文芸誌『南溟』の編集責任者。

又吉栄喜（またよし　えいき）
一九四七年沖縄県浦添市生まれ。小説家。一九七六年「カーニバル闘牛大会」で琉球新報短編小説賞、一九七八年「ジョージが射殺した猪」で九州芸術祭文学賞、一九八〇年「ギンネム屋敷」ですばる文学賞、一九九五年「沖縄タイムス芸術選賞大賞（小説）」、一九九六年「豚の報い」で第一一四回芥川賞受賞。近著に『亀岩奇談』『又吉栄喜小説コレクション全4巻』などがある。

松原敏夫（まつばら　としお）
一九四八年沖縄県宮古島市（旧平良市）生まれ。個人詩誌『アブ』を発行、主宰し、詩作、批評活動を行う。第2詩集『アンナ幻想』（一九八六年）で第10回山之口貘賞受賞。ほかの詩集に『那覇午前零時』『ゆがいなブザのパリヤー』がある。生まれ故郷の島言葉である宮古島方言（宮古語）でも現代詩を書くことを試している。思想的に文学主義のスタンスを主張する。

宮城隆尋（みやぎ　たかひろ）
一九八〇年沖縄県那覇市生まれ。詩人。主な著書に詩集『盲目』（私家版、第二十二回山之口貘賞）、『ゆいまーるツアー』（土曜美術社出版販売）など。

森田たもつ（もりた　たもつ）
一九五九年沖縄県宮古島市生まれ。歯科医師。「メリー・クリスマスEverybody」で第三十六回琉球新報短編小説賞、「蓬莱の彼方」で第34回新沖縄文学賞、「みなさん先生」で第二回宮古島文学賞。主な著書に『蓬莱の彼方』（二〇一〇年）がある。

八重洋一郎（やえ　よういちろう）
一九四二年石垣市生まれ。東京都立大学哲学科卒業。一九八四年『孛彗』で第9回山之口貘賞、二〇〇一年『夕方村』で第3回小野十三郎賞、二〇〇一年沖縄タイムス芸術選賞大賞の受賞歴がある。エッセイ集に『記憶とさざ波』など、詩論集に『太陽帆走』など。その他詩集に多数出版あるが、近著詩集『日毒』で注目されている。

屋良健一郎（やら　けんいちろう）

一九八三年沖縄県沖縄市生まれ。名桜大学国際学部上級准教授。二〇〇四年に竹柏会「心の花」入会、佐佐木幸綱に師事。「滸」同人。共著に島村幸一・小此木敏明・屋良健一郎『訳注　琉球文学』(勉誠出版、二〇二二年)

2　刊行並びに編集委員会

又吉栄喜　※大城貞俊　※崎浜慎　富山陽子　トーマ・ヒロコ　屋良健一郎　安里琉太(※印は編集委員会事務局)

沖縄文学は何を表現してきたか
なぜ書くか、何を書くか

2023年 5月30日 第1刷発行

編　集　又吉栄喜　大城貞俊　崎浜慎
装　幀　宗利　淳一
発行人　川満　昭広
発　行　株式会社インパクト出版会
東京都文京区本郷 2-5-11　服部ビル 2F
Tel03-3818-7576　Fax03-3818-8676
impact@jca.apc.org　http://impact-shuppankai.com/
郵便振替　00110-9-83148

印刷・製本　モリモト印刷